DEAD
END

绝路

张军 ● 著

新世界出版社
NEW WORLD PRESS

图书在版编目（CIP）数据

绝路 / 张军著. -- 北京：新世界出版社，2019.12
ISBN 978-7-5104-6975-6

Ⅰ.①绝… Ⅱ.①张… Ⅲ.①侦探小说 – 中国 – 当代 Ⅳ.①I247.5

中国版本图书馆 CIP 数据核字（2019）第 251965 号

绝路

作　　者：	张　军
责任编辑：	曲静敏
责任印制：	王宝根
责任校对：	宣　慧
出版发行：	新世界出版社
社　　址：	北京西城区百万庄大街 24 号（100037）
发 行 部：	（010）6899 5968　（010）6899 8705（传真）
总 编 室：	（010）6899 5424　（010）6832 6679（传真）

http://www.nwp.cn
http://www.nwp.com.cn

版 权 部：+8610 6899 6306
版权部电子信箱：nwpcd@sina.com

印　　刷：	天津中印联印务有限公司
经　　销：	新华书店
开　　本：	710mm×1000mm　1/16
字　　数：	340 千字　印张：22.25
版　　次：	2019 年 12 月第 1 版　2019 年 12 月第 1 次印刷
书　　号：	ISBN 978-7-5104-6975-6
定　　价：	43.00 元

版权所有，侵权必究
凡购本社图书，如有缺页、倒页、脱页等印装错误，可随时退换。
客服电话：（010）6899 8733

目 录

第一章　重案组与杀狗案　/ 001

第二章　丁三的计划　/ 025

第三章　李成和冒险"干私活"　/ 083

第四章　双胞胎姐妹　/ 115

第五章　寻找埋在罗城的四千克TNT　/ 195

第六章　丁三干掉了李成和　/ 241

第七章　李成和手上的枪茧　/ 289

第八章　罗城金店的激烈枪战　/ 309

第一章

重案组与杀狗案

　　罗城别墅区。晚上，突然传来枪响，刑警赶到现场却发现只是死了两条狗。但是，这个杀狗案却被重案一组的大刘盯上，要求成立专案组调查。原因是他和法医白娟从弹道轧迹上发现了一条极重要的线索……

一

太阳都快把柏油马路烤化了，罗城市郊区一个铸铁加工厂门前的水泥地明晃晃的一片，晒得直冒烟。一个健壮的年轻人和一个中年胖子顶着太阳，踩着软绵绵的柏油路来到这块水泥地前。

年轻人叫李成和，今年二十八岁；胖子叫杨志峰，今年四十五岁。两个人来到厂门口被门卫拦住："你们找谁？"

杨志峰笑着掏出根中华烟递过去："我们找李老板。"

中年门卫接过烟，口气缓和了不少："你们是哪儿的人？电话约过没有？"

杨志峰给门卫点上火："我们是华成公司的，给李老板打过电话，打不通。这不，上这儿来找李老板办事么。"

中年门卫深深地吸了一口烟，才悠悠地说："李厂长不在。"

杨志峰不相信："不可能不在呀！"

李成和眼尖，看到院子里停着一辆凌志车，正是厂长李根勤的，他气愤地问门卫："你看那不是李根勤的车吗？你怎么说不在？"

中年门卫很不耐烦："跟你们说不在就是不在，啰唆什么呀。出去，出去。"

李成和没理他，一把把门卫推了个趔趄就往里走。

中年门卫在后头喊："你站住，站住。快拦住那个人。"

几个穿着保安服的年轻人从门卫室里冲出来把李成和围住，推推搡搡："出去，出去。""你这人瞎闯什么呀。""欠揍是吧。"

李成和与杨志峰被推了出来。

李成和还想往里闯，杨志峰制止他："算了，算了，人家人多，硬闯也闯不进去，别吃了亏。"

"那咋办？"

杨志峰给他个眼色，示意李成和跟他过马路。

两个人走过马路，站到树荫底下。

杨志峰对李成和说："就在这儿死等着吧，李根勤从来不在厂里吃饭，中午肯定出来。"

杨志峰说完，到小卖铺买了两瓶矿泉水，递给李成和一瓶。

杨志峰吹了吹马路牙子上边的灰，坐下来。李成和也坐下了。

李成和说："胖子，咱今天一定得把账要上，都七八个月了。"

杨志峰摇摇头："李根勤的账可不好要，出了名的老赖，见了面再说吧。"

这时，李根勤正在豪华的办公室里吹着空调打着电话，订好了华庭大酒店的饭局。有人进来说外头来了两个讨债的，李根勤说了个"不要让他们进来"就再不想这事了。毕竟这种事太多了。一直到中午十二点，李根勤叫上司机陈兵，一起出去赴宴。

李根勤的车开出来的时候，正好被李成和、杨志峰堵上。

两个人飞跑过来，堵到车前。

汽车急急刹住。

陈兵从车窗探出头来："你他妈想找死呀。"

"我们找李老板。"杨志峰一边说一边凑到车前，敲着车窗："李老板，我们是华成公司的，那账您也该结了吧。"

车窗落下来，李根勤皮笑肉不笑地打着哈哈："噢，是你们两个呀。这段时间资金紧张，再过一个月吧。"

杨志峰说："李老板，我们的公司已经关门了，就指着这些钱吃饭了，您多少给结一点儿吧。"

李根勤说："有钱就给你们结了，你回去等我电话。"

这时厂里走出几个保安围上来。

李成和站在车头指着李根勤："李老板，今天好不容易把你堵住了，要是放走了你，以后再想见你可就难了。你今天非得把这账结清了才能走。"

陈兵探头骂："你找死呀，信不信老子撞死你。"

李成和指着陈兵："你有种就往我身上撞。"

陈兵回头看看李根勤，只要李根勤说撞，他真敢往上撞。

李根勤摆手制止他："别动，要撞出了血还脏了我的车。"

李根勤探出头对保安们喊道："把他们拉一边儿去。"

杨志峰被拉开。另两个保安去拉李成和，但李成和是练过的，一下就拉倒一个保安，另一个保安上前动手要打李成和，被李成和很利落地放倒在地上。

李根勤开车门走出来，指着其他保安："你们都是死人呀。"

其他保安拎着警棍一齐冲向李成和，朝着李成和抡起棍子就打。李成和虽然身手好，但赤手空拳，又是一对多，打倒一个保安后，被其他保安上去乱棍打倒。棍子像雨点一样落在倒下的李成和身上。李成和嘴里还在骂。

杨志峰急忙跑到李根勤面前求道："李老板，这账我们不要了，你别让他们打了，这么打要出人命啦。"

李根勤没搭理他，走过去。

李成和蜷着身子抱着头在地上滚来滚去，保安们又踢又打。

李根勤看着保安又打了一会儿才说："行了。"

保安们停手。李成和满脸是血倒地一动不动。

保安把李成和拖到一边，扔在车边。

李根勤坐进车里，从车窗里扔出两百块钱，对杨志峰说："打个车给他看伤吧。"

汽车绝尘而去，保安们骂骂咧咧地回到厂门口的保安室。

杨志峰把李成和扶起来："李成和，你怎么样？"

"我还行，李根勤！"

"你还嘴硬。你等着啊，我去叫个车，送你去医院。"

从医院出来，杨志峰先打的把李成和送回家。

李成和住在一个高档小区，经过两层门卫才来到大楼下，头上缠着绷带的李成和拿卡刷了一下门禁，走进大厅。

李成和住在二十楼，这是一个很大的家，装修得很高档，但有些凌乱。

李成和嘴里还在骂。

杨志峰劝他："李根勤这家伙，以前在道上混过几年，手黑得很。你

不能和他来硬的。你看你，钱没要下，还挨了一顿揍。"

李成和叹了口气："这五十万块钱要不回来，我是一点儿活路都没有了。我还得操老行当。"

"要不，你来我洗车行吧。"

"你那洗车行的活儿，又累又不赚钱，我不去。"

"李根勤这么有钱，又这么黑。胖子，咱弄他一票怎么样？"

"想弄李根勤？你还是老实点儿吧。李根勤在罗城也算个人物，可不是好弄的。弄不好，把你自己搭进去。"

李成和斜着嘴角笑了笑："胖子，我给你看个东西。"

"啥东西？"

"你跟我来。"

李成和带着杨志峰走到卧室，钻到床底下找东西。找了一会儿，他在床下喊："胖子，给我个手电筒。"

杨志峰找到手电筒递给李成和。

李成和在床下又找了一会儿，从床底下钻出来，手里拿着一个帆布包。

他把东西放在桌上，走到外屋看了看外面，关好门，又走进里屋。他从包里掏出一个包裹，层层打开，露出一支枪，还有一塑料袋子弹。

杨志峰惊了一下："从哪儿弄的？"

"你别管。"李成和说着，打开保险，上膛，对着窗外做了个击发的动作，撞针空响了一下，"有了这东西，我迟早收拾了李根勤那个狗日的王八蛋。"

"要想动李根勤，除非三哥在，只有他才动得了那货。"

"你就迷信丁三，没他你还啥也不干了？"

"我算着这两天三哥就该出狱了，等他出来，咱们跟三哥合计合计再说。"

李成和把枪收起："你自个儿等他吧，我是等不及了。"

"我告诉你，你可别胡来，这枪要是一响，可不是小事。"

李成和拍拍杨志峰："胖子，你就是胆小。"

二

云南某监狱门前，管教干部老罗把丁三送出大门。坐了五年的大牢，丁三终于出狱了。

老罗语重心长地对丁三说："从今天开始，你就是社会上的人了。要好好做人，不能做违法的事。"

丁三答应："是。"

老罗把手里的一个包裹给丁三："丁三，我看你没有冬衣，北方很冷，我给你拿了一套棉衣裤。你穿上吧。"

丁三有些感动："感谢政府对我的关心，您这衣服我不能要。"

"这还是我当年转业时的军用棉衣棉裤，虽然旧了点儿，但很保暖。云南到你老家罗城还得好多天呢，路上用得着。你拿着吧。"

丁三接过衣服，深深地给老罗鞠了一躬。

老罗继续说："你在监狱里表现很好，也有一技之长。今后的日子长着呢，可不能再走歪路了。"

丁三仍然机械地答应着："哎，我知道了。"

老罗："走吧。"

老罗走了回去。

丁三知道这样一种说法，走出监狱的时候一定不能回头看，不然就有可能再进来。但他不信这个，丁三拎着行李回过身子，久久地打量了一下监狱，然后离开。

第二天，丁三出现在云南一个小镇的巷子里。丁三拎着行李边走边向路人打听一个叫王强的人。但路人都说不认识。最终在巷口，丁三问到了一个知道的人。那人告诉丁三，王强在第二个十字路口左拐弯的一个电器店里。

丁三走进店里，一个三十来岁的男人正在修电视机，男人长得很强壮，似乎和修电器这种精细活搭不上边。显然生意也不太好。店里没什么人，丁三一眼便认出他就是王强。"修什么？"王强头也不抬。

丁三说："电脑。"

"这个修不了，要是显示器坏了能修。"

"连电脑都不会修，你还敢开店啊。"

王强听了这话不高兴，抬起头想骂对方，却看到是丁三，他不由脱口而出："三哥。"

"混得不错啊，开店了。"

"我这也是弄口饭吃，赚不了多少钱。三哥，你可出来了。我估摸着你一出来，就得先找我。"

"你这儿不好找。昨天一出来就坐车到这儿了，找了一晚上也没找到。"

"是不好找。三哥，你吃饭没有？"

"咱去外面边吃边聊吧。"

"还是到我家吧，说话方便。"

丁三跟着王强来到他家。王强一到家就把老婆打发出去买菜买肉，然后抱着自己七个月大的儿子和丁三走进里屋。

王强把孩子放到床上，在屋里找着一个皮球给孩子玩。又给丁三倒了一杯滇红茶。

丁三问王强："你除了修电器，还有其他活计没？"

王强摇摇头："没有。这地方穷，做什么活也发不了财。老婆没工作，还养着一个孩子，除去吃喝，剩不下几个钱。结婚借的两万块钱还没有还上，凑合着活呗。三哥才是做大生意的人，带上兄弟也干几件好买卖。我可不想在这穷地方过一辈子。"

"要带你可以，不过你得答应我，手底下不能有私活。"

"这个你放心，我都听你的。"

"还有，你那爱打架的脾气得改改。为一丁点儿小事让雷子瞄上，犯不着。"

"早就不打架了。上次因为打死一个人进了监狱，判了十五年。其实真挺冤的，我下手并不狠，那小子真是不经打。"

丁三喝了几口茶："要干大事，就得学会忍。知道吗？在外面不能斗狠，要装得像个好人。公共汽车上要让座，邻里邻居要帮忙，骂不能还口,打不能还手。只有在做生意的时候,才能动手;只要动手,就要对方的命!"丁三说最后一句话的时候发着狠,然后又缓和了语气:"这样,案发了才不会有人怀疑你。"

"三哥说得在理。"

"要干事就得干大的。干小的和干大的风险差不多,但做小生意想要拿到同大生意一样多的钱,就得多干好几次。有句话叫作多行不义必自毙。话虽不好听,道理挺对。做多了迟早会被抓住,不如连做两三个大买卖,然后就金盆洗手。"

王强说:"三哥,我以前就知道你是个能干大事的人。"

丁三小声问王强:"你这里枪好搞不?"

"不太容易搞,但只要肯出钱,总能搞得到。不过,要是在边境那边就很容易了。"

"边境那边怎么弄枪?"

"花十块钱就有人肯带出境。出去再花一百块,那人就会引你到枪贩子那里。不过要防着黑吃黑,听说那边有人抢了钱不给枪。"

丁三笑了:"不知道谁吃谁呢。"

这时候院外边王妻买菜回来了。

丁三隔着玻璃警惕地看了看外边,小声对王强:"我明天就走。买了枪就不回来了,在罗城安顿好了,就会来叫你。你在这里好好待着,不要惹事。"

"好。"

"不要和人说我来过。"

"嗯。三哥,你昨天刚出来,就能有买枪的钱了?要不从我这里拿点儿?"

"你能有多少?"

"五六千块钱吧。"

"给我五百块钱就够了。"

王强惊讶极了:"五百块钱?五百块钱能买到枪?"

丁三阴阴地抬起头:"我有办法,你别管了。"

三

夜已经很深了，罗城的一处别墅区，少有行人。这个别墅区修在山腰，离市中心有一段距离，住的又是有钱人，白天都很寂静，晚上更是无人。路灯照在小路上，有三名保安巡逻走过去。就在三名保安走过之后，一个黑影从绿化带的树丛中站了起来。那人就是李成和。

三名保安渐渐走远，李成和从背后掏出手枪，打开保险，拉栓上膛，又重新装回身上。

李成和迅速地穿过灯光照亮的小路，隐没在围墙之下的灌木绿化带中。

这是一堵三米多高的围墙，上面是爬山虎。李成和看了看围墙，转身向后走了二十几步，再转回身，深吸一口气，紧跑几步，一口气蹬上围墙，很利落地翻了过去。

李成和没想到，他刚翻进墙，一只恶狗无声无息地冲了过来。那只狗冲着李成和就是一口，李成和下意识地掏出枪，对着狗就是一枪。

枪声在静夜里特别地响，别墅的几间窗户亮起了灯。

那只狗倒在地上，李成和蹲在地上，捂着腿，显然是被咬得不轻。这时，又有一只大狗吠叫着从角落钻出，向李成和扑来。

李成和掏枪又是一枪，那狗当即被击毙。

李成和扯开背心，简单地包扎了一下。这时候已经有四五个人从别墅出来，手里拿着棍棒。一边跑过来一边喊："谁？出来！"

李成和站起来，他朝着高墙猛跑几步，一咬牙，翻上了墙，然后跳了出去。

后边的人追过来。他们眼看着李成和翻墙而去，都不由得咂舌头："这么高的墙，他怎么翻过去的？"

罗城市局刑警队值班室，正在值班的是重案一组组长刘明宇，大家都叫他大刘。接到了报警后大刘实在是觉得这不是什么案子，他对着电话说:"冯队,你开玩笑吧,打死两条狗也算是案子吗?"

不过,很快大刘就明白了,这不是一起简单的杀狗案。大刘立刻带着刑警队其他的刑警赶往鹏鲲小区现场!

经过几个小时的现场勘察后,值班刑警回到市刑警队,在会议室召开案情分析会。

刑警支队队长、处长柯宁,大刘,组员孟津、程华,案发地辖区城东分局刑警大队冯队长以及其他几名刑警都在会议室。

冯队长先介绍案情:"案发地是鹏鲲小区。这是一个别墅区,保安措施还是做得不错的。晚上有巡岗,路灯等照明设备也很完备。在这样的情况下,作案者能轻松进入小区而不被人发觉,说明这个人对这里非常熟悉。因此,有两种可能。第一种,作案人是小区内部人;第二种,作案人曾经多次到小区踩点。"

分局刑警小贾接着介绍:"我补充一点,作案人还有一定的武艺,或者说具有很强的运动员天分。他不仅能摆脱小区保安的监视,而且还能轻松地翻过三米多高的围墙。"

冯队长分析说:"因此,我们认为:这个案犯一定不是流窜犯,而是长期居住本地的。他来这里的目的很可能是盗窃财物,但却没想到遭到恶狗的袭咬,于是开枪将狗击毙,暴露后逃跑。"

程华提出一个问题:"既然他经过多次踩点,怎么会不知道院中有狗呢?"

分局刑警小贾解释说:"据现场询问,这两只狗曾经被带出去过一个月,两天前才又被带回来。"

大刘提出第二个问题:"如果是简单的盗窃案,有一个很大的疑点:为什么他要携带枪支呢?"

冯队长说:"这很容易解释,如果被人抓住,就利用枪支进行威胁以脱身。"

大刘表示不同意:"这不像普通盗窃犯所为,我更倾向于报复作案!"

处长柯宁支持大刘:"这个案子的确不是普通盗窃案。根据法医初步检验,两只狗是被制式枪支击毙的。根据现场发现的弹壳,罪犯持七点六二毫米口径的五四或六四手枪。特别需要注意的是,两枪分别打中两只狗的心

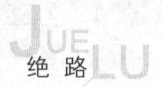

脏部位，说明持枪人具有相当高的射击水平。加上此人面对三米多高的围墙来去自如的情况，作案人很像一个专业杀手。"

大刘介绍了他调查的情况："根据外围调查，户主李根勤社会关系十分复杂。他以前是街头混混，替人看过场子，后来通过纠集一帮同伙打架争地盘发家。一九八九年因故意伤害罪被判刑五年，出狱后继续在道上混，很快就发了财，其原始积累资金来路不明。后来，开了一家废品收购站和两家加工厂，与道上逐渐脱离关系。但此人在生意场上名声也不好，能骗就骗，能欠就欠，很多人吃过他的亏。有人报复行凶，也是有可能的。"

柯宁问大家："其他人还有什么看法？"

大家纷纷表示说没什么看法了。

柯宁不太满意，他对孟津说："孟津，你也算老侦查员了，谈谈你的意见？"

孟津笑笑："我当侦查员不过五年，算不上老侦查员。各位老师都说得很对，我没啥意见。"

柯宁说："那好，暂时按报复作案的思路，对李根勤的社会关系和枪源两方面进行调查。分局冯队长那边为主力，我们市局七处这边派大刘和孟津配合。"

孟津站起来："柯队长，我有个请求。"

柯宁示意他说。

"我能不能不参与这个案子？"

"你有什么困难吗？"

"没有困难。"

"那为什么？"

"我申请加入现在三组正在侦破的那个贩毒案子。"

"我拒绝你的申请。你呀，别总想着搞大案子！你好好把这个案子查清，也一样能立功！"

孟津泄气地坐下。

开完会，孟津走进刑警队一组办公室，给自己倒了一杯水，喝着水生闷气。

　　大刘也走进来，见他这个样子，笑着问："怎么？闹情绪了？"

　　孟津把杯子一放："刘哥，你怎么也不向柯处长提一下，一个杀狗案也派给咱们重案一组来查。你看看人家二组、三组查的是什么案子？这不是小看人吗？"

　　"你对这个案子的看法有偏差。"大刘坐到孟津对面，"你认为是杀狗案，我却认为这是一起杀人未遂案，同时背后还藏着盗枪案以及这支枪可能引起的一系列重案。"

　　"没这么复杂吧。"

　　大刘举起孟津放下的茶杯："你看这是什么？"

　　"茶杯啊。"

　　"干什么用的？"

　　"喝水，还能干什么用？急了，还可以砸人。"

　　"咱们两个看到的是喝水的茶杯，商店的售货员将它看成是用来出售的商品，放到画室里，它可能就是画家创作所用的'模特'，当然，在吵起架来的小两口眼里，说不定就是摔打发泄怨气的对象。每个人都没有错，身份不同，观察点和利用点也就不同。我们是刑警，就要学会用刑警的眼光来看问题。你说这是杀狗案，这绝不是正确的刑警观察角度。一个合格的刑警，一个出色的侦查员，应当从中看出各种关联的证据点，从中找到有用的线索，最终牵出案子背后的真相。比如这起案子，一把制式枪出现在该案中难道不应当引起足够的重视吗？这把枪是谁的枪？如果是非法持有，那这把枪又是如何流入社会的？被非法持有了多长时间？是否还有其他案件？这就是这个案子背后我们所需要了解的真相。另外，从李根勤的社会关系上来看，又会牵出许多其他的线索……"

　　大刘没说完，他刹住话题，对着孟津笑笑。

　　孟津似乎有些明白了："看来，这个案子还是有点儿意思的。"

　　大刘拍拍孟津的肩："下午我去现场再看一次，你去白法医那里记录一下那两只狗的解剖情况。"

　　孟津爽快地答应："好。"

四

当天下午,大刘和城东分局刑警小贾去李根勤的家调查情况。两个人被李母让进客厅。

别墅的客厅很气派,甚至有些奢华。

李母给二人让坐,又让保姆秀兰给他们倒茶。

小贾寒暄着:"今天家里没什么人呀。"

李母说:"儿子生意忙,媳妇去接孩子了,家里就剩下秀兰两口子和我。"

大刘问她:"大娘,今天凌晨我们已经把现场情况仔细勘察了一次。但在询问目击者的时候,您去了医院,没有您的笔录。为了能尽快破案,我们还得再打扰您一次。"

"没什么,我们还该谢谢你们呢。这人半夜里跑到我们家里放枪,可吓死人了,你们可得快点把这个人抓住,不然,以后睡觉都安生不了。"

"您谈谈昨天晚上的情况。"

这时保姆秀兰给三个人端来茶。

李母请两个人喝茶,然后说起昨天晚上的事:"我晚上十一点准时睡觉,睡了一会儿就被那声枪响惊醒了。我一开始以为有人结婚放炮仗呢,心里还想这时间不对呀,这炮仗声咋这么大呀。我睡觉挺沉的,但还是给惊醒了。接着就听到狗在叫。我感觉有事,就走到窗前,准备拉开窗帘看,还没拉窗帘呢,又听到一声枪响,这时我听出来了,就是院里的声音。"

"家里没有开灯,我撩开窗帘,向外看。院子里突然变得静悄悄的,什么也看不见。接着听到有人喊,有几个人跑出来。然后,突然一个黑影窜到墙上,我被吓了一大跳,心脏病也犯了,心跳得突突的,喘不上气来。我捂着心口,摸索着打开灯,找药。这时候秀兰也进来了,她看到我这个样子,赶紧帮忙,找到药,我吃了药就好多了。"

大刘问:"您有心脏病?"

李母说:"我的心脏病有一年多没犯了,冷不丁看一个人影飞到墙头,可是把我吓坏了。后来,根勤叫他的司机带我去了医院,其实也没啥事。"

"那您还记得时间吗?"

"后来我看了下表,大概是两点零五分。"

"您能指出来那个人跳墙的位置吗?"

李母说她能指出来,她带着两个警察来到院子里,指着院墙的一处说:"大概就是这个地方。"

大刘让秀兰拿一把梯子过来,然后仔细地检查脚印。

刑警小贾认为这是无用功,他说:"刘组长,今天早晨我们已经对这个地方检查过了。"

大刘指着一处地方对小贾说:"你看,这个地方有反复踩踏痕迹,说明罪犯在双手攀住墙头后,在此有第二次使力。现场勘察笔录上并没有记录这一点。"

"这说明什么呢?"

"说明罪犯被狗咬得不轻,可能会在现场留下血迹。"

这时秀兰的丈夫搬来了梯子,大刘把梯子放好,爬上去,仔细在墙头寻找。

小贾觉得没有必要,他说:"墙头也搜寻过了,没有可疑物。"

不过大刘还是没有放弃检查,他从兜里掏出一个巴掌大的小盒子,拿出里面的刷子,轻轻地刷一个地方,这地方很快露出一小片血迹。

大刘对小贾说:"快,把刮刀递给我,再给我一个袋子。"

小贾把一个包打开,取出一把刮刀和一个小塑料袋递上去。

大刘接过刮刀,小心地把血迹刮到小塑料袋里。

大刘举举手里的袋子:"怎么没有可疑物?你看这个。"

大刘从梯子上走下来:"这个很可能是罪犯的血迹,拿回去保存。"

刑警小贾实在是太佩服大刘了,要不说他是刑警大队第一神探呢。这么重要的线索就在这么不经意间,竟然就找出来了。

大刘把这东西交给法医白娟,做进一步鉴定。第二天中午,他正准备打饭,孟津兴冲冲地跑进来,对大刘说:"刘哥,可真让你说着了。经过鉴定，罪犯使用的是六四手枪。"

"这个大家早就判断出来了，至于这么兴奋吗。先吃饭去。"

大刘正要走，孟津拦住他："你听我说完：经过弹道比对，该枪很可能是五年前郑州'1·17'大案的那支枪！"

大刘有些惊异："真的？你小子可别弄岔了。'1·17'大案那把枪可是让罪犯给扔到黄河里了。"

孟津说："很可能罪犯是说了谎话，白姐可是这方面的专家，你还信不过她？"

"快，带我去法医室。"

大刘和孟津赶到法医鉴定室的时候，法医白娟刚收拾完东西，换好了衣服准备往出走。她看到大刘和孟津走进来，大刘手里还拿着饭盒，笑了："刘警官，你拿着饭盒冲到鉴定室来做什么？我这里可只有尸体啊。"

大刘看看自己的饭盒，尴尬地笑了一下："白娟，听孟津说，你查出了这支枪的来源？"

"对，不过，现在已经午休了。下午上班你再来吧。"

"如果这支枪真的是'1·17'大案的那支枪，案情就非常重大了。一刻也不能耽搁！"

白娟冷眼看看他，慢慢地说："你还是那个工作狂。只要是工作的事，到你那里就是案情重大。你就是不管别人，你也得管管自己呀，午饭你是不是又不吃了？"

大刘和白娟以前是夫妻，后来离了婚。孟津看这昔日的两口子要吵架，急忙打圆场："怪我，着急忙慌地就去找刘哥。白姐，咱先看一下弹道比对结果，完了我请客，宏光酒店！怎么样？"

大刘对白娟说："白娟，我知道你一直对我个人有意见。我承认咱们离婚主要原因在我。但'1·17'的案子你也知道，罪犯作案手段非常残忍，半夜里把看守他的警察用大锤砸死。这样的人，他手里的枪能落到什么好人手里？如果这支枪的确是'1·17'大案的那支枪，这将是一个非常重要的线索，可能会牵出其他大案来。我希望在工作上你能够支持我。毕竟，你还是我的同事。"

白娟看看表："现在是十二点十一分，下午一点整你来这里。给我四十九分钟的吃饭休息时间可以吧。"

"好吧，我会提前等你的。"

大刘和孟津在食堂匆匆吃完饭，就赶到法医鉴定室门前走廊等白娟。大刘一边等一边不住地看表。这时白娟走过来："别看了，现在是十二点五十九分。"

白娟把门打开，走进更衣室换衣服，在更衣室里，白娟对外边的大刘说："下午你就不去接孩子了吧。"

大刘在外边回答："他都十二岁了，还需要接啊。也该独立了。"

"那回去复习功课谁管呢？"

"他挺自觉的……"

白娟换完衣服走出来："你就这么养孩子？当初你怎么答应我的？"

"他学习挺好的，你放心吧。要是学习成绩下降，你找我！"

白娟没再理他，走进内室。大刘和孟津跟进去。

在办公室，白娟打开电脑，调出文件。白娟指着屏幕上的文件说："你看这个弹道抛射轧迹与'1·17'案杀警案那支枪的七支弹道线中的四条基本吻合，另外三条也极其相似。基本可以判定，该枪就是当时丢失的那支六四手枪。"

大刘有些谨慎："但仅凭这一点并不能完全肯定两案中的枪是同一支枪。"

白娟肯定地说："我有百分之九十五的把握。如果能够提到'1·17'案丢失的那支枪的弹壳，通过击发点的对比，就可以得到肯定的结论。但很可惜，现在没有任何相关的资料。"

大刘说："那我们现在还需要其他的证据。我去查一下相关资料。你把这边的资料给我出一份。"

白娟给大刘出了一份材料。

大刘拿到材料后马上给省厅资料室李处长打电话，让李处调阅一下关于"1·17"的档案。

李处长问是哪个案子，大刘说："就是一九九四年郑州那个'1·17'杀警案。"

李处长问:"不是已经抓住罪犯了吗?都判了死刑了,又牵出来新案了?"

大刘有些不明白:"什么?已经判了?什么时候判的?"

李处长说:"一个多月前吧,死刑复核都已经下来了。"

大刘这下着急了:"什么时间下的死刑复核?"

李处长说:"是昨天。"

大刘说:"这个案子和我现在破的一个案子有很大的关系。麻烦你马上准备好材料,我现在就过去取。"

交待完李处长这边,大刘让孟津赶紧把车开出来在院子里等他,然后跑到柯处长的办公室汇报情况。

柯宁正坐在桌前看这件杀狗案的材料。大刘一进来,柯宁就问大刘:"大刘,那个枪案有进展没有?"

"我正为这件事找您呢。"大刘把手中的材料递过去,'12·1'枪案中出现的那支枪,很可能是郑州'1·17'杀警案中那支丢失的六四枪。"

柯队长想了想:"那支枪不是被罪犯扔进黄河里了吗?"

"如果罪犯说了谎,那么,这支枪就已经在社会上流失五年了。"

"这是个很重要的情况,你一定要把这个事情搞清楚。"

"恐怕留给我们的时间不多了。"

"什么意思?"

"刚才厅里资料室的李处长告诉我,昨天已经对'1·17'的案犯批下了死刑复核,这意味着六天后就要对该案犯执行死刑,我们必须在六天之内申请到对该案犯的死刑暂缓执行命令。我现在去公安厅李处那里去拿相关材料。"

柯处长赶紧拿起电话:"我现在就给省高院打电话。你赶紧准备材料,准备得越充分越好。"

大刘答应着就要出去。

柯队长看看表对着大刘喊:"打个来回我看得三个多小时,我就在办公室等你,路上注意安全。"

与此同时,大刘的儿子刘小杰刚刚下学,一个人背着书包走在回家的路上，他拐进一个巷子，有三个半大的男孩从对面向他走来。

刘小杰感觉到了危险，他停住了脚步，转身向回走。三个男孩飞跑着追过去，围住了刘小杰。

十六岁的圈子站在刘小杰的正对面："刘小杰，上次让你带的钱带了没有？"

刘小杰说："我又没欠你们的，凭什么给你们带钱。"

十二岁的小白菜威胁他："我告诉你，你不给钱就见你一回收拾你一回。"

小白菜说完上前推了刘小杰一把。

刘小杰退后了一步："我爸爸是刑警！"

圈子呸了一口："刑警怎么了？我们又没打你，又没抢你，他能把我们怎么样？"

十五岁的豆豆学着大人的样子唱红脸："刘小杰，你就把钱交了吧。你们班上凡是没有家长接的孩子，都掏了钱了。你不能例外，不然我们在道上可怎么混呀。"

刘小杰不说话。

小白菜上去踹了刘小杰一脚："你别装哑巴。"

刘小杰推开小白菜就跑，但被豆豆一把拉住。圈子和小白菜一起把刘小杰的书包夺下，两个人把书包打开，把书扔得到处都是。小白菜还恶作剧地撕了好几页书。刘小杰心疼地大喊："别撕我的书，我还要上课呢。别撕我的书。"

圈子把刘小杰的铅笔盒狠狠地扔在地上，又使劲儿踩了几脚："下次记着带钱，不然再给你点颜色看看！"

这时候，一个中年男子朝这里走过来："怎么了？打什么架？"

三个男孩飞快地跑开。

刘小杰蹲下来默默地收拾自己的东西。

中年男子走过来问刘小杰："他们是不是欺负你了？"

刘小杰不说话，泪珠流了下来。

中年男子帮他收拾。

中年男子帮刘小杰把东西收拾好，刘小杰把撕下来的书页夹在书中

放好。

刘小杰说:"谢谢叔叔。"

中年男子慈祥地说:"以后让你家长接你啊。跟这帮坏小子没法儿讲理。"

刘小杰没有再说话,默默地走开。

五

柯队长在办公室里等大刘,他等得有些烦闷,走到走廊上点着一支烟。正巧程华下班路过,跟他打招呼:"柯队长,还不下班呀。"

柯队长说:"'12·1'案子中的那支枪可能就是五年前郑州'1·17'杀警案中丢失的那把枪,大刘和孟津到厅里调资料去了,我等他们。"

程华说:"那这个案子就是大案了,光刘哥和孟津能行吗?我正好手头没案子,要不我来帮忙吧。"

"我正考虑把你调进这个组呢。你先回去,等我和大刘今天晚上把这个案子定了,明天就调你进组。"

程华一听大案就兴奋:"干脆我也留下来吧,和你们一起看案子。"

"你家那口子没意见?"

"他能有什么意见?老夫老妻了。回家还不是吃饭看电视,没意思。"

"那你给他打个电话告诉人家一声。"柯队长指指自己的办公室。

程华答应着走进办公室。

不一会儿,办公室传来程华打电话的声音:"我不回去了,局里新任务,加班!不知道几点回来。我不用你接!晚了就睡局里!真的走不开,不信你来局里查岗!真是的。不想做饭就自己买着吃。就这样吧。"

程华走出来。

柯队长笑了:"看来人家还是有意见。"

程华:"没事儿,他就是嘴上说说。"

这时，大刘和孟津正在回来的路上。孟津开着车，大刘在副驾上看资料。

大刘突然叫起来："这可好了，东边不亮西边亮啊。"

"刘哥，发现什么了？"

大刘把两张照片在孟津面前晃了晃："这是郑州'1·17'案的弹头痕迹灰度图，通过这张图进行弹头比对，完全能够确定两案用枪是否为同一支枪。"

柯队长拿到照片后，连夜开会。办公室里除了大刘、孟津、程华、柯队长，还有冯大队长和刑警小贾。

柯队长说："今天各位都辛苦了，冯队长和小贾是我从他们家里打电话叫来的。程华主动留下来参与该案侦破，为这个和她那口子还吵了嘴。"

程华不好意思地笑着。

柯队长继续说："还有大刘，刚才给家里打电话，孩子不肯接，是大刘的妈接的电话。大刘还跟我诉了半天苦，说他父子关系疏远了。"

大刘叹口气："唉，对这个孩子，我还真是有愧。"

柯队长说："破了这个案子，我给你放假，好好陪陪儿子。"

柯队长把手里的照片递给冯队长："你们看看这张照片。"

冯队长和大家传看着。

冯队长说："这个图是弹头痕迹吧？"

大刘说："对，这是公安部物证鉴定中心利用一种新型非接触式三维弹头痕迹检测系统拍出的照片。我正好今年上半年在北京学习的时候见过这种系统的实际操作。该检测系统实现了对弹头发射痕迹的检验，可以清楚地判定两个不同的弹头是否是同一支枪发射出来的。"

孟津说："可是我局甚至省厅都不具备这种对弹头的检验能力，只能把现场提取的弹头拿到北京去检验。恐怕时间上来不及。"

柯队长说："我已经联系过河南省中院，那边已经答应，咱们提出充分的证据后，可由中院向高院提出对郑州'1·17'罪犯刘振的死刑暂缓申请。我们还有六天的时间，不对，是五天的时间。大刘、孟津，你们明天坐飞机去公安部，务必在后天拿证据回来。第四天赶到郑州中院，办理手续。然后就地突审刘振。你们有困难吗?"

大刘说:"没有,保证完成任务。"

孟津也说:"没有困难。"

大刘的家中,他的儿子,十二岁的刘小杰在写作业。

奶奶给他端来一杯奶,问他:"你爸给你打电话,你怎么不理他呀。"

刘小杰说:"他总不管我,有时候好几天都见不上他。不像个爸爸。"

奶奶:"他在忙着抓坏人。他不是经常和你说,他的工作就是保护人民群众的安全吗?"

"我也是人民群众,他也不保护我。"

"你不好好的吗。"

刘小杰被触动了心事,他想起自己下午放学回来被欺负的事情,脸色沉下来,但他没有说出来。

六

李成和拎着水果和一个塑料袋来到杨志峰所住的单元楼。杨志峰的女儿小雯给他打开门。

李成和问:"你爸在不在?"

小雯说在,然后叫杨志峰。

杨志峰从卧室走出来:"好几天没见你了,干吗去了?走,到我屋里说去。"

李成和把水果放下,说:"我让狗给咬了,麻烦你家姑娘给打一下针。东西我都带着呢。"

杨志峰招呼李成和坐下:"你这不是让人给打了,就是让狗给咬了。怎么回事?叫鬼跟了?回去放几个炮仗避避邪气。"

杨志峰喊女儿:"小雯,你给你李叔看看。"

小雯接过李成和手中的东西:"把东西给我吧李叔,这些针剂是要放冰箱里的。您家里没冰箱就放我这里吧。"

李成和把药递过去："谢谢你啊,那就麻烦你了。"

小雯接过药,随口问了一句："什么时候被狗咬的？"

李成和说："前天晚上。"

小雯"嗯"了一声去配药。

杨志峰拉着李成和到里屋坐下："怎么不在医院打针呢？自己买药。"

李成和低声说："我前天晚上去了李根勤家。"

杨志峰脸色一变："你这不找事吗？我和你说过李根勤这家伙咱别招惹。"

"我都踩了好几次点了,本来以为没事儿。没想到那天晚上院子里突然有了两条大狼狗,咬得我够呛。真是倒霉催的。"

"李根勤要是知道是你查他家的户口,那还能饶得了你？"

"他哪儿能知道。"

这时,小雯把针配好,拿着东西走进来："李叔,你把右上臂露出来。"

李成和脱下衣服配合小雯打针。

小雯一边打针一边问："李叔,你这是被咬伤后四十八小时开始免疫的,所以我给你用了三倍的疫苗量,你带来的药不够,还得买两支药。两天后你再来我这儿,打第二针。"

李成和答应着："好,谢谢你啊。"

小雯客气两句离开。

李成和有些羡慕地对杨志峰说："你这一家三口的日子真不错,老婆孩子热炕头。我原来那口子也是护士,临时工,得了肾衰竭,没钱治病,就眼睁睁看着她没了。"说到这里,李成和有些伤感。

杨志峰摇摇头："我也发愁呢。孩子护校毕业两年了,还是没工作。前几个月托了个熟人,说是能解决事业编制,得送三万块钱。咱那五十万块钱还有一部分是借的呢,你说我从哪儿弄钱去。"

"要不我说得走老路呢。人无横财不富,马无夜草不肥。"

"我昨天也琢磨这事儿来着。不过就凭咱俩儿可不行,三哥快回来了,等他回来了,咱们找他商量。你这些天可别乱动啊。"

李成和想了想："好,反正我这几天也不顺着呢。先歇几天。"

第二章

丁三的计划

　　丁三表面老实沉稳,内心里却笃信超人的智慧可以隐藏一切犯罪行踪。他出狱后的第一件事就是到边境通过非法渠道买枪,只带了五百块钱的丁三在试枪的时候用计把四名枪贩子全部打死,然后带着劫来的自动步枪回到罗城。丁三从此走上了一条不归路,罗城也因丁三的到来而充满了危机……

一

在靠近中国边境的一个山脚下，一名向导在前边走，丁三跟在后边。

丁三问："还有多远？"

向导指指前边："翻过这座山就到了。"

丁三看了看远处说："歇一歇再走。"

向导答应着坐下来，拿出水来喝。

丁三停下脚步，一边喝水一边仔细地观察地形。

丁三和向导歇了十来分钟，又站起来向前走。

两个人翻过这座山，来到一个比较平坦的山坳。这里靠近某国边境，离最近的边境线大概一千米远。枪贩子交货后很快就能撤回本国。

远处，两个人在高处望风。

近处，有两个人向丁三迎面走过来。其中一个人是枪贩头目。

枪贩头目没说话，向另一个人示意。

枪贩马仔甲把麻袋放下，从里边掏出一把七七式手枪，接着又掏出一把八一式折叠枪托式自动步枪，再掏出几个袋子。他打开袋子，里边全是子弹。

丁三好久没摸枪了，有些激动。他拿起八一杠，摸了又摸。

枪贩头目用熟练的汉语说话："手枪一千块，八一八千块，步枪子弹一千发，手枪子弹两百发你给一千块就可以。一共一万元。"

丁三抬头："让我试试枪。"

枪贩头目点头，向远处招手。远处一个望风的看到，从随身带着的包裹中拿出几张靶纸，向丁三对面走去。

丁三拿出手枪子弹，慢慢地一颗颗地压进弹匣，眼睛余光看着四周的环境。

望风者甲在五十米处把靶纸固定好，离开。

丁三瞄准靶纸，连开七枪。

望风者甲走过去，看了看靶，然后打手势。

向导说："七枪都是十环，枪法真准啊。"

枪贩头目也向丁三竖起大拇指。

丁三打手势让对面那人把靶纸向远处移，然后拿起步枪拿下弹夹，上子弹。

丁三上满三十发子弹，装上弹匣。

对面那人已经把靶纸放在一百五十米远处，然后离开。

丁三跪姿瞄准，射了十枪，打手势让望风者甲报靶。

望风者甲走过去看完靶纸后打手势。

向导报靶："又是十枪十环。"

枪贩子对丁三说："这两把枪都已经校准过了，一点儿问题没有。你的枪法也很好。"

丁三朝那人笑笑，打手势让对面的人走得更远一点儿。

望风者甲向远处走去，走到二百米。

丁三招手，让他再远一些。望风者甲继续走。

丁三拿枪向远处瞄准。

那人走到二百五十米，开始固定靶纸。

丁三突然开枪，那人应声倒下。

丁三迅速掉转枪口，再开一枪，近距离打在枪贩子的胸口上，枪贩子一声没吭就倒下了。

枪贩子身后的马仔已经掏出了枪，正准备射击。

丁三抢先开枪，马仔也倒下了。

丁三迅速卧倒，远处剩下的望风者乙拿着一支自动步枪拼命向这边扫射。

向导拔腿就跑。

丁三匍匐着找到一个掩体。对方很快打完弹匣里所有的子弹，开始换弹匣。丁三探头举枪，稍作瞄准，对方刚把弹匣装上，丁三枪响了，那人头部中弹倒下。

向导已经跑进了树林。

丁三拎着枪去追向导。

丁三追了一段距离，终于找到了合适的射击位置。他抬枪把向导射倒。然后走过去。

向导呻吟着："不要杀我，求求你不要杀我，我和他们不是一伙的。"

丁三看了看他，开枪击中向导头部。

丁三从向导身上搜东西，搜出一些钱来，装在自己身上，然后向回走。

丁三徒步走到云南一个边境小镇，找了一间简陋的旅馆住下。他把枪藏在床底下，出去买了一大堆晒干的野生菌，堆得满房间都是。

丁三用塑料布和帆布把两支枪细细地包好，一共包了三层，连子弹一起装在一个大塑料袋中，然后向塑料袋中装干菌。

有人敲门。

丁三警觉地问："谁？"

外面传来女人的声音："打扫房间吗？"

丁三大声回应："不打扫。"

外面传来离去的脚步声。

丁三继续装干菌，他把塑料袋塞满后，又装到一个更大的编织袋里，然后又往编织袋里装干货。

第二天一大早，丁三背着两个大编织袋来到小镇汽车站。其中一个编织袋的干货里藏有枪，另一个则全是干货。

汽车售票员在招徕生意，喊着让大家快上车。

丁三背着两个包走过来。

售票员主动过来拉客："大哥去哪儿？"

"昆明，你的车去吗？"

"去，十分钟后发车。上来吧。"

丁三要上车，售票员指指他的行李："大哥，你这行李！"

丁三警觉地问："怎么了？"

"你这么大的行李，要放在行李舱。"

丁三"噢"了一声，转身去放行李。

二

大刘第二天就要出差了,临走前他想给儿子买些东西,改善一下父子关系。他来到一个大商场,买了食品和学习用具等东西,又来到玩具专柜。他知道儿子喜欢航模。

大刘拿起一个航模问售货员价钱。

售货员:"五百一十八。这个能遥控。"

这个价格显然超出了大刘的预期,他一个月的工资才一千多块钱。

大刘指另一个:"那个小一点的呢?"

"哪个?这个?"售货员指着一个航模问。

大刘实际上指的是更小一点的:"不是,对,对,这个。"

"这个二百二十元。"

大刘买下了这个航模。

大刘家,大刘的母亲正在看电视,为了不影响孙子学习,电视的声音很小。

大刘的敲门声让她很不满,她一边去开门一边问:"你不是有钥匙吗?"

大刘的母亲打开门见大刘拿了很多东西,问他:"这是干啥了?咋买这么多东西?"

大刘走进来:"妈,这都是给小杰买的。对了,也有您的,您爱吃的无花果。这不好多天也没回家,明天还要出差。买点东西,算是我的补偿吧。"

刘小杰开门偷看了一下,轻轻地把门关上。

大刘母亲说:"补偿什么,你好好地工作,把工作干好就行。小杰这边有我呢。"

大刘问母亲:"小杰呢?"

大刘母亲指指刘小杰的房间:"在学习呢。这孩子可自觉了。你吃饭没有？"

"我吃过了，您歇着吧。"大刘把无花果拿出来，"您吃这个。"

大刘母亲接过果子问："什么时候走？"

大刘："今天晚上的车。"

大刘母亲："啊，你刚回来就又要走？"

大刘看看表："还有四个多小时，我去看看小杰。"

里屋的小杰听到父亲说这句话，赶紧偷偷地把门插住。

大刘拿出航模，还有装着铅笔盒和钢笔、铅笔、橡皮的袋子走到刘小杰的屋前，伸手推门，没有推动。

大刘对里面说话："小杰，爸爸回来了，你开门。"

小杰站在门前，不说话。

大刘说："小杰，你是不是生爸爸气了？是爸爸不对，工作太忙，没顾得上看你。爸爸向你道歉。爸爸还给你买了你喜欢的航模，还有最新的铅笔盒。你出来看看。"

小杰仍然不说话。

大刘沉默了一会儿。

大刘母亲也过来劝刘小杰："小杰，你爸爸晚上就要走了，你开开门，让你爸爸和你说几句话呀。你不是一直说想见他吗？"

小杰对着门大吼："我现在不想见你了。我有爸爸，可是和没爸爸有什么区别？人家每天都能和爸爸在一起，我都快半个月了也见不着你。你从来没有接过我下学，好几个月了没和我出去玩。我被人欺负，也找不到你。我不要你这个爸爸了。"

小杰哭着走到写字台。

大刘母亲无奈地看着大刘。

大刘感到有些伤心，他把东西放下，坐到沙发上。

大刘母亲劝他："你别难受。这孩子脾气和你一样倔。"

"妈，是我不对。"大刘站起来，"我走了。"

"现在就走？不是还有四个小时吗？"

"我想去局里待一会儿，我在这儿影响小杰学习。"

"再坐一会儿吧,我还想问问小杰他妈出国的事儿。"

"领导正在劝她,一时半会儿也走不了。"

"前天她还来看过小杰。你们两个呀,真可惜。"

"她是铁了心要去美国。凭她的法医技术在那里还是有发展的。"

"在中国就不能发展了?"

"就算是她留在局里,我们也不可能复婚了。一个法医,一个刑警,都忙案子,谁能顾上这个家呀。"

"也是。"

大刘和孟津先到郑州检察院递了材料,然后赶到河南省高级人民法院,找到焦副院长。焦副院长早就接到了他们的材料,并进行了调查,他告诉两个人:"你们反映的这个情况,我们高院也非常重视。如果情况符合,我们会尽快办理'1·17'杀警案主犯刘振的死刑暂缓执行手续。"

大刘着急地说:"经过我局和省厅的弹道比对,还有公安部专家对弹头的检测,可以肯定罗城'12·1'枪案中所使用的枪,就是一九九四年郑州'1·17'杀警案中丢失的那支枪。案情重大,罪犯后天上午就要被执行死刑,希望能尽快办理。"

焦副院长:"你放心,我们明天下午五点之前一定会给你答复。你们把个人的联系方式留一下。"

大刘和孟津留下联系方式后,就直奔监狱,提审刘振。

在监狱审讯室,大刘和孟津第一次看到了这个杀死警察的凶犯。这个人长得并不凶,但是看得出来有着一股子的倔劲儿。

大刘对刘振说:"刘振,今天叫你来,是让你说清'1·17'案件中那支枪的去向。"

刘振说:"我早就说过了,那支枪叫我给扔到黄河里了。你们怎么还问?"

孟津说:"刘振,你死到临头了,还不老实。现在有人用你的那支枪作案,在现场留下了明显证据。你还要狡辩?"

刘振说:"我没有骗你们,我都是要被枪毙的人了,骗你们有什么意思?至于你说的有人用那支枪作案,我也不知道是怎么回事儿。"

大刘说:"你不能解释,说明你心中有鬼;你说不清原因,说明你在枪的问题上对政府有所隐瞒。"

刘振不说话了。

孟津说:"刘振,你以前的行为,已经对社会造成了巨大的危害。现在,因为你而流入社会的那支枪,可能给社会造成更大的危害。我希望你能在临死之前,为社会做些有益的事情,把枪的问题交待清楚。"

刘振说:"你们不要问了,再问也是扔到黄河里了,没有别的回答。"

孟津气得站起来,大刘把他摁住。大刘对刘振说:"刘振,我知道你很重义气,不愿意出卖朋友。可你知道不知道,你这样做实际上是害了你的朋友。这支枪流入社会,做的案子越多,你朋友身上背负的罪行就越重。难道你想让你的朋友也和你一样走向刑场?"

刘振显然被这句话打动了,低下头沉思了一会儿:"我有点儿渴,想喝水。"

大刘让人给他端来水。

刘振一边喝一边想事情。

大刘等了一会儿又说:"说实话,到目前该枪在社会上仅发一案,而且只是打死了两只狗。但如果不把这支枪追回,今后的案子很可能会涉及人命。"

刘振说:"我想抽支烟。"

孟津说:"你毛病不少啊,又是喝水,又是抽烟的。"

大刘说:"给他烟抽。"

孟津点上烟,走过去交给刘振。

刘振抽了几口烟:"我要是讲了,政府能给我宽大不?"

孟津说:"现在不是你讨价还价的时候。"

大刘耐心地向他解释:"刘振,公检法司的条例我想你早就在监狱里看过了。我坦诚地和你说,你这件事并不算重大立功,只能算坦白交待余案,我们不能据此为你申请减刑。但你的其他要求我们可以考虑,尽量予以满足。据你的管教干部讲,你在监狱里劳动时也很积极,从来没闹过事儿。在宣判后你还给受害者的家人写过一封道歉信。我相信,你已经认清了你的罪行,对你的罪行有所悔过。既然你对你所犯下的罪行已经有了悔意，我希望你在临死之前能为自己的良心还上这笔债！"

刘振："给我点儿时间，让我想想。"

大刘："好，下午我们再来找你。"

两个人在监狱方面提供的宿舍里住下，大刘洗漱完加紧看材料。孟津一边泡脚一边问："刘哥，平时审一个犯人，起码也要四个预审员。现在这么重的任务，只有咱们两个，你看能攻下来吗？"

大刘一边看材料一边说："任务是挺重，时间又紧，所以，只能智取，不能强攻。"

"怎么个智取法？"

"吃完午饭，咱们休息一会儿。两点半去找管教干部，了解一下刘振的家庭情况。我刚来的时候，听他的管教干部讲，这个人的家庭观念还是挺重的。"

孟津看看表："现在是十一点四十五分，那咱们赶紧吃饭吧，还能小睡一会儿。一夜的火车，都没休息好。"

大刘合上案卷："好，咱们走。"

两个人在食堂吃完午饭，找到管教干部。

管教干部告诉他们："刘振有一对双胞胎儿子，今年才六岁，刚上小学。他和老婆的关系挺不错。"

大刘问："他老婆是做什么工作的？"

管教干部说："是下岗工人，现在文兴街上摆摊卖面皮。他家挺不容易的。刘振的父母身体都不好，是棉纺厂的双职工。老两口的退休金加起来也不到一千块，刚够买药钱，生活费还得刘振家里出。"

大刘说："刘振平时表现咋样？"

管教干部说："以前在工厂里还不错，还是生产骨干，所以下岗名单里没有他。但厂里效益也不好，四百多块钱根本就不够他的家用，加上又生了个双胞胎，日子过得更艰难，就和社会上一些闲散人员有了来往，开始从厂里偷东西。一九九四年的那次盗窃涉及金额挺大，十万多块钱的电缆，团伙作案。刘振被抓住后，可能自暴自弃了，做出了那件事。"

孟津问："听说被杀的那个刑警都快退休了？"

管教干部不由感慨道："对，还有四个月就退休了。说起来老何也是太大意了。凌晨审讯完以后,他没把刘振送回拘留室,而是铐在宿舍的床脚上。那天和他一起值班的还有一个刚上岗的年轻人,实习警察小赵。"

三

管教干部讲起五年前的那件事情。

那年是个腊月大冷天,屋子里生着火,墙角有个煤池,煤池上有个砸煤用的大榔头。

刚被抓住的刘振被铐在床脚上,心里既懊恼又后悔。

老何和刘振说着话:"错已经犯了,后悔也没用了。好好交待问题,争取宽大。"

刘振都快哭了:"我这案子小不了,我知道完了。"

年轻刑警小赵厉声说:"现在后悔啦?早干吗去了?!偷东西的时候怎么不想被抓住怎么办?你这个属于团伙盗窃,最少也得判十年。"

"十年?"刘振抬头,这个刑期已经远远超过了他所能接受的心理范围。

老何说:"要是认罪态度好,有立功表现,帮助我们抓住漏网的案犯,还是可以宽大处理的。"

刘振懊丧地不停地小声叨叨自语:"十年太长了,太长了,太长了。"

小赵不耐烦:"叨叨什么?老实点儿。"

老何对小赵说:"小赵,你先睡吧,前半夜我看着他。"

小赵说:"何叔,我这个人爱熬夜,后半夜睡得沉。你先睡吧,到点我叫你。"

"那好。"老何看看表,"现在是十二点二十分,你四点钟叫醒我。"

老何睡觉快,一会儿就睡着了。

小赵刚上班没有两个月,第一次抓住个盗窃犯,很是兴奋,一点儿困意也没有,翻看着书。

刘振坐在地板上也睡了。

小赵坐在床前看着书,感觉肚子有点儿不对劲儿,他找到手纸,准

备出去。但打开门又不放心刘振，走到刘振面前看了看他。刘振睡得正熟。小赵走了出去。

其实刘振一直偷偷地眯眼看，看到小赵走了出去，他坐起来，用肩膀顶起床，把手铐从床脚下移了出来。

刘振来到老何的身边。

老何睡得正熟。

刘振看了看老何那张脸，然后偷他裤子上的钥匙。

刘振偷到了钥匙，打开手铐，转身正要走。老何一个翻身，刘振惊了一下，却看到了老何的枪。

刘振又伸手去偷枪。

刘振打开枪套的时候，老何突然睁开了眼："刘振，你干什么？"

刘振脑袋几乎要炸了，从老何身上抽出枪，转身就跑。

老何一把抱住刘振，被刘振带到了地上。

老何大喊："快来人！犯人跑啦！"

刘振更加着急害怕，他看到炉子旁边放着捅煤的榔头，拿起来一下下地砸在老何的头上，立时鲜血四溅。

刘振愣了一会儿，扔下榔头拉开门跑了出去。

管教干部现在讲起这件事情，还是唏嘘得很。大刘和孟津听了也很难受。

大刘："刘振这罪行枪毙是不冤。不过，现在他不能死。必须要先把那把枪找出来，不能再让那把枪危害社会了。"

管教干部点头称是。

大刘问："关于刘振家庭的具体材料我们能不能看看？"

管教干部把资料递给大刘："都在这里了。"

大刘分给孟津一部分资料，两个人仔细看。

刘振有一对双胞胎儿子。

大刘："现在给社区干部打电话，让他们想办法搞一张照片。"

当天下午，大刘和孟津继续审讯刘振。

大刘问刘振:"刘振,你想清楚没有?那支枪你到底交给谁了?"

刘振说:"中午睡了个午觉,没顾上想。你再给我几天时间吧。"

孟津说:"刘振,你跟我们耍什么滑头?你这样和政府对立,是没有好结果的。"

刘振冷笑:"就是不和你们对立,我还不是要吃枪子儿?我的命运,已经没办法改变了,我现在只求一死。别的想法没有。"

大刘拿出一张照片:"你看看这是什么?"

孟津接过交给刘振。

刘振接过来,是他的妻子抱着一对双胞胎儿子在公园拍的照片。两个儿子在高兴地笑着。刘振久久地看着,不忍放下。

大刘说:"你的两个孩子都很可爱,社区干部告诉我们,孩子很爱说话,不怕生。今年他们上小学一年级,都很喜欢学校,和同学们相处得很好。上个月,他们参加了入校后的第一次考试,两个人全考了一百分。"

刘振说:"是吗?他们还没有告诉我。"

大刘说:"还有你的妻子,是个好妻子啊!除了照顾你有病的父母,还要接送和照料两个孩子,很辛苦。你看看照片,她的白头发是不是多了?你现在想一死了之,但是你这样死,对得起你的妻子吗?"

刘振沉默了一会儿,小声地哭了起来。

大刘说:"将来你的儿子长大了、成材了,说不定成名成家了,人家肯定会来监狱问起你。到时候你让你的管教干部怎么对他们说?说你后悔了?知道错了?那不是撒谎吗?那时候,说不定你的枪还在外边害人呢!你叫我们怎么面对你的孩子,你的孩子又怎么看你?"

刘振一声痛嚎:"别说了!刘警官,我只有一个要求,你能答应吗?"

大刘说:"你说。"

刘振问:"我还能见我的孩子不?还能见我老婆吗?"

"这个我可以答应你。"

"那支枪……我给了我朋友白山。"

"白山是谁?和你是什么关系?在哪儿住?"

"他是一个机械厂的工人。我们在小学和初中都是同学,和我处得很好。那天我逃出去后,在他那里躲了两天,临走的时候,把枪留给他了。

他的地址应当是在文兴街三号院七号楼，好几年没联系了，不知道现在住不住在那里。"

大刘和孟津互相看了一下，松了一口气。

郑州市白山的家中，白山和老婆正在家里看电视。

有人在敲门。白山喊："谁呀？"

门外一个老头儿的声音："白山，我是居委会老王，找你了解点儿事情。就是上次你和隔壁新搬来的那家打架的那事儿。"

白山走过去："这么晚了，白天怎么不来？"

老王隔着门说："今天挺忙的，这不才有时间嘛。"

白山打开门。

警察一下子冲了进来。大刘和孟津冲在前面。

白山被摁住。

白山挣扎着："咋啦，咋啦？"

白山老婆大叫着："出什么事儿啦？他家也动手打人了啊，你们怎么只抓我老公？"

白山被几名警察控制住。

大刘问白山："你叫啥名字？"

白山说："我叫白山。我就踢了他几脚。就凭这你们就抓我？"

大刘说："不问你打架的事儿。你把枪放在哪里了？枪呢？"

白山一下子没明白："什么枪？"

孟津说："手枪！"

白山还是没转过弯来："啥手枪？"

孟津指着白山："你装啥糊涂？刘振给你的手枪，在哪儿了？"

白山恍然大悟："是有这回事儿。不过，那枪早就丢了。"

大刘对警察："走，带到局里说。"

白山被带到郑州市公安局后，郑州市公安局刑警支队副队长段飞对大刘说："这个案子应当算'1·17'的案子，我建议就在我们郑州市局进行预审。你们看怎么样？"

大刘说："我同意。我估计这家伙在说瞎话，在这里预审方便随时搜集证据。"

孟津问："白山为什么不说实话？难道这枪背后还有一个案子？"

大刘说："先审一下再说。"

段飞说："行，你们先审，我和陈健平审第二班。"

审讯室里，白山一再强调："那枪真的叫我给搞丢了。"

大刘问："什么时间发现丢的？"

白山说："去年三月份，不对。可能是前年十二月吧。"

大刘问："你知道私藏枪支是什么罪吗？"

白山说："我不知道。"

大刘说："按照《最高人民法院关于审理非法制造、买卖、运输枪支、弹药、爆炸物等刑事案件具体应用法律若干问题的解释》，非法制造、买卖、运输、邮寄、储存军用枪支一支以上的就可定罪。你收藏枪支的行为，已经触犯了刑律。同时，你还有包庇杀警重犯刘振的行为，又犯了包庇罪，而且性质十分恶劣。依照相关法律，可处以三年到十年的有期徒刑。你听明白了没有？"

白山着急了："我没有包庇刘振，我是害怕他，没办法才收留他。我不想坐牢！"

大刘说："你没有办法？那么你在刘振离开你家之后，为什么不向公安机关报案？正是因为你的包庇行为，才使刘振逍遥法外四年之久。你能说你没有罪吗？你还说你不想坐牢，你不老老实实地交待问题，争取政府宽大，等待你的只能是从严处理。"

孟津说："我告诉你白山，你的那支枪现在还没有造成恶劣的刑事案件。你早一天交待，这支枪就可能早一天被收回，你的罪行就会轻一些。你晚一天交待，这支枪一旦造成严重后果，你的罪行就要加重。"

白山说："我说，我都说。我要立功赎罪，我要争取宽大。"

大刘说："你说。"

白山说："刘振说是暂时放我那里，但后来一直就没回来。有一段时间，我手头缺钱花，就把枪给卖了。"

大刘说:"卖给谁了?"

白山说:"那个人叫冬瓜。"

大刘说:"大名叫什么?"

白山说:"我也不知道他叫啥。我是通过一个朋友认识他的,见面后他掏钱,我交货。没有多问。"

孟津说:"你的那个朋友叫什么名字?现在住在哪儿?"

白山说:"他叫袁二立,现在不在郑州。"

孟津问:"在哪儿?"

白山说:"好像在罗城。"

孟津问:"怎么会在罗城?"

白山说:"他是个粉客,就是吸毒的。听说罗城的货便宜,就去那里买粉了。都走了三个月了,再没有了消息。"

大刘和孟津审讯完,和段飞把情况碰了碰。段飞决定派两个侦查员和大刘一起去罗城。

当天就走。

四

刘小杰又要上学了,他找到一把水果刀,在纸上试了一下,那刀很锋利,把纸裁得很齐。刘小杰把刀小心地装到刀套里,放到裤兜里。又不放心,走到衣架边,放到上衣兜里。

然后走出去。

刘小杰走到上学必经的那个小巷里,这时候是中午,巷子里人不多,偶尔有人走过。

刘小杰走在路上。

上次那三个半大小子从一旁的胡同里走出来。

刘小杰站住,死死地盯着三个人。

三个人走过来。

圈子指着刘小杰："刘小杰，带钱没有？"

那个和刘小杰同龄的小白菜走近一步："把钱拿出来。"

刘小杰不说话，瞪着三个人。

小白菜搋了一下刘小杰的头："今天你不拿钱就别想去上学。"

刘小杰反问："我凭什么给你们钱？"

小白菜推了刘小杰一把，刘小杰后退一步。

豆豆上去把刘小杰揪住。圈子和小白菜夺刘小杰的书包，想再给他个教训。

刘小杰拼命挣扎，咬了豆豆一口。

豆豆疼得大叫，松开手。

圈子狠狠地殴打刘小杰，小白菜也上前帮忙。

刘小杰从衣兜里掏出一把水果刀，捅了圈子一下。圈子疼得跳开："这小子有刀！"

豆豆和小白菜去夺刀，圈子看看自己的伤口。水果刀捅在胳膊上，伤并不重。

圈子发怒了，上去一个飞踹，刘小杰倒在地上，刀子跌出去好远。几个人上去拳打脚踢。

刘小杰被打得在地上打滚，三个人迅速地逃跑。

过了一会儿，一个路人发现了刘小杰，赶紧报了120。

刘小杰的奶奶赶到医院的时候，刘小杰的伤口已经被处理好了，送到病房。医生告诉她，刘小杰右臂有骨裂伤，需要观察三天。脑部轻微脑震荡，身上多处软组织挫伤，但伤度都不深。

医生劝奶奶："你放心，伤情不严重，观察三天没有事儿就可以出院了。"然后嘱咐护士每十二个小时换一次药。

奶奶道着谢把医生送走后，回到病房偷偷地抹眼泪。

白娟也听到消息，赶了过来。她走进病房的时候，看到小杰的奶奶在抹泪，急忙安慰她："伯母，您别着急，大夫说小杰只是皮外伤，有一点儿骨裂，很快就好了。"

奶奶说："你说，等大刘回来了，我怎么向他交代呀。"

白娟说："不就是孩子打架嘛，哪个男孩小时候没有过呀，您别太自

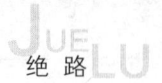

责了。"

刘小杰听到二人说话醒来了。

白娟坐到刘小杰的床边,心疼地看着孩子。

刘小杰喊了声妈。

白娟问:"小杰,好点没?"

刘小杰故作轻松:"没什么大事儿。"

白娟也突然抹起泪来。

"妈妈,你怎么哭了?我没事儿的。"

刘小杰给白娟抹去脸上的泪。

"妈妈心疼你呀。小杰,告诉妈,是谁欺负你了?我帮你出气!"

"他们都是街上的坏小子,你能管得了他们吗?"

白娟有所警觉:"能啊,只要是做坏事,我们刑警都管得了。你说,怎么回事儿?"

白娟听说是几个小赖皮抢劫时,气不打一处来,她立刻找到大刘家所在区的公安分局,直接找刑警队长程队长报案。程队长认识白娟,对这个案子也很重视,立刻派人侦查。只用了两天时间就把侦查结果拿了出来。

程队长把白娟叫到分局办公室,另外还叫了几个侦查员,商量抓捕破案的办法。

程队长说:"白法医,接到你的报案之后,我们的侦察员立刻进行了走访调查。经过调查,最近两个月来,确实有三个社会的失学孩子在附近的几个学校敲诈勒索。有很多学生都被他们侵害过,但因为害怕报复,到现在还没有一个人报案。小贾,你把调查的情况介绍一下。"

侦查员小贾说:"这三个人,最小的一个只有十二岁,外号小白菜,大名蔡建国,是本市人,父亲三年前被判刑,母亲扔下他走了。原来他的姑姑照看他,因为这孩子太捣蛋,现在也不管了,只是每个月给生活费,成了半个流浪儿。第二个十六岁,外号圈子,大名倪翔,原在第七中学上学,因为打架被学校开除。父母也管不了他,一直在社会上混。第三个十五岁,外号豆豆,大名叫作崔卓。崔卓家里其实挺富裕的,不过父亲长期在外做生意,母亲对他十分溺爱,崔卓不爱学习,长期与社会上的闲散人员来往，从事一些不法活动寻求刺激。"

白娟说："虽然是三个小孩，但他们对当地治安情况造成了十分恶劣的影响。好多孩子都被他们欺负过。而且，有些孩子看他们很威风，竟然也想参加到其中去。我觉得这些案子虽小，但必须尽快处理。"

程队长抱歉地说："最近连续接手两个重案，所有侦查员的任务都很重，都很辛苦，忽略了这一情况，这是我们的疏忽，我愿意承担责任。现在当务之急，是赶紧把这三个孩子弄起来。按他们的活动规律，每到上下学的时候，他们就会出来作案。"程队长看看表："现在已经四点半了，我们这就走。"

侦查员在城东街的东段布控。很快，目标出现了，远处，两个男孩并肩走着，一边说话一边笑。

白娟和侦查员小贾穿着便衣站在一个公话亭旁。

白娟问小贾："他们会在这里吗？"

小贾说："昨天他们是在那头抢的钱，按规律，今天应当在这儿出现。我们的调查工作做得很细，你放心。这几个家伙只要出来作案，一定是这里。"

那两个小男孩各买了一串糖葫芦，继续向前走。

小白菜、圈子和豆豆三个人出现了，拦住了他们。先把他们的糖葫芦抢了，又在说着什么。

小贾的步话机传来命令声："目标全部出现，你们按计划一个抓一个，快。"

小贾迅速过马路但又不能奔跑，以防引起那三个孩子的警觉。白娟紧紧在后边跟着。

两个小孩从自己的口袋里掏出了些零钱，交给三个人。

三个人嫌钱少，小白菜上去搜他们的口袋。

程队长先跑了过来一下子摁倒了圈子，接着另一个侦查员也过来摁住豆豆。

小白菜拔腿就跑，白娟已经先跑起来，超过小贾迎面揪住小白菜的衣服，小白菜脱了外衣又跑，小贾一把把小白菜抓住。

小贾揪着小白菜:"你还跑?老实点儿!"

小白菜装可怜:"叔叔放了我吧,我再也不敢了。放了我吧。"

小贾说:"再也不敢了?小小年纪学会抢人了!去了公安局再说吧。"

三个小孩被两副手铐铐成一串,每人嘴里都含着一张纸(防止串供)被侦查员押进办公室。程队长和白娟走进来。

程队长对侦查员说:"把他们分开审讯。"

一个侦查员打开一副手铐,单独把圈子铐起来,拍着圈子的脖子:"跟我来。"

小贾则带走了小白菜。

只剩下豆豆站在那里。

程队长指指豆豆:"你蹲下,对,蹲在那儿。把头抬起来。"

豆豆蹲下来,抬起头。

程队长:"说说你的情况。把你嘴上那纸拿下来吧。"

豆豆把纸拿下来:"我没啥情况。"

程队长:"你啥情况也没有,我们会把你带到这里来?我们都抓了你现形了,你还不老实交待!"

白娟坐到程队长对面,拿起笔进行记录。

豆豆说:"我啥也没干,就是要了点烟钱。"

程队长说:"那你说说,你们一共要了多少次烟钱?时间、地点都说清楚。"

豆豆这次上当了,一股脑地把要烟钱的事都说了出来。

这个案子引起了分局孟局长的重视,孟局向上级请示后,联合本区的教育部门在全区的各小学和中学开展了一次自我保护教育巡回讲座。

早晨,刘小杰的学校。

上课铃响了,同学们纷纷跑进教室。

刘小杰也坐回到座位上。

班主任走进来,站到讲台上对学生们说:"同学们,城东分局的刑警叔叔把长期骚扰敲诈我们几个学校学生的罪犯给抓起来了,保障了校园的安宁。我校决定在大礼堂召开感谢会。一方面向刑警叔叔们赠送锦旗，表示感谢；另一方面，也邀请他们为我们开讲安全课，增强我们的安全防范意识和防范能力。哪些同学愿意报名参加？"

几乎所有的同学都举起了手，只有刘小杰坐在那里一动不动。

班主任走到刘小杰面前："刘小杰，你不是也被欺负过吗？你的爸爸也是刑警，你为什么不愿意去呢？"

"老师，我爸爸破了很多大案子，抓了许多坏人，可他为什么偏偏不愿意管我呢？"

"警察不是只管一个人或者几个人的安全，他们是为全社会的人民群众的安全而服务；而我们也不是只被一个或几个警察保护，而是由国家整个的警察队伍来保护我们。这样，我们所有人的生命安全才能得到最充分的保障。刑警的工作很危险也很辛苦，有时候顾不上照顾家人。但正是他们的无私付出，我们才能安全快乐地生活、工作和学习。你说是吧？昨天抓到那些欺负你的坏人的警察，他们不也是和你爸爸一样的刑警吗？我们要向那几位刑警表示感谢，更要向和你爸爸一样的所有刑警表示敬意。"

刘小杰点点头，他似乎理解了父亲。

罗城市公安局柯队长的办公室，柯队长在打电话："好，我们加强沟通，及时交换情报。"

大刘走进办公室，柯队长示意他坐下，继续打电话："不客气，我们也需要你们的帮助是不是。好，再见！"

柯队长放下电话对大刘说："戒毒所的事情我已经安排了，他们正在查找袁二立这个人。"

大刘说："我担心这个人用的是假名字，所以把白山也带来了。如果找不到这个人，我就带他去辨认。"

柯队长说："可以。我先放你半天假，今天下午去看看你的儿子。明天继续工作，怎么样？"

大刘说："工作要紧，下午我就在局里等消息吧。"

"你看你这个父亲当的，连儿子都不要了吗？给你放假你就去，啰唆什么。"

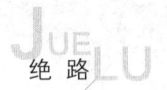

大刘有些黯然:"恐怕,小杰还是不愿意见我。我们父子之间的问题,不是半天时间就能解决了的。"

柯队长安慰他:"你还是去看看吧。你儿子的伤虽然好了,但精神上还需要你这个当爸爸的去安慰一下。"

大刘答应一声,走出柯队长的办公室,这时他的汉显BP机响了。大刘打开BP机,只见上面写着:爸爸,你快回来吧,我想你了。

大刘轻轻地笑了。

五

上午,城顺街的行人并不多。街边有一个邮政储蓄所,一辆面包车停在门前。几名银行工作人员往运钞车上放钞箱。三名保安与工作人员谈笑着。司机趴在方向盘上养神。

丁三从这里走过,走到储蓄所的时候,运钞车吸引了他的视线。丁三把脚步放慢,有些专注地看了一会儿。然后拐到了一个小巷子里。他的家,就在这个巷子里。

丁三背着两个大包裹来到院前,推开门走了进去。

一男一女两个孩子在院子里跳皮筋,看到丁三,停下来。

男孩问丁三:"你找谁?"

丁三停下脚步,琢磨着合适的词儿。

一个四十多岁的女子走出来,看到丁三,愣了一会儿:"你是丁三吗?"

丁三认出是嫂子:"嫂子,是我。"

大嫂急忙向屋里喊:"妈,爸,三弟回来了!"

两个老人急急慌慌相扶着走出来,嫂子扶着拄着双拐的父亲。

丁三看着自己的父亲和母亲叫了一声:"爸,妈!"

两个老人忍不住抬手拭泪。

丁母说:"你可回来了。"

丁三给父母深深地鞠了一躬:"儿子不孝啊。"

丁三的回来让父母又惊又喜。特意把大女儿和大儿子两家人都叫来，吃上了五年来的第一次团圆饭。

大姐丁兰和大嫂做了一大桌子菜。大姐一家三口，大哥丁海一家三口，丁三，还有父母，九口人围坐在桌前。

大姐夫拿出一瓶五粮液，给几个男人倒酒："来，这五粮液在家里已经放了十年啦。"

丁三说："我不喝酒，戒了。"

大姐劝酒："喝一点儿吧，好不容易大家团圆。"

母亲摆手："算了，戒了酒也好。三子，你回来了，就踏踏实实过日子，别再和那些旧朋友联系了。"

父亲也说："是呀，日子过得清苦点儿不怕。一家人团团圆圆的，比啥都强。何况，咱现在比过去过得也好了。"

丁三点头："妈，爸。我回来，是想重新做人，不给家里添麻烦。完了落了户口，我就找个工作。"

大哥隔着桌子对丁三说："三子，我知道你志向大。但什么也得一步一步来，走得快了，步子就乱了。想抄近道，可能就会走错路。你说是不？"

丁三再次点头："大哥说得对。来，我虽然戒了酒，但今天为了爸爸妈妈，我喝上两杯。"丁三举起酒杯敬父母。

丁三又敬大哥、嫂子和姐姐、姐夫。

丁三敬完酒坐下。

"三子，你刚从监狱回来，要找着工作还得有些日子。"大哥拿出一叠钱，"这是三千块钱。我的两千，你大姐的一千。你先拿去花着。"

丁三拒绝了："我还有点儿钱，监狱发的。"

大姐说："你那点儿钱哪儿够过日子。你就拿着吧。"

大姐夫也说："就是，都是亲姐姐、亲大哥，客气就见外了。"

大嫂脸色有些不好，但还是说："拿着吧。"

丁三接过。

吃完饭，和爸妈说了一会儿话，丁三出来上厕所。他走到院子里，听

到有人在院子黑暗处说话。听声音是嫂子。

嫂子说:"不是说好了一家拿一千吗?你怎么变成两千了?"

接着是大哥的声音:"我估摸两千块太紧张了,三子刚回来,日子要是过得太紧了,我怕他又和以前那些狐朋狗友凑到一块儿。"

"那也得一家一半吧。"

"咱家比丁兰家日子强些,我又是老大。就这样吧,你别管了。"

丁三不想让他们知道自己在听他们说话,想走回去,这时大姐拿件衣服出来:"妈怕你凉着,让我给你拿件衣服。"

丁三接过衣服穿上,大姐走回去。

大哥看到丁三,立刻走过来:"三子,明天我陪你洗个澡,买身衣服,里里外外的换一换。"

"哥,那钱……"

"家里我做主,你别过意不去。只要你好好的,爸妈都放心,大哥就高兴。"

丁三感动地点了点头。

在家里住了几天,丁三决定出去找个人。

他来到城顺街邮政储蓄所前的时候,又看到那辆面包车停在那里。银行工作人员正往银行里送钞箱。

丁三被那钞箱激得有些激动,但表面上他是很冷静的,他很慢地从马路对面走过,同时仔细观察着。他看到银行门前,保安比较随意地站在那里,很明显警惕性不高。

而司机竟然离开了汽车,拿着一个水杯走出车来,对一个工作人员说:"小柳,没水了,给打点水吧。"

小柳说:"你自己倒吧,就在大厅。"

司机走进了大厅。

丁三收回了目光,走向远处。

一座居民回迁楼,丁三走进楼中。

丁三走到顶层,敲左边的门。门内丁三的前妻王玉香问:"谁啊?"

丁三没说话，又敲门。

王玉香打开门，见是丁三，"砰"一声又把门关上。

丁三擂着门："你开门，我要见儿子。"

王玉香在门内："你还要见儿子，你在大狱里蹲了四年整，你知道我们母子过的是啥日子？"

"我不和你多说，你把儿子叫出来。我见他一面就走。"

"你现在就走，他没你这个爸。"

"王玉香，你开不开门？"

"我不会开门的，你走吧！"

丁三气极了，他在楼道里到处看，看到楼道拐角有一根木棍，他走过去拾起木棍回来就砸门。

"你再不走我报警了。"

"你报警吧，我要见我儿子有什么错？"

王玉香报了警。很快，一辆警车停到楼下。

两名警察走下来，走进楼内。

丁三还在砸门。有些人在楼梯上看热闹。

两名警察走上来。其中一名警察喝住丁三："你干什么呢？住手！住手！别砸了。"

丁三停下手。

年纪大一些的警察姓彭，是这里的老片警，他对相对年轻的警察说："你看住他。"

老彭过去敲门："开门，我是派出所的。"

王玉香先打开一个门缝，然后打开门："警察同志，这个人要闯进我家。"

丁三说："她是我前妻，她不让我见儿子。"

王玉香："我不认识他。"

丁三大声地喊道："和你结婚十几年了，你不认识我？"

王玉香说："我从来就没认清过你。"

"别吵，别吵。"老彭对王玉香说，"请你把你儿子叫出来。"

王玉香不情愿地把十岁的儿子丁业叫出来。

老彭指着丁三对丁业说:"他是你什么人?跟伯伯说实话。"

丁业老实说:"他是我爸爸。"

老彭对王玉香说:"好了,这是家庭矛盾,你是在家里调解,还是去派出所?"

王玉香嘟囔着:"我不想让他进家。"

老彭:"那就上派出所吧,走吧!"

在派出所,王玉香和丁三被分别安置在两个办公室。

老彭不愧是块儿老姜,处理这些事情很是拿手,没一会儿就把王玉香说服了。只是她嘴上还不服:"我就是想不通。"

老彭说:"不管他以前有多么不对,他还是有探视权的。你不让他见儿子,你就是违法。而且,孩子也是无辜的,他也有权得到父爱。"

王玉香点了点头。

做通了王玉香的工作后,老彭走出去,到另一个办公室。

丁三看到老彭进来,下意识地站起来:"彭干部好。"

小警察对老彭说:"彭老师,我刚才正教育他呢。看把人家门砸的。"

老彭告诉丁三:"那个门,王玉香说不用你负责赔偿了。但以后你要看儿子,可以去学校,不可以去她家。这是学校的地址。"

老彭递给丁三一个纸条。

丁三接过纸条说声谢谢。

老彭说:"你以前经常动手打你的妻子,那是家庭暴力。现在你要再动手打你的前妻,那就是故意伤害。你也知道法律,后果你明白吧?"

丁三说:"明白,您放心,我不会对她动手的。"

这时候丁业探头往里偷看。

老彭对丁业招手:"进来吧。"

丁业走进来,走向丁三。

丁三走过去,蹲下来捧着儿子的脸:"儿子。"

丁业其实并不讨厌丁三,父亲一直对他很好,他叫了声爸爸。

丁三说:"儿子,爸爸对不住你。你,想过我吗?"

"嗯,我还给你写信了。不过,妈妈没有让我寄。"

丁三从身上掏出五百元交给丁业:"儿子,这钱给你。以后每个月我都会给你生活费。"

丁业没有接:"我不要。爸爸,你刚出狱,你更需要钱,你留着吧。你以后经常来看我就行了。"

丁三搂住儿子:"爸爸不缺钱,爸爸以后还会挣很多钱给你,让你上好学校,住好房子。爸爸欠你的,以后都会还上。"

丁三回来的时候,已经是黄昏了,他在小巷里找到一个小卖铺,走进去打电话。

云南边境的小镇,王强的家。

王强正给孩子冲奶粉,他的 BP 机响了。

王强看了看,放下奶粉,对妻子说:"你给孩子喂奶吧。我出去回个电话。"

妻子问:"谁的电话?"

王强不耐烦地说:"你别问那么多!"

王强走了出去。

王强出来,找到一处有公用电话的小店,拿起电话拨号,电话通了。那边是丁三。

丁三开门见山地说:"你来吧,到这边和我一块儿做一笔大生意。"

"好,我安排完家里的事就走。"王强只回答了一句话就挂了电话。

罗城有一个文物市场,这个市场在全省都是出了名的。全省的很多文物和旧货都是从这里集散。这里大部分的货物都是国家允许买卖的普通文物和旧货,当然,也免不了泥沙俱下,有些不法分子混迹其中。

李成和以前一直是这里的常客,后来因为和杨志峰开公司,一直没有时间再来这里。自从李根勤坑了他们一大笔钱,公司倒闭之后,李成和只

能来这里再找找出路。

文物市场人来人往,李成和一边走一边观察。他走进老熟人二东的古董店。

老板二东见李成和进来了,向他打招呼:"成和来了,最近在哪儿发财?"

李成和东瞅西看:"发什么财?倒霉透了,李根勤那家伙欠我的钱不还,手头紧得很。"

"我当初就告诉你别和这家伙打交道,你就是不听。吃亏了吧。"

"那不是贪他给的利大吗?后悔没听你的话啊。"李成和走到二东身边掏出一块玉,"二东,你给看看这块玉值多钱?"

二东接过来,拿在手上细细地看了一会儿:"这是假翡翠,你看,这儿,这儿,都是染过的。颜色太艳。"

"那值多少钱?

"顶多三百块钱。"

李成和把玉放回兜里:"我信你。"

"我多会儿和你说过假话。"

"这搞玉门道太多,我不行。"

"古玩玉器旧货,哪个门道都不浅,这里边学问深着呢。"

"二东,你说咱这市场里,谁家的东西最真,做得最大?"

"你也知道,咱这做玉器古董生意的都是三年不开张,开张吃三年。平时走的都是旧货、小物件儿,还有假货。谁家要是冷不丁收个大件,还得碰机会。"

李成和笑了:"我看你们这里琳琅满目的,原来都不是什么真东西。"

"不过,有一家可是有真东西,而且东西不少呢!"

李成和眼睛放亮:"哪一家?"

"不是这里的铺子。是一个老头儿,大概七十多岁,单身一个人住着。两个女儿逢周六和周日各照顾老人一天。这个人可是个大藏家,家里的字画随便拿出一个来,都得上万!常到我们这儿来淘货,眼睛毒得很。但凡他看上的东西,我们都得翻一番价格才卖给他。"

"这老头儿叫什么名字,在哪儿住?"

"你打听这个干吗？"

"跟着他老人家学两手。"

"就你啊。"

"你别瞧不起人啊。"

"他叫曲庆安。哎，他来了。"

"哪儿呢？"

二东一指外头："看见没，那个戴帽子的老人。"

李成和说声有事儿，走出去，跟上了这个老人。

曲庆安在市场里逛了一番，没什么收获，遛着弯走回去。李成和就在曲庆安后边不远处不紧不慢地跟着。

曲庆安走到院里，进了楼里，走上二楼，拿钥匙开门，走进去。

李成和也慢慢走上二楼，认了认门，然后离开。

李成和出来后，打了个车，回到自己住的小区。

这个小区是个高档小区，出租车不能入内。李成和下了车，往里走。他刚要进小区，身后有人拍他。

李成和回头见是丁三："哎哟，是三哥回来了。你啥时候回来的？"

丁三说："走，进去说话。"

李成和带着丁三来到家里。丁三上下打量了一下这屋子："你的家还挺阔气的啊。"

李成和笑笑："唉，就是个空架子，能卖的都卖了。再卖就该卖家具了，卖完家具再卖房子。"

丁三看看他，走进每个房间里四处看。

李成和跟着丁三："三哥，您别不信。"

李成和掏出那块玉："家里除了家具，能卖的就剩这玩意儿了。今天拿到古玩市场，人家说最多也就值三百，就没出手。"

丁三一边走一边说："我还不知道你？花起钱来，跟撒土似的，有多少钱也不够你造。"

"其实，前些年正经生意倒是做得不错，钱够花了。就是去年被李根

勤那小子坑惨了，公司也倒闭了。没办法，后来查过几家户口（黑话，入室盗窃），手气不顺，都没多少油水。"

"我知道你和李根勤的事儿。"

丁三看到有女人的内衣，他没有说话，走到客厅坐下。

李成和给丁三倒水："三哥，李根勤这货太不是东西了。咱干他一票怎么样？"

丁三没说话，表情也没有变化。

李成和见丁三不动心，又鼓动："他现在可是腰缠万贯。有一回他的三个厂子同时发工资，一次就从银行提了两百多万。他开地下赌场怕被警察查到，把收回的赌资分别藏在三个地方。其中，有一半赌资常年放在他鹏鲲小区的家里，最少也有七八十万。"

"我知道你就是想报仇。小不忍则乱大谋。李根勤这货也是道上的人，防范得很紧，你想吃他，恐怕打不着狐狸，反惹一身骚。"

"我知道凭我的能力肯定做不了这事儿，所以这不是一直等你回来，一起干嘛。"

"李根勤的事儿你就不要想了。凡是做大事的人，先要选对目标。李根勤不是一个合适的目标。我另外有一单生意，你愿不愿意干？"

"啥生意？"

"我瞄上一家银行，防范松得很。运钞车是个面包车，根本就不经枪打。我特意观察了几天，每天的款子应该都不少于一百万。要干就干个大的，这一票干完，够你花两年的。"

"他们有几支枪？"

"车上一共三个保安都带枪。银行里还有一个带枪的。"

"带枪的人不少了。我这里只有一把枪，就凭咱们两个恐怕不行吧？要不，再叫几个人，再弄几把枪？"

"人越多越危险，你，我，加上王强，三个人足够了。枪我已经有了。一把七七手枪，一把八一自动。"

"王强是谁？"

"你不要多问，反正人很可靠。枪打得很好。对了，你是什么枪？"

"六四。但没几颗子弹了。"

"七七和六四用的都是七点六二毫米的子弹。我那里子弹足够用。"

"那咱什么时候干?"

"抢银行不是件小事情,准备工作不做好,绝对不能下手。"

"咋准备?"

"你去买几辆旧自行车。记住要买,不要偷,叫人逮住就不划算了。"

"弄那东西干啥?"

"弄点炸药,绑在自行车后座上,预先放在银行,肯定没人注意。等运钞车来了,先炸他们个晕头转向,就好下手了。"

李成和佩服地说:"三哥,你这招真高。"

"还有,我看到你房间里有女人用的东西。我告诉你,做咱们这行的,最容易坏在女人手里,以后少跟女人来往。"

李成和嘟囔着:"都是男人么,没女人的日子咋过。"

"李成和,你要跟着我。我得给你立三个规矩。"

李成和急了:"三哥,你不会不让我碰女人吧。"

"第一,不能背着我干私活,要是因为私活误了大事,那不值;第二,一旦有事儿,全部要自己兜着,不能出卖别人;第三,得手后,绝不能再像以前一样大手大脚,雷子也不是吃素的。至于女人,我知道你离不开,但你给我记住,不要带回家,口风要紧。咱们的事儿,一个字也不能跟任何人说。"

"记住了。"

"三条规矩,你要是犯了其中一条,别怪我对你不讲情面。对王强,我也一样。"

"三哥放心吧。对了,杨志峰早就嚷嚷着要跟你,咱用不用叫上他?"

"杨志峰做事情我放心,但就是胆子小,这回抢银行,暂时用不着他。我回来的事儿,你先不要跟他说。"

六

孟津今天相亲，相亲地点是一家咖啡馆。小伙子长得本来就帅，这回西装革履的一扮上，更显得很精神。孟津走进咖啡馆，服务员向他打招呼，孟津表示自己找人。他拿出一个小纸条，认了认纸条上的名字，然后一边走一边找。孟津来到一个卡座前，一个漂亮的年轻女孩坐在那里。

孟津估计那个漂亮女孩就是相亲对象，他有些暗喜，定了定神，整整衣服走上去："请问，你是贺园园吗？"

女孩回答："对。"

"我是孟津。"

"你就是那个刑警吗？"

"对，是我。"

"请坐。"

孟津坐下，仔细打量着那女孩，女孩皮肤很好，眼睛也很亮。他越看越喜欢。

贺园园好奇地问孟津："你怎么不穿警服呢？"

"我们刑警很少穿警服的。"

"为什么？"

"我们的工作就是抓罪犯、破案子。你想，我们要是穿着警服去破案，人家老远就认出我们了，肯定就会早早地跑掉，罪犯可就抓不成了。"

贺园园笑了："对，是这个道理。"

孟津把服务员叫来，要了杯茶，又问贺园园要什么。

"不用了，我手里这杯茶就可以。"

服务员走开后，贺园园继续说："其实，我从小就喜欢警察，喜欢你们警察穿警服的样子。不爱红装爱武装！"

孟津不由诉起苦来："其实，警察特别是我们刑警的工作很辛苦。上下班没点，加夜班。有案子就要马上出发，有时候审讯犯人，一审就是好几天；为了追捕罪犯，还要出差，一走就是十几天。"

贺园园摆出很严肃的表情听着。

孟津感觉自己的这番话会让面前这位美女产生不好的印象，急忙挽回："当然，我们这个行业还是很受人尊重的。毕竟是保一方平安嘛。没有刑警，那些大案要案就破不了，社会治安就会乱，老百姓的安全就没有保障。"

"你给我讲几个破案的故事好不好？"

"我想想，噢，前年有个案子很有意思，有个贼在一家居民楼偷了一件皮夹克……"

孟津的 BP 机响了，孟津拿起 BP 机看了看，是大刘的电话号码。他和贺园园说了一声，来到咖啡馆吧台，借电话打回去。

那边大刘第一句就问："相亲相得怎么样？"

孟津得意地说："这回这个真不错！美女！"

"抓住啊，别让她跑了！"

"刘哥，你教教我怎么才能抓住？我刚才说咱刑警又忙又危险，感觉说错话了。"

"这个你可得提前说在头里，不然等搞对象的时候才让人家知道，完了还得崩。"

"噢。"

"戒毒所筛出几个郑州的吸毒人员，我和程华会同郑州的同志一起认人预审。给你时间先解决终身大事。"

"谢谢刘哥。"

孟津走回来，贺园园问他："是不是有案子？"

孟津："今天组长放我假，让我先解决终身大事。"

贺园园笑："你继续讲讲那个故事。"

孟津："我讲到哪儿了？"

贺园园："有个贼在一家居民楼偷了一件皮夹克。"

孟津："那皮夹克是真皮的，挺值钱，是失主七千多块钱从北京刚买的。然后你猜怎么着？那贼竟然又穿着这件皮衣回到那个院里作案，当时就让人家给认出来了，直接扭送到派出所。"

贺园园咯咯直笑。

这时，大刘、程华、段飞已经来到戒毒所。

袁二立和其他四个犯人站在一间房内。

大刘等人和戒毒所的人带着白山来到房外，隔着玻璃向里看。

大刘对白山说："你认认。"

白山指指袁二立："那个，左手第二个。"

大刘问："那个瘦瘦的高个子？"

白山点头："对，就是他。"

大刘让人把白山带走，和程华、段飞走进去。

大刘指指袁二立："你留下，对，就是你。其他人走吧。"

其他人被戒毒所的管教带走。

大刘、程华和段飞走进屋。

大刘问袁二立："你叫什么名字？"

袁二立说："袁洁。"

大刘问："还有其他名字没有？"

"没有了。"

大刘厉声地喊："袁二立！"

袁二立一惊。

大刘指着袁二立："袁二立，我们对你的情况，已经掌握得清清楚楚，让你自己说是给你机会，你还不老实交待？知道抗拒审讯是什么后果吗？"

袁二立知道瞒不住了，只好实话实说："我错了，我叫袁二立。我以前因为吸毒被强戒过，我害怕这次加重对我的处罚，所以就报个假名字。"

大刘问："我问你，你除了吸毒，你还有什么事儿？"

"我没犯别的事儿呀？我有生意，做得还不错。犯不着去干违法的事儿。就是吸毒这个，我实在是戒不了。"

段飞说："我们查过你的社会关系，跟你交往的那些人，很多都是有案底的。你能保证只有你是清白的？"

袁二立说："我真的没做什么违法的事儿。我因为吸毒，交了些不好的朋友，但我向政府保证，我什么坏事也没做。"

段飞反问他："你什么坏事也没有做？我给你提个醒吧。"

袁二立抬头看段飞，他真的不明白段飞说的是啥事儿。

段飞问："你有没有介绍他人购买过一把手枪？"

袁二立说："这个有，这也不算啥事儿吧？"

程华说："怎么不算事儿？光这件事儿，就够判你两年的。"

大刘说："袁二立，你要老实交待，那把枪你放在哪了？"

袁二立说："我借给冬瓜了。"

段飞问："冬瓜是谁？"

"是个贩毒的，我经常从他那里买粉。后来，他听说我有枪，就问我借走了。"

"什么时候借走的？"

"两年前就借走了。后来，我问他要，他说给我点儿粉把枪要了算了。我反正要枪也没用，就换了粉抽了。"

"你保证你说的都是真的？"

"你们不信问冬瓜。"

"冬瓜现在在哪儿？"

"不知道。我买粉的时候跟他见过一回，后来我在旅店吸粉被你们抓住了。这家伙鬼得很，卖粉的地点经常换。手机和传呼也有好几个号。现在风声这么紧，我估计他早就躲起来了。"

大刘对段飞说："这个冬瓜我已经查过了，名字叫冬武。现在我们七处三组正在查他贩毒的案子，也在找他。"

段飞点头："看来这人还不好抓了。"

大刘对袁二立："你给他打电话，就说你要买粉。"

袁二立被带到办公室给冬瓜打电话，大刘、段飞、程华坐在旁边监视着。

袁二立打通了电话："冬瓜，我是二立。我准备回郑州呀，打算从你那里多弄点粉带走。"

电话那边传来冬瓜的声音："你不是被抓了吗？"

"罚了点儿款，被放出来了。冬瓜，你最近钻到哪儿去了？"

"这几天风声很紧。你不要给我打电话了。"

"你胆子也太小了吧。"

"过一段时间再说吧。"冬瓜挂断了电话。

袁二立看看几名刑警。

段飞对袁二立说："再打，把价钱说高点儿。"

袁二立答应一声，再打电话，但拨号后听了一会儿又放下，袁二立说："他关机了。"

大刘说："这货有所察觉。"

段飞说："看来得再找一条线。"

大刘说："袁二立，冬瓜有没有非常亲密的朋友或亲人在罗城？"

袁二立说："我记得他和一个叫季娜的关系很好，经常和那女人在一起。"

大刘问："季娜是做什么的？怎么能找到她？"

袁二立说："她在阿曼尼迪厅做领舞。不过，她有时候去干一阵子，有时候又很长时间不上班。不太好找。"

大刘说："她住哪儿？还有谁和她认识？"

袁二立说："我不是罗城的，对她不了解。我只知道在阿曼尼迪厅能找到她。"

三个人立刻赶往阿曼尼迪厅。一进迪厅，就感觉到里面的喧嚣，领舞台上两个女孩在跳舞，下面一群年轻人跟着蹦。迪厅负责人听说刑警来了，急忙迎出来。大刘、程华和段飞与迪厅负责人握手。大刘介绍说："这位是程华，这位是郑州市局的段队长。"

负责人满脸堆笑："程警官好，段队长好。"

大刘说："这里太吵了，咱们找个安静点儿的地方吧。"

负责人说："去我办公室吧。"

负责人领着三个人走向后面的办公室。

进了办公室，他让助手给三个人倒咖啡，然后敬烟。

大刘等人都说不抽烟。段飞直接问："季娜是你们这里的员工？"

负责人说:"她不是这里的正式员工。季娜这个人和别人不一样。她跳舞跳得很好,但不爱和人说话,和我们也没有正式合同,想来就跟我说一声,跳上一个星期半个月的,我们按天付钱,不想来打个招呼就走了。这不,又有半个月没来了。"

大刘问:"她住在哪儿?"

负责人说:"不知道。我们对她知道得很少。只听说她和一个叫冬瓜的人在一起。那个冬瓜我见过,长得倒是挺帅气的。"

大刘问:"怎么才能找到季娜?"

负责人说:"我也不知道。只能是季娜再来的时候,我给你们打电话。"

大刘说:"那这样吧,我们把联系方式留下。你一见到她,立刻就通知我们。"

负责人赶紧去拿纸笔,把联系方式记下来。

三个人调查完情况从迪厅走出来,正好碰上孟津。

大刘问孟津:"你怎么来了?"

孟津说:"我听说你们在这儿,就急忙赶过来了。案子怎么样?"

大刘说:"需要找到一个叫季娜的女孩。咱们回局里说。哎?你相亲战果如何?"

程华也笑了:"小孟,听说你那个对象特别漂亮。在哪儿上班?"

孟津打着哈哈:"什么对象啊,八字还没一撇呢。她在小学当老师。"

段飞说:"刑警找对象可不容易,你得好好把握住。"

孟津不好意思地说:"我又约她在下个星期天见面,她答应了。"

大刘说:"这就是有戏啊!"

程华也打趣:"大姐等着吃你喜糖了。"

几个人说着钻进警车。

孟津回去后,就问介绍人,让他高兴的是,对方也同意继续交往。孟津赶紧约贺园园星期六见面。到了星期六,两个人约在公园。贺园园一见他就问:"今天你不忙了?"

孟津说:"暂时没有任务。不过,呼机随时待命。"

贺园园问他："你们现在正破什么案子？能和我说说吗？"

"是一个杀狗案。"

贺园园惊讶地问："啊？杀狗的案子也找你们刑警？"

孟津赶紧解释："不过，那两条狗是被六四枪打死的，那支六四枪上可是带着人命呢。我们的任务是尽快把这支枪找到。避免这支枪在社会上造成更大的危害。同时，也要将使用这支枪作案的罪犯抓住。"

贺园园问："你为什么要选择做刑警呢？"

"我的父亲就是一名刑警。他在刑警的岗位上兢兢业业地工作了四十多年。小时候，他经常给我讲他破案的故事。知道那些罪犯一个个被他亲手抓住，看到他办公室的一面面锦旗，我对父亲十分佩服。父亲虽然照顾我很少，但因为我有一个当刑警的爸爸，小伙伴们都很羡慕我。他们说，我爸爸就是专管抓坏蛋的！"

贺园园笑了："'专管抓坏蛋'！这个职业解释真有意思。"

"所以啊，我从小的职业理想就是当一名刑警。你知道吗？当我第一次破获一起杀人大案时，当时激动的心情就别提了。现在想起来都特别地兴奋。"

"刑警的职业除了辛苦，还很危险吧？"

"我们抓的都是罪犯嘛。你想，那些人能束手就擒吗？有的人不仅有刀，甚至还有枪。我爸爸就曾经让罪犯用刀子捅伤过，在医院住了一个多月。我记得我妈一听说我爸被捅了，一下子就坐到地上了。"

这句话很显然刺激了贺园园，她想说什么，欲言又止。

孟津没有觉察到，因为他刚说完话 BP 机就响了，孟津拿起看了看："有任务了，我得走了。真对不起！"

贺园园笑着说："没关系，你赶快去吧。要多抓几个坏蛋！"

孟津也笑着答应："好！"

孟津接到的任务是立刻赶往阿曼尼迪厅，迪厅负责人打来电话，说季娜到迪厅上班了。

迪厅内，跳舞的人群，劲爆的音乐，季娜化着浓妆，穿着舞服在领舞台跳舞。一曲终罢，季娜下台，在一边擦汗喝水。一个同样打扮的年轻女子小戴走过来，贴着她的耳朵告诉季娜警察在找她。季娜脸色一变，急忙跑到后台。

季娜没来得及卸妆，穿着演出服，拎着装平常衣服的大包，快步走出去。

季娜走出去的时候，孟津正好走进来。他觉得这个女孩很奇怪，很注意地看了看她，才往里走。孟津找到负责人的时候，负责人告诉他："孟警官，季娜刚才还在，现在找不到了。"

"找不到了？季娜长的什么样子？"

"大眼睛，高鼻子，有点儿像新疆人，梳一个吊辫。"

孟津转身跑了出去。

这个举动让负责人莫名其妙。

这时，季娜正在外边焦急地打车。

一辆出租车停下，孟津已经看到了季娜，他一边跑一边在远处喊："我是警察，那个姑娘有问题，不要开车！"

季娜坐进车里对司机说："快开车，他是流氓。"

出租车司机说："姑娘，别怕，要是流氓，我替你挡着。"

季娜见司机不开车，急忙扔下大包，打开车门就跑。

孟津跑得快，很快追到季娜，一把抓住她。

季娜挣扎着大喊："你干什么？抓流氓啊！"

孟津说："你别耍赖皮，老实点儿。"

"你放开，你抓我哪儿啊，臭流氓。救命啊。"

贺园园正好路过，她看到这个情况，一时反应不过来，她大声问孟津："你不是有案子吗？这是干什么？"

季娜向贺园园求救："姐，救救我，这个人想非礼我。"

贺园园不知所措，干脆转身就走。

孟津松开季娜，追到贺园园身边："贺园园，别误会，我是在执行任务。"

贺园园不说话，还是往前走。

季娜趁机跑开。

孟津还在和贺园园解释："你听我说嘛。"孟津回头，见季娜已经跑了。孟津对贺园园喊:"完了和你解释啊。"孟津转身向季娜追去。孟津追过马路,在马路对面把季娜控制住。

季娜大叫大嚷,围上来一批旁观者,有人声援季娜:"大老爷们儿,欺负小姑娘。"

孟津掏出手铐把季娜铐住,掏出警官证对旁观者:"我公安局的,在执行任务。"

季娜这回嘴上老实了:"我啥也没干,你放了我吧。"

"回局里说去。"

出租车司机钻进人圈,手里拎一个大包:"警察同志,这是这个姑娘的包。"

孟津说声谢谢,把包接过来。

市局的预审室里,大刘、程华和孟津把情况给季娜讲清楚。

大刘说:"政策我们都和你讲了,冬武贩毒、持枪,还有其他严重的罪行。你要是包庇他,你也要受到法律的制裁。"

季娜说:"我和冬瓜就是情人关系,我可没有参与他的事儿。"

大刘问:"那你讲清楚,他现在在什么地方?"

季娜反问:"我讲清了,你们就能放了我?"

大刘说:"只要你不包庇冬武,也没有其他违法犯罪行为。我们没有理由把你关起来。"

季娜说:"我确实不知道他在哪里。以前他就住我那里,他还有两处房子都是租的,你们也都知道了。他走的时候还告诉我,不要让我联系他。等风声过了,他会联系我。对了,他有三个手机号,其中一个手机号,外人很少知道。"

大刘说:"你把三个手机号都写一下。"

孟津给季娜拿过去笔和纸。

季娜写下手机号,把纸交回去。

大刘问:"季娜,你保证你说的都是真的,没有任何隐瞒?"

季娜说:"都是真的,我知道的就这么多。"

审讯完季娜,重案一组的成员和柯处一起开了一个案情分析会。

柯队长，大刘，程华，孟津。

大刘说："冬武这个人很狡猾，无论是从他的亲戚那里，还是情人那里，都找不到他的踪迹。现在我们已经把他的所有手机和BP机都监视起来了。"

孟津说："那个叫季娜的目前没有查出什么问题，但如果现在放了她，怕她给冬武通风报信。"

大刘说："那就二十四小时监视她，孟津你辛苦一下。柯队长，我请求给我们这个组派两个人。"

柯队长说："大刘，我有个事儿要和你说一下。十处经侦支队有个经济案子需要人手，冯队长向咱们队借人，我想把程华调过去。她在这方面也有经验。"

大刘不高兴了："柯队长，我的一组里一共五个人，你已经调走两个了，这回再调一个，我的一组没法干了。"

柯队长说："你的心情我理解。我调程华走，除了破案需要，还有两个原因。一个是这些天我也一直在关注这个案子，熬夜调阅了全国各处的六四枪案案卷，发现这把六四枪在'1·17'案件后，几年来一直没有再出现过，直到'12·1'案件才再一次出现。我认为咱们被这个案子牵扯的精力太多，耗费的人力太大了。第二个原因，案子追查到冬武这里，和三组正在查的冬武贩毒案，算是并上了。你可以配合三组一起来破这个案子。有些行动可以让三组的人参与，比如监视季娜的这个事儿。"

孟津也有些不满："查来查去，成了为他人做嫁衣了。"

大刘直接说："柯队长，我对你的这个命令有意见。"

柯队长说："有意见你可以保留。现在的当务之急，是要配合三组把冬武贩毒案破获。你们也不要认为这是给他人做嫁衣，只要把这个案子破了，将来功劳簿上，我首先给你们记一笔。"

大刘激动起来，大声说："柯队长，我不是争功，我也不需要争功。我所说的所做的，都是为了这个案子。"

柯队长说："你别激动，慢慢说。"

大刘压了压激动的心情，但还是说话有些激昂："你想想，这支枪虽然几年没有打响，那是没有落到敢用枪的人手里。现在这支枪已经打响了，说明持枪者是个非常残暴凶狠的人物。他随时有可能拿这把枪继续作案，甚至杀人。我们需要及时把重大案件消除在隐患状态，而不是等其发生了才去追查凶手。"

柯队长说："你的心情我理解，与三组配合，并不影响你继续查枪案嘛。我并没有解散你们这个专案组。"

大刘说："如果这支枪已经不在冬武手里，而涉及另一条线索和人物怎么办？仅凭我们两个人没法干，这是人为给我们制造困难。"

柯队长也火了："大刘，你怎么说话呢？我什么时候给你们破案人为地制造过困难？"

"对不起，我激动了一点儿。但希望队长考虑一下这个案件的性质。因为，我有一种很强烈的预感，这支六四枪很快就会做一次大案，说不定是惊天大案！"

"你呀，说你是危言耸听，你又要和我争辩了。这样吧，你还是要配合三组追查冬武，但程华我就不调走了，我另外派人到经侦支队。"

七

经过大刘的努力，一组总算保住了三个人的力量，不过还是打助攻，给三组打下手。但一组毕竟是大刘带出来的，只用了五天就查到了线索，孟津查到，冬武137的那个号码用了。

大刘问孟津："查了没有？给哪儿打的？"

孟津说："已经查了，是个固定电话。登记的名字不是电话使用者本人，固定电话的位置已经确定。三组的老彭刚刚带人去了。"

大刘一听着急了："三组行动咋这么快？咱们赶紧出发，叫上程华。"

这时候，老彭带着两个侦查员已经来到一个普通居民小区楼房的楼下。老彭对其中一个侦查员："小昆，你到楼后头，看住后窗户。我和钱元光先上去。"

小昆答应，走到楼后。

老彭和钱元光向上走。

走到二楼一家门前，钱元光敲门。

里面传来女人的声音："谁啊？"

钱元光说："公安局的。"

女人在里边问："公安局的找我干吗？"

钱元光说："你先把门打开说话。"

女人就是不开门："你先说有啥事儿嘛。"

老彭走上前："我告诉你，公安局找你肯定有事儿。你不要妨碍公务，我们带了搜查证的，你不开门，我们就撬门了。"

这时候，大刘带着程华和孟津上来。

大刘问老彭："怎么样？"

老彭说："里边有个女的，顽固得很，就是不开门。"

老彭继续叫门，女人打开里边的木门，保险门还关着，她隔着保险门说："我又没犯法，公安局凭啥搜查我家？"

大刘指着女人说："冬武的事儿你也知道，刚才他给你打了一个电话，他都说什么了？你说清楚。"

女人想解释什么："我……"

老彭严厉地："把门打开！再不开门，你就是包庇罪！抓到公安局去。"

女人有些害怕，她把门打开，几个人一拥而入。

一进屋大刘就问那女人："你是冬武的啥人？"

女人不吭气。

大刘说："问你话呢，快说！"

老彭说："不说话？！在这儿不说，就带到局子里说。"

女人嗫嚅着："我是他老婆。"

大刘问："你叫啥？"

"常春林。"

"你不是在四川么，啥时候来的？"

"来了一个月了，冬武把我叫来的。来了以后，我和他就一直住在这里。"

"冬武现在在哪里？"

"不知道。"

老彭说："胡说！冬武刚才给你打电话，肯定有事儿！"

大刘说："他在电话里说什么了？我告诉你，你要老实说。我知道你还有两个娃，都还在上学呢。冬武已经犯法了，你再犯法，你们都进了监狱，谁照顾你家孩子？"

女人哭起来。

程华说："常春林，你光哭救不了你自己。赶紧告诉我们冬武在哪儿，我们可以考虑对你宽大处理。"

常春林说："他这一个月来，一步也没有出门，整天在家待着。今天上午拿了点日用的东西就走，一直没回来。刚才打电话说不回来了，要走好几个月，也没说他在哪儿。"

大刘对老彭说："冬武很可能要离开罗城。咱们得赶紧向上级汇报，派人抓捕！"

老彭走到客厅，大刘听见老彭给柯处打电话："柯队长，我们得到消息，冬武现在正准备逃离罗城。好，明白。"

过了一会儿，老彭回来，他对大刘说："柯队长说市局已经开始组织警力，在汽车站、火车站、飞机场等处和罗城各交通要道进行大搜捕，这里留两个人监视常春林，同时监听电话。你看，小昆和孟津两个人留下怎么样？"

大刘说行，又问："我怎么没看见小昆？"

老彭说："在后面守着呢。"

老彭把小昆叫上来，安排小昆和孟津留下。其他人直奔火车站。

在去往火车站的路上，老彭问大刘："大刘，你说冬武会走哪条道？"

大刘说："这可说不准，哪条道上都不能疏忽。老彭，冬武的照片你们组的人都认过了吧？"

老彭说："冬武是我们三组的重点监视对象，闭上眼睛也能闻出他的味来。"

火车站站前广场，冬武蹲在广场，抽烟，不停地看表。

两名巡警走过来，冬武谨慎地把脸别到另一边去。

再有半个小时就可以上车了,冬武不敢进候车室,在那里更容易被人查出来。他决定开车前十分钟再进站。

在冬武家,冬武的女人还在哭。
小昆倒了一杯水给她:"别哭了,喝点水吧。现在哭也没有用。"
女人边哭边说:"他要抓进去,我们这一家人可怎么办呀。"
孟津走进来:"早点抓进去也不是坏事儿,早去早改造,争取重新做人。要再晚点儿,判刑判得更重。你还有啥知道的,赶紧说,对减轻你丈夫的罪行也有帮助。"
女人说:"我知道的都说了。"
孟津的BP机响了。
孟津看了看BP机,是贺园园约他出去。孟津既有些兴奋,又有些为难。
孟津想了想,对小昆说:"小昆,我有点儿事儿,得出去一会儿,麻烦你替我守一会儿。"
"出去多少时间?"
"一个小时。
"这可是犯纪律的事儿,你要有事儿,就向大刘请示一下。"
"也没啥事儿,就去一个小时,耽误不了事儿。"
"那你可快点儿,大刘那脾气你也知道。平时看起来挺绵的,一发起火来,能吃了你。"
孟津笑笑:"我知道,我不给你们添麻烦。我走了啊。"
孟津急急出去。
小昆看着他的背影:"什么事儿?急成这样。"
孟津跑出去,拦了一辆出租车,匆匆上车。一路上催促着司机赶到咖啡馆。
在七号卡座,孟津看到贺园园,她正喝着木瓜汁凝神沉思。
孟津喊她:"贺园园。"
贺园园猛醒:"嗯。你来得好快。"
孟津说:"今天本来有个任务,我是抽空过来的。"

"那没耽误你工作吧?"

"没有,没有。这几天工作太忙,也没顾上约你出来。对了,上次舞厅那个事儿是误会……"

"你不用解释,我明白。"

"明白就好,我就怕你误会。我们这一行,什么事儿都会遇上。"

"你喝点什么?我记得你说你爱喝绿茶,给你要了一杯。"

贺园园推过去绿茶。

"园园,今天你叫我来是不是有事儿?"

"对,有个事儿想和你说。"

"你说吧,我能帮上忙的,一定帮忙。"

贺园园又低头想了一会儿,然后抬起头:"孟津,你是一个优秀的警察,但我感觉我们不合适,我们,我们还是做普通朋友吧。"

孟津大惊:"为啥?你是不是还想着舞厅那件事儿?我是执行任务,不信你到我们局里去问。"

"和那天的事儿没有关系。是我以前想得太简单了,我原来只以为你们穿一身制服非常帅气威武,但通过和你这一段时间的接触,我才知道,你们在这一身制服的背后,其实要付出很多很多。你们的职业值得尊重,但是,对于我,我实在是不能接受这样的生活。对不起。"

孟津还想挽回:"你还记得吗?咱们第一次见面的时候我就和你讲过,我们刑警的工作很辛苦,为了破案子,上下班没点……"

"你们经常要加夜班,有时候审讯犯人,一审就是好几天。为了追捕罪犯,还要出差,一走就是十几天。我记得,我都记得。但只有感同身受之后,才能真正地了解刑警,理解刑警。经过这一段时间的相处,我理解你的工作,但我却不能接受你的工作。真的对不起,请你原谅。"

"贺园园,你能不能再给我一点时间。我们相处也有一个月的时间了,虽然见面不多,但我天天都给你打电话,我感觉我们相处得挺好,也挺能谈得来。我希望,你能再考虑一下我们的关系,然后再下决定。"

贺园园低头哭了起来。

孟津手足无措,递给贺园园纸巾。

贺园园擦干净眼泪:"就这样吧,我已经决定了。希望你能找到一个支持你工作的好妻子。"

贺园园站起来走开。

孟津看着贺园园走出咖啡馆，心里难受得要命，他伸手叫服务员。

一名男服务员过来问孟津需要什么。

孟津问："你这里有没有酒？"

"请问您需要什么酒？"

"二锅头。"

"对不起，我们没有这种酒。"

孟津站起来："二锅头都没有，还开什么咖啡馆。"

"对不起，我们这里有其他酒，您要不要看一看？"

"结账。"

"刚才那位小姐已经结了。"

孟津没再说话，站起来走了出去。

在火车站的各个候车室，老彭、钱元光、大刘、程华还有其他民警在候车室搜寻冬武。

老彭和大刘站在通道负责指挥和盯人。

钱元光带着两个穿警服的民警走过来："彭大队，刘大队，我们把整个候车室都搜遍了，没找到冬武。我估计他是从别的地方走了。"

程华也走过来："咱们动用了不少警力，还是搜不到，冬武应当不在候车室里。"

大刘说："刚才我和老彭分析，冬武经常去云南进货，那里人头熟。去云南避风头的可能性很大。如果是买飞机票，恐怕今天是来不及了。汽车要多次倒车，中间要住宿，还有检查站，有暴露踪迹的风险。冬武涉毒的案子很大，他又具有一定的反侦查经验。所以说，冬武选择火车作为交通方式的可能性很大。咱们这边不能放松警惕。"

老彭说："咱所在的这个候车室全部都是开往中南和西南方向的列车，是个重点，我和大刘带几个人在这里守住。程华，你们继续在候车室盘查。钱元光，你带人到站台守着。冬武不来则已，只要他敢走火车这条道，一定跑不了。"

几个人答应着，分头行动。

二十分钟过去了，检票口已经没有人了，只有检票员站在那里。广播在催促旅客上车。

老彭看看表："守了这么长时间了。"

大刘说："莫急，心急吃不了热豆腐。你们三组都查了他两个多月了，不在乎这几个小时。"

老彭捂着胃："胃有点儿疼，你带着药没有？我的胃药吃完了。"

大刘从皮包里掏药："你咋知道我带着药呢？你神了你。"

"干咱这一行的，多多少少都有点儿胃病。虽然我平时不和你说这个，不过我估计你也跑不了。"

"就是，吃饭不规律。"大刘拿出药。

"你给咱守着，我去打开水。"老彭拿着水杯去打水。

这时，候车室入口，戴着墨镜的冬武急匆匆地跑进检票口。

冬武引起大刘的注意，大刘追过去。

大刘喊冬武："你等一下，说你呢。"

两名民警也跑过来。

冬武飞快地跑到检票口。

大刘急喊检票员："拦住他！"

正打开水的老彭把杯子一撂，也跑过来。

检票员拦住冬武："请你稍等一下。"

冬武着急地喊："火车就要开了，等啥嘛，耽误了事儿，你负得起责？"

冬武说的是事实，检票员也在犹豫。冬武趁势跑过了检票口。

大刘跑过去，老彭也跑到。

老彭问："是不是冬武？"

大刘说："戴着墨镜看不清，不过这阴天戴个墨镜，我看不地道。老彭，你守在这里，我们去追。"

大刘说完，带着两个警察追出去。

老彭拿起步话机："3号，3号。"

钱元光回答："3号听到，有什么事儿？"

"有个穿白风衣、拎黑包、戴墨镜的进站了，你布置人把他拦下。"

"明白。"

冬武跑到了站台上,他没有急着上火车,而是拼命地在站台上奔跑,准备在火车关门的一刹那冲上火车,甩掉警察。

后边,大刘和两个民警在追。

大刘喊:"截住他,截住他!"

钱元光带着一个民警在对面把冬武截住。

冬武被摁倒在地。

冬武喊:"你们干啥哩?干啥哩?我赶火车呢。"

大刘追上来把冬武的墨镜摘掉。

大刘命令:"把头抬起来。"

钱元光揪起冬武的头。

大刘指着冬武:"赶火车?冬武!我们盯你好久了!"

冬武的家,小昆接到传呼,是队里发来的,让他和孟津立刻赶回队里。他看完传呼内容,急忙拿起电话呼孟津:"请呼23658,电话就是本机,我姓昆,告诉他速回常春林家中,单位有紧急任务。请多呼几遍。"

这时孟津在一个小饭店。他坐在饭桌前醉熏熏地喝着酒,饭桌子上只摆着一盘花生米,还有两个喝完的三两装的空瓶。

孟津的传呼响。

孟津没有理会:"老板,再给拿一瓶酒。"

一个五十多岁的老板走出来:"小伙子,你已经喝得不少了,再喝怕要喝坏了。"

孟津:"你是怕我喝趴下给不了你钱是不?"

孟津拿出钱放在桌子上:"这些钱都给你,拿酒,拿酒。"

老板回到柜台,又拿了一瓶酒。

孟津的传呼第二次响。

孟津仍没有理会,接过老板递来的酒,拧开盖子继续喝。

大刘和老彭等人审讯了一夜，大刘从办公室里出来的时候，老彭刚审完，正往办公室里走。大刘问他："审得怎么样？"

"顽固得很，铁嘴钢牙，避重就轻。说的都是我们已经掌握的东西。"

"换个路子吧，我们审一下那把枪的事儿。"

"孟津回来没有？"

"小昆讲他下午擅自离岗出去，到现在也没有消息。打他家的电话找不到人，打传呼不回。"

"这个孟津搞啥了，关键时候出这问题。"

"不管他了，我和程华两个人先审。"

"好。"

大刘和程华来到审讯室，这回他直接问枪的事情。大刘说："道理已经和你说得很明白，政策也跟你讲了，继续顽抗到底，对你没有任何好处。"

冬武说："刘大队，那把枪真的是丢了，不在我手里。"

大刘说："你精得像猴一样，能把枪丢了？鬼才信。"

程华说："冬武，你光贩毒这一条就够让你住十几年大牢了。你在枪的问题上还要跟我们打马虎，你是想把牢底坐穿呀。"

冬武说："我对天发誓，枪不在我手里。枪要是在我手里，你们枪毙我都行。"

大刘说："不在你手里在谁手里？我告诉你，这条枪上背着几条人命呢，你不说出来是谁拿了这把枪，难道你想把这些人命都扛到你自己的肩上？你要是想挨枪子，你就别说。"

冬武有些紧张："我可没有杀人。"

"那你说，枪在谁手里？"

冬武想了想："枪在谁手里，我确实不知道，我不认识那个人，但我知道那个人的样子。"

"咋回事儿？"

"说起来这事儿真丢面子，我要是说了，你们不要给我往外传啊。"

程华说："我们对证人有保护的义务，你放心。"

冬武这才放心地接着说："去年冬天的时候，有个生人到我伙计那里取货。嫌我伙计给的麻果和K粉不纯，把我伙计给打了。我就带上枪去找那人报仇。没想到那人猛得很，我们四个人都不是他的对手，不但让人家打了，还把枪给抢走了。这事儿实在是太窝囊，后来我和谁都没提过这事儿。太丢面子了。"

大刘问："是谁介绍他到你那里的？"

"他自称是小四子介绍的，后来我问小四子，小四子也不认识他。我猜，可能是哪个粉友把小四子的名字和我伙计的地址告诉他，他自己来取的货。"

程华："他长什么样子？"

"一米七七、七八的个子，很壮实，大眼睛，身手特别快，出拳非常狠。其他记不清了，去年的事儿了。"

大刘问："他身上有什么明显的特征？"

"特征——我想不起来了，实在是想不起来了。我就记得他身手非常好。"

程华问："你要是再见到他，能不能认出他来？"

"能。"

大刘说："你回去再好好想想，想到什么有价值的东西要立刻报告。"

冬武答应着："一定，一定。"

大刘说："还有你贩毒的事儿也要老实交待。老彭你也打过交道，不要到时候弄到非扒你一层皮的地步，你说你又何苦。"

冬武说："我明白。"

审完冬武，已经凌晨五点多了，大刘回到办公室在沙发上找了个毯子合衣而睡。

睡了有两个多小时，电话响，大刘接起电话，电话是队里其他人打来的，说是找到孟津了，孟津喝多了被送到医院输氧和打吊瓶。

大刘心想，以前怎么就没看出来这个活宝呢。一边想着，一边端了洗脸盆拿了洗漱用具去水房洗漱。大刘穿过走廊来到水房，水房里老彭和钱元亮已经在洗漱了。

大刘知道他们是刚审讯完，他对老彭说："老彭，又是一晚上没睡呀，有进展没有？"

老彭刷着牙回答:"松了一点口。不过,我看这个冬武水深得很,大头还在后边呢。有的忙了。"

大刘往脸上打香皂:"老彭,你这是要立大功了,辛苦点没啥。"

钱元亮说:"刘哥,你站着说话不腰疼。攻不下来冬武,不但大功立不上,还要挨批。"

老彭说:"大刘,我已经向柯处长提了,咱们两个组一起攻这个案子。你说呢?"

大刘一边洗脸一边说:"我们组手里还有个枪案呢。"

老彭擦完脸:"柯处长说,枪案可以先放一放,集中全力先攻一点。"

老彭端脸盆走出去:"一会儿可能要开案情分析会,咱们两个组都参加。"

钱元光也打个招呼跟着老彭出去。

老彭也认为枪案是个小案子,这让大刘有点儿不高兴。

下午,公安局七处开会研究冬武的案情。大刘却抢先发言提及枪案:"这支枪的整个流失过程我们已经搞清楚了。五年前郑州'1·17'大案,罪犯刘振抢枪后交给同学白山。白山把这支枪藏了三年,去年三月份,他通过袁二立的介绍卖给冬武。冬武持枪与人火并时,被人抢走。按照冬武的描述,这个人与鹏鲲小区杀狗案的许多特征都比较相符,很可能是同一个人。"

程华接着说:"从身高上来看,两案的案犯基本一致;而且两案的当事人都讲过,那人的身手都非常利落。如果我们判断准确的话,'1·17'案中的六四手枪的最后一个持枪者就是该案犯,而且这支枪还在他的手里。"

柯宁说:"我市最近两年来,没有发生过涉枪命案,说明这支枪一直就没有打响。眼下,三组老彭那里人手紧缺,大刘,你看这个案子能不能先放一放,你们两个组共同攻一下冬武的案子。"

大刘不同意:"柯处,枪以前没有打响并不意味着今后就不会打响。案犯仅仅是盗窃,却带着枪去,说明他平时就有带枪的习惯。而且这个人军事素质非常过硬,像这样的人非常危险,一旦枪响了,很可能就是人命大案。我认为该案应当趁热打铁,而不是放一放。"

柯宁仍然没有改变态度："冬武的毒案是省厅下了督办的，案情追到这里，也很不容易。就说是要趁热打铁，我看也应当先打这块铁。老彭，你说两句。"

老彭清了清嗓子："冬武落网，其他人就成了惊弓之鸟。我们已经派了不少人手查他的贩毒网点，现在预审这块儿缺人得很，光我们这三四个人，根本不行。冬武是块硬骨头，要攻下他来不容易。"

大刘继续坚持："我还是那句话，我预感会有大案发生。必须尽快消除隐患。"

柯宁对大刘："大刘，你不要跟我讲什么预感。咱们办案子讲的是科学。冬武案必须尽快查清，你和老彭一起负责这起案子，你主要负责预审这一块儿，局长也是这个意思。就这样定了。"

丁三在家收拾东西准备搬走，他说要和朋友一起做生意，自己租个楼房比较方便。

丁母舍不得儿子搬出去，一边帮他收拾一边絮叨："租房子要花钱，咱家里的房间不少，东厢几个房子你做生意够用了吧。要不，我们把几间南房都腾出来？"

丁三停下手中的活计，扶母亲坐下，蹲在母亲膝下："妈，这些年你和爸爸都辛苦了。"

"辛苦啥，现在日子比以前好过多了。"

"儿子这么大了，一点儿都没回报过二老，还要让你们操心，我心里一直不是滋味。南房是向阳的好房子，你们要腾出来让我住，我心里会更不好受。你放心吧，租金不贵。"丁三停了一下，"儿子以后一定要出人头地，让你们过上好日子。"

丁母拍拍儿子的头："你有这份孝心，我就满足了。什么出人头地的，日子还是要踏踏实实地过。"

丁三不知道自己该怎么说。

丁三的新家是一个一室一厅的单元旧楼房，他在最高一层六层。

虽然是大白天，丁三还是紧紧地拉着窗帘，开着灯。他把床铺好，打开袋子，从一堆干货中取出两支枪。又从一个袋子中找出棉纱、机油，给两支枪仔细地上油保养。这时候有人敲门，丁三迅速把枪藏好。敲门声越来越急。

丁三走到门口，想听听是谁，有人喊："三哥。"

丁三听出是李成和的声音，把门打开，把李成和让进来。

丁三小心地把门关好。

李成和打量一下这个家，对丁三说："三哥，这地方这么简陋，你还不如住我那去了。"

"你那里保安太多，眼睛太毒，还有几个摄像头，干啥都不方便。"丁三走到里屋。

李成和也跟到里屋。

丁三把枪拿出来，把八一自动步枪扔给李成和："这把枪使着顺手不？"

李成和爱惜地看了又看："我在部队就是用的这枪，两百米卧射十发一百环。"

"到时候你就用这把枪，你先开枪，打倒所有带枪的。我用七七式弄那个司机，王强拿六四枪，他负责开车和掩护。"

李成和摆弄着枪，爱不释手："先得找个地方试一试枪，找一找感觉。"

"我看了个地方，很僻静。等王强来了，我带你们去。要是魏六子在，这事情就更保险了，可惜……"

"听说你和六哥弄了不少钱，是不是真的？"魏六子也是个人物，李成和管他叫六哥。

"那一次我们弄了七十多万，不过事情还是不周密，最后翻船了。不但钱都被雷子收走，魏六子也被判了死刑。魏六子把事情都揽到自己身上，我才能留下这条命。这才叫汉子！知道吗？"

"我懂。"

"自行车准备好了吗?"

"买了三辆旧车子,还拣了一个破自行车。"

"够用了。你还有多少钱?"

"你需要多少钱?"

"我准备弄些硝铵炸药的炸药包,引爆装置做成遥控引爆。取货需要五千块钱。"

"我这里也只有几百块钱了,要不,我去查个户口?"

"不用。咱在做这件事之前,一定要奉公守法,我想办法吧。"

送走李成和后,丁三决定向大哥借点儿钱。大哥的家在一片杂乱的自建平房区,可以说是个贫民窟,条件很不好。丁三走在拥挤的平房杂院挤成的一条胡同中,听到大哥家所住的大杂院里有吵闹声。他加快了脚步。

大哥所住的大杂院里有四五个壮汉围着丁三的大哥,推推搡搡。

大哥辩解着:"那信不是我写的。"

保卫科副科长恶狠狠地问:"不是你写的是谁写的,你说。"

"我不知道。"

一名壮汉拽住大哥的脖领:"你还嘴硬,反正是你们这一伙儿写的。你说不说?"

大哥仍然说:"我真的不知道。"

副科长威胁他:"好好跟你说你不听,你是想挨揍是吧。"

大哥说:"你让我说啥,我总不能诬赖好人吧。"

壮汉丙上去对着大哥就是一拳。

大哥哎哟一声:"你咋打人了?"

壮汉丙又举起拳头:"打你咋咧,还要砸你全家呢。"

有三个人上去动手打丁三的大哥,大哥奋力还击,但寡不敌众被打得鼻青脸肿。

大嫂冲出来护着大哥:"青天白日的,你们咋打人了?"

一个壮汉拉住她:"别过去,过去连你一块儿打。"

大哥的儿子哭着跑出来,他被另一个壮汉拦住。

这时丁三已经走进门,他三步两步跑过去,拉住一个壮汉,一个右直拳打到脸上,又一个膝盖顶到那人胃上,那人痛苦地倒下。

剩下两个人放下大哥转而打丁三,但立刻被丁三三下五除二打倒在地。

剩下两个人不敢上前,远远地咋唬:"你是哪个?"

丁三走过去,指着两个人凶狠地:"你松开他们。"

那两个人把嫂子和侄子松开。

丁三指着他们:"咋回事儿?你们上我哥家来做啥了?说!"

两个汉子看倒在地上的副科长。

副科长从地上爬起来:"兄弟,你哥给纪委写了一封匿名信,诬陷厂长有经济问题,我们是厂里保卫科的,我是副科长,来调查一下。"

丁三说:"既然是匿名信,你凭啥说是我哥写的?还有,你们厂长算个啥东西,经济问题还能少了?这厂子里的人谁不知道?"

副科长已经想撤退了:"我们也是奉公行事嘛。现在没事儿了,我们走了。"

众人一起往院外头溜。

丁三一声怒吼:"站住!"

众人停下脚步。

丁三对众人:"你们把我哥打了就完了?"

副科长明白,从口袋里翻了几十块钱。别的人也翻口袋,总共凑了三百多块钱。

副科长把钱交给丁三:"钱不多,去医院检查一下吧。"丁三交给大哥。

丁三教训着他们:"你们懂不懂法律?你还是保卫科干部呢!你们这叫作非法侵入他人住宅!就是打死也不犯法!下次要再敢进这个院子,我就不会像今天这么客气了。滚吧!"

五个人灰溜溜地走出。

走出院门,其中一个人问副科长:"科长,这货是谁呀?这么凶?"

副科长说:"这是丁家老三,以前在屯北名头响得很。没有不怕他的!"

丁三和大哥走进屋子。大嫂感激地说："三子，今天可是多亏了你。要不然，你哥可是要吃大亏。"

丁三说："以后他们就不敢来了，嫂子你放心吧。"

嫂子说："今天就在这里吃晚饭吧，你两个看会儿电视。"

大哥说："行，你去做饭吧。小刚，写作业去。"

小刚看了刚才的一幕，非常兴奋，不想走："早就写完了。"

大哥："写完作业就出去玩去。"

小刚拉住丁三的手："二叔，你教我打架吧。你真厉害。"

大哥很不高兴："学什么打架？打架能当饭吃？出去，出去。"

小刚见爸爸生了气，赶紧跑了出去。

丁三站起来，拿暖壶给自己和大哥各倒了一杯水，又坐下："大哥，你写什么告状信呢，他厂长贪污就贪他的去，关你什么事儿？"

"你不知道好好一个厂让他折腾成什么样了？进货成本高，管理也有问题，生产质次价高，竞争力就差。现在全厂正常上班的工人，一个月才能开四百多块钱。"

"大哥，你现在是待岗，不用上班，一个月厂里还给一百块。你和嫂子烤羊肉串一个月能拿两千多，这不挺好的嘛。就是效益好的厂子，一个工人一个月也不过才八百块钱。"

"我是不忍心看着这个厂子垮掉。其实，我真想回去好好上班！"

"就那个破厂子，干得再好，也发不了财。"

"三子，别老想着发财。妈不是常跟咱们说吗，要踏踏实实过日子。对了，听妈说你跟人做生意，怎么样？"

丁三笑笑："大哥，我就是为这事儿来的。最近做生意资金周转不开，需要五千块钱，过两个月就能还你，你看咋样？"

"你等下。"

大哥站起来走到里间，不一会儿又走出来，把一叠钱交给丁三："这是整五千，我正准备明天存呢，你来得正好，你数数。"

丁三没数直接装到兜里。

大哥说："你数数啊。"

丁三说："不数了，不会错。谢谢大哥。"

"三子，做生意可是要多留个心眼，这年头什么人都有。不是大哥我要当你的老师，我烤羊肉串也算是做个小生意吧……"

大嫂端菜走进来："丁健，快把桌子摆开，菜好了。"

丁三急忙把折叠饭桌撑起。

大嫂对大哥："你到厨房搭把手。"

"又不是做满汉全席，炒个菜还叫帮忙的。"大哥虽然这样说，但还是走了出去。

丁三走到院中，点起一支烟。

厨房里传来嫂子的声音："我刚才可听到了，你拿给三子五千块钱。"

大哥说："他做生意，周转不开。三子说了，两个月以后保证还。"

"要是生意赔了呢？"

"你咋知道会赔呢？尽说丧气话。"

"你前头给的两千块我不说啥，这一而再地给钱，咱家的日子过不过了？"

"这是借给三子的，又不是不还。"

"我就是怕他还不了。我瞧他不像是会做生意的。"

丁三把烟扔在地上，踩灭，向院外走。

嫂子的声音继续传来："肯定是肉包子打狗。"

大哥说："你小声点儿。"

丁三走到院门口，回头朝厨房喊："哥，我想起件事儿，得马上去办，我先走了。"

大哥追出来："三子，吃了饭再走嘛。"

丁三走得很快："顾不上了。"

嫂子也走出厨房。

大哥对嫂子："他肯定听到了。"

大哥生气了，对着老婆扬起了巴掌。

嫂子吓得一闪，大哥没舍得打，转身走回屋里："我家的事儿，你以后少掺和。"

李成和冒险"干私活"

　　李成和被追债,不得已他违背丁三的命令,私自干了一单买卖,洗劫了老收藏家曲庆安的家。虽然李成和自认为干得滴水不漏,但他被偷来的三轮车铁丝划伤后留下的一道血痕,却成为不久后银行抢劫案中唯一一条有价值的线索……

一

做炸药生意的老憨就睡在门市部，半夜一点多的时候有人敲门。

老憨开灯问："谁啊？"

来人回答："是我。"

老憨没好气地："你是谁？没名字？"

"我的声音都听不出来了？我是丁三。"

老憨赶紧穿上衣服，把门打开，果然是丁三。

老憨热情地把丁三让进来："三哥，快进，快进。"

老憨把丁三让进门，然后探头在外面看了看才关上门。

丁三坐下来："你放心，我看过了，没有人。"

老憨关好门走过来："三哥，早就听说你出来了。最近咋样？"

老憨给丁三点了一支烟。

丁三抽了一口："过得一般，哪像你，大老板。"

"唉，三哥笑话了。现在的生意都难做得很。三哥，找我啥事儿？"

"老憨，今天我来是让你弄点儿药。"

"需要多少？"

"能在三十米内把一辆面包车炸翻，你给估估是多少？"

老憨知道丁三又要作案了。他想了想："三公斤足够了。分成几包？怎么引爆？"

"三包。遥控引爆，你能行不？"

"啥行不行？咱就是干这的。不过，黑市的价钱不低，要这个数。"老憨伸出三根指头。

"五天之内取货。这件事儿不要和任何人讲。"

"我懂规矩。"

丁三拿出一叠子钱交给老憨："你数数，三千。"

中午,夜总会里,李成和在和一个挺漂亮的女孩咬耳朵说话,两个人笑着说了一会儿话,然后站起来。女孩挎着李成和向外走。

李成和没有注意到,已经有五六个人守在了门口。

为首的老闯站出来叫住李成和:"李成和。"

李成和认识老闯:"噢,闯哥,今天也来耍了啊。"

"少装糊涂,台子上欠的钱,今天也该清了吧。"

"闯哥,我手里确实没钱,再宽限几天。"

"没钱?没钱你还耍小姐。"

"你胡说啥了,这是我女朋友。"

老闯手下的一个人冲上来:"你说谁胡说?"他上去抬手想给李成和一个大耳光,被李成和一下子扭住胳膊,疼得直叫。

老闯手下其他人冲上去。李成和根本不把他们放在眼里,把手里的那个人向外一推,几下又放倒两个。

女孩吓得站到一边。

老闯突然掏出一把自制枪朝李成和开枪,李成和急忙闪开。砰的一枪把木制装修板打了个大窟窿。

女孩吓得大叫跑开。

李成和本来想去夺老闯的枪,没想到又有两个人掏出火枪,顶住李成和。这下子李成和没敢再动:"闯哥,你玩真的?"

老闯拿枪顶到李成和的头上:"少费话,拿钱。"

"我身上没带钱,不信,你搜。我跟你说实话,就是去我家,也搜不出几个钱。"

"没钱是吧,走,弄掉你一只手还债。"

几个人架着李成和要走。

李成和知道老闯说得出来就做得到,急忙说:"等一下。"

老闯让手下停下来。

李成和说:"闯哥,你再给我三天时间,我把钱给你们。现在你们就是废我一只手,我也没钱,是不是?"

老闯想了想:"今天算第一天,过了后天,我找你。有钱拿钱,没钱拿手。你小子别跟我耍花活。"

李成和:"闯哥放心,我一定弄到钱。"

丁三在银行斜对面一个棋摊看人家下棋。不过他时不时地观察一下对面的银行,银行门口有人出出进进,存取款的人还不少。

李成和走来,把丁三叫到一边。

李成和悄声:"三哥,咱啥时候下手?自行车我可都给你弄来了。"

"急啥。我说过这可不是小事情,不准备好就弄,事情不但做不成,还要搭上性命。"

"我明白。"

"晚上你来我家一趟,我领你见个人。"

"谁?"

"王强。"

丁三不急,李成和却急得要命,再弄不下钱就要被老闯废掉一只手。第二天一大早,他再一次来到那个藏有古董字画的老人院内。

老人所住的院子是单位职工的宿舍楼群,都是五层高的老楼,白天来往的人不少。

李成和蹬着三轮车,打扮得像一个收破烂的。他认了认楼,从车上下来,从三轮车上拿了个东西,然后走上楼。

李成和走到二楼,敲门。

门内一个老人问:"谁?"

李成和没说话,继续敲。

曲庆安打开里门,隔着保险门问:"你找谁?"

李成和态度非常谦卑:"您是曲老师吧,我也是一个收藏爱好者。最近收了个字画,有点儿把不准,听人说您是行家,特地过来请教一下。"

曲庆安看了看他的穿着,有点儿不相信。

李成和装作内行:"是张大千的画,杨仁恺作的跋,麻烦您给看看。"

曲庆安感觉对方还是有点儿料,加上李成和说的东西确实让他有些心动,问李成和:"谁介绍你来的?"

李成和说:"二东,就是卖玉器的那个。"

曲庆安打开门："进来吧。"

"谢谢啊。"

李成和进来后回身关住门。

曲庆安招呼他："来，坐里屋。"

李成和走进去："早就听人家说您是个大家。"

"啥大家，收藏着玩么。"

两个人走进里屋。

曲庆安和李成和坐到沙发上。

曲庆安说："我看看东西。"

"您给看看。"李成和把画卷展开，很明显是一幅印刷品。

曲庆安脸色变了："你搞啥了，这是啥东西？"

李成和揪住曲庆安，恶狠狠地说："把东西都拿出来，不然弄死你。"

曲庆安从嗓子眼挤出几个字："我没东西。"

李成和把曲庆安掀到地上，疼得曲庆安直叫。

"你胡说。我早就打听清楚了，快点儿。"李成和掏出枪顶在曲庆安头上，"我数三下，你再不拿就开枪了。"

曲庆安慌忙说："我给你拿，我给你拿。"

李成和把曲庆安揪起来。

曲庆安带着李成和走到窗前，他突然打开窗喊："救……"

他的"救"字还没有喊完，李成和用枪柄狠狠地打在曲庆安的后脑上，曲庆安倒下了。

李成和关住窗户，开始收拾曲庆安家的东西。

宿舍楼下，一个六十多岁的老人晨练回来，背着剑。

老人看到三轮车在楼道门口停着，他对着上边喊："这是谁家的三轮车？"

停了一会儿，没人回答，老人走进楼道，边走边喊："外面停的是谁的三轮车？"

李成和跑下来："大爷，是我的，是我的。"

老人问他："你是干啥的，三轮车停在楼道前挡人家的道，你知道吗？"

"我收点烂货，马上就走。"

"你把车给人家挪一挪，挡大家走道了你知道不？"

李成和赶紧挪车，一不小心被车上的铁丝扎了一下手。李成和挤了挤血。

"扎手了？"

"没事儿，没事儿。"

李成和把车挪好。

老人走开。

李成和又上了楼。

三个小时以后。

白娟来到柯宁处长的办公室，问她的辞职报告什么时候能批下来？她已经交上去很长时间了。

柯宁没有急于回答这个问题，他让白娟坐下，然后说："在咱们局里，你是最好的法医，是我们的骨干。你这一走，我们的损失太大了。"

白娟说："柯处长，铁打的营盘，流水的兵。我也舍不得离开七处，但事情已经走到这一步，我不可能再回去了。相信后来的人，一定会比我更优秀。"

"白娟，我请求你一件事。"

"柯处长，你咋这么客气呢。你说吧，我能做到的，一定去办。不过首先申明一点啊，你要让我撤回辞职报告可不行。"

"是这样，过两天要分配过来一个新法医，叫赵亚辉。人家是刚毕业的硕士研究生。当然了，他的实践水平还有待提高。我的意思是你再等一等，把赵亚辉带一带，尽快地让他上手，并达到一个较高的水平。这个任务完成以后，你后面的事儿，我全部开绿灯。你看呢？"

白娟犹豫。

"白娟，最近大案频发，我拆东墙补西墙，到处找人才，我这个七处的处长也不好干呀。你不是在帮我的忙，是帮咱七处的忙。你在七处也是老人了，对七处的感情也深。"

"行,我答应。"

有人敲门。

"进来。"

程华走进来:"柯处长,红阳小区发生一起入室抢劫案,户主是一名六十八岁的男性,头部受重伤已经送到医院抢救。"

柯宁问:"咱们的人去了没有?"

"城东分局已经派人去了,我们这里刚接到电话。"

"你去让大刘带上他的人,一起去看现场。白娟,你先去医院看下伤者的伤势情况。"

在曲庆安家中现场,大刘他们已经先赶到了。

客厅窗下,用粉笔画着一个人形。

有一名警察在拍照,还有两名警察测量记录。另有几名警察在搜索现场指纹和检查柜中物品。

大刘向柯处长介绍情况:"所有柜子都被撬开了,现场没有留下可疑指纹。"

柯宁分析:"这一定是个惯犯。"

大刘说:"但里外两道门的门锁是完好的,这说明被害人曲庆安可能认识罪犯。"

程华引着一个三十多岁的女人走来。

程华说:"这是报案人,曲庆安的小女儿。曲捷。"

曲捷哭起来。

柯宁劝她:"不要哭,冷静一下。我们会全力破案,你放心。"

曲捷擦了擦泪。

柯宁说:"你把你发现现场的情况给讲一下。"

曲捷定了定神,然后说:"我爸喜欢一个人独居,我和我姐分别在星期六日来照看一下他。今天是星期五,单位有事儿让我们下午休息,我下午就过来了。门锁得好好的,我打开门走到客厅,见我爸倒在窗下,我还以为他是自己摔倒的,赶紧打120。后来我发现所有的柜子都被撬开了,我才意识到是家被劫了。赶紧又打了110。"

大刘问程华:"人怎么样?"

程华回答:"已经问过医院了,现在还处于昏迷状态,但没有生命危险。"

大刘又问曲捷:"你清点了没有,丢了什么东西?"

曲捷说:"我爸的收藏品都不让我们管,我们也不知道丢了多少,不过我爸有个藏品清单,放在床头柜的抽屉里。"

程华说:"清单已经复印了,经过初步勘查,几乎所有藏品都被洗劫一空,具体价值还要等有关专家鉴定一下。"

李成和扫了货就直奔古玩市场二东的店。

见李成和走进来,二东打招呼:"成和,有段时间没见你了,到哪儿发财去了?"

李成和说:"发什么财呀,欠了一屁股债。"

"你欠债?就凭你这身手,没钱了查几回户口,啥都有了。"

李成和看看店里没人,悄声:"我手里有点儿货,你收不?"

"拿来看看。"

"放心,都是好东西。就是那个曲庆安的东西。你记得吧。"

"你把他家给查咧?"

"查什么查,直接闯门子,一锅端。"

"你不怕那老头儿认出你?"

"认我?下辈子吧。"

二东惊讶地问:"你,你把他给杀了?"

"反正给他头上来了一下,后来我也没看。明天他女儿不是要来吗,估计等明天发现他,他也不行咧。是死是活,看他的造化了。"

"杀人可是个大事情,公安肯定要严查。你可闯大祸了。"

"怕啥?我也不是头一次杀人,雷子照样不是查不到。咋?你害怕了?"

"这个货我不敢收。"

李成和脸一板:"二东,你不够意思。"

"这东西,就是我收了,我也不敢出手呀。"

"你不收也得收。你敢不收!"

"哥，你就饶了我吧。"

"给你个发财的机会，你还不要。我跟你说，我估计这些东西咋也值个几百万，你给我二十万就行。"

"那我和我老婆商量一下。"

"明天上午，我来找你，你把钱准备好。我跟你说，你要敢报案，我杀你全家。"

二东急忙说："我知道。我绝不会报案。"

这天晚上，七处会议室里，参与侦破曲庆安案的刑警们在分析案情。

城东分局小贾正在发言："两道门的门锁没有被撬，现场没有明显的搏斗痕迹，可以初步推定：作案人和曲庆安比较熟，至少他们以前有过直接或间接的接触。可以先从曲庆安周边的人查起。"

大刘说："从现场脚印来看，作案人身高在一米七八左右，年纪不详。但看他撬锁的情况，应当很有力气。这样一个人对付一个老人，现场不可能留下太多的搏斗痕迹。对方可以用查水表、检查煤气的方式骗开门；也可以利用曲庆安喜欢收藏的特点，伪装成收藏爱好者进入。所以，我认为，不一定就是相熟的人。"

程华说："清单我们已经拿到了，也找专家进行了鉴定，按照现在的行情，失窃物的价值在一百五十万左右。这次失窃藏物多是容易搬动的东西。比如字画、印章、金银铜器。但有一些贵重的东西被罪犯遗漏，反而是一些不是很值钱的东西都被席卷一空。可见罪犯并不是收藏界的人。"

城东分局冯队长说："曲庆安周边的人还是有作案可能。罪犯显然对曲庆安的生活规律掌握得很详细。"

柯处长说："这些等曲庆安清醒后，都可以得到确认。"

白娟走进来，把手里的一份报告交给柯宁。

白娟说："伤者后脑被钝器击打，造成严重脑损伤。经测定，这把钝器是六四枪。"

大刘听了，不由联想起自己手里经办的那个枪案："又是一个枪案。"

柯宁指指大刘："一提枪案你就兴奋。大刘，这个案子和你的枪案不一定能并上。"

大刘不服气地说:"柯处长,现在最起码身高是一致的。等曲庆安醒来就真相大白了。"

"曲庆安已经醒了,不过……"白娟停了一下,"他失去了最近十多天的记忆,对案发情况更是一点儿都想不起来了。"

这个情况让大家面面相觑。

柯宁说:"这条路走不通,看来还得从其他路上走。本来准备把一组的力量和二组合起来攻冬武那个案子,现在看来是不行了。这个案子交给一组来查。第一,现在最重要的就是清查各古玩市场和地下黑市,这些东西很可能会流入市场。冯队长,这个事情就交给你们队来办。第二,现场勘查还得再仔细一点儿,继续寻找有用线索。我另外安排人。第三,调查目击者和曲庆安身边的熟人,从他的社会关系上入手。"

大刘不忘自己的案子:"还有那把枪。"

白娟说:"现在这把枪的线索还很少,仅凭伤痕根本无法取得更多的线索。"

柯宁说:"那就这样吧。大刘,你们一组主要负责这个案子,同时兼查枪案。明天开始行动。"

大刘答应一声。

柯宁又问:"大刘,孟津怎么样?"

大刘无奈地说:"这小子,上班时间喝酒,还喝了个酒精中毒住了院。回来我非得狠狠地处理他,我建议给予他停职处分。"

柯宁说:"孟津平时工作也很努力,办案子非常积极,这件事情事出有因,现在办案子也确实需要人手,你斟酌着办。"

大刘:"好。"

这时在丁三的家,桌子上摆着买来的酒菜,丁三、王强、李成和围桌而坐。

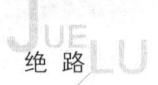

丁三向李成和介绍王强:"这是王强,身手好得很,杀过人,和我是难友,这次我把他叫出来和咱们一起做事儿。"

丁三又指着李成和:"这就是我跟你说的李成和,特种兵出身,一身的好本事。"

王强一听是特种兵,来了兴趣:"特种兵!那你的身手可是不一般了。"

李成和并不谦虚:"放倒四五个人、上屋攀墙都不是问题。可啥用不顶,光凭这发不了财。只有跟上三哥,这本事才用得上。"

王强说:"就是,就是。三哥心眼子活,沉稳,有远见,是个做大事儿的人。"

丁三说:"上次和魏六子做事翻了船,这次绝不能再发生同样的事儿了。咱们干这一行的,一旦出手,机会只有一次。"

王强说:"三哥,你说怎么弄,我们都听你的。"

丁三起身,从抽屉里拿出一张图,坐到沙发上。

王强和李成和都起身,跟过去坐下。

丁三把图铺开,这是一张丁三自己画的草图。

丁三指着草图说:"这家银行在大路上,这条路东边是一个繁华市场,平时经常堵车。不过,路旁边有一条胡同,胡同两头都是通的。咱们的车就停在胡同里,办完事儿以后,立刻进胡同上车,从另一头开出。整个过程不能超过五分钟。只要在五分钟内办完事,等警察赶到,咱们已经走远了。"

王强说:"这是不是得演练一下?"

"过几天咱们到东山去练。你好久没摸过枪,同时你也练练靶。"丁三继续说,"我搞了三公斤硝铵炸药,已经让人做成三个炸药包,引爆装置也都弄好了,是遥控引爆。到时候绑到自行车后架上,推到银行门口。运钞车大概是下午五点半到,运钞车会一直顶到门前,然后有人打开车门。等车门一开就引爆,炸他个五荤六素。"

王强很是兴奋:"三哥好办法,趁乱抢!"

李成和担心地说:"要是炸得钞票乱飞可不值当。"

丁三说:"我已经算过了,三十米之内,刚好能把车掀翻,车上的人肯定都活不成了,就是活着也没有反抗能力。咱先弄一辆车等着,等炸弹一响，我和李成和上去拿钱。车要是没翻，李成和负责先打倒司机。谁要是敢反抗，立刻开枪打倒。王强负责开车和掩护。"

王强问："人手怕不够吧？要不我也上？另外再叫个人开车。"

丁三说："王强，你的枪法不准，下来帮忙用处也不大。李成和用的是八一杠，火力猛，别说是三四个人，就是十个八个人来，也能扫倒。我们两个人足够了。"

李成和问："那车怎么搞？"

这是王强的强项："这个你不用操心，弄辆车还不是小意思。"

李成和："那咱什么时候干？"

丁三说："如果一切顺利的话，就这个星期，具体时间我再通知。这几天你们分头去现场熟悉一下。"

第二天一大早李成和来到二东的店面。店面已经拉下卷闸门，李成和使劲儿敲门叫人，但没有人回答。隔壁出来个中年人查看。

中年人对着李成和喊："别叫了，二东不在。"

"去哪儿了？啥时候回来？"

"他昨天把东西都搬空了，今天上午去管理处办了退租手续，估计不回来了。"

李成和"嗯"了一声，转身走开。

李成和在文物市场内找了一个公话亭，他掏出电话卡给二东打手机。手机传出："您所拨打的电话已关机。"

李成和狠狠地把话机挂上："浑蛋，别让我再碰上你！"

二东跑了，李成和只好找另一家古董店销赃。店主是一个二十多岁的年轻人，姓乐，外号叫乐呵。

乐呵看李成和走进来，打招呼："李哥来了。最近忙啥了？老也不见你。"

李成和说："没忙啥，弄了点儿货，想找二东收，没想到他搬走了，电话也打不通。你知道二东去哪儿了不？"

"那谁知道，悄悄地就把门关了。李哥，有好东西别总是给二东呀，给兄弟这里也一样。价钱绝不会低于二东。"

"我手里正好有东西。"李成和刚说完这句话，有两个人进来，李成和住口。

这两个人都是便衣警察，其中一个是小贾。

小贾问："谁是老板？"

乐呵答应："我是，有啥事儿？"

小贾和同事走过去。

小贾说："我们是东城分局刑警大队的，有个情况想了解一下。"

乐呵说："好，好。要了解啥情况？"

小贾拿出一个单子："这两天有人来这里卖过这些东西没有？"

小贾仔细看，李成和也凑过去看。

小贾的同事看到李成和也凑过来，问他："你是做什么的？"

李成和说："我来卖个东西。"

小贾警惕地问："卖什么东西？"

李成和掏出一块玉："就是这块玉。"

乐呵解释："他是本地人，我们认识。"

小贾问李成和："你叫个啥，在哪儿住？"

李成和："李成和，建文街一百三十二号。"

"还是个高档小区了。"小贾解除了对李成和的怀疑。

李成和笑笑。

乐呵把复印件递回去："没见过这些东西。"

小贾说："这个复印件留在这里，你好好看看，有情况立刻汇报。电话在复印件上留着呢。"

小贾交代完，两个人走出去。

乐呵对李成和说："看样子好像是出大案子了。"

李成和拿着复印件仔细看："你说这些东西，能值多钱？"

"我粗粗瞟了一眼，没算出来。不过，其中有几件东西，都值钱得很。你看这个。"乐呵指着复印件，"这个带纽的司马铜印，如果是真的，至少也值个三十万。"

李成和若有所思，他借了这件复印件又出去复印了两份，然后回家。

明天就得还钱了，李成和决定给老闯一样古董顶债。

在家里，李成和整理从曲庆安那里抢来的东西，从中找出带纽司马铜印，仔细看了一会儿。自言自语："这么个小玩意儿，值那么多钱。"

李成和用一块布包起来，准备第二天给老闯。

有人敲门。李成和急忙把东西收拾起来，门越敲越急。李成和收拾好东西，去开门。但那个司马铜印被放在桌子上。

丁三走进来："怎么这么长时间？"

李成和说："睡觉了。"

"又耍女人了不是？"

"没有，没有。"

丁三走进卧室，看了看："这床还平平展展的，你睡狗屁了。"

李成和笑了笑："那也没有耍女人。"

丁三拿起桌子上那个带纽司马铜印的包裹。

李成和紧张起来。

丁三打开，铜印露出。

丁三看了看，转过身，一把揪住李成和："你他妈的又去单干了？"

李成和有些害怕："三哥，三哥。我也是没办法，道口的老闯带人催债，我不给钱就要剁掉我一只手。"

丁三一推李成和："红阳小区那个案子就是你做的吧？"

"对，我把那个老头儿打了个半死。后来觉得不放心，晚上准备去医院弄死他。没想到那老家伙失忆了。连雷子都不去找他了解情况了。"

"失忆还能恢复记忆，你还得找机会弄死他。"

"听说这种脑损伤记忆是不可逆的，根本就恢复不了。"

"不说这个了，这东西你是不是要去拿给老闯？"

"我欠老闯十来万，这东西最少也值三十万。"

"东西不能给他，这个案子刚犯了，风声这么紧。你让这东西流出去，危险得很。"

"那咋办，老闯今天晚上等着问我要钱呢。"

"我和你去，带上枪。"

李成和跟老闯约在一个停工的工地见面。

月亮很亮，工地上的一切看得很分明。李成和与丁三先到。过了一会儿，影影绰绰七八个黑影在远处出现，渐渐走近，老闯带着几个人走来。

老闯一见就问钱带来了没有。

丁三说："不就是十二万嘛，过几天还你。"

老闯问丁三："你是谁？"

李成和介绍："这是我大哥，以前……"

丁三不让他继续说，挥手打断他。

丁三对老闯说："一个月之后还你钱，再多加一万，给你十三万。"

老闯说："费什么话。有钱拿钱，没钱剁掉一只手。"

丁三耐心地和老闯谈判："你看，你就是剁掉他一只手，你还是拿不到钱，你这可是亏本的买卖。"

老闯的一个马仔喝道："你啰唆啥了。快说，带钱没有？！"

丁三从怀中掏出一把七七，老闯的人紧张起来，纷纷亮出火枪和自制枪，对住二人。

老闯骂骂咧咧地："你拿枪我就怕咧？告诉你，我老闯从来就不吃这一套。"

丁三把枪倒转过来，递给老闯："钱我没带，命带来一条，你把我打死，咱们两清。"

老闯犹犹疑疑地接过枪，丁三拿着老闯的手，指住自己的脑袋。

老闯说："我从来就不要别人的命，犯不着惹上雷子。"

丁三说："那你答应了？"

老闯想了想："答应可以，但也得放放血。"

丁三一下子把手枪夺回顶住老闯的头："放血？你敬酒不吃吃罚酒是吧。信不信我一枪打你个脑袋开花。"

其他人纷纷拿枪指住丁三。

老闯想丁三也不想闹出人命，他叫嚣着："有种你就开枪。你打，你打！"

丁三一个眼神，李成和把八一杠亮出来，对住众人。

其他人都吓了一跳。

丁三低声威吓："老闯，你可以不要你的命，你几个兄弟的命难道你也不顾了？就凭这把八一杠我还收拾不了你们这些人？"

老闯知道这把枪的厉害，一时也摸不清丁三的来历，感觉对方很不一般，他让步了："行，今天给你们面子，我可以再等几天。"

丁三命令老闯："让他们把枪都扔掉。"

老闯说："扔掉，都扔掉。"

众人纷纷把火枪、自制枪放到地上。

丁三松开老闯："一个小时以后，你们回来取枪。现在，给我赶紧走。"

老闯带着众人狼狈地走开。

丁三与李成和看着他们走开。

李成和佩服地看着丁三："三哥，还是你厉害。"

丁三不屑地看着老闯等人的背影："这帮混混。"

大刘的办公室，孟津站在那里，大刘坐在办公桌前训斥孟津："你真出息了啊，让人家抬到医院去，在医院吐得到处都是，满医院都是酒味。你真给咱们七处长脸呀。"

孟津低头不语。

大刘继续说："谈个女朋友就把你弄得神魂颠倒的？就你这心理素质，也能当刑警？"

孟津小声嘟囔："那我不当刑警行不行？"

大刘问他："你说啥？"

"我申请调离七处。"

大刘狠狠地拍桌子："孟津！你忘了你当时进七处的时候，你是咋说的？你进这个七处，不是我和柯处请进来的，不是上级硬派你来的。那是你的老父亲带着你和我们谈了整整一天，才让你进七处的。有多少人想来这里，他们还进不来呢。你就这么容易放弃了你的理想？你就因为一次恋爱失败，就把你身上曾经背负的职责，把你父亲对你的厚望都抛弃了？好，如果你是这样的人，我们七处也不会留你。你现在就去写申请，你连警察都不要当了。"

孟津无语。

柯宁推门走进来："好大的火气。"

大刘对孟津："孟津，柯处正好也来了，你直接跟柯处提吧。"

柯宁问："咋回事儿？"

大刘说："他不想干刑警了。"

"坐，坐下说话。"柯宁拉着孟津坐下，"不就是找对象的事儿吗？难道咱当刑警就找不到对象？我跟你说，好多姑娘都想跟咱刑警呢。当年大刘和白娟搞对象的时候，身后一大堆小姑娘成天打电话还不肯放弃，把白娟搞得还挺紧张。"

大刘说："柯处，我和白娟的事儿就莫提了。"

柯宁说："你和白娟分手是特殊情况。她要出国发展，你要留在七处，不是感情问题。"

柯宁继续开导孟津："你看咱们七处，那些刑警小伙子整天嚷嚷着不好找对象，到年龄一个个的不都是结婚了吗。"

大刘也说："亏你父亲还是个老刑警，你在关键时候却要当逃兵。"

柯宁说："刑警是要经常出差，经常面临危险情况，有时候执行特殊任务，一个月不能和家里人联系。忙起来，开案情分析会，搞预审……几天几夜不能正常休息。但没有我们的付出，哪里来的社会上的安宁？如果没有七处这样的地方，那些大案、要案、命案，交给谁来破？社会上不理解我们的人有，但毕竟是少数。你不能因为少数人的不理解就放弃你的理想是不是？你当年进七处的时候，你自己说过什么话，你再想一想。"

大刘说："孟津，好女孩有的是，没有那个什么园园，咱照样能找到更好的。"

柯宁说："前天喝酒的事儿，一定要严肃处理。但工作不能放下，你继续留在一组。如果你确实不想在七处待了，破完枪案，我放你走。半路上可不许当逃兵。听清楚没有？"

孟津站起来："柯处你放心，我一定完成任务。"

大刘和当地派出所的一个片警去曲庆安所在的院子里走访邻居。两个人一边走一边谈情况。大刘问："和曲庆安住的楼挨着，是吧？"

片警说："对。这是个单位的家属楼小区，老人们互相之间大都认得。"

两个人找到那个晨练老人。片警和老人早就认识，他向老人介绍大刘："这位是市局七处的刘队长。"

晨练老人很热情地给他们倒茶。

大刘说："不用客气，咱们来是想了解一下你反映的那个情况。"

晨练老人说："我看到你们贴在小区的协查通告，突然想起一个事儿来，就给你们打了电话。"

大刘说："具体情况，你给讲一讲。"

晨练老人说："老曲出事儿那天上午，我晨练回来。看到一辆三轮车停在楼道前，挡人家的路。咱是个热心人，就喊了几嗓子，然后出来个年轻人，把车子推一边去了。"

大刘问："那人是做啥的问了没有？是不是咱小区的？"

"不是。他说他是收破烂的，我看穿着也像。"

"多大年纪？"

"二十七八，三十一二吧，具体也说不清。"

"个子多高，长啥样子？"

"一米七八的个子。样子嘛，他在楼道里的时候，我看不清。出来以后，就晃了一下。大概是个大眼睛，身子很壮实，是个瘦长脸。"

"哪里的口音？"

"说的是普通话，很标准，听不出是哪儿的口音。"

"那个三轮车是什么颜色？"

晨练老人想了想："绿漆，八成新。"

"三轮车上有什么明显的特征没有，比如喷的字什么的？"

"字倒是没有，不过前头好像用铁丝固定着。那小伙子搬车子的时候，还让铁丝给扎了一下。"

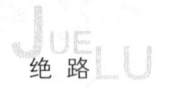

经过几天的走访,七处一组和城东分局的刑警开了一个碰头会。

对于两起枪案的并案,程华有些犹豫:"经过查访,曲庆安文物被劫案的作案人体貌特征与杀狗案作案人的体貌特征比较相符。但作为并案条件来说,还比较勉强。"

大刘说:"可以双管齐下。根据作案人在前一案的特点,即枪法准,身手利落,反侦查能力强。我们判断很可能是复员回来的军人,而且在本地长期生活,很可能拥有本地户口。两案的案犯年纪相仿,都在二十八到三十五之间。这就需要我们查一下前五年到前十五年复员军人的资料。这个交给程华,你来办。"

程华点头。

大刘:"还有一个线索是三轮车。我这里有一个草图。"

大刘把草图传给大家看。

大刘说:"三轮车大概就这个样子,草图上还标了三轮车的特征。曲庆安的案子发生那一天,是三月七日。前三天全市丢失的三轮车要查一下。孟津,你和城东分局的同志,负责这条线的摸查。这个工作量比较大,你们辛苦一下。"

孟津说:"没有问题。"

大刘问:"大家还有啥看法?"

冯队长说:"文物市场的排查,我们发现一个疑点。一个叫二东的古董店老板在案发第三天离开罗城,他把所有货物都便宜处理掉了。经过我们走访,二东没有作案时间。他处理的货物中,也没有与'3·7'曲庆安案中丢失的物品。但我认为,还是应当找到这个人,深入了解一下。"

孟津说:"说不定是其他案子。"

大刘说:"不管是什么案子,这条线不能放。"

白娟下班了,她换上便衣,洗手,出门。她锁门的时候,大刘走过来:"白娟,你等一下。"

白娟说:"如果不是急事儿,明天再来吧。"

大刘说:"不是工作上的事儿。"

白娟打开门:"那进来说吧。"

两个人走进办公室。

白娟问:"什么事儿?"

大刘说:"昨天,刘小杰和我说你好久没看过他了。"

白娟怔了一下:"我给他买了东西。"

"你既然有时间买东西,为什么不去见孩子?"

"你知道吗?我每见小杰一次,回去都要哭一回。"

"那你为什么要走?外国就那么好?"

"我不和你谈论这个问题。我们已经争论过很多次了,不会有结果的。"

"你太自私了。"

白娟很愤怒:"那么你呢?结婚前你是怎么答应的?咱们两个都是刑警,必须有一个在事业上牺牲。你说要以我的事业为主,你甘当绿叶,可你怎么做的?这么多年来,一直都是我在付出。小杰是我带大的,不是你。"

"我知道你为这个家牺牲了很多。以你的才华,你本可以做出更大的成就。"

白娟眼睛湿润了:"别说了。一个女人,想做一点儿事情,太难。"

"你就要出国了,还是多看看孩子吧。以后就没机会了。"

"我知道。没什么事儿,我要回了。"

在罗城郊区山中一偏僻的地方,王强手掐秒表大喊一声:"开始!"

丁三与李成和飞奔向前。跑到一百米处之后,丁三拎起一个包,李成和呈保护和观察姿势。二人又迅速跑回。

王强把表掐住:"五十一秒三。"

丁三满意地说:"差不多,即使遇到紧急情况,也不会超过一分半钟。"

李成和:"咱啥时候干?"

丁三说:"明天!"

李成和和王强都有点儿兴奋。

王强说："早就憋着大干一场了。"

李成和对王强说："王强，今天晚上你去弄一辆车。"

王强说："没问题。我已经看好一家了。"

最后一次训练完后，丁三和王强又来到城顺街邮政储蓄所。

一辆面包车停在门前。几名银行工作人员往运钞车上放钞箱。三名保安，有两个在交谈，有一个在和一个银行女工作人员说话。司机端着茶杯从银行走出来。

丁三、李成和在马路对面观察了一会儿，然后走开。

当晚，王强搞到了车。

丁三、李成和在擦枪的时候，王强回来了。

丁三让王强洗个澡，早点睡。王强说睡不着。

丁三问："怎么？紧张了？"

王强说："不紧张，就是睡不着。"

正在擦枪的李成和笑了："肯定紧张了。这和你那会儿打架把人打死不一样。这次去，就是奔着要杀人。"

丁三说："成和说得对。要敢开枪，只要有人追，你就开枪，不能犹豫。你不敢杀人，死掉的可能就是你。"

"三哥，我明白。"王强拿起六四手枪，拉栓，但看得出，他心里还是紧张得要命。

丁三看出来王强的紧张，宽慰他："我们的整个计划没有错误。所有细节，包括时间，进入、撤离的路线和时间，突发情况的应对，隐蔽的办法，都没有错。只要你按平时演练的干，不会有危险。"

李成和站起来去洗澡："我去洗个澡。今儿晚上要是弄个女人来就好咧。"

丁三看着他的背影："狗改不了吃屎。"

第二天，在公安处户籍管理处。程华在调复员军人的资料。

管理员说："这十年来符合一米七五到一米八身高特征的复员和转业

军人一共是一百四十三人；射击类运动员五人。"

程华说："麻烦你把他们的所有资料都打印下来。"

"这个工作量比较大。你得明天才能拿到所有资料。"

"那麻烦你了。"

"没关系。"

孟津则来到曲庆安所在地区的派出所，找李副所长。

李副所长一见孟津就笑着说："呀，是孟大侦探来了啊。"

孟津坐下："别开玩笑了，什么大侦探。"

李副所长给孟津递烟："来，抽烟。"

孟津："我不抽烟。早就戒了。现在是烟酒不沾。"

"戒了好啊。"李副所长给自己点了一根，"我也想戒，就是戒不了，二十年的烟龄了。"

孟津问："李所长，那个三轮车查得咋样？"

"我们把辖区范围内的情况都摸了一遍，的确有一家丢了三轮车。不过，后来这三轮车又自己回来了，就没报案。那个三轮车，和你们七处提供的图是一样的。"

"前面绑着铁丝没有？"

"我仔细看了，绑着一小截。"

"啥时候丢的？啥时候又还回来的？"

"上个礼拜三丢的，前天发现又给送回来了。"

"那咱现在去看看这辆车行不？如果是的话，这车还得借到局里。"

"没问题。三轮车的主人是居委会副主任，和咱所里的关系好得很。咱这就走。"

孟津借来三轮车，骑回到市局。他在办公楼前锁三轮车的时候，白娟正好路过。

白娟笑着开玩笑："小孟，你咋改骑三轮车上班了。"

孟津抬头见是白娟："哦，白姐，正要找你呢。这是下面派出所配合查到的'3·7'曲庆安案的证物。这辆车与罪犯当时使用的那辆三轮车很相似，而且很多特征都对得上。刘哥让我弄回来给你看看。"

"那推到我那里去吧,别锁了。"

孟津答应着推上三轮去楼上。

丁三等人早早就起来了,丁三把三包炸药小心地分别放进三个包里。

李成和拿着手枪,把子弹一个个地压上膛。

桌子上扔着几个没拆包装的长筒袜。

王强拎出一个大袋子,子弹在里边哗啦啦地响。

王强觉得子弹带得太多了:"三哥,这么多的子弹用不了吧?要不留下一些?"

丁三头也不回:"都带上!万一让警察堵住,所有的子弹都要全部打光。"

李成和笑了:"对,要杀出一条血路。"

丁三接着说:"杀不出去,就留一颗子弹给自己。"

王强愣了一下,他到今天早晨才明白,这就是一场战争。

下午李成和推着一辆自行车来到城顺街邮政储蓄所门前,自行车前面车筐放一个不起眼的布包。李成和把车子放下,锁住,走开。

王强随后骑车过来,车后架夹着一个包。

街上人来人往。

过了一会儿,一辆面包车开来。车上的保安一个个地下来。

一名保安向队长请假:"老左,我去上个厕所,憋了半天了。"

老左说:"快点儿啊。"

保安答应一声跑开。

丁三骑自行车停在银行门前,也有一个包挂在车把上,丁三头也不抬地锁车子就走。

这时,从储蓄所出来一个工作人员和老左说话。司机则从车上走下来透风。

丁三以正常步速,很镇静地走向小巷,钻进一辆桑塔纳里。

小巷里,王强手持遥控器,站在巷口。

银行内部的一名押运员拎着运钞箱走向面包车,后边跟着一名银行职员。

王强打了个手势。

小巷内停着的一辆桑塔纳内,丁三和李成和把长筒袜套在头上,拿出枪支。

运钞车后门打开,押运员把运钞箱交给保安,正在两人准备交接时。

王强摁下了遥控器。

"轰——!"随着一声巨响,顿时硝烟弥漫。两名保安和一名押运员倒在血泊中,跟在后边的押运员在地上艰难地爬,一边爬一边喊救命。强大的爆炸冲击波摧毁了储蓄所的门窗玻璃、护栏。

丁三、李成和迅速打开车门,冲了出去。

大街上的人纷纷停下脚步向爆炸处去看。

司机跳下车。

李成和冲过来,对着司机就是一枪,司机倒下。

丁三随后跟来,捡起运钞箱,迅速离开。

李成和持枪冷静地观察四周。

银行有人追出来。

李成和开枪,一个人倒下,其他人又退回去。

丁三迅速地奔跑。

前面有人过来看热闹。

丁三大喊:"让开。"

大多数人都跑开,只有一个年轻人不知是被吓住了,还是想挡路。

丁三开枪,年轻人倒下。

王强已经把车发动着,脚踩刹车。

丁三上车,接着是李成和。

王强踩油门,汽车一下子冲出去。

车内,丁三、李成和把头套摘下,塞进一个袋子。又拿出两个编织袋,打开运钞箱。

满满一箱钞票。李成和满脸欣喜。

两个人迅速地往袋子里装钱。

四

　　三轮车被放到宽敞的七处会议室内。

　　白娟已经检查了一遍："车上没有发现任何有用的指纹。"

　　大刘站在旁边："毛发、血迹，或者其他遗留物，都要好好检查。"

　　孟津说："前些天下了一场雨，这车一直露天放着，对保存证据很不利。"

　　大刘说："再找找，如果罪犯使用的是这辆车，一定有痕迹留下。"

　　白娟站起来："这辆车被人冲洗过。"

　　孟津不由啊了一声。

　　大刘说："这家伙真够狡猾的。"

　　白娟说："从车上基本上找不到什么痕迹。"

　　大刘说："车的线索还不能放弃，白娟，还得麻烦你仔细查一次。孟津，你负责查一下那一天这辆三轮车的目击者。你现在去拿相机，给拍个照片。"

　　孟津答应一声走出。

　　白娟拿起紫光灯："我再找一找。"

　　白娟又找了有十多分钟，她在车体一处，用紫光灯发现一滴血迹。白娟急忙刮下，小心保存。

　　哐一声，门被打开。孟津冲进来。

　　孟津着急地说着："白姐，城顺街邮政储蓄所发生特大银行爆炸抢劫案！柯处让一大队所有人立即赶往现场。"

　　白娟问："死人没？"

　　孟津说："听说死了好几个呢。"

　　城顺街邮政储蓄所外，一辆辆的警车闪着警灯开到这里，停在现场周边。警察纷纷从警车中跑出。

大批的武警已经先行赶到，把现场保护起来。

围观的人群聚集在圈外。

市局岳局长走出警车，接着是柯处长。

岳局长走到现场内。

岳局长喊："负责刑侦的同志都来我这里集合，快点儿，快点儿！"

一批穿警服的和不穿警服的刑警站到岳局长这边。

岳局长问："长岭分局的同志到了没有？"

长岭分局程副局长回答："我们的人都到齐了。"

岳局长问身边的柯处长："你的人呢？"

柯处长回答："一大队的人，技术处的人，都在。"

岳局长说："刚才程局长的人首先赶到，初步了解情况后，已经派人向目击者了解了罪犯的基本特征和逃跑方向。现场出现两名罪犯，分别持一支手枪和一支自动步枪，作案后从十字巷逃走，就是我右手那个巷子。现在你们的任务是，程局长继续追查罪犯，并寻找目击证人。"

程副局长喊一声"是"，带人离开。

岳局长命令柯处长："柯处长，你带你们的人立刻把伤亡情况和现场情况搞情楚，随时向我汇报。"

柯处长答应一声走开。

岳局长继续下命令："还有技术上的人员，立刻组织勘查现场。对了，白娟，你们处长呢？怎么还没有过来？"

白娟说："处长做手术请了病假，一直住着院。"

岳局长对白娟说："那从现在起所有技术人员由你负责，马上行动。"

白娟答应，召集技术人员聚到一块儿安排工作。

白娟大声说："这里有两个现场。一个是爆炸现场，由我带市局技术人员进行勘查；另一个是罪犯停车现场，由老汪带分局技术人员进行勘查。"

老汪说好。

白娟又说："老汪，你要特别注意一下有没有罪犯沿路抛弃的物品。"

老汪答应一声带人走开。

白娟对剩下的人："咱们这个组要特别注意收集弹壳和弹头、爆炸物产生的碎片。"

城顺街邮政储蓄所旁边的小巷,一辆辆的警用摩托车从这里沿着丁三的逃跑路线追去。

丁三的母亲家,丁母从厨房走出来,叨叨着:"这晴天白日的,怎么响雷了。我说老头子,你出门带把伞啊。"
丁父拿着鱼竿出来:"我也听见响雷了。不可能下雨吧?"
女儿丁兰慌慌张张地跑进来,嘴里喊着不好了。
丁母问:"你咋回来了,不是让你买菜吗?"
丁兰说:"爸,妈,有人抢银行了。炸死好多人,公安把咱这里都围起来了。里边的人根本出不去,外边的人也进不来。"
丁父说:"糟了,这鱼钓不成了。"
丁母说:"钓啥鱼了,都不要出去,别遇上劫匪。"
丁兰说:"人家抢银行的还待在这里等警察抓呀,早就跑远了。"
丁母说:"那也别出去。"

一个僻静的巷子口,李成和与王强各背一个袋子走出,打了一辆车离开。他们走后,丁三慢慢走出来。打了一辆车,向相反方向驶去。

银行的会议室被布置成临时指挥部,岳局长走进来,身后跟着几个人。
武警支队长赵队长正在看地图。
赵支队抬头看到岳局长:"岳局长,现在罗城全城已经戒严,主要道路都已经封锁。"
岳局长看看表:"从发案到现在,时间已经过去二十五分钟。罪犯很有可能已经出城。"
大刘走进来:"岳局长,罪犯使用的车已经确定,是一辆黑色桑塔纳2000,无车牌。"
"好。"岳局长对身边秘书,"立刻把这一线索向所有干警通报,进行全城大排查。"

程华走入："岳局长，现场死亡三人，两人重伤，轻伤情况暂时的统计是三个人，因为有人已经自行前往医院治疗，可能数字还要多。"

岳局长命令："安排好伤员治疗，派警员保护。"

程华答应。

一名警察领着银行的几个负责人进来。

警察介绍："岳局长，这位是邮政局主管储蓄所的孙局长。"

孙局长与岳局长握手。

孙局长说："岳局长，这次我们损失巨大呀。一百八十五万七千多块钱的现金全部被劫。"

岳局长说："你先莫慌，把具体情况写个材料，给我们相关负责同志，交给——柯处长。"

孙局长说："岳局长，请你们一定要尽快抓住罪犯。"

岳局长说："现在我们正在行动，你们要积极配合。"

孙局长说："一定配合！"

有一名警察走过来："岳局长，陈厅长的电话。"

岳局长接过手机，向陈厅长汇报情况："噢，陈厅长。现场已经控制，正在追捕罪犯。伤亡情况目前是死亡三人，重伤两人，轻伤三人。但有的轻伤员因为自行去医院，可能未被统计在内。被劫款项是一百八十五万七千多元。作案人初步分析是三个人，一个人开车，两个人抢劫。两人都使用了枪支。正在寻找弹壳和弹头。"

岳局长听完陈厅长的指示，又说："所有巡警，还有武警三支队都已经出动，全城设卡。好，明白，好。"

岳局长放下电话对大家说："陈厅长说，厅里要派人来。"

在城顺街邮政储蓄所马路对面，程华正在询问一名老者。

"我每天下午这个时候都出来走一走。今天刚走到那里，"老者指着马路对面，"就听到轰的一声，整个大地都往下一陷。我还以为是地震了，赶紧抱住一棵树。然后就听见枪响了，向前一看，有两个人拿着枪。"

"两个人多高，长什么样？穿什么衣服？"

"个子都不低，一米八的样子吧。蒙着面，不知道长啥样。灰蒙蒙的到处是烟,我也看不清两个人的衣服。我看他们冲我这个方向来了,当时吓坏了,两条腿抖得厉害。不过,人家其实是冲钱去的。一个人拎着钱箱子就跑,另一个人先打死司机,后来银行的人追出来,他又打倒一个人,就没人敢追了。"

"一共响了几枪?"

老者想了想:"三枪。"

城顺街邮政储蓄所前的另一个地方,技术人员在捡拾爆炸物;第二个地方,技术人员在测量记录尸体倒伏位置;第三个地方,技术人员找到弹壳。

大刘和孟津走到爆炸处。

大刘说:"炸药是硝铵炸药。"

孟津问:"你怎么知道?你还没有看这边的现场呢?"

大刘说:"你闻这味道。"

白娟走过来:"就是硝铵炸药,量用了不少,相当于一点五公斤TNT的当量。"

一名技术人员走过来:"白姐,这是刚刚搜集到的弹壳,一共两枚,基本可以确定,劫匪使用的是自动步枪。"

大刘说:"据我们刚才了解的情况,罪犯在这里一共开了三枪。后来在巷子那边,又开了一枪。"

白娟说:"对,罪犯总共开了四枪,四枪的弹壳都要找到,这样才能确定罪犯使用的所有枪支情况。"

银行的会议室,分管政法的副市长陈副市长走进来。

岳局长,赵队长迎上去:"陈市长。"

陈副市长问二人:"情况怎么样?罪犯有没有可能出城?"

赵队长说:"全市十一条主要通道全部被切断,全市共设三十个道路卡。刚才省厅也传过来消息,罗城周边各县市也戒严了,只要罪犯携带枪支弹药和赃款乘车,就一定能被查出。"

陈副市长问:"如果是其他交通工具呢?"

岳局长说:"如果罪犯弃车使用其他交通工具,现在恐怕还出不了城。"

罗城全城的各个路口已经全部设卡,到处都在排查车辆。

罗城通往高速的一个路口,有一辆小车见信号不停,强行闯关。武警立刻通知前方车辆拦截。很快将此车逼停。

车内三人拉开车门就跑,武警和巡警追上,将三人制服。不过,很快查清,这三个人是一伙诈骗犯,刚刚作完案诈骗了两万三千元现金,准备逃离罗城。

这时,丁三、李成和还有王强已经回到丁三的屋子。三个人把枪掏出来放在桌上。

李成和:"不过瘾嘛,我才开了两枪,连个连发都没有。"

丁三把八一自动拿起来,放到李成和面前:"想过瘾还不容易?你现在拿这把枪走出去,现在街上全是警察,你能过足瘾。"

李成和尴尬地一笑。

丁三警告二人:"恐怕全城搜捕就要开始了。枪和子弹我有地方藏,其他东西都烧掉。你们轻易都不要出去。特别是你,李成和,千万不能再单干。"

李成和说:"我明白。"

丁三把两个钱袋子推给王强:"王强,你数数,咱弄了多少?"

王强把袋子一拉开,满满的钱。

他从来没有见过这么多钱,眼睛都有些发绿了。

王强把钱倒出来数。

这时外面警笛声声。李成和笑着说:"雷子开始忙了。"

王强点完钱,说:"一共一百八十五万七千二百三十七块五毛六分。"

丁三说:"你和李成和,一人五十万。"

王强挺高兴:"谢谢三哥。"

李成和有点儿失望:"三哥,你跟我说过,这一票要是弄好了,二三百万也有。咱们是不是时机选错了?"

丁三说:"留得青山在,不怕没柴烧。安全回来就是成功。等风头一过,还有下一票,你着急啥。"

第四章

双胞胎姐妹

  黑道人物李根勤被枪杀，由于涉及枪支，重案一组调集骨干力量查案，很快锁定了嫌疑人陈丽华。但没想到，陈丽华的妹妹陈美华的出现，让重案组的侦查走上歧途……

一

罗城市公安局的大会议室内密密地坐了三四十个人，有三台电脑，记录员在电脑前。

岳局长主持会议："我们已经成立了'4·17'爆炸抢劫银行案的指挥部，组织一大队的大部分人员，还有二大队、三大队的精干人员成立了专案组。经过陈副市长还有我们局里的争取，这个案子还是由我局来主持侦破，厅里负责协助。专案组由我做组长，副组长两个，一个是柯宁，还有厅里派来的老齐。厅里这次一共派来三个人，我介绍一下。"

岳局长指着一个五十多岁精瘦的男子介绍："这位是省厅刑警总队二支队副支队长齐印海，侦查经验丰富，技术水平高，破过不少大案要案，是厅里的王牌侦探。"

岳局长接着介绍一个三十岁上下的男子："这位是省厅刑侦总队技术支队探长朱建国，年纪虽然不大，但经验非常丰富，参与过多起大案的侦破，是总队的骨干力量。"

岳局长介绍第三个二十多岁的年轻人："这个是法医赵亚辉，本来是分给咱们局里的高才生，法医硕士，让厅里借了好长时间。现在，算是还给咱们局里了。今后，他和白娟负责专案组的法医工作。"

岳局长对齐印海："老齐，你给咱讲两句话。"

齐印海："王牌侦探谈不上，大家能进入这个组，都是经过精挑细选的。既然到了这个组，就要全力以赴。技术上面有什么问题，尽管找我，我可以凭我的经验和大家一起探讨。我这个人在工作上脾气比较倔，说话比较冲，但再倔也是为了案子，如果言语上有什么不妥，还请各位谅解。"

岳局长说："这么大的案子，在罗城很少见。伤亡人数之多，被劫款项之巨，影响之恶劣，在罗城刑侦史上都排得上第一号，在全省也是罕见的。现在全市人民，乃至全省人民都在盯着我们。如果不能及时破案，犯罪分子还可能继续在本地或异地作案，给人民生命财产造成更大的伤害；

如果不能及时破案,我们没有办法向人民交代,我们对不起死者家属,我们更没有脸面担得起'刑警'二字。同志们,这是一场硬仗,专案组成立以后,我们要有心理准备,准备好夜以继日地工作,准备好承担大量繁重而细致的排查工作,甚至要准备好在与犯罪分子正面交锋时,面临牺牲的危险。"

柯处长也表态:"为了集中时间、集中警力、集中线索,我们专案组领导成员决定,要求专案组的全体干警,从今天起取消一切休假,能在办公室休息的尽量不要离开局里,随时待命。同时,我市各分局和派出所,组织警力,不分时间和地点,全力配合专案组的侦查工作。如果哪位同志,有特殊情况不能正常工作,可以跟岳局长、跟我提前说,我们局组能解决的困难,我们一定帮助解决;解决不了的,可以调动岗位。但是,只要你进了这个组,就要全力以赴。"

柯处长说完工作安排,然后说案子:"现在把这两天查到的线索情况,大家拿出来碰一下。"

大刘说:"据对现场目击者调查,案犯一共三人。实施抢劫的是两个人,戴着头套。一个身高大约是一米七八到一米八;另一个稍矮一些,一米七六左右。二人配合非常默契,高个子持枪掩护,稍矮的负责抢钱,从爆炸开始,到开车逃跑,仅用四十多秒钟就完成了抢劫过程,显然是训练有素、有备而来。第三个人没有参与直接抢劫,负责开车,现场目击者没有人能提供他的相貌特征情况。"

孟津说:"从现场情况看,爆炸点是在银行正门靠东处,距离运钞车三十米到四十米之间。虽然爆炸威力巨大,但案犯爆炸所使用的药量和掌握的距离刚刚好,既没有炸坏运钞箱,又使运钞车周围的保卫人员失去了反抗能力。这说明案犯可能进行过爆炸试验,或者对炸药的使用非常熟悉,而且掌握无线遥控技术,在这两个方面是个行家。"

老齐说:"炸药这个线索很重要。炸药是管制物品,从生产到流通,再到使用环节都要有严格的登记管理制度。如果不是土制炸药,不是黑工厂生产的东西,这条线索很有希望查到凶手。"

白娟说:"目前已经查出,这种硝铵炸药中TNT的含量是百分之五十,配料比较正规,基本可以肯定是正规厂家的产品。"

程华说:"案犯作案时所使用的黑色桑塔纳车已经找到,车被丢弃在前进路三道巷的一个胡同里。在车内我们发现了车主证件,经查车主与此案无关。汽车于案发前一天晚上丢失,第二天车主就报了案。车内发现遗弃的运钞箱,八个银行专用运钞袋,两把军刺。车内未发现可疑指纹,毛发搜集了四十多根,但血型比较繁杂,通过外型看也分属于不同人,目前来说还看不出有什么太大的价值。"

柯处长问:"军刺这个线索能不能查一下?"

程华说:"军刺是仿制品,不是正规部队用品。这种商品来源比较广泛,而且多是地下交易,查起来比较困难。但在车外提取到新鲜脚印。因为罪犯弃车的地方比较偏僻,来往人员很少,发现得又比较早,罪犯的脚印没有被破坏。我们共提到七个类型的新鲜脚印,经过巷内居住人员的排查,最后有三对脚印无法与当地居住人员对上,基本可以判定,就是作案人留下的脚印。"

岳局长说:"这是个有利线索。白娟,通过脚印能反映出什么内容?"

白娟说:"脚印刚刚排查完毕交到鉴定室,还没有来得及进行鉴定。如果确实是作案人的脚印,除了罪犯所穿鞋的品牌情况外,最起码还能把罪犯的身高、体重、走路习惯反映出来,甚至年龄、体形都可以判断出来。"

老齐说:"说得挺神啊。"

岳局长说:"白娟可是罗城有名的脚印专家,看脚印是她家传的独门手艺,就连美国的几个大学都曾经邀请她去讲学。可惜因为两口子都是刑警,父母身体又不好,很多深造和提拔的机会都放弃了。"

白娟被触动心事,低下了头。

柯处长说:"现场发现三枚弹壳,还有一枚弹头。两枚是八一杠打出来的,另一枚是七七式打出来的。经过弹道分析和对比资料,尚未发现是我们曾经丢失未找回的枪支,也没有在其他案件中出现过。不过,虽然大部分目击者都说听到三声枪响。但当时一个经过胡同的年轻人说听到四声枪响。这个第四声枪响到底有没有,应当查一查。如果有,很可能是第三支枪打出来的。"

岳局长说:"要找到弹壳。"

柯处长说:"对,如果还有第三支枪,说不定这支枪上有内容。"

老齐补充:"我再补充一点儿,现在我们正对全市的流动人口进行大清查。但据现场情况来看,案犯很可能是本地人口。"

大刘问:"齐队长,你为什么说是本地人口?"

老齐说:"你叫我老齐就行,这么多年也听惯这个称呼了。我是这样判断的:城顺街邮政储蓄所是运钞车每天到达的最后一个收款网点。也就是说,当运钞车到达这里后,七个储蓄所的所有现金都已经收起来了。这是银行内部的一个漏洞,如果是暂住罗城的案犯,绝不可能在短期内掌握这一规律。"

大刘说:"也可能是银行内部人做了内应。"

老齐说:"两个疑点都不能排除。所以这次清查,还应当包括与案犯年龄特征相同的有固定户籍和住所的人口。"

一个警官说:"这个工作量太大了。"

老齐说:"工作量大不是借口。只要能查到罪犯,再大的工作量也要承担下来。"

杨志峰的女儿小雯在家看电视,杨志峰拎着菜走进来。有鱼,有肉,有新鲜蔬菜。

小雯赶紧接过父亲手里的菜:"爸,今天怎么买这么多的菜?要来客人?"

杨志峰说:"来啥客人,自己改善下伙食不行啊。去,和你妈把这些菜收拾一下。"

小雯答应着把东西拿进厨房。

杨志峰刚坐下准备看电视就听妻子在厨房说话:"瞎花钱嘛,弄这么多东西,吃得完?"

杨志峰说:"咋吃不完,只要吃就吃得完。整天清汤寡水的,吃得脸都青了。"

厨房传来杨妻不满的声音:"你那洗车行赚的钱,还不够还债的。每天都要买彩票,还下馆子,大冬天的买啥青菜。像这啥时候能还完钱嘛!小雯的工作还没着落呢,你赶紧想办法啊。"

"钱钱钱，一天到晚念叨着钱，我抢银行去吧。"

"你有那胆也成。前两天城顺街抢银行，听说抢了小两百万呢，你也给抢一个回来。我给你天天做大菜。既没本事也没胆，还不想过穷日子。"

"啥，真的有人抢银行了？我还以为是他们说着玩呢？"

小雯从厨房出来："爸，这两天你没看报纸和电视呀。"

杨志峰："这两天生意好，忙得晕天暗地的，回来就睡觉。哪有时间看电视，倒是有个客人洗车的时候说过，我以为是瞎说呢。"

杨志峰想了想，站起来向外走。

小雯问："爸，你去哪儿呀。"

杨志峰说："我出去找个朋友，不在家吃了。"

杨志峰的妻子从厨房出来："买这么多东西，你又要下馆子，别糟蹋钱了。吃了饭再去，走的时候带点茶叶，不许去茶馆。"

杨志峰只好坐下，等着妻子做好饭，心不在焉地吃完饭，然后直奔李成和家。

丁三正好在李成和家。开门的是李成和，杨志峰刚一进来，李成和就问："你是来找三哥的吧。"

杨志峰惊讶地问："三哥真的回来了？那案子真的是你们做的？"

丁三在屋子里头说："对，我们把银行抢了。"

杨志峰扭头看到丁三在卧室和客厅的门口站着："三哥，这事儿你咋不叫上我？"

丁三走过去拍拍杨志峰的肩膀："进去说话。"

三个人走到卧室，丁三掏烟递给李成和、杨志峰。杨志峰先给丁三点上，又给李成和点，最后是自己。

丁三说："我知道你早就想跟着我干了，不是我不带你，抢银行这事儿不适合你。"

杨志峰说："我枪法、身手是比成和差远了。拿刀动枪的事儿咱真是干不了。不过三哥，我真的是想跟着你干点儿大事情。"

丁三说："你有你的优势，放心，以后少不了你的活计。"

李成和说："志峰，三哥能忘了你？前几天就和我说要带你了。"

杨志峰挺高兴："三哥你尽管说话，咱都听你的。"

丁三拿出王强的一张照片递给杨志峰："你先给办个身份证，名字、身份证号都要真的。"

杨志峰接过照片："这是谁？"

李成和说："和我们一起干买卖的。"

杨志峰有些羡慕，把照片收起："三哥放心。"

杨志峰说："听说你们弄了小两百万？"

李成和叹口气："小买卖嘛，够花多少时间？"

丁三对李成和："李成和，我警告你，这两天花钱收着点儿。雷子正盯着呢。"

李成和点头称是。

丁三说："下一步，咱再开个建材公司。"

杨志峰摇头："我和成和开过公司，最后还不是黄了，再开起来是啥意思。"

丁三说："要长久干，就得有一个合法的外衣。光是打打杀杀的，那干不长久，迟早要翻船。咱现在有了资本，就可以换一条路走。"

杨志峰一脸迷惘："那咋走？"

丁三说："到时候你就知道了。"

李成和说："三哥，搞那么麻烦做啥。咱现在有枪，狠狠干一回啥都有了。李根勤那货开着赌场，还有两个厂子，流动资金肯定少不了。咱把他绑了，弄上一千万绝不成问题，顶咱抢五次银行了。"

丁三说："要弄死李根勤很容易，难的是从他身上弄到钱。这个铁公鸡，是个宁要钱不要命的主，绑他没有意义。而且，我已经打听过了。自从他家藏獒被杀后，他家的院墙重修了，弄得和碉堡城墙一样，还加了什么红外线，保镖也增加了不少，就连他工厂工人发工资也换成了打银行卡。赌场更不要想，光那二十几个护场子的就不好处理。"

李成和说："那就弄死他算了，出出胸中这口恶气。"

丁三说："咱做买卖只为钱，不为气。要是只图出一口气就杀人，趁早别跟着我干。"

市局的专案会一直开到天黑，岳局长最后说："刚才大家把情况汇总了一下，可以摸查的线索还是比较多的。下面的任务就是抓紧时间，分头按线索往下摸，不能放过任何的蛛丝马迹。比如那个第四声枪响的问题，到底有没有，一定要查清楚。"

柯处长说："炸药、脚印、弹壳、体貌特征、户口等，看起来好像线索很多，但哪个查起来都很不容易，都要下大功夫，绝不能因为我们自己的原因而断掉线索。按照岳局长的意思，同时结合实际人员情况，我给咱分一下工：老齐是核心，主追炸药；弹壳需要技术组进一步到现场查找那个第四枪，同时进行弹道比对；脚印方面，白娟你来负责这个；大刘，你们组负责外围，继续寻找目击者和现场线索，与各分局派出所配合调查可疑人员。"

大刘一听自己又是搞外围、打下手，想说什么，欲言又止。

孟津也听着不服气，想要说话，大刘制止他。

程华脸色同样不好看。

柯处长问岳局长："局长，你看还有什么要说的？"

岳局长："就这样吧，最近大家辛苦一些、受累一些，破案之后，我给大家庆功，我请你们的客！"

这天夜里，市局加班的人很多，从大楼外面看，几乎所有的办公室都亮着灯。

白娟把赵亚辉叫来，让他通知技术组的其他人，一人拿一个扫帚，去案发现场扫大街。

赵亚辉奇怪地问："扫大街？"

"对，扫大街。咱们要根据唯一证人的描述，计算出弹壳的跳出范围，然后仔细清扫搜寻。如果还找不到，那罪犯打出第四枪的可能性就很小了；如果找到了，案子就会有新的进展。"

赵亚辉不由佩服起眼前这个女子："我明白了，我现在就去叫他们。"

大刘、孟津和程华走进柯处长的办公室，柯处长抬头："啊，是大刘，还有程华、孟津，你们是不是提意见来了？"

大刘说："看来柯处也明白，我们一组受了委屈啊。"

柯处长说:"你是说让你们负责外围的事吧?"

大刘问:"为什么重要线索都给了老齐?让我们做辅助性的细枝末节的工作?"

柯处长说:"所有的工作都很重要,根本就没有什么细枝末节。你搞了这么长时间的刑侦工作,连这个都不懂?"

大刘说:"柯处,你搞刑侦工作比我时间要长。我想你也明白,获得一个重要线索有多难?现在这么大一个案子,对手这么狡猾,你让我们把自己找到的线索拱手让给别人?"

柯处长说:"什么别人、自己人?老齐既然来到我们局,就是一家人。而且老齐对炸药很有研究,把这个线索交给他更有利于破案,这也是岳局长的意思。"

孟津不满地说:"又是为他人做嫁衣。这可不是第一次了。"

柯处长说:"孟津,你不要说怪话。我知道寻找新的线索非常困难,但这也是出于对你们组的信任。现在无论是市里还是厅里,都对我们的任务很支持,人力和物力都有了保障。只有多管齐下,才能加强效率。你们多找出一条新的线索,就多一条通向胜利的路子。"

程华为一组争取更多的任务:"柯处,银行内部人员的排查任务能不能交给我们?"

柯处长:"行,虽然目前的主要意见认为内部作案的可能性很小,但这个线索也不能轻易放弃,你们可以先集中精力从这里查起。"

白娟带着人来到城顺街旁边的小巷,发案处仍然拉着警戒线,不远处被劫案现场有武警站岗。

白娟对技术组的四个人交代任务:"弹壳的抛壳轨迹即使是对于同一支枪也是不确定的。拉壳勾、抛壳梃位置和抛壳梃伸出量以及枪机后坐速度,都可以控制抛壳的方向和力度,但抛壳的大概范围是可以确定的。如果目击者所说的情况正确,那么,第四枪是司机在汽车上打响的。弹壳一定在我所画定的这个范围内。为求保险,我画定的这个范围比实际计算出的范围还要大一些。现在大家开始行动。"

技术组的五人蹲下,一边扫一边找。

大概找了一个多小时，赵亚辉喊起来："白姐，找到弹壳了。"

几个人一下子都围过去。

赵亚辉用戴着手套的手捏起一枚弹壳。

白娟非常激动："这就是那个第四枪！"

赵亚辉说："七点六二毫米的子弹，是手枪发出的。"

白娟说："拿回去进行弹道检验。"

大刘走进法医鉴定室，值班人员是一个年轻女孩。

女孩问大刘："刘组长，有什么事？"

"我取一下血液鉴定结果。'3·7'曲庆安案的那个。"

"我找一下。"年轻女孩找了一会儿，拿出鉴定结果。

大刘翻看了一下，自言自语："都是O型？"

"什么都是O型？"

"你们法医室能不能把'12·1'鹏鲲小区杀狗案中的血液样本与这个案子的血液样本进行DNA比对？"

年轻女孩并非法医，老实回答："这我可不知道。"

这时，身后有人说话："理论上是可以的。但目前全国绝大部分刑侦部门的DNA技术只能做到对有效新鲜的血液和组织进行检验。'12·1'鹏鲲小区杀狗案中的血液样本过于陈旧，而'3·7'曲庆安文物被劫案中的血液样本又被罪犯人为处理过。直接做DNA对比，难度很大。"

大刘回头见是老齐，他说："只要具有可行性，再难也要进行比对。如果对上了，两案就可以并案，侦破难度就会大大减小。我打算去北京进行鉴定。"

"我有一个老朋友，也是搞法医的。他在这方面是专家，他的DNA检测技术是全国一流的，结果比北京更准确，我可以给你引见。"

"那太好了。他在哪儿？"

"广州。"

"我立刻请示领导，明天就派人去广州。"

大刘派孟津去广州调查，孟津在机场还在想案情，他想到一件事立刻给大刘打电话："刘哥，你一定要把这个任务争取下来。我推断第三支枪和我们以前查的枪案有一定的联系。我们很可能会从第三支枪上找出线索，查出情况。"

大刘和孟津通完电话就和程华带着城顺街储蓄所所长先从银行内部调查。这时，能叫来的员工都被叫来了，坐在大厅沙发上接受调查。

办公室里，城顺街储蓄所所长向大刘介绍情况："所里员工一共是23人。"

大刘问："这里的员工谁平时和社会上的人接触比较广泛？"

"有个保安，叫魏顺前，社会上经常有人来找他。"

"案发时这个人在哪里？"

"案发前好几天就不在了，也没请假。"

在另一间比较宽大的办公室里，程华在询问副所长："所有员工资料都在这里了吧？"

副所长说："都在这里。"

同一办公室另一角，警察小钱询问一名员工："有没有人平时有不良的生活习惯，比如赌博、吸毒什么的？"

员工说："有一个。"

"谁？"

"冯爽。"

二

了解了一上午情况，大刘和程华匆匆在小饭店吃了点饭，就来到邮政局保卫处。

保卫处处长介绍情况说："城顺街储蓄所的员工，在案发当天说不清行踪的，只有一个人，是个保安，叫魏顺前。案发前三天没有请假就走了，给他打传呼也不回。"

大刘问："多高的个子，长啥样？"

保卫处处长到办公桌拿出一个表："我都给准备好了，这是他的入职登记表。名字、照片、身高、学历什么的都在上边。你们看看。"

大刘和程华接过传看。

程华问："这上面的地址是不是真的，你们验证过没有？"

保卫处处长说："一般来说，填的就是身份证上的地址，至于他现在在什么地方住，我们也不太清楚。他是个临时工，外地人，老家在凤县。"

"根据我们调查的情况，城顺街储蓄所里，有一个人还吸毒，是不是有这回事儿？"

保卫处处长："这我不知道，没有人反映过。"

程华说："不可能吧，这事儿都有人反映到我们这里了，你怎么会不知道？"

大刘说："处长，你也知道这是个大案。你要是在这上面说谎话可是要负法律责任的，这和你平时吹个牛什么的可不一样。"

保卫处处长想了想："是有一个人吸毒，叫冯爽，吸的是啥冰毒。他爸是老职工，我和他爸以前是老同事，处得不错，就没说，怕牵连上他娃么。不过，我已经查过了，他没有作案时间，有人能证明。"

程华说："你再想想，还有什么可疑的人？"

保卫处处长想了好一会儿："没啥了。"

程华说："所里有个人以前干过盗窃的事儿，判过缓刑。"

保卫处处长说："你一说我想起来了。他叫赵健，这都是十来年前的事儿了，我想如果人家痛改前非，咱再去找他的麻烦，是不是不太合适？"

程华说："这种人怎么能在金融机构工作？"

保卫处处长说："还不是托的人情关系。"

大刘说："下面存在这么多的重点人员，你这工作做得可是不到位呀。"

保卫处处长无奈地说："唉，咱说是保卫处处长，也就管管消防、内保什么的。你让下去查人，很多人都有后台，咱能查得动谁？工作难干得很。"

赵健是个重点人物，大刘立刻让保卫处处长带着他们开车去找这个人。

路上程华说："这个银行管理漏洞真不少。"

大刘说："先查赵健，赵健在案发后第三天就请了病假。如果他有问

题,肯定要外逃。"

保卫处处长说:"我早就提过,要组织安全培训,可是一拖再拖。这次通报批评,说司机遇到紧急情况,没有把车开走,反而下车查看,遭到枪杀,损失巨款。如果经过培训,这样的事情就有可能避免。"

大刘说:"还是领导的安全意识不够。"

小钱开着车,保卫处处长指着路,很快到了小区。小钱留在楼下观察,三个人走上楼。

赵健家在五层,保卫处处长去敲门。

里边有人问:"谁啊?"

保卫处处长说:"是我。局里保卫处的老吴。"

里边不说话了。

保卫处处长继续敲门:"赵健,我来了解个情况,你把门开一下。"

里边没有声音。

大刘说:"这是咋了?"

保卫处处长说:"可能有麻烦,要不要多叫几个人?"

大刘把耳朵贴在木门上向里听,突然说:"你们让开,让开。"

保卫处处长和程华闪到一边。

大刘后退几步向前跑狠命撞在木门上,把门撞开。

三个人冲进屋里。

大刘在前,程华和保卫处处长在后,三个人冲到屋里,先跑到卧室,但没有人。程华跑向阳台,保卫处处长跑到书房,大刘打开卫生间。

"在这里,快过来。"大刘一边喊一边冲进卫生间。

程华和保卫处处长也跑进卫生间。

卫生间内,赵健用一根绳子挂在衣钩上,大刘抱住他:"来,帮把手。"

保卫处处长上去,把赵健放下来。

程华说:"抬到通风的地方。"

两个人抬着赵健到客厅,放在地板上。

程华检查赵健的呼吸和心跳:"一切正常。"

大刘吁了口气:"看来是刚挂上。"

大刘打了120把赵健送到医院,医生很快把赵健抢救过来。

赵健醒来后，程华和大刘走进来问情况。

程华先把赵健的病情跟他说了一下："赵健，医生说一切正常，也不会留下后遗症。"

赵健说："谢谢你们。"

大刘说："有啥想不开的，犯了错误可以改嘛，人死了可就没机会了。"

赵健说："我没脸活下去了，我家就我这么一个儿子，当年为了把我弄进银行，父母求遍了人，花了不少钱。"

大刘说："你先说说你做了啥事情。银行被劫案和你有没有关系？"

赵健说："我可和银行那个事儿一点儿关系都没有啊。"

大刘说："那是为啥事儿要寻死了？"

赵健说："我挪用了三十多万块钱，银行抢劫案发生后，上面要查账。那些钱都让我花光了，我根本就还不上……"

大刘说："这个有待于我们进一步证实。你还有没有其他情况，都要讲清楚。"

赵健说："银行那个案子跟我真的没关系。我就是爱慕虚荣，为了在朋友和对象面前有面子，花钱大手大脚，才犯了老毛病。"

程华问："你挪用这么多钱，想过案发以后怎么办没有？"

赵健说："我本来想做点儿生意，慢慢把钱还上。可总是攒不下钱，一有了钱就花出去，挪用得越多，花得越多。"

赵健这边排除了，还有一个吸毒的冯爽。打听到冯爽在一个娱乐场所活动，大刘、程华和小钱，还有城东分局的小贾等几名便衣立刻赶去。

几个人来到一个包房前。

有几个人把枪拿出来，拉栓。

小贾一脚踹开门，众人冲进去。

包房内，门突然被打开，十几名青年男女纷纷惊叫。

便衣们纷纷喊："不许动！""蹲下，都蹲下，双手抱头！"

一个准备悄悄收拾桌上东西的男子被小钱放翻摁住："老实点。"

小贾指着一个嘴上叼烟的男子："掐了，掐了，还抽烟呢。"

大刘命令："男女都分开，女的都上那边去。"

在场的人都被控制住。

桌子上是吸毒工具。

程华拿起工具:"这是在吸毒了。"

大刘喊:"谁是冯爽?冯爽站起来。"

墙角一个年轻人站了起来。

在市局预审室,冯爽一个劲儿地喊冤:"我和那个银行抢劫案真的一点儿关系都没有,你就是借我个胆子,我也不敢去抢银行呀。"

大刘说:"你把你的情况讲清楚,社会关系,平时接触的人,案发前几天的活动情况。"

"我真的没有抢银行,我又不缺钱花。我要房有房,要车有车,还开着商店,我为啥要抢银行嘛?"

"我们知道你家庭条件好,母亲是金融系统高级管理人员,父亲在做生意,但并不意味着你接触的人都和你一样。"

"你看看你认识的那些货,都是些什么货色。我们粗粗地查了一下,就发现两个抢劫犯,你成天和这些人打交道,早早晚晚要出事儿。"

"我和他们就是在一起溜冰耍了,其他事儿可没干过。"

"你要想说明自己没有问题,就要老实讲,知道什么说什么,听到没有。"

丁三本来说要在外面请客吃饭,但父母非要在家,他只好把钱给了大哥大姐,让他们张罗菜。大姐和大姐夫做了满满一桌子菜,大哥、父母都坐在桌前。

大姐丁兰端上菜:"还有一个菜就上齐了。"

大姐夫走进来,一边解围裙一边说:"兰子,你出去把两个娃叫回来。"

丁兰答应一声出去。

丁母问丁海:"咋三子还没来?还有你媳妇,咋也晚了?"

大哥说:"妈,三子给我打电话说晚来一会儿。玲儿她单位叫她回去办个什么手续,回来得晚,不用等她。"

两个孩子跑进来。

丁父招呼孩子："过来，坐爷爷这里。"

大姐夫对两个孩子说："姥姥过寿，你们也不说什么？"

大姐夫的女儿比较聪明，立刻就说："祝姥姥长命百岁，寿比南山。"

丁母很高兴，摸着外孙女的头："说得真好。"

外孙子也想说些什么，但想了一会儿还是想不出词。

大哥知道自己儿子嘴笨，提醒他："祝奶奶生日快乐，身体健康！"

儿子学说了一遍，然后迫不及待地坐上椅子。

丁兰进来，把菜摆上："怎么三子还没来？"

大哥说："我去给三子打个传呼。"

这时候丁三拎着大包小包用脚把门弄开："爸，妈，我来了。哥，姐夫，快帮下忙。"

大哥和大姐夫离坐，走过去接过丁三手里的东西。

大姐夫接过东西："这拿了不少东西呢。怎么过来的？"

丁三说："打了个车。"

大哥说："正准备叫你呢，就差你了。"

丁母对丁三说："快坐下，正好吃饭。菜刚上齐。"

"给爸妈买了东西，挑了半天，耽误了时间。"丁三往外拿东西，"这是人参，爸身子虚，补一补。这是脑白金，妈的睡眠不好，吃这个。这个高级钓鱼竿是给爸的，这个按摩器，爸妈都可以用。还有蜂蜜、衣服、鞋……"

丁母问："这得花多少钱呀，我们哪用得着？"

丁三说："只要肯用就用得着。妈，你不用心疼钱，我和杨志峰，就是以前你们厂里老杨的儿子，我们小时候总在一起耍。我和他一起开了个钢材批发部，生意挺火的。这都不算啥。"

大姐夫说："现在钢材生意可不太好做了。"

丁三说："还行，这两年国家经济发展得快，钢材呀什么的需求量都很大。"

大姐给丁三打来水："来，洗把脸。"

丁三到一边拿脸盆，边洗手边问："我咋没见嫂子？"

大哥说："她们那个单位好像要破产，让她们回去登记一下。可能要弄下岗。对了三子，你们那儿需要人吗？"

丁三洗完手，出去把水泼了，又走回来："咋？嫂子不想跟你烤羊肉串了？"

大哥说："她嫌烟熏火烤的，说她自从干了这个一下子老了十岁。"

丁三说："暂时公司还不需要人。我这儿还给嫂子和姐买化妆品了，一会儿吃完饭看看。"

大姐说："乱花钱，我这么大年纪要啥化妆品。"

大姐的女儿："妈，你不要啊，那我要。二舅，你给我吧。"

丁三爱怜地拍拍外甥女："你们两个也有礼物。"

丁三坐下给母亲和父亲倒上饮料，给自己倒上酒："爸，妈，我平时不喝酒，今天是妈的七十大寿，我敬二老一杯酒。"

丁三一口把酒喝掉。

父母把饮料喝掉。

丁母说："能看着你们都过得平平安安的，我就高兴。"

丁父也说："就是，你看现在一家人团团圆圆的，多好。"

大哥给父母倒上饮料，给自己倒上酒："父母养育我们长大不容易，现在孙子、外孙都有了，也是该让你们享受天伦之乐的时候了。我也敬母亲和父亲一杯。"

大哥喝下酒。

大姐夫给自己倒上酒，给二老添了点儿饮料："祝两位老人健健康康的，生活之树常绿，生命之水长流，晚年幸福，身体健康，长寿无疆！"

大姐："你呀，就会说。"

"真心话，真心话。"大姐夫说完一饮而尽。

丁母笑着说："现在三子要是再成个家，那我也就没什么遗憾的了。"

大姐接话说："正好我们店里有个女子承包了个柜台，长得挺不错，外地人，人很能干，能吃苦。三子要是愿意，我给你们介绍一下。"

丁三摆手："我现在不想这个。"

丁母不同意："你都多大了，还要等到什么时候？就是你能等，我和你爸这把年纪，也等不及了。"

大哥说："三子，我知道你心劲高。不过这找老婆和你做事业可不是一回事儿，不是条件越好，就过得越幸福。关键是人好，长得漂亮点儿，那就行了。"

丁兰笑着说："大哥，嫂子倒漂亮，家里什么活还不都得你操心。说是和你烤羊肉串，每天摊子上逛一圈就回去了。"

丁三点点头："行，妈说咋办就咋办。见见也行。"

约会地点是在一个大饭店门前，丁三站在那里等了几分钟，丁兰领着一个三十多岁的女人走来。女人长得确实很不错。

丁三叫声姐。

丁兰介绍说："她就是艾秋，这是我弟弟丁三。"

艾秋对丁三说："你好。"

大姐说："那你们好好谈，我先走了。"

大姐丁兰又把丁三叫到一边："三子，你看都十一点了，和艾秋到饭店边吃边聊，大方点儿，给人家留个好印象，听见没。"

丁三说："行，姐你放心吧。"

大姐打招呼走开。

艾秋说："咱们走一走吧。"

丁三答应："好。走一走吧。"

两个人相跟着向前走。丁三一言不发，艾秋主动问："听说，你做大生意？"

丁三说："不是什么大生意，做钢材生意。"

"那生意还能小啊。"艾秋感觉丁三确实是个有钱人，又问，"你买房没有啊？"

"没有，现在刚做生意，需要钱周转，没打算买房。"

"这太阳真毒啊。"

"是呀，大中午的，咱们找个地方边吃边聊吧。"

艾秋很高兴："好。"艾秋不由自主地向大饭店走。

丁三却领着她往另一边走："这边，咱走这边。"

艾秋不解地跟丁三走到另一个方向。

两个人走进一条热闹的街巷，巷子两边都是小饭店、小铺子。

丁三领艾秋进了一家小饭店:"这里的刀削面好吃。"

艾秋原来以为丁三会领她去一个大饭店,一看是这么一个破地方,她很不满地走进来。

伙计招呼丁三和艾秋坐下,拿过来菜单问他们点什么菜。丁三看都不看菜单,直接让拼个凉菜,再来两大碗刀削面。

伙计不甘心,问:"还要别的吗?"

丁三说:"不要了。"

伙计走开。

艾秋的脸色变得非常难看。

丁三面无表情地说:"我坐过牢,你知道吧。"

艾秋说:"知道,你姐和我说过,能改好就行。"

丁三说:"我还有个儿子,我想有一天把抚养权要回来。"

艾秋没有再说话。

丁三自顾自地说:"我儿子很疼人,学习也好。我记得他小时候,我一边看书一边拿着扇子给他扇凉,他就问我要来扇子,要给我扇凉,我不答应他还不高兴。"

丁三给艾秋倒上白开水,伙计把凉菜端来。

丁三继续自言自语:"那时候家里穷,三口人挤在十平方米的地方,夏天真是难过啊。可孩子从来不怪他爸爸没本事,放学回来总和我讲,将来要当工程师。呵呵,工程师,我可是想都不敢想,不过我儿子他说不定真能当上呢。"

整个吃饭过程中,艾秋一句话也没有说,全是丁三在絮叨。吃完饭,丁三把钱给了伙计,对艾秋:"走哇。"

两个人走了几步,伙计追上来:"不对呀师傅,少一块钱。"

丁三说:"一碗面三块五,两碗七块,加一个两块钱的拼盘,不是九块吗?"

"拼盘是三块钱。"

"涨价了?"

"现在啥都涨价,咱不是也得涨嘛,不涨就亏了。"

"咋这么贵了,两块五行不?"

"你看，这饭店也不是我开的。五毛钱你就不要计较了。"

"那找你们老板说说。"

艾秋忍无可忍："我有事儿，先走了。你们慢慢说吧。"

丁三对艾秋说："好，你先走，我不送了啊。"

艾秋理也不理，匆匆走远。

伙计继续问丁三："师傅，你看你把钱补一下吧。"

丁三掏出一块钱交给伙计，向另一个方向走去。

丁三甩开艾秋，回到家。杨志峰和王强在屋里等他，一见丁三，杨志峰就笑着问："三哥，相亲怎么样？"

王强也问："长得漂亮不？"

丁三说："女人长得不错，请她吃了一碗刀削面。"

王强说："就请人家吃一碗刀削面？三哥你也太抠了吧，你现在可是百万富翁了。"

丁三说："咱干这事儿，绝不能让女人掺和进来，女人最麻烦。"

王强对杨志峰说："老杨，咱四个人里就你还和老婆在一块儿了。"

杨志峰说："我老婆从来不问我的事儿，能拿回钱就行。"

丁三问杨志峰："志峰，我让你办的身份证办来没有？"

杨志峰拿出身份证和一张纸交给丁三："这是身份证，还有这个人的家庭情况。"

丁三拿起仔细看。

杨志峰说："没问题，和真的一模一样。"

丁三说："牛刚！王强，你以后就叫这个名字了。"

王强："牛刚！这名字真难听。"

丁三对王强："我告诉你，不但要叫这个名字，这身份证上写的年龄、出生日期、家庭地址、家里的情况都要记清楚。"

"搞那么麻烦干啥？"

"你是外来人口，雷子查你们查得最紧。背会这个，可以应付雷子。还有，咱那个公司开起来了，你的职务是公司保卫科科长，晚上你睡公司。"

杨志峰说："三哥，我还是不明白，咱开公司是啥意思？钢材这生意

弄好了一年也能弄个十几二十万，不过风险也大。"

丁三说："一年十几二十万算啥，咱一个月就弄他百八十万。"

王强两眼放光："三哥你说咋弄？"

丁三把自己的计划告诉两个人。

局里的会议室里正在开会，大家把最近调查的情况互相交流，进一步讨论案情。

大刘说："城顺街储蓄所的保安魏顺前，案发前一个星期曾经参与社会上的一次群殴，造成对方轻伤。对方让他赔两万元，不然的话就报案。魏顺前拿不出这笔钱，就逃回了老家。前天晚上我们把他给弄回来了，进行了审讯，发现他和'4·17'爆炸抢劫银行案没有关系。经过这几天的详细排查，可以断定'4·17'爆炸抢劫银行案没有内部人参与，银行的三个重点人物，都与该案没有关系。"

白娟说："由于提取的脚印比较少，其中一对脚印残缺不全，所反映的信息不多。但可以判定，罪犯一共是三个人。其中一个人身高一米七八上下，体重八十公斤左右，步幅整齐，走路端正，很可能受过军事训练。由于案发现场事后很多人经过，破坏严重。从现场提取类似脚印已经不可能，但从目击者的调查情况来看，这个人应当就是手持八一杠的那名罪犯。"

赵亚辉说："从尸体解剖来看，死亡的三人中，有两人都是被自动步枪打死的。一枪致命，分别击中心脏和头部。可见此人枪法非常好，这个现象可再一次推断出他可能受过军事训练。"

白娟说："第二对脚印比较模糊，从案发现场来看，也没有找到相似脚印。初步判断，这个人也具备一定的军事素质。据目击者称，在巷口那一枪就是他打的，伤者腹部中枪。使用手枪在运动中把人打伤，说明这个人的枪法也很好。这个人的身高大概在一米七六，体重在七十四公斤左右。"

白娟说："第三对脚印反映出这个人的个子在一米七五左右，走路有些驼背，外八字，相比前两人，这个人更接近于普通老百姓。现场发现第三支枪的弹壳，应当就是他打出来的。"

赵亚辉说:"我们初步检验,第三个人所持枪是一把六四手枪。目前,我们正在寻找弹头。如果他是朝天放枪的话,基本上就不可能找到了。但一旦找到弹头,就可以进行弹道比对。"

老齐说:"这些都不是直接线索,但能在排查中起到缩小排除范围、提高效率的重要作用。全市大范围的排查工作还在进行,这个数字要及时通报到各单位。"

柯处问:"老齐,炸药的事查得咋样?"

老齐说:"这种硝铵类炸药的来源有三种,一个是正规渠道,中间商为求暴利卖到黑市,这个经过查证等技术手段还是能查出来的,我们已经查到十三个经销商有可疑问题,正准备对他们进行重点审查;第二个是当地土制的硝铵炸药,经过对'4·17'爆炸抢劫银行案爆炸现场的技术分析,这次使用的炸药不太可能是土制的,不过为保险起见,我们也组织力量清查了一次罗城周边的土制炸药窝点,就清查情况来看,缴获的炸药与技术分析出来的炸药样品对不上;第三个渠道是一些能接触到炸药的工人,把老板用剩下的炸药卖到黑市。就罗城的情况来看,周边基本没有什么矿产、采石场等大量使用炸药的生产场地。通过这个方式流入黑市的可能性不大。"

柯处说:"我说说我这方面的情况。目前我们对全市流动人口的排查已经告一段落,打掉三个暴力犯罪团伙,破获七起刑事案件,解救拐卖妇女两名,处理治安案件十七起。这是我们这次排查取得的副产品,真正的目的并没有达到,并没有发现关于'4.17'爆炸抢劫银行案任何有用线索。下一步,我们将利用技术部门提供的标准对常住人口进行第二次排查。"

柯处说完又问:"谁还有要补充的?"

程华说:"柯处长,根据技术部门提供的弹道痕迹检测结果和弹壳击发痕迹,三支枪与以前所有案件中所涉及的枪支都对不上。也就是说,从枪这块儿往下查很难有新的突破。我们这一组目前没有明确的线索再往深处进行侦查,那我们下一步该做什么?"

柯处说:"这要问你们的大刘。"

大刘说:"我觉得这个案子和曲庆安文物被劫案、鹏鲲小区杀狗案可能会有联系。三案都涉及枪案,爆炸案和杀狗案的作案者枪法都很精准,都使用的是六四枪。我建议我们小组先抓紧把曲庆安的案子办了。"

白娟说："但是通过我们对弹壳痕迹的分析，爆炸案和杀狗案中的案犯使用的并不是同一支六四枪。"

大刘说："仅通过弹壳分析是不准确的，必须找到弹头，才能得到准确的结论。"

柯处说："曲庆安文物被劫案和鹏鲲小区杀狗案能不能并上，要看孟津从广州带回来的DNA比对结果；鹏鲲小区杀狗案和'4·17'爆炸抢劫银行案能不能并上，要先找到弹头。现在都不能轻易下结论。曲庆安这个案子，大刘你这些天可以加紧办一下，爆炸案也不能放松。"

大刘说："好。"

柯处看了看表："这都下午两点了，同志们还没有吃饭。"

老齐说："食堂都关门了。"

柯处说："我去跟食堂说一下，再加做一餐。"

由于李成和符合当过兵、身高等多个特征，他被排查了出来。大刘、程华还有一个派出所民警到李成和家调查。

大刘见到李成和表明自己的身份："我们是市局七处的，找你了解一下情况。"

大刘递过去警官证，李成和看了看又还回去："找我了解啥情况，我可是守法公民。"

大刘说："你不要紧张，只是向你了解情况，没说你犯法。"

派出所片警说："有啥就说啥，实话实说。"

李成和把三个人让到客厅。

大刘问他："三月七日那天你在哪儿？做什么？"

李成和想了想："哎呀，现在都五月份了，两个月前的事情，真是记不清了。"

程华说："你再好好想想。就三八妇女节的前一天。"

"我想一下啊，哦，那天我和丁三在一起，还有杨志峰。"

大刘问："丁三和杨志峰是谁？"

李成和说："我和杨志峰原来开着一个公司，后来亏了本，公司虽然没注销，但已经不干了。丁三说还想把这个买卖搞起来，那天我们商量这事儿了。"

程华问："丁三是什么人？你们怎么认识的？"

李成和说："我本来不认识丁三，杨志峰和他是从小耍到大的朋友，是他介绍我们认识的。我和杨志峰是生意伙伴，一起干了好多年了。"

大刘问："丁三家在哪儿？"

"我也不记得门牌号码，我给你们画一张图吧。"

调查完李成和，三个人马不停蹄地赶往丁三家。

在车内，程华继续分析这几天调查的情况："全市一共有十三个复员军人在年龄、身高和背景方面与曲庆安案中的罪犯条件相似。"

大刘说："现在已经排除了七个，李成和再排除掉，就剩下五个人了。程华，这个人你看有没有可疑之处？"

程华说："如果李成和说的属实，那他没有作案时间。从作案条件上来看，李成和与曲庆安也没有任何关系。"

"但是杀狗案中，李成和却有作案动机。根据前一段时间调查的情况，李根勤坑了李成和他们公司五十多万。"

"李根勤的仇人太多，想杀他的人也太多，不好排查。"

"是不好排查。虽然没有查李根勤的账，但从他周边调查情况来看，这家伙经济上一定有大问题。"

"这个情况我已经向岳局长反映了，岳局长交给老彭去调查。"

开车的民警说："李根勤这种人在社会上还挺吃得开嘛。"

大刘说："不论是暴力犯罪案件，还是经济案件，只要是触犯了法律，造成国家和人民的损失，迟早一个个都得收拾掉，一个也跑不了。"

三个人到了丁三家，丁三开门见有一个人穿着警服，有些意外，但他仍非常镇定。

丁三问："你们找谁？"

大刘说："我们找丁三。"

丁三说："我就是。"

大刘把警官证递过去:"我们是市公安局七处的,正在调查一件案子,想跟你了解下情况。"

丁三没有看:"噢,公安局的,进来说话。"

三个人进来,大刘开门见山地问:"李成和你认识不?"

丁三说:"认识,他和我一起做生意了,一起开了个公司。"

"他说三月七日的时候,他和你,还有杨志峰在你家里商谈做生意的事儿,有没有这回事儿?"

"我们是谈了做钢材生意的事儿,具体时间我记不准,大概就是三月上旬。李成和、杨志峰他们以前开着一个公司,让李根勤骗了几十万,正准备关门。我听说以后就跟他们说,公司这么多年积累了不少人脉和关系,而且也挣着钱呢,关了太可惜,就和他们商量重新营业的事儿。后来也没谈成。"

程华问:"你再确定一下,你们在一起的时间是不是三月七日?"

丁三说:"具体日子我实在是记不清了,三月上旬没问题,肯定有这回事儿。"

大刘又问:"你当过兵没有?"

丁三说:"我没有。"

程华问:"杨志峰在哪里住?"

丁三说:"他开了一个洗车行,我给你写一个地址。"

调查完杨志峰,大刘和程华已经基本排除了对李成和的怀疑。程华有些灰心:"下午再查最后四个人,如果再没有线索,这条线索就断了。"

大刘说:"还有古玩市场这条线。根据调查,曲庆安所接触过的文物商人中,三个人在事发后关闭店面离开罗城。其中两人的情况已经落实,排除了嫌疑。只有一个叫二东的不知去向,且在短时间低价大批处理掉手中积货。"

在局里,孟津走进法医室。

白娟问孟津:"哎?你啥时候回来的。"

孟津说:"刚下飞机就赶过来了。"

白娟着急地问:"那 DNA 比对情况怎么样?"

孟津说:"曲庆安文物被劫案在三轮车上留下的血迹和鹏鲲小区杀狗案在墙头留下的血迹是同一个人的,也就是说两案可以并案侦查。"

白娟说:"你把样本给我,我赶紧出个报告,立即向柯处反映。"

孟津把样本交给白娟,等白娟出来报告后,拿着报告去柯处那里汇报,在走廊里碰上大刘和程华。

大刘正和程华说话:"你把二东的亲戚、朋友都查一查,看能不能找出他的下落。这个人十有八九与曲庆安的案子有关。"

孟津拿着报告叫两个人:"刘队,程姐。"

程华见是孟津,打招呼说:"孟津回来啦。"

大刘急着问:"那个血液比对情况咋样?"

孟津说:"是同一个人,可以并案。我正要去柯处那里汇报呢。"

大刘挺高兴:"看来我的直觉没有错。"

下午,大刘带着程华去调查另一个排查出来的复员军人高正平。

高正平开着一家摩托车修理店,他把大刘和程华让进办公室,一边打水洗手,一边招呼办公室的一个女子给他们倒水。

高正平洗着手说话:"这手成天油腻腻的,根本就洗不干净。平时给客人倒水都得叫我们会计。"

程华说:"修理店生意还好吧?"

高正平说:"现在这买卖越来越不好干了,不像前几年。"

会计倒了水出去,高正平坐下。

大刘问他:"高正平,三月七日那天,你在干什么?"

高正平想了想:"前一天和朋友打了一夜的麻将,第二天就回家睡觉了,睡了整整一天。"

"和哪几个朋友?叫什么名字?都是干啥的?你都说一下。"

"我都不认识,只认识户主二立。"

"二立大名叫啥?家里有几口人?"

"大名叫冯立,结婚了,有个儿子,三个月大。"

"你的家庭情况我们提前也了解了一下:你离婚了,现在一个人住,

老婆再婚的时候,把孩子丢给你,你把孩子送回老家了。对吧?"

"对。"

"冯立也是个退伍军人,和你是一个团的,你们同时退伍,又是同乡,他和你关系处得特别好。是不是?"

"这个,你们也都知道啊。"

"高正平,我告诉你,我们公安局对你的情况,已经掌握了很多,你不要想蒙混过关。老老实实交待问题,实话实说,说谎话对你没有好处。"

高正平思考了一下:"我交待,我交待。我和二立,还有虎子、大头,还有其他两个人,我不太熟。我们赌了一个晚上,我输了不少钱。"

"高正平,我们七处既然今天来找你,绝不是为了问你这些陈芝麻烂谷子的事情。你老实说,三月七日那天上午,你到底做什么去了?"

高正平有些紧张,哆哆嗦嗦地掏烟抽,但掏出一个空烟盒。高正平说:"我去找盒烟,可以吗?"

大刘说:"行。"

高正平起身,在抽屉里翻了一会儿,又开门要走出去。

大刘站起来:"你回来。"

高正平突然奔出去。

大刘急忙去追,程华跟上。

高正平跑得飞快,很快跑出修理厂。

大刘追了出去,接着程华也追出去。

高正平骑上一辆摩托车,飞快地发动后逃走。

大刘跑到警车旁,开门上车,大刘刚发动好车,程华也跑来。

大刘喊着:"快,快上车。"

程华刚上车,大刘就发动车驶出去。

程华拿起对讲机:"指挥中心,指挥中心。我是551。"

指挥中心回答:"这里是110指挥中心。"

程华说:"有一辆红色雅马哈,从北正街中段向西驶去,请求拦截。"

指挥中心回答:"明白,我们马上通知交警支队配合拦截。"

高正平骑摩托车在前,大刘开车在后。高正平开车的技术非常老练,几乎一个直角拐，进了一个胡同。等大刘开车拐进胡同，高正平的摩托车已经开出老远。大刘正准备踩油门追，这时，对面开来一辆车，窄窄的胡同无法容二车会车。对面的人伸出头怒吼："这是单行道，警察就可以不遵守交通规则呀。"大刘知道追不上了，他没有说话，把车倒回。

程华手拿对讲机报告："指挥中心，我是551，嫌犯从北正街穿过胡同开往中环路。"

指挥中心回答："明白，已派人在中环路堵截。"

中环路上，几名骑摩托车的交警响着警笛追在高正平的后边。高正平加大油门逃窜，再次钻进巷子，交警也追进巷子。

大刘开着车搜寻着高正平，对讲机中不断传出情况。
"我是3246，我是3246，疑犯进入黄家胡同。"
"我是2687，疑犯拐入一个家属院，是铁路宿舍家属院。"
"我是3246，疑犯从院南门冲出，进入马连道。"
大刘拐了几拐后，停在一个巷口，把巷口堵住。
对讲机还在响："疑犯由马连道向平正路方向驶去。"
高正平骑着摩托车来到巷口，发现巷口被大刘堵住，刹车掉头。
后边三名警察追上，把高正平控制住。
大刘跳下车，也冲过去。
高正平大喊："咋咧，咋咧。我没犯罪。"
大刘严厉地说："你犯没犯罪，你自己心里最清楚，带上车。"

审讯完高正平，天已经黑了。高正平戴着手铐被武警从预审室押出。
大刘、程华和孟津先后走出来。
孟津说："刘哥，你也就和高正平说了三言两语几句话，怎么就知道高正平会有问题？"
程华说："我也觉得挺神奇的。我就在旁边听着，一点儿漏洞也没有听出来呀。"
大刘说："三月七日那天的事儿，已经过去两个月了吧。高正平竟然

脱口而出，说得那么清楚，肯定是事先准备过的。这是第一个疑点。第二，冯立和老婆分居，家里就冯立一个人，按平常的习惯，他和麻友熬了一晚上，麻友们都在他家睡觉。高正平却在那天要回家睡觉，这也很可疑。第三，冯立说，一共六个人，互相都认识。高正平却说不认识其中的两个人，而那两个人，恰恰在三月七日上午也离开了冯立家，情况和高正平一样。可见高正平一直在说谎。"

三个人走进办公室。

孟津点头："刘哥分析得真不错啊。"

程华说："高正平等三人在三月七日的抢劫，是有预谋的作案，又是团伙作案，恐怕这不是第一起。"

大刘说："拔出萝卜带出泥。既然交待了一起，就不怕他不说第二起、第三起。只要下功夫，高正平背在身上的案子一个都跑不了。"

程华说："曲庆安被劫案，复员军人这边的线索全部断掉了，文物店的那个二东也查不到下落。"

大刘说："不要着急。既然曲庆安文物被劫案和李根勤家杀狗案已经并案，复员军人这条线断了，还可以从枪上面着手查一下。"

在丁三新公司的办公室里，丁三在抱怨李成和："李成和把雷子给招来了，当时用他我太欠考虑。这货做事情没头脑，又爱背着我单干，花钱太冲，耍女人，赌博，借高利贷，迟早要出事儿。"

王强问："那咋办？要不，弄死他算了，早就该收拾他了。"

丁三说："现在弄死他，更容易让雷子怀疑，先让他多活两天。"

"三哥，这都多少天了，你说的那大生意啥时候做呀？"

"杨志峰、李成和正在找买主。你别心急，现在建筑钢材比较紧俏，不怕找不到大头。"

杨志峰在郊区租了一个大库房,李成和和杨志峰一块儿去看库房,两个人走在空旷的库房内,李成和问:"三哥让租这么大个仓库干啥?咱真的要进钢材?"

杨志峰说:"钢材不一定要进,但生意是真的要做。"

"没货咱咋弄?赵总说一定要验货才付款,不进货让他看什么?"

"怪不得三哥说你头脑简单,没有钢材,借点儿不就是了。"

"跟谁借?谁肯借给咱货?"

"隔壁那个叫石顺德的老板买卖做得不小。昨天我和三哥去他那里坐了坐,他说他有一批货马上就要到,想找个地方放十多天,一时找不到临时仓库。三哥答应,把咱的库房借给他用。石顺德高兴得很,今天晚上还要请咱们吃饭呢。"

"三哥就是有办法,头脑比咱灵光得多。胖子,石顺德晚上订的在哪儿吃饭?风顺阁怎么样,吃完了洗个澡,找几个小姐一按摩。"

"要要小姐你要去,我吃完饭还要回家。"

两个人边说边走向仓库大门。

"怕啥,和嫂子就说你谈生意,晚上不回去了,开开荤。"

"不去,不去,没心思。"

"是不是三哥上次弄银行没叫你,你心里不舒服?"

"你胡说啥了。对三哥我可是忠心耿耿。成和,我跟你说,既然跟了三哥就要守规矩,像你这样成天在歌厅、赌桌上混,三哥可不喜欢。"

"人生在世,不就是图个高兴,要不弄那么多钱做啥?三哥就是想不开。"

两个人走出仓库,杨志峰把大门锁上。

杨志峰:"你先走,我找石顺德去。"

李成和说:"胖子,说好了,晚上去风顺阁。"

当天晚上,一辆汽车停在风顺阁,丁三、杨志峰、李成和三个人西装革履地走出来,打扮得很像生意人。王强把车停好,也走出来。

四个人一齐走进风顺阁。

石顺德看丁三出手很大方,很想交这个朋友,他早订好了一个豪华包

间,带着副总兰总,还有一个女秘书等着丁三等人。

丁三推门进来。

石顺德等人起身迎接:"卜总,你好,你好。"

丁三指着杨志峰介绍:"这是我们主管财务的副总沐新。"

石顺德说:"见过,见过。这几天的生意都是沐总在和我联系。"

丁三指着王强:"这是业务经理王刚。"

石顺德和李成和握手。

丁三指着李成和:"这是保卫处处长潘胜利。"

两个人握手。

石顺德介绍完自己这一方,双方落座。石顺德说:"你们看点什么菜,喜欢吃什么?"

丁三对李成和说:"潘胜利,你点吧,你懂这个。"

李成和点点头,给服务员点了几个菜。

李成和点完,石顺德接过来,又加了几个菜。

丁三客气地说:"够了,够了,点多了也吃不了。"

石顺德则要显摆自己的大方:"不多,不多,不要客气。"石顺德又要了两瓶好酒。

丁三告诉服务员:"我们在这里谈生意,有需要再叫你们,好不好?"

服务员会意,走了出去。

丁三问石顺德:"石总,听说你老家也是罗城的?"

石顺德说:"小时候在这里长大,后来跟父母去了南方。父母老了想回老家住,我就把生意也迁到这里来了。"

"石总是孝子啊。"

"谈不上。家里就我这么一个儿子,为了能多陪父母,只能这样办了。做生意嘛,在哪里赚钱不是赚。"

"是这么回事儿啊。"

兰总说:"这次仓库的事儿,多亏你们帮忙。要不然,这批货还真找不到地方存。现在要找短租的仓库很难啊。"

丁三说:"应当的。生意场上不一定非要拼个你死我活。除了竞争,还要合作,这样才能共赢,你们说是不是。"

众人称是。

石顺德的秘书夸丁三:"卜总说话真有水平。"

服务员敲门把酒送进来,打开酒。

秘书接过酒瓶倒酒。

石顺德端起酒杯:"对,以后咱们就是合作朋友,卜总你有啥事儿,尽管找我。"

丁三也端起酒杯,与石顺德碰杯后一饮而尽。

大刘等人正在调查"3·7"曲庆安文物被劫案的时候,罗城又发命案。这回是罗城有名的黑老大李根勤被杀了。

大刘带着孟津和程华立刻赶往案发现场。

路上,孟津奇怪地说:"李根勤带着那么多的保镖,家里和厂子里防得那么紧,还能被杀?"

大刘说:"他是在情人家里被杀的,地点是花园小区。城东分局正在现场勘查,刚刚传来的结果是,李根勤是被人用一把六四枪连开五枪打死的。"

在花园小区李根勤的情人家里,李根勤倒卧在地,满地是血。

法医正在勘查现场。有人在拍照。

两个法医在勘验尸体:"受害人俯卧,头部朝门,距离大门两百三十八公分。"

法医放下测距尺,登记。

大刘、程华、孟津走进门。

城东分局冯队长迎上来:"你们来了。"

大刘说:"冯队,你给介绍一下情况。"

冯队长说:"据报案人,就是李根勤的情人郭小芬说,李根勤上午十点二十分到家。十一点钟的时候她去买菜,回来就发现李根勤被人打死了,她立刻报案。咱们现在的检验结果是,李根勤是被人用六四枪打死的,弹壳和弹头都找到了。罪犯向李根勤连开了五枪,但五枪都没有直接击中要害,其中左右腿各一枪,左肩一枪,腹部两枪。李根勤是死于失血过多。"

大刘问:"现场丢失什么东西没有?"

"郭小芬现在情绪不稳定,没有对家中财物进行检查。据我们现场勘查,家中没有被翻动过的痕迹。不过,奇怪的是,李根勤的钱包放在桌上,里面的现金全部被拿走。据郭小芬说,有七千多块钱。到底是仇杀还是抢劫杀人,现在还不好做定论。"

"郭小芬现在在哪儿?"

"她受的刺激挺大,报了案就瘫到楼梯口了,一直就站不起来,已经送到医院。"

大刘对程华和孟津说:"看完现场后,咱们去医院。"

在医院,半躺在床上的郭小芬肯定地告诉大刘,一定是仇杀。

大刘问:"你咋这么肯定?"

郭小芬说:"李根勤在外面惹的仇人多了。他的脾气也不好,经常打打杀杀的,社会上不论白道还是黑道都惹下不少人。我劝过他,说钱赚那么多有啥用,差不多就行了,别为了钱把命也搭上。别看我和他没结婚,可我跟他也有七八年了,我跟他可不是图钱。"

"你说说他都有什么仇人?"

郭小芬开始犹豫:"那多了。他有啥事儿都不和我说,具体是谁,有什么仇,我真的不清楚。"

"郭小芬,你不要有顾虑。我们知道他生意上有一些违法的事儿,也正在调查他。但李根勤人都死了,现在最重要的就是找出凶手。你如果有情况不说,你就是变相地包庇凶手。你想想,哪头轻哪头重?"

孟津也说:"郭小芬,你不好好配合,就是放纵凶手逍遥法外。你知道吗?你还说你跟李根勤感情好,如果我们以知情不举把你拘传了,你说你这张脸往哪儿搁?"

程华说:"李根勤这件案子是涉枪命案,是大案,我们要查就一定会查个清清楚楚,李根勤的事儿你瞒是瞒不住的。"

郭小芬说:"我愿意配合,可,我从哪儿说起呀。"

大刘提醒:"你再好好想想。李根勤最近情绪咋样,提到过什么人没有?"

郭小芬说:"有一个叫左天明的,他和李根勤一起做赌场生意。去年年底的时候李根勤把他从赌场挤走,当时给左天明分红五十多万,但左天明不满意,他说,要么还他赌场的股权,要么再给一百万。李根勤不同意,左天明就找人绑架李根勤,但没有成功,反而让李根勤的人把其中两个人打伤。"

"这个报案没有?"

"没有。后来左天明扬言说,要弄死李根勤。"

左天明所在宿舍大院外,七八辆警车闪着灯停到院前,但警笛没有响。十几个便衣警察下车,大刘跳下车,提醒大家:"车不能开进院里,咱走进去。"

一行人奔跑进院。

十几个便衣警察来到左天明所住的楼下。

大刘指挥众人:"你带两个人到楼后头,防着他跳窗。你,还有你,你们两个守在楼下。其他人跟我上。"

大刘带着一部分人快速上楼,来到左天明的家。

两个人上前,用破拆器迅速把保险门破开。

大刘一马当先,用脚踹开门。

人们纷纷冲入。

进入房间的人们打开手电筒,人们各有分工,分别向各个房间搜索。

大刘等人冲进卧室,不一会儿,大刘出来,其他房间也有人出来。

一名警察先出来报告:"没人。"

其他人也纷纷说房间内没有人。

大刘让打开灯,仔细检查。灯被打开。大刘摸了摸桌子上的灰:"最近一直有人在住。"

孟津在另一个房间搜索,在床下搜出一个皮箱,看样子很沉重。

孟津拉出皮箱,打开,满满一箱的钞票。

孟津吓了一跳:"咋这么多现金?"

大刘走来,拿起一张看了看、摸了摸:"是假钞。"

大刘把几个主要负责人召集过来:"来,咱们开个简短的临场会。看情况这屋子一直有人在住。屋内有大量假钞，还有一些存折。这说明疑犯并没有逃走，今天晚上可能是临时有情况不在家，他很可能还要回来。防盗门已经破拆了，左天明回来肯定会发现。这样：房间里留两个人，元兵、屠小春，你们留下。楼下派几个人轮班守着，等左天明回来，在院子里就把他擒住。"

孟津说："刘哥，我来守第一班吧。"

大刘说："好，孟津、鹏飞、建国，你们守第一班。我、跃武、郭方守第二班。第三班程华带队。警车不能用，都开走，把那个面包车开到院子里来。其他人回去待命。"

大刘等人从单元楼走出来的时候，鹏飞的传呼响，鹏飞看看传呼："我老婆快生了。"

大刘扭头："你老婆快生了？你不是说还早呢？"

鹏飞说："我怕影响领导安排任务，就没说清楚。"

大刘说："那你赶紧去，你们两口子都是外地人，双方父母都不在身边，她身边没个人不行。"

鹏飞说："刘队，等我把这个班值完再去吧，她们单位已经派人照顾了。"

大刘说："你这个班我替你值，小庆替我的班，你赶紧去医院。"

鹏飞还想说什么："我……"

大刘打断他："别啰唆了，我给你派个车。跃武，你开车送他去。"

程华十分疲惫地回到家。她的丈夫尤明凯在做晚饭，听到程华进门，他双手沾着面粉走出来："程华，你一连好几天都没回家呀，工作忙成这个样子？"

程华进里屋换衣服："我可是向你请示汇报了。"

"说是汇报，我敢说个不字？"

"不说了，我洗个澡睡一觉。"

"我都把饭做好了，你最爱吃的沙窝鱼头，还有鸡蛋豆腐、刀削面。"

"太累了，我睡起来吃吧。"

"哎，我说程华，你不吃，我得吃呀。你不能陪我吃一会儿？饭都给你做好了，你只要张张嘴就行了，你还不满意啊。"

程华在里屋说："你能不能体谅一下我。昨天晚上刚办了一个案子，我还算好的呢。大刘、孟津他们现在还在外边守着呢。"

尤明凯站在里屋门口："行，你不吃饭也行，我直接把话和你说了吧。你打算什么时候要孩子，咱们也不小了，你都三十三了，再晚可是大龄产妇了。"

"等我工作清闲一点儿好吧。要孩子这事儿急什么呀。"

"你不急，我急，我妈我爸急。他们生我生得晚，现在都是六十多岁的人了，早就想抱孙子。"

程华换好衣服往外走："等忙过这一阵再说吧。"

尤明凯挡住程华的路："你有忙完的时候吗？我说你这个刑警干脆别干了，就是要当刑警也得先把孩子生完，三岁以后上了幼儿园再干。"

程华不高兴了："尤明凯，你和我谈对象的时候可是一口一个刑警真威风，警花真漂亮，嘴甜得很，现在后悔了？"

尤明凯也翻脸了："我是后悔了，这是家不是旅馆，不是饭店，你总得尽一个妻子的义务吧。"

"什么义务？女人就应当尽生孩子的义务？"程华推开尤明凯进了洗澡间。

尤明凯跟到洗澡间门口："男人女人都要尽义务嘛。单我一个人也不能生呀，我要一个人能生，我还费这么大劲儿找你干吗？"

程华在洗澡间放水："我知道你很辛苦，但请你理解我。"

"我都理解你多少年了，你理解我两年行不行？你这个态度我只能找你们领导谈了。"

"好，你找去吧。你有那个胆子吗？"

"我怎么没胆子？我又没犯法，我干吗害怕你们警察？"

程华没有理尤明凯，但是她洗完澡出来的时候，却发现尤明凯不见了。程华到各个房间去找，但没有找到，程华心想，坏了，这家伙真的去局里了。她赶紧换衣服也赶到局里。

在柯处长的办公室，尤明凯向柯处长诉说着委屈："程华是独生女，

第四章　双胞胎姐妹

151

我是独生子，四个老人都在盼着我们要个孩子。"

柯处长给尤明凯续了一杯水："对，你们也不小了，程华三十三了吧，是该要孩子了。"

"柯处长，我知道你们刑警忙。平时家务都是我承包了，我从来不让程华在家里受一点儿累。就这么说吧，如果程华是一个成功的女刑警，我就是在她背后默默付出的那个男人。"

"我们刑警能干好工作，都要靠家属的支持，你们也很辛苦。"

"柯处长，我向您请求，能不能让程华离开刑警这个岗位几年？等孩子大一点儿，再让她回来。"

程华走进来："尤明凯，你干吗？你给我回家去。"

尤明凯说："程华，平时我听你的，这次你得听我的。"

柯处长指着椅子："程华，你也坐下。既然你家属来了，正好趁这个机会聊一聊。"

程华没有心情聊："柯处长，我看不用聊了。"

柯处长说："你坐下，坐下。你丈夫说的都是事实，刑警工作忙，照顾不上家里的事儿很正常，特别是作为一名女刑警，做出的牺牲更多。但是，工作再忙，也不能不要孩子。不孝有三，无后为大嘛。"

尤明凯听了这话很高兴："柯处长说话就是有水平。"

柯处长说："不过，明凯，最近罗城出了几件大案，这是以前从来没有过的严重情况。特别是银行爆炸抢劫案，社会影响非常恶劣，给人民群众的生命财产安全带来了巨大损失。这些案子不破，对罗城人民就是一个巨大的安全隐患。这夏天就要到了，我听程华说，你经常陪老人晚上散散步、纳纳凉。但是，如果这伙犯罪分子不除，你们晚上出去会安心吗？"

尤明凯张口结舌。

程华笑了，学尤明凯："柯处长说话就是有水平。"

柯处长说："我答应你，银行爆炸抢劫案破获后，我会向岳局长请示，把程华调到其他科室。先把你们生孩子的问题解决了，你看行不行？"

尤明凯激动地握住柯处长的手："谢谢领导，谢谢柯处长，你可是为我们家解决了一个大问题啊。"

柯处长说："应当说谢谢的是我。没有你们家属的支持，我们刑警也很难全身心地投入工作。我代表我们局里的所有刑警，向你表示感谢。"

程华也被柯处长的这番话感动了。

建国和大刘监视到第二天中午，建国掏出手绢擦着汗："这天，热得很。"

大刘说："马上就六月份了，天气是热。今天一点儿风也没有。"

孟津端着盒饭走到车门口，建国把车门打开。

孟津看到建国满头是汗："建国，你咋热成这个样？"

建国反问："你不热呀？"

孟津把盒饭递给大刘和建国："来，米饭，两个菜，一荤一素。"

孟津对建国说："你内火重，平时多吃菜，少吃肉，今天肉菜你就不要吃了。"

建国说："换个带空调的车就好了，咱这面包车条件不行。"

大刘说："就是这条件，办案经费还缺得很呢。"

建国说："冬天还好，这车有暖风。"

大刘说："冬天也有野外守候，那更苦。我这腿疼的毛病就是冬天落下的。"

孟津说："等破了案子，好好治一下。"

建国说："光治不顶用，这是个长期的事情。"

几个人正说着，一个人匆匆走向左天明住的单元，引起了他们的注意。

大刘拿起对讲机："元兵请注意，有一男子进入左天明所住单元楼。"

元兵在对讲机那边说："明白。"

左天明的家里，元兵和屠小春掏出枪，来到门前。

屠小春低声说："这一早晨都折腾好几回了，这次估计又不是。"

元兵说："宁可错，不放过。这事儿不能马虎。"

外边的脚步声走近了，元兵示意准备。那男子走到左天明家门外，发现保险门开着。他站住脚有些犹豫，想了想转身就走。

屋内屠小春听到脚步又远了，悄声对元兵："怎么又下楼了？"

元兵拉开门向外看："你找谁？"

袁波回头看了一眼,见是陌生人,撒丫子就跑。

屠小春追了出去:"站住。"

袁波拼命地跑。

元兵拿起对讲机:"10号,10号。刚才上楼的男子向楼下逃跑,请截住他。"

对讲机那边说:"明白。"

楼下,大刘、孟津、建国下车,朝单元门口呈扇形跑去。大刘直奔单元门,孟津和建国分别向左和右两个方向跑去。

袁波从单元门口冲出来,看到迎面的大刘,急忙拐个方向跑,正好被孟津截住,扭翻在地。

袁波大喊:"救命啊,杀人啦。"

建国也追出来,四个人摁住袁波,给袁波上铐子。

孟津喊:"老实点儿!"

一些群众围上来,还有两个保安。

"咋回事儿?""你们干啥了?""你们是哪儿的?"

大刘掏出警官证:"公安局的,执行公务!"

袁波还在叫:"公安局的就能乱抓人?我又没犯法!"

孟津说:"没犯法?没犯法你跑啥?"

袁波:"你们追我。"

"追你就跑?你要是不心虚你跑啥?"

袁波:"我两天没回家,刚一到家,家里就跑出两个壮汉追我,我能不心虚?"

大刘有点儿摸不着头脑:"这是你家?"

袁波说:"就是我家!不是我家还是你家?"

大刘觉得不太对劲儿:"带到车上问,建国你回去继续守着。"

建国答应一声上楼。

袁波被带到面包车上。

大刘问他:"你叫啥名字?"

"袁波。"

"干啥的?和左天明是啥关系?你咋说这是你家?"

"我以前是给李根勤看场子的。前几天你们把李根勤的赌场给端了,我就回家休息。左天明和我处得不错,以前他当老板的时候挺照顾我。这房子是他租给我的。"

"你说的都是实话?"

"你不信可以问,李根勤底下的人都知道我是给他看场子的。"

"左天明住在哪里?"

袁波低下头。

孟津说:"赶紧说。"

袁波说:"我真的不知道。"

大刘说:"胡说!你不知道他在哪里你咋租的房子?"

袁波说:"左天明和李根勤一样,都是道上的大混混。他要知道是我说的,我就完咧。"

孟津说:"少啰唆,左天明背着人命呢,你赶紧讲。"

大刘给袁波讲道理:"我跟你说,你赶紧讲清楚。有政府,有公安呢,不能让你吃亏。"

袁波还是不说:"左天明在罗城道上吃得很开,手下有人,手里有枪,他要知道了,非要我的命。"

大刘这下子有些兴奋:"啥,他有枪?"

袁波说:"对,有枪。"

"啥枪?自制的还是制式的?"

"猎枪。"

"我跟你说,袁波。左天明的事儿不是个小事情,左天明可能涉及命案,你隐瞒对你没好处。如果你自己没有事儿,你不要把事情往自己身上揽。听到没有?"

"那你们得保证我的安全。"

"抓住他你就安全了,这道理你比我们更明白。"

孟津也催促他。

袁波说:"新道街三十五号。"

大刘让他说清楚。

袁波又说了一遍:"新道街三十五号,是个小红楼。"

大刘立刻带人赶往新道街三十五号。这是座小别墅，豪宅里，左天明的妻子在看电视。

有人敲门。

左天明妻子问："谁啊？"

外面回答："我们是物业的，查一下煤气管道。"

"煤气管道咋了？"左天明妻子走过去开门。

保险门外站着物业的人："有人反映外面有很浓的煤气味，我们检查一下。"

左天明妻子打开门："我没闻到呀。"

物业的人一闪，十几个便衣警察忽啦冲进来。

左天明妻子惊叫："啊，你们要干啥？"

便衣警察不管她，楼上楼下地寻找。

大刘问左天明妻子："左天明在不在？"

"他不在。"

"去哪里了？"

"我不知道。"

孟津过来："胡说，你能不知道？"

左天明妻子不再说话。

警察们很快把房子搜完。

建国拿来两把猎枪对大刘："这是从屋子里搜到的。"

其他警察也搜出不少管制刀具，放在客厅茶几上。

大刘问："这些东西是干啥用的？"

左天明妻子说："他说他是道上混的，要拿这些东西充门面，但是他可从来没用过。"

大刘说："没用过？左天明在罗城的名声可是够响的，他要是没用过，罗城就没有坏人了。"

孟津问："左天明现在在哪儿？"

左天明妻子仍然坚持说不知道。

建国厉声呵斥："说实话，到底在哪儿？"

大刘说:"我跟你说,现在有一起命案,我们要调查左天明。如果他逃跑,这个罪名他一辈子洗不清。只有主动交待了,才能摆脱嫌疑。如果你不说,你就是包庇罪,也得和他一块儿蹲监狱。"

左天明妻子吓得哭起来:"他的事儿我可从来不问,他也不让问,我不知道他会杀人。"

孟津说:"道理我跟你讲清楚了,你现在不说,我们到局子里说。那个地方就不会对你这么客气说话了,你明白吧?"

左天明妻子说:"我想想。"

"赶紧想。"

这时,左天明妻子的手机突然响了。

大刘问:"谁的电话?"

左天明妻子看了看号码:"一个朋友的。"

大刘盯着她厉声说:"朋友的?你胡说是要负法律责任的。"

左天明妻子只好说真话:"是他的。"

大刘指着电话:"接电话,告诉他家里没事儿。"

左天明妻子犹犹豫豫地接起电话:"喂。""家里头没啥事儿,你不回来了?和朋友吃饭了啊!"

大刘轻声在左天明妻子耳边说话:"问他在哪儿吃饭?"

左天明妻子只好说:"你在哪儿吃饭呢?""我就是问问,看离家远不。""御一品,噢,知道咧。"

左天明妻子放下电话:"他说他在御一品吃饭。"

大刘立刻分配任务:"这里留下两个人,其余跟我走。孟津,你立刻汇报局里,增派人手。"

御一品饭店的一个包间,左天明正和道上的朋友在包间吃饭。

左天明提起李根勤:"李根勤死得活该。小天赌场是我和他一起弄起来的,事成之后,这小子就把我给甩咧。"

一个朋友说:"李根勤太爱钱,为了钱他敢坑朋友。这货迟早有这么一天。"

第二个朋友也附和:"那小子是太抠,不能跟他混,肯定吃亏。"

一个戴眼镜的说:"我说呀,我是公平地说啊,李根勤对他的手下可是够大方。"

左天明说:"大方个屁,他那是用小恩小惠收买人心,跟他一起混起来的朋友,哪个人没有吃过他的亏?"

第二个朋友打圆场:"李根勤死了就莫提他了,咱在罗城以后的买卖就全倚仗左大哥了。"

突然,一群便衣拎着枪推开门冲进来。

"都别动!""抱头。蹲下!"

便衣警察很快把众人控制住。

大刘喊:"左天明,站起来!"

没人站起来。

大刘说:"一个一个地认。"

孟津一个一个地认过去,看到左天明,揪起他来:"起来!"

孟津问他:"刚才叫你咋不吭声?"

左天明反问:"我咋啦?我没犯法。"

孟津说:"你咋啦你不知道?你自己做的事儿心里清楚。"

大刘过来看了看:"带到局里。"

左天明被带走。

大刘又看了看酒席上的人:"有不少熟面孔啊。"

左天明的第一个朋友对着大刘笑笑:"刘组长,我们只是吃酒,既没吸毒,也没嫖娼。"

大刘对手下:"把名字、联系方式、住址都登记了。"

预审室里,左天明一听说是问李根勤的案子,赶紧撇清:"我没杀他,以前我说要杀他是吓唬他了。"

孟津大声说:"你敢说也敢做,还不敢承认?"

左天明说:"杀了就是杀了,没杀就是没杀。要是我杀的,我一定承认;要是别人杀的,我也不会为别人顶罪。"

大刘问:"五月十一日你在哪儿?"

"上午我和光头,还有刀刀、超子、王青在红狐健身房,然后去洗了个澡，中午在御一品吃的饭，下午和一个南方人谈生意。"

"你说的是实话？"

"都是实话，你们可以调查。"

孟津说："你没在场不代表你不可以雇凶杀人。"

左天明说："我也没有雇凶杀人，你们尽管查。李根勤对我防范得紧，我的人根本就接近不了他。有一回我想绑他，反被他打伤两个兄弟。不过李根勤仇人多得很，我早就说过，这家伙早早晚晚要出事儿。"

大刘继续问："左天明，那笔假钞是怎么回事儿？"

左天明反问："啥假钞？"

"你放在袁波屋子里的假钞。"

左天明笑了："那不就是袁波的假钞嘛，这小子这两年就鼓捣这了。咋，他还咬我了？"

"到底是你的，还是袁波的？"

"我不弄这个生意，我好歹在罗城道上混了这么多年，弄这生意我还嫌丢人败兴了。"

提审袁波的时候，袁波坚持说假钞是左天明的："我就是个马仔，左天明叫弄啥我就弄啥。那些假钱就是左天明放在我屋里头的。当时我也不敢多说，就让他放下了。"

大刘问："左天明几号把东西放入你房间的？"

"上个月十号。他当时说，这些都是假钞，让我保管好，不要让外人知道。"

"他以前找你放过东西没有？"

"没有。"

"你见过他和其他人提起假钞的事儿没有？"

"没有。"

一直审到深夜，李根勤的案子看来和左天明没什么关系，但假钞的案子还是没有结果。大刘从审讯室走出，一路走到办公室，打开门。他拿起电话，给家里打电话："妈，小杰睡了没有？"

刘母说:"小杰一直等到你十二点,我劝了他半天他才上床睡觉。他说今天是你的生日,有礼物要送给你。"

"今天是我的生日?唉,我自己倒忘了。这孩子真有心。"

"你明天能不能回来?小杰说,明天他一定要亲手把礼物送给你。"

"明……明天也不一定。妈,小杰要送我什么礼物?"

"他不让我看。不过我看他在他房间里偷偷鼓捣了一个多礼拜呢。"

"我明天打电话给他道个歉,等办完案子,我好好带他出去玩。"

"你自己注意安全,只要人好好的我就放心了。"

"妈,你放心吧。我不会有事儿。我挂电话了啊,你也早点儿睡。"

"好,好,你可要注意安全啊。"

"我知道。就这样啊,挂了啊。"

四

白娟和赵亚辉在鉴定室工作,老齐走进来。

白娟和赵亚辉一起喊齐队长。老齐说:"叫我老齐就行,在厅里都这么叫,叫了十多年,你叫我齐队我还不习惯了。"

白娟问:"您有什么事儿?"

老齐说:"前几天,我给厅里技术处的吴处长打了个电话。他说,依靠弹壳痕迹来判断是否为同一支枪发射并不可靠。不同标号子弹击发形成的痕迹可能会有明显差异。"

"这个我也想到了。但现场可以提取的证据太少。"

"我发现'12·1'杀狗案现场提取的证据比较丰富。为什么不能从'12·1'杀狗案中寻找可疑证据,然后反过来与'4·17'爆炸抢劫银行案进行比对呢?"

"这的确是一条路子。老齐,你还真有办法。"

赵亚辉说:"齐老师,白老师,我还有一个想法。"

老齐:"你说。"

赵亚辉说:"我们都知道,膛线就像人的指纹,每一支枪都有其独特的膛线,我们可以根据子弹发出后弹壳上的膛线进行鉴证工作。"

白娟说:"但是你别忘了小赵,在实践中,弹壳膛线也不稳定。也就是同一支枪打出的子弹,会出现不同的膛线纹路。如果子弹批号不同,纹路差异更大。"

赵亚辉说:"我在学校的时候,在导师的帮助下做过多次实验来研究弹壳的膛线。我们发现进膛痕迹的稳定率不高,只可作为参考,但是坡膛痕迹的稳定率极高。只要观察坡膛的膛线,就可以得出比较准确的结论。"

白娟半信半疑:"这个情况我还是头一次听说。"

赵亚辉说:"这个成果正在鉴定,但我们经过上千次的试验,同时也和国内外专家进行过讨论,我有信心保证这种分析方法的准确性。"

白娟鼓励他:"可以试试。"

老齐说:"这又是一条路子。你们抓紧时间,出一下数据。如果三案能够并上,这就是我们对'4·17'爆炸抢劫银行案的一个重大突破。"

老齐出来的时候,见大刘端着个洗脸盆出来。

老齐打招呼:"大刘,是不是又熬了一夜?"

大刘说:"这次预审情况比较复杂,看来两三天之内,解决不了问题。这不,程华又盯着去了。"

老齐递给大刘一支烟:"说说看。"

大刘说:"我不抽烟。戒了。"

老齐给自己点上。

大刘说:"通过一天一夜的审讯,加上外围的调查,已经确定左天明和袁波与李根勤被杀案没有关系。但带出一个假钞案,左天明和袁波都咬定对方贩运假钞,死不承认自己与假钞案有关。这案子不好往下查。"

"其他方面有没有证据?"

"派人查过了,据我们调查,装假钞的箱子上,还有假钞上都有左天明和袁波的指纹。这只能证明二人接触过假钞,袁波和左天明也承认他们看过假钞,但只是在对方的邀请下看了看。到目前还没有其他任何证据。我想赶紧把这个案子审清,这样才好腾出手来继续李根勤的案子。不然的

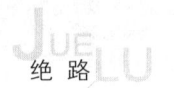

话，又得麻烦老彭。"

"我看，你不用麻烦老彭，我先试一下吧。"

"你？"

"咋？信不信得过我？"

"当然信得过。既然你愿意屈尊大驾，我当然是求之不得。"

这时候，程华和跃武还在审讯室审问左天明。

左天明说："我该说的都说了，你们再问也是个这。"

程华问："该说的都说了？左天明，假钞的事儿你不是还没有交待清楚吗？"

左天明说："假钞的事儿我都说一百遍了，是袁波那货弄的。你也知道，我左天明在罗城城北咋说也是个人物，要是想闹钱咋还闹不来，我弄那假钞干啥？"

程华说："你还光荣了？你干的那些违法的事儿，迟早要一条条地算。"

左天明说："随便你怎么算，假钞的事儿与我是没有一点儿关系。"

跃武说："左天明，你不要敬酒不吃吃罚酒。"

左天明要横："啥是罚酒？想刑讯逼供？搞假案子？闹假口供？行啊，来吧。"

跃武说："你狂啥了狂？你想想这是啥地方？别以为我们没有办法治你。"

老齐推开门，点手叫程华："程华，跃武，你们出来。"

程华和跃武走出去，两名武警进来看住左天明。

屋外，老齐、郭方和大刘都站在外边。

程华和跃武出来说："齐队，刘组长，有什么指示？"

大刘说："是这样。今天让老齐和郭方预审，程华，跃武，你们两个换下一个班，好不好？"

程华说："我这才刚进去呀。"

跃武说："就是，这才刚热身。"

大刘说："你们两个跟我，还有咱们组的几个同志，一起去研究一下李根勤的案情。这里交给老齐，老齐给咱打包票了，今天晚上之前，一定拿下假钞案。要是拿不下来,老齐在宏光酒店请客。"

程华说:"要是拿下来呢?"

大刘说:"咱组的人在宏光酒店连请老齐七天。"

程华笑了:"七天?我的妈呀,那还不把咱组的人都吃穷了?"

大刘说:"只要能破了案,吃穷了也不怕。"

老齐说:"好,我进去了。"

老齐和郭方走进去。

大刘和程华、跃武往回走。

大刘对二人说:"咱组现在充实了一下,你们两个,孟津,建国,鹏飞,连我一共六个人。鹏飞我放了他三天假,明天就回来。"

三个人走进办公室的时候,孟津和朱建国正在办公室讨论。

孟津说:"李根勤社会关系广,仇人多,通过查人,工作量太大,不好弄。"

朱建国说:"现场还有很多有用信息,再分析一下可能会有线索。"

"朱探长,那你给分析分析。"

"我想了几条,等大刘来了,一块儿说。"

大刘和程华走进来:"来,咱们开始开会。"

大家都归位,坐下来。

大刘说:"建国,你刚才说你想了几条,你说说是哪几条?"

建国说:"有目击者曾见过其中一名案犯,男,三十岁左右,标准普通话,穿着很讲究。向他问过路,说话时很有礼貌,据此可推定此人受过高等教育。"

大刘问:"目击者怎么就能断定他是案犯?"

建国说:"这个人问八号楼怎么走。不久八号楼就发生了枪案。而我们走访了八号楼的其他住户,没有人家中来过这样一个客人。由此我判定,这个人一定是去了李根勤的情人家。我还和赵亚辉找到目击者,希望能够模拟画像,但目击者对案犯的相貌已经记不太清楚了。现场没有打斗痕迹,而且被精心打扫过,说明案犯有作案经验。技术部门也出来新的结果,根据现场罪犯疏漏未清理的一处遗留物,是一条纱巾,判断出有一人

是女性。这些证据的出现大大缩小了侦查范围。"

大刘又问:"纱巾是如何认定的?"

建国说:"纱巾上没有郭小芬的指纹、气味等痕迹,反而留有另一女性的明显气味和少量指纹以及头发。鉴定的初步结果为:此女性二十到二十五周岁,血型是O型,长发,有喷香水的习惯。香水的牌子是登喜路,是个比较高档的香水。纱巾本身的质地也很好,是进口货。"

孟津接着说:"我负责把纱巾的事儿排查了一下,罗城本地没有这种纱巾的销售点,省会也没有,也就是说纱巾是从外地、外省或者境外购买回来的。从纱巾销售这块儿,没有查下去的意义。"

跃武说:"登喜路香水这个我们也查了。罗城只有一处卖这种香水的,但对这样的女孩没有印象。"

大刘问:"手机查了没有?"

跃武说:"李根勤的手机也是我负责查的,没有发现什么可疑信息。"

程华说:"像李根勤这样的人不可能只有一部手机,可以去电信部门查一下。"

跃武说:"如果李根勤用别人的身份证办手机就难查了。"

大刘说:"李根勤使用不同的手机,肯定是要和不同的特定人群联系,可以从他身边的人查起,工作量可能会比较大,跃武和我,还有鹏飞一块儿查一下。鹏飞明天回来。"

孟津说:"鹏飞昨天打来传呼,说他老婆生了个男孩。"

跃武说:"我也收到了,明天让鹏飞请客啊。"

大刘说:"我先分配一下任务:孟津和程华抓紧时间休息,准备晚上接老齐的班。建国,你查一下案卷和勘查笔录,找一下线索,有必要的话,还再去一次现场。"

朱建国、大刘和跃武三个人去食堂的时候,老齐在后边喊他们:"你们这是要去哪儿?"

朱建国说:"去食堂吃饭。"

老齐说:"去啥食堂,走,去宏光酒店。"

朱建国说:"咋,你发啥财了,宏光酒店是五星级饭店,你请我们到那里吃饭?"

老齐说:"对,发了笔小财,不过不是我请你们吃饭,是你们请我和郭方吃饭。"

跃武向朱建国耳语。

大刘有些惊讶:"老齐,这才几个小时,你就弄出结果来了?"

老齐说:"袁波那小子让我抓住了狐狸尾巴,一阵儿猛攻,那小子就吃不住咧,全都说了。"

大刘说:"你给详细说说,我们学习一下预审经验。"

老齐说:"咱得到饭桌上说,想赖账可不行!"

大刘说:"行,我说话算话。跃武,你去把孟津和程华也叫上,一起去宏光。"

只用了一个上午,老齐就把假钞案给破了。大刘的重案一组遵守诺言在宏光饭店给老齐订了一桌饭。

菜上齐后,大刘说:"老齐,菜也上了,酒也点了,该给大家传授一下经验了吧。"

众人附和。

孟津说:"老齐,刘哥和程姐审了一天一夜都没审出结果,你几个小时就让袁波吐口了,肯定有绝招。"

老齐说:"我没啥绝招,不过就是多动了动脑筋。在审讯之前,我做了两个假设。第一个假设,左天明是假钞案主犯。如果是这种情况,左天明为什么要把一百万假币放在袁波家中?来,你们也想一想。"

程华说:"可能是为了在案发后能够逃脱罪行,让袁波做替罪羊。"

老齐说:"这个可能存在,但袁波也应当明白这个道理。袁波这个人比较精明,在道上也混了好多年了,如果他是被左天明胁迫,他绝对不会把一百万这么一大笔假钞放在家中。除非他也参与左天明的假钞生意,为了交易方便,才把假钞放在家中。"

孟津说:"老齐,按你这个推理,两个人都应当是假钞案犯。而且箱子和假钞上都留有二人的指纹,你为什么说左天明与此案无关呢?"

老齐说:"你听我继续说。第二个假设,袁波是假钞主犯。这种情况下，左天明没有参与此案也是有可能的。至于左天明留在假钞上的指纹，也好解释。袁波是左天明的马仔，袁波贩假钞的事儿左天明应当知道，左天明在袁波的家中翻看假钞也是可能的。"

大刘说："那就是两种可能：第一种可能袁波单干，没有左天明的事儿；第二种可能是左天明与袁波一起做的案子。"

老齐说："如果是两个人一齐做的案子，袁波为什么要撒谎说左天明只在他的家中放过一次假钞。这么大一笔钱肯定不是用来自己花的，肯定有批发或零售的下家。你们注意到没有，这批假钞数量有零有整，一共是八十三万七千六百元，说明他已经出手了一部分。而且下家肯定不止一家。这些交易袁波一定参加了。所以我就没有管左天明，只咬住袁波，最终迫使袁波承认他参与了假钞案。袁波供出他的下家和上家以后，真相很快就会被查清，这个时候他已经没有必要再咬左天明了，所以承认了他的犯罪事实。"

孟津说："哎，跟着老齐咱们算是长见识了。这一个礼拜的大餐没有白请。"

孟津夹了一个大蟹给老齐。

老齐说："我说让你们请一个礼拜，那是开玩笑，请这么一顿就足够了。像这么高档的饭店，不是咱们刑警能常来的地方。你们要真想请客，咱局门口的四毛饭店来一碗刀削面，再来两瓣大蒜，吃得又美又实惠。"

大刘笑着说："老齐啊，这顿饭我们请得值。"

杨志峰跑了几天，和三色建筑公司的老总赵天顺联系上生意。赵天顺是个比较谨慎的人，他提出要去丁三的公司看看。这正合丁三之意，丁三和杨志峰陪着赵天顺来到公司。

公司是一个很大的房间，里面打一些隔断。有三个男员工、一个女员工，都在忙碌着。

丁三说:"说实话,我们公司不是个大公司。但我们的关系比较广,周转快。"

杨志峰也说:"像三角、全钢这些大型钢铁公司的老总,都和我们的关系不错。"

赵天顺点着头。

一张传真发来,男员工接到,来到丁三和杨志峰面前:"卜总,沐总,这是全钢的传真,是关于最近螺纹钢的报价。"

丁三看了看,交给杨志峰。赵天顺也凑过去看:"报价还是比较实在的。"

杨志峰说:"赵总,你放心。咱们公司在这一行做的时间很长了。"

丁三对男员工:"你回个传真,把这个标号的钢材价格确定一下。"

男员工说声好,然后走开。

丁三带着赵天顺走进自己宽大的办公室,赵天顺故意把一沓子文件碰倒在地。赵天顺急忙帮丁三拾起,一个个大公司抬头的文件引起赵天顺的注意。

赵天顺越发对丁三这个公司信服了,他对丁三说:"卜总,你们人脉这么广,怎么不往大里做?"

丁三让坐:"坐,赵总。"

赵天顺坐下,杨志峰给赵天顺和丁三递上烟,点着。

丁三说:"我当着明人不说暗话,这公司是我和老沐两个人弄起来的,资金一直很紧张。现在买空卖空的事儿已经不能干了,干什么都要现金,生意做得越大,资金链绷得越紧。哪敢往大里做?上次有个生意没做好,还亏了几十万呢。"

赵天顺说:"也是。你放心,你这批货我会先付订金。"

丁三说:"赵总真豪爽。"

赵天顺说:"不过咱说好了,卜总,这批货可不能再许给别人家了,咱们下午看货,晚上就签合同。"

丁三说:"好说,好说。"

下午,赵天顺带着助手去看货。王强开着车,丁三、杨志峰带着赵天顺和他的助手来到郊区的库房,赵天顺和他的助手走进来,王强站在门口。

丁三指指库房里的钢材:"赵总,你要的货都在这里。为了这批货,我可押了不少流动资金呢。"

"老卜,钱好说。"赵天顺细细看货,发现货都是正品,连连点头。

杨志峰问:"怎么样?"

赵天顺说:"你好像没有把货都给我啊。"

丁三说:"我最近流动资金紧张得很,才把价格压得这么低。的确还有一批盘钢,我等价钱上一上,才能出手。"

赵天顺说:"你真够精明。盘钢这一段时间价格变动比较大,时机找好了,能大赚一笔。"

丁三说:"赵总,凭咱们这么投缘,这批盘钢也可以给你。你要是想要,先付一部分订金,价格好商量。"

赵天顺说:"我一口吃不下这么多的钢材,等周转一下再说吧。"

丁三说:"好。以后有的是合作机会。"

到了晚上,赵天顺和丁三在饭桌上签合同。

杨志峰把合同交给赵天顺:"赵总,这是合同,你还有什么需要修改的?"

赵天顺看了看合同,交给助手:"你看看。"

助手接过合同看。

丁三又说:"赵总,订金带来了没有?"

赵天顺说:"我赵天顺做生意最重的就是信誉,你还怕我赖账呀。"

"哪里,哪里。亲兄弟明算账嘛,朋友归朋友,做生意归做生意,所以问清楚。"

赵天顺掏出一张转账支票:"一共是二百八十七万的货款,先付百分之四十的订金,一百一十四万八千块,你看看。"

李成和伸长了脖子:"咋是支票?"

赵天顺听着不对劲儿:"有问题吗?"

丁三瞪了李成和一眼,转对赵天顺:"没有问题,没有问题。"

丁三接过转账支票仔细看了看交给杨志峰。

赵天顺的助手看完合同："赵总，合同没有问题。"

赵天顺："好，那咱们就签字。"

杨志峰赶紧递过去签字笔，赵天顺在四份合同上一一签上名字，交给丁三。

丁三拿来合同，在合同上端端正正地签上"卜建德"。

回来的路上，李成和在车上说："给个转账支票，有啥用嘛！"

丁三骂李成和："你懂个屁。你让赵天顺开现金支票，他肯定要怀疑。正规公司都得用转账支票。"

"三哥，咱公司的名字是假的，税务登记证、营业执照全是伪造的，根本就没有公司账号，这钱怎么转账？以前我和胖子开的华成公司倒是有账号，那个账号要是一用不就露馅了？"

"用石顺德的账号。"

杨志峰问："用石顺德的？"

丁三说："石顺德这个人爱占小便宜，咱给他账上打钱，他还能吃点利息。他肯定愿意。而且，咱借给他仓库，他还欠着咱人情了。"

杨志峰问："那咋跟他说，总得有个理由吧？"

丁三说："理由还不好找？就说有人追债，咱公司的账号上不能进钱，进钱就会被法院强制执行。"

李成和说："还是三哥有办法。"

王强开着车头也不回地说："跟三哥没有错。"

第二天，丁三给石顺德打电话。石顺德一听有高利息，连说没问题："老弟，你客气啦。上次钢材找库房的事儿你可是帮了我的大忙，这点儿小事儿算什么。我一会儿让会计把我的银行账户、账号和收款人名称都打到你传呼上。好，好，好。"

石顺德放下电话，拿起便笺写了个条："小孔，你把这个条子交给王会计，让他按这个号码，把咱们公司的银行账户、账号和收款人名称发过去。"

小孔答应一声接过条子走出去。

丁三决定去前妻那里和她谈谈,他走到前妻家门口的时候,发现前妻的门已经安了保险门。

丁三敲门。

门内前妻的声音:"谁?"

丁三没说话。

前妻打开内门,见是丁三,脸色很难看:"你来做啥?不是说好了,你去学校看儿子,不要再登我家的门了?"

丁三掏出一叠子钱塞过保险门:"你把钱拿好,这是给儿子的,我来就是为这事儿。"

"我们不需要。"

丁三火了,手一松把钱扔到保险门内的地上,转身就走。

"你等一下。"

"你还有啥事儿?"

"你进来吧,儿子不在家。"

丁三走进家。前妻把钱从地上捡起,关上门。

丁三在前妻家中转悠着,这是个一室一厅,非常俭朴,甚至可以看出家中的穷困。二十世纪八十年代初的家具,很久没有粉刷的墙,但还算整齐干净。

丁三看了看,站在厅中央没有坐。

前妻问他:"你哪里来的这么多钱?"

"我和朋友开了一个公司。"

"你刚出狱几个月就开得起公司?"

"原来是我朋友的公司,分了我干股。不说这个了,我看你这几年过得挺辛苦。"

前妻被触动伤心事:"我就想好好过日子,可你总想做大事儿。你说让我们娘两个享福,可我跟你这么多年,就只有担惊受怕,别说是享福,连个安稳的日子都过不上。"

丁三叹了一口气:"结婚第二天,我就被公安带走,关了两年。谢谢你能等我两年。"

"以前的事儿不要提了，都过去了。"

"后来，我又进监狱。那一次，你没有等我。我不怪你。"

"因为我对你已经彻底失望了。"

"我理解，换了谁也一样，都会失望。不过，我对自己不会失望，我仍然相信自己。"

"我跟了你七年了，我曾经也相信过你，我现在已经清醒了。丁三，可你还要等多少年，才能清醒过来？"

"你根本就不懂我。这世上就没有女人能懂我。总有一天，我会让你们知道，我是对的，你们都错了。"

"看着你现在过得不错，我很高兴。但我明白现在的生活你还不满足，你一心就想着要出人头地。"

丁三激动地说："出人头地有错吗？你说，有什么错？"

"我只是劝你不要走得太急，再栽跟头。我对你太了解了。"

"还是让我们看事实吧，事实胜于雄辩。这钱一共是二十万，是给孩子上学用的。你要是有困难，也可以动一部分。我，还会来，但不一定是什么时候。也许是几个月，也许是几年。"

丁三说完，走出家门。

前妻看着丁三走出去。

老齐组的便衣马顾宇和一个派出所的警察查重点人口查到了丁三租的房子。

王强见一个便衣和一个警察站在门口，问他们干啥。

民警说："我是咱当地派出所的小王，他是街道办事处的，我们对罗城常住人口进行普查。"

王强说："主人不在家，我是他朋友，要不你们改天来吧。"

便衣马顾宇说:"没关系,我们就是了解一下基本情况。主人不在,我们可以先和你聊一聊。"

"和我聊啥?"

"你先打开门好不好。"

王强打开门:"请进。"

王强给二人让坐,递烟。

马顾宇说:"我们不抽烟,谢谢。"

民警问:"这家的户主叫丁三是吧。"

王强说:"对。"

民警问:"是租的房子吧?"

王强说:"对。你们都知道呀,那还调查个啥了。"

民警说:"我们只是核实一下,你也不要紧张。"

王强笑了:"我紧张了吗?"

民警也笑了:"你不紧张,腿怎么一个劲儿地抖?"

王强说:"唉,从小的毛病,坐下腿就抖来抖去,为这事儿还挨过我妈的打呢。"

马顾宇问:"你叫什么名字?"

"牛刚。"

"多大年纪?"

"三十岁。"

"哪里人?"

"山东淄博。"

警察掏出一个本在旁边记。

马顾宇继续问:"有身份证吗?"

王强:"有。"王强掏出身份证递给便衣。

马顾宇看完还给王强:"你和丁三是怎么认识的?"

"我到他的……哎?我怎么感觉像是审犯人呀。"

民警说:"你不要误会,我们都是例行公事,问话有点套路。"

马顾宇解释说:"牛刚同志,这次市里统一安排了普查活动,所以我们问得详细了一下,不要误会。请你配合一下。"

丁三打开门进来："这是?"

民警说："丁三，我是小王，你办户口的时候咱们见过面。"

丁三说："噢，对，对。你们来有什么事儿?"

民警说："市里对常住人口进行人口普查，所以来调查一下。"

丁三说："噢。牛刚不是本地人，不算常住人口。你们有啥问我吧。"

马顾宇说："刚才我们了解了，牛刚是住你这里，对吧?"

丁三回答："不是。他住公司。"

"公司?"

"靠朋友帮忙，我弄了个小公司，牛刚是我在劳务市场认识的。人挺能吃苦，性子好，能干，我就留下他了。"

"开了个什么公司?"

"搞建材，就在华泓大厦七层，有机会去坐坐。"

警察小王说："好好干，将来做我们片区'两放人员'创业典型，还能争取国家政策支持呢。"

丁三："那好啊。"

警察对马顾宇说："顾宇，你看还有啥事儿?"

马顾宇说："就这吧，咱们去下一家。"

两个人起身打招呼出门。

丁三说："水还没喝一口就要走呀。"

警察小王说："这一段时间事情多，赶时间。"

丁三说："你们警察真辛苦呀。"

警察小王说："以前还好，今年连着出了几个刑事命案，特别是前一段时间那个银行爆炸抢劫案，简直没白天没黑夜地忙。"

两个人说着走出门。

丁三送走两个人关门回来。

丁三径直走进卧室，王强跟进来。

丁三问王强："他们问你啥了?"

王强说："姓名，年龄，户籍，看了看身份证。对了，那个穿便衣的货还问我和你是怎么认识的。"

"这不是什么常住人口普查。是上回银行的案子在排查嫌疑犯。"

"那咱咋办？手头这个生意还做不做？"

"让他们查去吧。你放心，咱们的计划很周密，这些雷子就是挖地三尺，也找不出咱们的破绽。"

"我知道三哥你聪明、心细。我和你是难友，要不是这张假身份证，这次排查说不定就叫他们查到了。"

大刘、孟津、程华等人在大办公室里加班。

柯处走进来："对不住，又让大家加班了啊。"

孟津开玩笑："柯处请客就行。"

柯处说："一会儿去吃刀削面。"

众人纷纷抱怨："我们都吃了一个礼拜的刀削面了。""还吃刀削面？"

柯处说："咋，吃刀削面吃伤了？"

大刘说："老齐最爱吃刀削面，我们组陪他吃了五天了。"

柯处笑了："你们打赌输了，这事儿我知道。老齐是预审专家，这方面打赌你们十有八九要输。来，大家坐。"

大家落座。

柯处说："大刘，你把这几天查访情况讲一下。"

大刘说："经过这几天的查访，共查到李根勤有五个手机号，其中两个手机号都送给别人用了。他最近三个月有三个号在用。这三部手机号呢，有一个号是专门和家人联系的，还有一个号联系的人多是生意上的朋友，第三个号联系的人比较复杂，而且家里人也不知道他有这个号。"

朱建国说："李根勤这个手机的使用情况非常频繁，人员也很杂，多是他向外打出去的。给他打进来的比较少。我们对这个号中联系过两次以上的人进行了查访。有作案时间的人大约有二十个。"

柯处说："这么多？"

朱建国说："这些人都说不清那天做了什么。就算是和这个案子没关系，我看也没干什么好事儿。根据上次案情会的分析，案发现场出现过陌生女子。女子年龄为二十到二十五周岁，长发，血型为O，有喷香水的习惯。我们把这个条件适当放宽以后，进行第二次排查，结果最后有一名女性嫌疑最大。"

大刘继续说："这个女孩名叫陈丽华，十九周岁，短发，不过后来我们调查发现，陈丽华在案发后剪过头发。陈丽华的血型为 O 型，喜欢喷名牌香水，香水的牌子是登喜路。这个女孩平时花钱大手大脚，一身的名牌，社会上接触的人也很广。"

柯处说："这个人弄起来了没有？"

大刘说："因为这个案子还有一名男子，我们怕打草惊蛇。现在对她采取的是监视措施。跃武、鹏飞、我，还有孟津换班监视。现在跃武和鹏飞当班。"

柯处说："和陈丽华正面接触过没有？"

大刘说："没有。"

柯处说："除了和现场的证据能对上，陈丽华外围调查情况怎么样？"

程华说："外围情况是这样。陈丽华是外地人，初中毕业，人长得很漂亮，也很有气质。她来罗城打工已经三年了，据陈丽华以前所在单位的同事、领导，还有陈丽华的邻居讲，这个人比较虚荣，交过不少男朋友，甚至有一些年龄差距比较大的。陈丽华去年到李根勤的工厂打工，很快就和李根勤来往密切。不过据她的工友反映，这个女孩比较精明，李根勤一直没占到什么便宜，反倒在陈丽华身上花了不少钱。"

柯处说："我的意见是不要监视了，尽快把陈丽华给传回来。如果陈丽华是案犯，她的同案犯可能会为了避免嫌疑，与陈丽华断掉联系。我们监视她就失去了意义。而且，陈丽华这个人虽然年纪小，但她的社会经验多，又是外地人，长期在异地生活，这种人在其他城市也很容易落脚生存，而且不恋家。她既然做了这么大一个案子，很有可能正在寻找逃跑的时机，一旦跑了肯定不会再回老家，那时候再找她就困难了。我们的时间很宝贵，在陈丽华身上耽误的时间太多，反而会贻误战机。你们说说你们的意见。"

大刘说："我赞同柯处长的意见。"

众人也表示同意。

大刘说："柯处，那今天晚上就开始行动。你看怎么样？"

柯处同意，并立刻安排行动。

几辆小车开到陈丽华的住处，停到小区。

车上下来七八个人，大刘、程华等人在内。

监视陈丽华的跃武迎上去。

大刘问："情况怎么样？"

跃武说："人还在屋里，没有其他情况。到现在，她屋里没进过外人。"

"鹏飞呢？"

"鹏飞在楼道里。"

大刘说："来，来，大家过来，分一下工。"

大家围过来。

大刘说："程华，你还是带一个人绕到楼后，防止对方爬窗逃跑。"

程华答应。

大刘继续说："跃武，还有你，你们在楼下。"

跃武答应。

大刘说："其他人跟我进去。目前屋内的情况，据跃武讲只有女孩一个人在，但大家不要大意。一个是枪不知道在谁手中，另一个是不能完全确定屋中是否还有其他人。一定要注意安全，明白吗？"

大家都说明白。

大刘带着剩下的四个刑警走进楼道。

在楼道的鹏飞接上他们五个人，来到陈丽华门前。

鹏飞上去敲门，过了好一会儿，才传来一个女孩的声音："谁啊？半夜敲门。"

鹏飞说："公安局的，查暂住证。"

"半夜睡觉查啥了查，这不是扰民吗？"

"请你配合一下。"

"有事儿明天再说。"

大刘说："现在是晚上七点五十分，不是半夜。你赶紧开门！"

女孩很硬气："就不开，你们有本事等到天亮。"

大刘吼："不开撬门了！"

"我没犯法。"

大刘说："没犯法就打开门，接受检查，听到没有？"

女孩说:"就不开。"

大刘对便衣小高低声:"来,小高,你过来。我们已经确定,这是犯罪嫌疑人陈丽华的家。现在她不开门,咱得采取一下手段。"

小高点头,拎着一个箱子到保险门前,打开箱子,取出撬门器,安装好,然后仅用半分钟时间就打开了保险门。

大刘一马当先,一脚踹开木门,里面传来女孩的惊叫声。

侦查员们纷纷冲进去。

大刘把客厅一个女孩摁住,其他侦查员纷纷冲进来,分头到各个屋子寻找是否有其他人。

孟津和一个侦查员冲入一个屋子,看得出是女孩住的房间。发现没有人,开始搜床下、衣柜。

两名侦查员冲入另一个屋子、书房,没有人。两名侦查员打开阳台的门。

鹏飞先看了卫生间,然后进厨房。

客厅,大刘冲着女孩:"叫你开门咋不开门?"

女孩只是哭。

孟津出来:"刘哥,没搜到有其他人。"

大刘继续问女孩:"你叫啥名字?"

女孩没说话,还是哭。地板上有血。

孟津看到血:"好像流血了。"

大刘命令女孩:"抬起头来。"

女孩抬起头,下半张脸全是血。

孟津看了看:"这是咋搞的,满脸的血?"

大刘说:"估计是刚才趴在门后面偷听,被门砸的。车上带着急救包了,让程华给拿一个上来。"

一个侦查员拿起步话机说:"019,019。拿一个急救包上来。"

楼下跃武急切的声音:"咋,谁受伤了?要不要支援?"

鹏飞接过步话说:"没有异常情况。一个女孩躲在门后,被刘组长大脚踹门砸伤。你赶紧送个包上来。"

孟津对女孩说:"你先去洗一洗,去,到厨房把脸洗洗。"

孟津带着女孩去厨房。

几个侦查员开始细细搜索房间。

跃武走进来。

跃武一进来就说:"刘组长,刚才吓了我一跳。我以为咱战友受伤了。"

大刘说:"这女孩有意思,躲到门后偷听。你赶紧给她止下血。估计是鼻子碰伤了。她在厨房。"

跃武进厨房。

陈丽华所住楼的楼下,程华已经回到楼前:"听说小姑娘受伤了。"

一名警察说:"小姑娘挺横的,不开门,躲到门后边。"

程华笑了:"大刘的大脚全局可是出了名的。这小姑娘真够倒霉的。"

在陈丽华的家中,女孩的血已经止住,鼻孔塞着面巾纸,坐在卧室的床上,一只手被铐在床上。

大刘问她:"现在感觉怎么样?"

女孩说:"没事儿了。"

大刘说:"陈丽华,我现在问你话,你要老实交待,要争取政府宽大,立功减罪。听到没有?"

女孩说:"我不是陈丽华!"

大刘说:"胡说。我们跟踪你好多天了,你的所有情况我们都掌握得清清楚楚,你以为你能蒙混过关?告诉你,我们没有十分的把握,就不会来抓你。"

孟津说:"传唤证都给你开好了,你还抵赖!"

女孩说:"我真的不是陈丽华,我是她姐姐,我和她是双胞胎姐妹。"

在场的人都愣了。

大刘问他:"你叫啥名字?"

女孩说:"我叫陈美华,是陈丽华的姐姐,不信你们去我老家查。"

大刘问:"你什么时候来的这里?陈丽华去哪里了?"

女孩说:"我妹妹打电话让我给她看房子,我就来了。我们今天中午在联华超市见的面,她给了我钥匙,我就先走了。"

大刘问跃武："跃武,你想想今天中午你有没有跟丢的时候?"

跃武说："没有,除了陈丽华上厕所,她一直没出我的视线。"

女孩说："她就是在卫生间给我的钥匙。"

大刘说："你知道不知道,你的行为已经构成了包庇罪?"

陈美华说："我不知道她犯了法,她说她要出门几天,让我替她看房子。我到联华超市的时候,她打我传呼让我去卫生间找她,我就去了。这也算包庇啊。"

孟津问:"陈丽华现在在哪儿?"

陈美华说:"不知道。她社会关系广得很,从来她有啥事儿都不告诉我。"

大刘问陈美华:"你做什么工作?单位在哪里?"

陈美华说:"我在罗城城西一个电子加工厂做普工。你们可以调查,沙发上那个包里还有我的工作证、身份证。"

孟津过去,从包里掏出身份证和工作证,看了看证件,又看了看陈美华,把证件交给大刘:"如果证件是真的,她们的确是双胞胎。"

柯处长在办公室听说了这情况,也觉得很稀奇:"长得一模一样的双胞胎?我搞了这么长时间案子,还是第一次遇到这种情况。"

大刘说:"我们向陈美华的老家,还有陈美华的单位都进行了核实,陈丽华和陈美华的确是双胞胎姐妹。不过两个人的性格大不一样。陈美华虽然性格倔强,脾气不好,但她不爱抛头露面,与社会上的闲人没什么交往。陈美华平时打扮也很朴实,和陈丽华完全不同。"

"但是,陈丽华和陈美华穿同样的衣服,说明她们姐妹两个早有预谋,更说明你们已经暴露了。陈丽华脱身之后,肯定已经逃跑。"

"这次监视的确是出了问题。"

"大刘,你们得抓紧对陈美华的审讯,尽快从她嘴里撬出陈丽华的下落。我们得到线索越晚,陈丽华跑得就越远,抓捕困难就越大。案情走到这一步,离成功破案已经不远了,我们已经基本确定陈丽华就是犯罪嫌疑人,绝不能让这条重要线索在我们手中断掉。不然的话,就是前功尽弃啊。"

"我明白,我回去加强一下预审力量。"

"要不让老齐帮你们一下?"

"我们组分内的工作,总是让老齐来出手帮忙,同志们心里感受都不会好。柯处长,我向你保证,三天之内,拿下陈美华。"

"陈美华已经被控制五天了,再等三天时间太长,我只能再给你两天的时间。如果两天时间拿不下陈美华,我让老齐上。"

"好。"

审了五天,陈美华什么也没有说。

这次轮到孟津、程华、鹏飞三个人进行预审。

孟津对坐在对面的陈美华说:"陈美华,已经五天了,你真的想顽抗到底呀?你知道陈丽华犯的是什么罪吗?你包庇她,就是在加重你自己的罪行。"

程华接着说:"你才十九岁,一个女孩最美好最黄金的年华才刚刚开始,今后的几年,应当是你一生中最宝贵最值得回忆的青春美好时光。陈美华,我想你不希望那段时光,只有铁窗的回忆吧?"

陈美华说:"让我再想想。"

孟津说:"陈美华,五天来你翻来覆去就是这句话,让你再想想,让你再想想。时间已经给了你不少了,你要想到什么时候?我告诉你,你现在的行为就是严重的包庇罪行,判你十年都有可能。"

陈美华说:"十年我也认了,我不能毁了我妹。"

程华说:"你错了,不是你毁了她,是她毁了她自己。"

陈美华低下头不说话。

鹏飞问:"你咋不说话了?"

陈美华抬起头,慢慢说起她们的人生经历:"爸爸在我们九岁的时候就不在了,村里人发现我爸的时候,他躺在公路上,是被一辆汽车撞死的。到现在,我们也没有找到肇事司机。一年以后,我妈改嫁,后来再也没有回来。爸爸是独生子,妈妈那边的亲戚们都不管我们,只有爷爷和奶奶把我们抚养长大。爷爷和奶奶很疼我们,家里种的地根本就不够供我们上学,爷爷就去南方打工。冬天我们和奶奶砍柴生火,家里一点儿也不冷;夏天我们和奶奶一起进城拣破烂,攒够上学的钱。这样的日子,我觉得很幸福。但爷爷后来也不知道在厂里得了啥病，回来就不行了。爷爷不让住院，说浪费钱，其实我们也没有钱。我们眼睁睁地看着爷爷一点点地瘦下去，最后死的时候，就剩下一把骨头。"

陈美华泣不成声。

三个人安安静静地听着，程华也有些眼圈红了，程华递给陈美华纸巾。

陈美华哭了一会儿，举起戴着手铐的双手擦了泪："爷爷去世以后，我和妹妹就都不上学了。奶奶身体还好，但她毕竟快六十岁了，一个人种着四亩地，身体也吃不消。我们不知道该怎么帮奶奶，我能做的就是和奶奶一起喂猪、种地。妹妹虽然叫我姐姐，但她比我更懂事儿，她绣了东西到城里卖，她说我学习好，还应当上学。我要能考上好大学，将来就有钱孝敬奶奶。所以我又回去上了几年学，妹妹一个人进城打工。她在城里受了不少委屈，吃了不少苦，但她从来不跟我和奶奶说。只有一次，我发现她在屋里偷偷地哭。我那时突然明白，她为我们牺牲了很多很多。去年我考上北京一所大学，但我没有去。我不能再让妹妹受苦了，我把录取通知书放到自己的衣服箱底，然后来到罗城打工。"

鹏飞问："你妹妹陈丽华在罗城的情况你了解不了解？"

陈美华说："虽然我们经常见面，但她的事儿很少跟我说。不过，奶奶那里，妹妹寄的钱比较多，最近两年妹妹手头也比较宽裕，具体她在罗城做什么为什么会有那么多的钱，我的确不太清楚。我也听到过一些风言风语，但是我相信我妹妹。我妹妹这个人的性格就是心劲高，宁牺牲自己也不想让家人受苦。她就是犯了法，也一定是迫不得已被逼的。"

孟津说："如果是被胁迫，我们查清事实之后会依法从轻处理。但你现在要说清楚，你妹妹去了哪里。你这样拖延时间，对你没有好处，对你妹妹也没有好处。"

陈美华说："能不能让我再好好想一想，我现在心里乱得很。"

孟津回来后向大刘报告："这个小姑娘难缠得很，这都几天了，一句有价值的话都没说。"

程华说："陈美华姐妹俩身世比较苦，姐妹两个从小相依为命，感情很深。要让陈美华主动交待陈丽华的下落，需要花时间。"

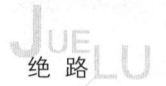

大刘说:"这不行,时间上来不及了。柯处这次只给了咱们组两天时间,如果到后天晚上陈美华还不吐口,预审工作将转交给老齐。"

孟津说:"这不是丢我们一组的面子吗?上次已经让老齐参与了一次预审,这次再让老齐参与,明摆着我们一组自己承认自己的预审水平不行。"

朱建国说:"常规审讯不行,是不是想个策略?"

大刘说:"大家动一下脑筋。"

程华说:"陈美华姐妹从小失去了父母,是爷爷和奶奶把她们两个带大的。特别是她们的爷爷在六年前去世后,奶奶一个人拉扯她们。她们和奶奶的感情特别深。我看陈美华在被提审的时候,每次提起奶奶总要抹眼泪,是不是把她的奶奶请过来会有效果?"

大刘说:"我看行。陈美华的老家离这里有四个小时的路程,现在是下午一点二十分,我们马上出发,晚上就能到。"

孟津说:"那我去吧。"

大刘说:"你还是留下来,你和鹏飞、跃武继续审讯。我和建国、程华去。咱现在就出发。"

孟津说:"你们还没有吃午饭呢。"

大刘说:"一会儿到商店买几个面包,带上开水。路上吃。"

高速公路上,程华在开车,鹏飞在后面睡,大刘在副驾吃面包,喝着保温杯里的水。

大刘边吃边说:"一会儿鹏飞醒来,你也睡会儿。"

程华说:"不用,我能坚持得住。今天天气挺不错,再有两个半小时就能到天镇。"

大刘说:"那哪儿能行?昨天后半夜都是你们三个人熬下来的,咋能不困。今天接上陈美华的奶奶,晚上就要连夜赶回来,一会儿你还是休息一下吧。"

程华答应。

汽车开到天镇派出所的时候,是鹏飞开的车。大刘和鹏飞下车。鹏飞叫程华醒来。程华揉揉眼睛:"到了啊。"

鹏飞说："到了。"

派出所的人闻声出来。

派出所小高远远地喊："你们是罗城市局的吧?"

大刘答应："对,刚到。"

小高回去把所长叫出来,和大刘、鹏飞、程华一一握手："辛苦了,今天路还算好走吧。走,里边坐。"

大家寒暄着进屋,坐下。

所长介绍情况："陈美华住的村子离这里还有二十多公里,不过路是平路,比较好走。开车二十多分钟就能到。她奶奶叫骆芬妮,村里人都知道是个好人。脾气好,人性善,爱帮助人,今年六十一周岁,身体还算硬朗。说起来她的家庭在村里不算穷,因为有两个孙女在外边打工,每年寄不少钱回来,家里也没啥负担。不过,以前的确是过了好几年苦日子,特别是她爷爷病的时候,家里挺凄惨的。"

大刘问："那骆芬妮现在还在村里不?"

所长说："在。我已经跟村委会打好招呼了,咱吃了晚饭就过去接人。"

大刘说："所长,你看这样好不好：我们先去把人接上,说不定去了老人还没吃饭,咱在饭桌上和老人边吃边聊。劝劝老人配合咱们工作,这样时间上也能抓紧些。"

"好,我安排个车。"

"就用我们的车吧。你给咱找个路熟点儿的好司机。"

"小高,你去把程志明叫来。"

小高答应一声出去。

一行人来到村里,先找村支书,村支书带着大刘、程华、鹏飞、所长来到陈美华家。

村支书说："就是这家,现在就老太太一个人住着。"

鹏飞看了看："院子修得不错嘛。"

村支书说："两个孙女孝顺,唉,老太太受了一辈子罪,儿子也死得早。老了总算能享几天清福了。"

几个人走进院子里。老人骆芬妮听到动静出来。

村支书对老人说:"他婶,这是公安局的同志,来找你了解个事儿。"

骆芬妮问:"公安局的?找谁呀?"

大刘说:"大娘,我们有个情况想跟你说一下,希望你能配合我们工作。"

骆芬妮很客气:"你们坐,进屋坐。"

进了屋子,骆芬妮问大家:"你们吃饭了没有?熬了点稀饭。馍刚蒸好。我去弄点菜。"

大刘说:"别麻烦了。"

骆芬妮说:"不麻烦,院子里种着菜呢。你们大老远辛苦的。是我孙女办户口的事儿吧,她早说要把她姐两个的户口办到城里去。"

大刘等几个人互相看看,没有人忍心先说出她孙女的事儿。

出现了短暂的沉默。

骆芬妮感觉气氛不对:"咋?不是办户口的事儿?我孙女出事咧?是哪个孙女?"

大刘不得已,说:"陈丽华涉及一起命案,我们来调查。"

骆芬妮呆住了。

女看守所的监室,陈美华在休息。

有女狱警在门外喊:"陈美华。"

陈美华应声:"到。"

女狱警打开门:"出来。"

陈美华走出去。女狱警给她戴上手铐。陈美华跟着女狱警走出去。在看守所院内,陈美华看到大刘和鹏飞。

陈美华没等他们说话就抢着说:"你们别问了,再问我也是不知道。"

大刘说:"今天不审你,让你见个人。"

"谁?"

"见了你就知道了。"

陈美华犹疑："不会是我妹妹吧？"

"陈丽华归案是迟早的事儿，你不说也救不了她。"

陈美华听说不是妹妹，心中更纳闷。

办公室里，程华和一个女狱警陪着老太太骆芬妮。

骆芬妮焦急地问："警察同志，我大孙女还能放出来不？"

程华说："只要她配合我们警方，把命案的所有凶手都抓住，我们可以考虑从宽。"

骆芬妮急得快哭了："她可是个老实孩子。"

窗外，陈美华出现。

骆芬妮一下子站起来，向门口走去。

陈美华刚走到门前，迎面碰上奶奶，先是大吃一惊，扑到奶奶怀里放声大哭："奶奶，我对不起你。"

奶奶抱着孙女也痛哭。

哭了一会儿，大刘安慰她们："来，莫哭了，都坐下，喝口水。"

大家都坐下。

陈美华还在哽咽。

程华对骆芬妮说："大娘，你看你说几句吧。"

骆芬妮拉着孙女的手："孙女，我知道你们姐两个要好。你们也都是我的心头肉。可你妹妹已经做了犯法的事儿，咱就得向政府认错，不能跑呀。"

陈美华不说话。

大刘说："陈美华，我刚才跟你说了，陈丽华归案是早晚的事儿。你不说，顶多也就是让她在外边多跑两年，回来她将接受更加严厉的法律惩罚。退一万步讲，就算是你妹妹跑了，但她每天东躲西藏，还能回来看你们的奶奶吗？更不要提在奶奶身边尽孝、为奶奶养老送终了。还有你，你还说宁坐十年牢，也不害你妹。你们两个姐妹一个亡命天涯，一个监狱服刑，你让你奶奶这十年怎么过，难道你就忍心让你奶奶等你十年？让你奶奶一个人孤苦伶仃地过这十年？十年以后，你还能不能见上你的奶奶，你想过没有？"

陈美华低下了头。

程华拿出一个袋子，从里面拿出东西："这是你奶奶给你腌的咸菜、做的腊肠、买的锅巴，都是你爱吃的。还有这个，你小时候喜欢的头花。走的时候你奶奶拿了一大堆东西，她是怕你在监狱里受苦呀。你这么孝顺的一个孩子，应当能理解你奶奶的苦心，是吧？陈美华，你现在只不过是包庇罪，如果能立功减轻罪行，判缓刑都是有可能的。你要珍惜这个机会。"

陈美华听着听着渐渐地啜泣起来。

奶奶说："娃啊，你听政府的吧。奶奶也心疼丽华，奶奶不想你们两个都……"奶奶说不下去了。

陈美华对大刘说："我可以带你们去找她。"

大刘和程华都精神一振。

陈美华又说："但我有一个条件，你们一定要答应我。"

大刘说："如果合法合理，我们可以答应。"

陈美华说："由我先接触陈丽华，让她投案自首。这样也可以为她减轻一些罪行。"

大刘想了想："这个可以，但必须保证她已经在我们的掌握范围内。不然的话，她知道我们抓捕她会再次逃跑，同时也会让你面临危险。毕竟她不是一个人，还有其他同伙。我们要对你的人身安全负责。"

陈美华说："那行。"

大刘、程华和孟津立刻带着陈美华坐南下的火车去四川。

在火车硬卧车厢内，程华和陈美华形影不离。不过两个人处得特别好，陈美华悄声对程华："程警官，你们不给我戴铐子，就不怕我跑了？"

程华说："我知道你是孝顺孩子。为了你奶奶，也为了你妹妹，你一定不会跑。是吧？"

陈美华调皮地笑了笑。

大刘和孟津端着方便饭盒走过来，正巧看到陈美华在笑："美华笑起来真漂亮，我还是头一次见你笑啊。"

程华也说："本来就是个小美人。"

陈美华不太好意思："我妹妹才漂亮呢。"

孟津说:"你和你妹妹长得一模一样。你这还不是在夸自己?"

大刘说:"来,吃饭。今天的菜不错啊。"

几个人拿起筷子吃饭。

程华问:"陈美华,你说你妹妹现在会不会离开四川呢?"

陈美华说:"不会的。我妹妹最信任我,她知道我一定不会出卖她。"但说到这里的时候,陈美华心情一下子变得不好,夹菜的筷子也停下来。

大刘说:"你不是出卖她,是在挽救她。你想一想,她才十九岁,又不敢用真实身份,在人生地不熟的地方怎么生存下来?如果被坏人利用,这辈子就毁了。"

陈美华点头。

四川某县城一个平房小院,陈美华一个人走进院子。

一个小伙子走出来,他看到陈美华,有些惊讶:"你,你怎么又回来了?"

陈美华问:"阿健,我妹呢?"

阿健这才明白:"噢,你是美华啊。"

"嗯。我找我妹,她去哪里了?"

"她回罗城了。"

"她回罗城?为什么回罗城?"

"她说她不能拖累了你,所以她要投案自首!我劝也劝不住。你看,你不是好好的嘛。唉!进来坐吧。"

陈美华似乎松了一口气:"没事儿,我走了。"

陈美华走出院子。

阿健似乎感觉到什么,快步回到屋子。

过了一会儿,阿健带着一个箱子走出来。刚到院门口,大刘、孟津还有当地警方的几个人冲进来。阿健扔下箱子向院里跑,但被追上,摁倒在地。

大刘问:"你叫啥名字?"

阿健回答:"元健。"

大刘又问:"和陈丽华是什么关系?"

阿健说:"我是她男朋友。你们也别问了,我都说了吧。李根勤是我杀的,跟陈丽华没关系。"

在当地公安局的预审室里,阿健全部交待了。阿健问孟津:"能不能给根烟抽?"

孟津拿起一支烟先自己点着,然后递给阿健,阿健接过吸了两口:"李根勤那货不是个东西,弄死他我一点儿也不后悔。陈丽华在他的厂子上班,李根勤看陈丽华长得漂亮,就给陈丽华换了个岗位。工作比较轻松,挣得也多。李根勤在罗城是个道上的人物,听说他看上的女人没有一个能跑得了的。陈丽华根本就不知道他是这样一个人,还以为李根勤是个好人,对他没啥防范,还当他是个恩人,就和他走得近了点儿。后来,李根勤好几次找机会想和陈丽华亲热,都让陈丽华躲了。后来,李根勤说是带陈丽华会生意上的朋友,其实就是道上的狐朋狗友,他们那一伙儿合起来把丽华灌醉,把她强奸了。丽华跟我说了这事儿,我带了两个兄弟找李根勤算账,反被他打了个头破血流。后来,我和丽华就找到他的二奶郭小芬的家,趁郭小芬不在家的时候把门骗开……"

那天陈丽华敲门的时候,李根勤还以为是郭小芬回来了,他一边开门一边说:"你忘性真大,又忘记啥了?"

李根勤打开内门,看到的却是陈丽华:"噢,小丽,你怎么找到这儿了?"

陈丽华说:"李总,我找你有点儿事儿。"

"你是为你男朋友的事儿吧。小丽,让我放过你男朋友也行,你陪我再睡一次,我就放过他。我再给你五千块钱。怎么样?"

"李总,我想了几天也想通了,反正我的身子你也碰过了,你又这么有钱,我再跟你两个月,李总不会嫌弃吧。不过,李总也不能亏待我啊。"

"好说,好说。"

"李总光说好听的,怎么也不让我进去啊。"

"进来,进来。"

李根勤打开门，陈丽华进去，元健也进去，一把把李根勤推到里边去。陈丽华赶紧关住门。

元健比李根勤高而且壮，李根勤想回卧室拿枪，被元健拉住。

元健揪住李根勤："李根勤，你不是保镖多吗？你不是有保安吗？今天怎么样，栽到老子手里了吧。"

李根勤并不怕他："我告诉你，姓元的，你今天敢动我一下，老子让你全家都出血！"

元健发着狠："让我全家出血，老子先要了你的命！"

元健示意陈丽华到卧室去。

陈丽华走进卧室，坐在沙发上，感觉有点热，解开脂子上的纱巾。

只听客厅传来五声枪响，陈丽华急忙起身去客厅看，李根勤倒在血泊中。

陈丽华被吓傻了，站在一边。

元健说："赶紧翻翻他家里有啥值钱的东西。"

陈丽华害怕极了："翻啥东西，咱赶紧走吧。"

元健不甘心，从李根勤身上摸出钱包，两个人开门逃走。

元健用五根烟的时间讲完这一切，又要了一根烟，他抽了一口，继续说："然后我就先跑到四川，说好陈丽华随后就去。但陈丽华发现被你们跟踪了，就把她姐姐叫来，耍了个花招，把你们给甩了。"

大刘问："陈丽华现在在哪里？"

"她回罗城了，她说她要投案自首。"

"她什么时候走的？坐的什么车？"

"我知道，你们想在半路把她抓住，省得夜长梦多。不过，请你们相信，陈丽华一定会投案自首的。她才十九岁，请你们给她一个机会。人是我杀的，李根勤死有余辜，陈丽华就算有错，也罪不该死。"

"陈丽华有没有罪，有什么罪，不是你说了算的。这要等待法庭的审判。你说李根勤死有余辜，我问你：当初你和陈丽华如果不贪恋李根勤的钱财，早早地离开李根勤，陈丽华会让李根勤得手吗？"

元健无语。

孟津说:"我告诉你,我们对你们的事情已经调查得清清楚楚。你和陈丽华从李根勤那里得到的财物价值不少于八万元。正因为你们自己的贪婪,才会让你们在犯罪的泥潭中越陷越深。你自己也要反省反省了。"

元健低下了头。

罗城市公安局门口,陈丽华在门前徘徊了一会儿,然后下决心走进去。陈丽华走进值班室。值班警察问她:"你好,你有什么事儿?"

"同志,我是来投案自首的。"

"你叫什么名字?是什么案子?"

"我叫陈丽华,案子就是今年五月上旬的那个李根勤被杀案。"

李根勤的案子终于破了,李根勤的家属来市局刑侦队表示感谢。

大刘在办公室接到消息后招呼同事:"大家都去会议室一下,李根勤的家属专门来局里感谢咱们,还送了一面锦旗。"

孟津笑着说:"李根勤的二奶郭小芬送锦旗?那锦旗上落款咋写?"

大刘说:"开啥玩笑,是李根勤的妻子。你们都要去啊,柯处长也去。"

程华不想去:"就说我有任务出去了。跃武和鹏飞不是也不在嘛。"

大刘说:"这是好事儿,家属也想当面表示一下感谢。在办公室的都去,快点儿。"

几个人跟着大刘出去。

李根勤的妻子、弟弟、弟媳、妹妹等家属坐在会议室。

柯处长在和他们说话。

大刘带着人进来。

柯处长站起来:"来,我给介绍一下。这是重案大队副大队长兼重案一组组长刘明宇,这是侦查员程华、孟津……"

柯处长一一介绍,李家亲戚和侦查员们一一握手,并说着感谢的话。

李妻示意她的弟弟把写着"破案神速、立警为公"的锦旗拿来,李妻接过交给大刘和柯处:"感谢你们这么快就破了案,为我丈夫报了仇,让我们家属也有了一个安慰。"

大刘说:"应该的,这是我们分内的事儿。"

李弟说:"你们辛苦了,听说为了破这个案子,你们几天几夜都没睡觉,还跑到千里之外的四川抓罪犯,太辛苦了。"

大刘说:"我跟你说,你在罗城派人找凶手的事儿我也知道了。你配合我们破案,我们很欢迎,但你放出风要把杀你大哥的人手脚砍断,你要真的干出这事儿,今天可就没机会给我们送锦旗了。"

李弟呵呵笑着说:"那是气话,气话。顶多也就是痛打一顿送到公安局,我们哪儿敢做出违法的事儿呢。"

柯处长说:"这次李根勤被害,也有他自身的原因,所以我劝你们,一定要奉公守法,平平安安地过日子不好吗?"

李妻说:"对,对。我劝过李根勤好多次了,可他就是不听,结果出了这事儿。"

李弟说:"听说你们办案经费也很紧张,我们商议给咱市局捐一点钱,解决一下经费问题。不多,也就五十万元。"

李弟掏出现金支票。

柯处长推开:"上级部门三令五申,不准公安机关接受社会捐赠。你们的心意我们领了,钱不能收。"

李妻说:"我们是诚心想为你们公安做一点儿事儿。"

柯处长说:"我们要收了你们的钱就是犯错误,反而给局领导找麻烦。你是不想让我这个处长当了是咋?快收起来。"

李妻和李弟只好收起。

柯处回到家的时候,妻子正在做菜。

柯处问:"今天做啥了?这么香。"

妻子在厨房里说:"你不是爱吃螃蟹吗,我给你买了大闸蟹。"

柯处脱下外衣挂在衣架上:"买这么贵的菜?你们单位发奖金了?我说啊,咱们的钱还是攒起来。现在家里紧张得很,儿子出国要用钱呢。"

妻子说:"出国的钱已经解决了,用不着你来操心。"

柯处走到厨房:"你讲啥?"

"儿子出国的钱已经解决了,有人愿意给咱做担保人。"

"老孙答应了?"

"你那个老战友靠不上,催过好几回了,都没见回音。不过,这个人和你也有点儿关系。"

"还有哪个?"

"你不是刚破了一个李根勤的案子吗?他老婆今天晚上来过,说愿意做咱儿子的担保人。"

柯处火了:"你这不是胡闹吗?这是受贿!"

"这咋是受贿?咱又没收她一分钱。你搞了半辈子公安,儿子出国都帮不上忙。咱破了案子,人家感谢咱有啥错。"

"糊涂!李根勤是啥背景,咱咋能和这些人搅和到一块儿。我搞了半辈子公安了,临了你还要让我亲身体验一下看守所的滋味吗?"

"有这么严重?"

"没这么严重,我跟你发什么火?"

妻子也急了:"那咋办?经济担保书我都让她开好了。她说,她明天就拿来个人外汇存款证明书和外汇资金证明书。"

"你动作倒麻利啊,你怎么不和我商量一下?我现在给她打个电话,你有她电话吗?"

"她给我留了一个手机号。"

"赶紧的,赶紧拿出来。"

妻子到处找,柯处也跟过去,发现沙发茶几上放着一个点心盒子。

"这也是李根勤老婆送的吧?"

"我本来不收,她非要留下。我想一盒点心也值不了几个钱,人家担保都开了,咱不收点心显得小气,就收下了。"

"咋感觉分量不对啊?"

妻子拿着电话号码过来:"找到了,这是她的手机号,她叫周智敏。"

柯处打开点心盒子,拆开包装,看到满满一盒子钱。

柯处狠狠地把点心盒子往桌子上一放:"这是干啥了?真不像话!"

妻子也惊了:"咋恁多钱?我可不知道她送的是钱呀。"

柯处从妻子手里抽过纸条,走到电话前拿起听筒拨号。

柯处对着电话说:"你是周智敏吗?我是市局的柯宁,请你马上到市局来一趟。对,对,就是这个事儿。有话咱们到市局说好不好?不要怕,没有什么事儿。你马上来,我在市局等你。"

柯处穿上衣服,把点心盒子拿上,对妻子说:"你把那个担保书也拿来。"

妻子去拿担保书,交到柯处手上:"晚饭还回来吃不?"

"回来吃。"

柯处到了局里,先跟岳局长汇报了情况,然后和岳局长一起等周智敏。周智敏到了岳局长的办公室,岳局长把她好一顿训:"公安部今年一月刚刚下了文件,规定公安部门不得以任何理由接受当事人任何形式的捐赠、赞助。你是李根勤案件的当事人,你的这种行为,是让我们犯错误呀。"

柯处也说:"你还把钱送到我的家里,这问题就更严重了。"

周智敏解释说:"我没别的意思,就是看你们刑警办案太辛苦了,待遇也不高,为了表示一下感谢,也为了支持你们刑警的工作,就办了这事儿。"

柯处说:"钱你拿回去,这张担保书当着你的面我把签字划去。以后好好做生意,不要做违法的事儿。你丈夫李根勤靠走黑道是赚了不少钱,最后还不是把命丢了?就是他没有丢命,我们公安机关也一直在调查他,迟早也得把他抓进去。"

岳局长说:"周智敏,我知道你心里在想啥呢。我们前一段在查李根勤涉黑案的时候找过你和你的家人。你担心李根勤涉黑的案子给你们惹上麻烦,担心我们公安局找你们的事儿。我告诉你,经过几个月的长期调查,你,还有李根勤的弟弟与李根勤涉黑的案子都没有任何关系。如果真有的话,今天我们谈话的地方就不是这里了,对吧?而且在我们调查过程中,你们对公安局工作也给予了积极配合。现在,该抓的人已经抓了,漏网的我们也在积极追查。你们只要合法经营,遵纪守法,我们绝不会找你们的麻烦,相反,还要给予保护。这是我们公安的义务和职责。"

周智敏:"谢谢你们!其实,我就是害怕。今天听你们这样一说,我就放心了,心里一块石头就落了地。"

第五章

寻找埋在罗城的四千克 TNT

抢劫银行案中所使用的炸药成为重要线索，为丁三提供炸药的老憨被侦查员调查，但另一个爆炸犯苟明的出现吸引了重案一组的注意力。侦查员发现苟明手上有四千克的 TNT，并已经发现罗城的两个爆炸点。如果这些炸药在罗城陆续炸开，那将产生十分严重的后果，追查苟明，成为重中之重……

一

丁三家的卧室里，丁三、王强坐在床上。杨志峰坐在对面沙发上。

王强问："钱取出来了？"

"对，用的是石顺德的账号。"杨志峰把皮包拉开，满满一包的钱，"一百一十四万八千块，一分不少，我点过了。"

王强喜滋滋地走过去帮杨志峰往外拿钱："三哥，这样弄钱可简单啊。一枪没打，连个人都没伤就弄回来一百多万。"

杨志峰说："三哥就是办法多。"

丁三点了一根烟："两百八十七万的货款，还有小两百万没有拿回来呢。"

王强问："那咋弄？人家说了，剩下的款要拉走货才肯付清。"

丁三说："那就让赵天顺给他会计打电话，说货已交清，打来账款。"

王强说："你是说交货的时候咱和赵天顺翻脸，把他绑了？"

丁三说："对。赵天顺要是不打电话，就一根根地剁掉他的指头，看他服不服。钱到账后，把他和他带来的人一杀，带到郊外埋了。"

杨志峰说："三哥，你看咱弄这钱也不难，再换一家照样再搞一次，何必要杀人呢？"

王强骂杨志峰："杨志峰，我看你就是个熊包。你还说要跟着三哥干大事儿了，杀个人都不敢，干屁大事儿了。"

杨志峰解释说："我不是怕，我是担心事情给闹大了。"

丁三说："罗城不大，赵天顺知道被骗以后，肯定要马上报案，咱在罗城再照猫画虎做第二个案子就难了，还要躲避风声。要是把赵天顺弄死，生不见人，死不见尸，那就是失踪，一两个成年人失踪了想立案可不容易，雷子不会为这事儿细查，咱们反而要安全得多。"

王强对杨志峰说："你听懂了没有，三哥这才叫深谋远虑。"

杨志峰点头。

第二天，丁三、王强、李成和、杨志峰在仓库门外等着。

一辆小车停下。

赵天顺，他的助手，还有一个时尚的女孩从车上下来。

丁三等人过去迎接。

赵天顺说："卜总，你不是说由你联系车队吗？我咋没看见车呢？"

丁三说："刚才车队队长打来电话说，有个车出了点儿问题，正在换胎，再过一会儿就来。你别急。"

"那就在这儿等一会儿吧。"

"赵总，要不咱再进仓库看看货？"

"货已经看过了，不用看了。"

丁三阴阴地说："赵总，你就不怕我把货换了？"

赵天顺先是一愣，接着反应过来："卜总开玩笑，开玩笑。我相信你的为人。"

丁三说："还是看看吧，反正等着也没啥事儿。我这个人做生意最讲究诚信。"

赵天顺说："看看就看看吧。走。"

王强把大门拉开，几个人走进仓库，杨志峰守在门外。

一行人进入仓库后，仓库门又被徐徐拉住。

杨志峰落锁，把仓库门锁住。

赵天顺的助手回头："关门做啥？"

丁三说："没啥，我们公司的规定，进库房要随手关门。"

助手噢了一声没有多问。

一行人向前走。

赵天顺感觉不对："货呢？这里啥也没有啊。"

丁三提高声音："货在这里了。"

丁三的暗号一发出，李成和立刻把那个高大的助手放倒。

丁三掏出枪顶在赵天顺的下巴上："别动，动一下打死你。"

女孩尖叫一声想跑，被王强一个大耳光扇倒。

赵天顺颤着声问："你们要干什么？"

丁三说："我们不干啥，乖乖的就没有事儿。我们找个地方好好谈谈。"

王强掏出绳子先把助手绑起来。

赵天顺又问："你们到底是干啥的？"

李成和恶狠狠地对他呵斥："少废话！"

赵天顺、助手、女孩都被绑住，嘴上封着胶带纸。丁三把他们带到仓库里边一个小房子。

李成和守住助手和女孩。

丁三把手机递给赵天顺："告诉你的财务，货已经收到，马上打款。"

赵天顺不说话。

"你说不说？"王强狠狠地给了赵天顺腹部一拳，赵天顺疼得直叫。

赵天顺大骂："你们这群浑蛋！"

丁三说："把东西拿过来。"

王强递来一把钳子，丁三接过来："从现在开始，每过半分钟，我就拧下你一块肉来。"

丁三把手机放进口袋里，用钳子夹住赵天顺的大腿狠狠地一拧。

赵天顺撕心裂肺地惨叫，把小姑娘吓得闭上眼睛，扑通一声瘫到地上。

赵天顺疼得受不了："我说，我说。我打电话。"

丁三说："你等下。"

丁三指着助手："王强，你去把那货给办了。"

李成和着急地说："三哥，让我来嘛。"

丁三没理他："让王强去。"

王强掏出一根绳子，走上去把助手给活活勒死。

赵天顺看得目瞪口呆。

丁三对赵天顺说："看到没有，如果你敢跟我耍花招，这货就是你的下场。"

丁三拿出手机，拨了号放在赵天顺的耳边。

电话那边响了："是赵总吗？"

赵天顺说："对，是我。"

赵总按丁三的要求让财务打款。他一说完，丁三就拿走电话，挂掉。

丁三走出去，李成和也跟出去，留下王强看着赵天顺和那女孩。助手

的尸体倒在一边。

仓库内，杨志峰迎上来："办得怎么样？"

丁三说："成了。"

丁三、李成和、杨志峰三个人坐在空旷的仓库里抽烟。

杨志峰问："三哥，下一步咱咋办？"

丁三说："等一会儿你去看看钱到账没有。钱一到账，就按原计划把他们弄到西山上，挖个坑一埋。"

李成和说："那个女娃长得不赖，就这么弄死可惜了。"

杨志峰说："咋？你还想留下她当老婆？"

李成和笑着说："当老婆倒不用，留下来陪咱哥儿几个玩几天。"

丁三说："成和，我跟你说。你要女人我不管，但做生意就是做生意，不许有其他想法。钱到账以后，这三个人全都埋了，一个都不能留。"

李成和问："三哥，刚才弄死那货，咋不让我干？"

"王强手里没人命，让他沾沾手，咱们绑得就更紧了。王强也跟我说过，上次他进牢的人命案是打架弄死的，不算杀人，想过过瘾。"丁三说完看了看表，"时间差不多了，志峰，你赶紧去查账。"

杨志峰答应一声站起，走出仓库。

大概过了半个小时，杨志峰进仓库，回手关住仓库门，闩住门。

李成和着急地走过去问："咋样？"

杨志峰说："全部到账了。"

丁三看看杨志峰："志峰，你去把姓赵的和那个女的弄死。"

杨志峰吓得向后一退："这事儿就算了吧，成和、王强下手都挺利落的。"

丁三厉声问："志峰，你是不想和我们绑到一块儿是吧？"

杨志峰见丁三变了脸色，吓得慌，说："我去，我去。"

杨志峰极不情愿地走进那个小屋子。

李成和嘲笑他："胖子连只鸡都没杀过，现在让他杀人，估计吓也吓他个半死。"

丁三说："有了这一回，以后就有胆子了。"

"我进去看看热闹。"李成和走进去。

过了一会儿，杨志峰脸色苍白地走出来。

王强跟出来。

接着是李成和笑嘻嘻地走出来："胖子在里边还吐了。"

丁三问："人弄死了没有？"

王强说："死了，两个都死了。杨志峰这个笨蛋，弄了半天，人还哼哼了。要不是三哥你说不让见血，我拿刀子就把那姓赵的捅了。后来，我把绳子打了个活套，他拉一头，我拉一头，把姓赵的给勒死了。"

丁三问："那个女的呢？"

王强说："弄那女的倒没费劲儿。我让老杨戴上手套掐脖子，老杨下不去手。我摁住老杨的手去掐，掐了一会儿那女的就没气了。"

李成和还是有些遗憾："那个小姑娘可惜了。"

王强不屑地说："有钱在哪儿找不到漂亮女人。"

丁三："不说了。王强，你去把车开进来，咱把尸体都装好，现在就上山。"

王强把赵天顺的那辆车开进库房，几个人把尸体装到事先准备好的袋子里，然后开走。

四个人埋完尸体，回到丁三家。除了丁三稳稳地坐着，其他三个人都累得东倒西歪。

丁三说："杨志峰，你明天从石顺德那里把钱取回来。王强，李成和，你们两个去公司把剩下的事儿都处理干净，记得不要留痕迹。"

丁三想了想："我明天也去。"

李成和说："赵天顺那车咋办？我找个熟人，假手续什么的都能办下来，一定能卖个好价钱，弄个五六十万不成问题。"

"熟人？好，那你负责这事儿。"

李成和说："我先走了啊三哥。"

丁三说："好。志峰你送送他。"

杨志峰和李成和走出去，不一会儿听到开门关门的声音。

王强对丁三说："三哥，卖车不能找熟人呀。雷子要查赵天顺，肯定先从车查起，到时候顺藤摸瓜，李成和那个熟人根本就跑不了，再把李成和牵出来，一揪就是一大堆。"

丁三说："咱们要抢在雷子追查赵天顺之前把车卖掉，才能保证咱们的安全。找生人卖车时间太长，车子在咱手里每多留一天，咱们就多一分危险。至于你说的熟人卖车这情况，我也早就想到了，的确是这个道理。"

"那咋办？不行把车一烧算了。"

"李成和这个人做事儿毛躁，又爱单干，不听命令，喜欢女人，无组织无纪律，迟早要出事儿。卖车之后，我准备干掉他。"

王强点头："早就该弄死这货了。今天我让杨志峰去掐死那女人的时候，李成和竟然护着不让杀，我差一点儿就跟他翻脸了。"

"这事儿不能让杨志峰知道，他和李成和走得近。"

"干脆连杨志峰一块杀。"

"杨志峰这个人虽然杀人不行，不过其他事情都能靠得住，他跟我也有好多年了，对我很忠心，他没事儿的。"

第二天，丁三和李成和到公司把五名员工聚到一块儿，给他们开了个会。

丁三说："公司的经营情况不太好，一直是亏损，所以，从今天开始，公司停止营业。你们工作虽然不到一个月，我都按一个月来算。对不起啊，我也是没有办法。"

一名男员工说："卜经理您对我们不错，您公司亏了还想着我们。"

另一名员工说："卜经理，如果您重开公司，我还来。"

丁三说："谢谢，谢谢。大家现在去财务上沐经理那里结算一下工资。希望以后有机会还能合作。"

员工们议论着纷纷地散去。

丁三等员工散去，对李成和："你去把退租手续办一下，这些办公用品都便宜处理了。"

李成和说："这些东西能卖几个钱？三哥你也太抠了吧。"

丁三低声说："公司倒闭就要有个倒闭的样子，不要让人家看出破绽，你办去吧。"

李成和答应一声走开。

二

柯处长走进公安局老齐的办公室问:"老齐,你这边查得怎么样?"

老齐说:"经过我们在炸药方面的大量工作,共查出各类涉及炸药的案件八起,但都不涉及暴力犯罪;已经确定了十几个重点户,对他们进行反复排查后,其中有三户存在重大疑点。一户叫姚涛,账目明显改动过,我们正在查他;还有一户叫白天海,有十公斤硝铵炸药至今说不清楚去向,我们已经把他依法留置;第三户叫老憨,从表面上看,他没有任何问题。但有人举报,老憨在做黑市炸药的生意。"

"大刘那边的线索已经断了,他们正在寻找新的线索,你们这边一定要抓紧。这么大的案子,上级部门,兄弟单位,还有人民群众都睁着眼睛看着咱们呢。"

这时来电话,老齐接起电话:"嗯,你们仔细查过了?一定要确定无疑才能下结论。那好,好。"

老齐放下电话对柯处说:"柯处,姚涛的案子已经查清了,是偷税漏税,没有偷卖炸药的情况。现在就剩下白天海和老憨这两条线了。"

在老憨的门市部,公安人员正在查账。

老憨在一旁念叨:"我们是合法经营,违法乱纪的事情绝不会干。"

马顾宇说:"合法经营?老憨,你在公安早就是挂上号的人物了。你还合法经营?我告诉你,你有事儿趁早说,早一点开口。要是让我们查出来再说,那就晚了。"

老憨说:"那都是以前的老皇历了。我真的是守法经营。"

钱元亮走进来:"老憨,你不说是吧。行,给你机会你不说,一旦让我们说出来,你就等着从重处罚吧。"

老憨说:"我说啥你们都不相信。"

钱元亮把马顾宇叫出去。

马顾宇说:"这家伙是个老油条,账上根本查不出什么。回答得也滴

水不漏，你看咋办？"

钱元亮说："这可是最后一家了。刚才我接到传呼，姚涛也没问题，但老齐判断炸药肯定在这十几个重户里，不是白天海就是老憨。"

马顾宇说："老憨这边攻不开，只能先攻白天海了。"

看守所大院，白天海被狱警带着来到审讯室。这次是老齐和钱元亮预审。

老齐先说话："白天海，通过这么多天的学习，我想你的思想应当有所转变，应当明白：只有把你的问题讲清楚，你才有出路，与政府抗拒，最后吃亏的还是你自己。"

白天海说："我没啥说的，你们想咋判就咋判吧。"

钱元亮说："白天海，我们是在给你一个立功的机会，想争取政府宽大，就要老实交待。你想想，我们为什么这么多天只提审了你两次，就是让你把你的问题好好想清楚，把利害关系想明白，你现在这个样子，是自己跟自己过不去。"

白天海一副死猪不怕开水烫的样子，斜靠在铁椅上不说话。

老齐说："白天海，我实话跟你说了，'4·17'爆炸抢劫银行案是省厅督办的案子，我们不会这么容易就让你过关。如果你有立功表现，完全可以争取从轻发落，像你现在这个样子，你就只有死路一条！"

白天海一个激灵："啥？你们怀疑我和银行爆炸案有关？"

老齐说："如果该案与你无关，你只要赶紧说明真实情况，才能把自己摘清楚；如果该案与你有关，你只有检举揭发立功，才能减轻你的罪行。如果你现在顽固不化，坚持什么也不说，那狗拉的屎也成了你拉的，罪犯以后做的每一笔案子都要记在你头上！就算不判你死刑，也要让你把牢底坐穿。"

白天海沉默。

老齐说："白天海，道理已经给你讲得再清楚不过了，我们再讲也没啥意义了。你要是实在不愿意说，我们也就不和你谈了，但后果你要想清楚。"

老齐对钱元亮："叫人把他带下去吧，不谈了。"

钱元亮刚站起来，白天海慌忙说："别走，别走。我讲，我都讲。"

钱元亮又坐下："既然讲，就好好讲，把你知道的都讲出来，如果有所隐瞒，那还不如不讲。"

白天海说："好，我一定全部交待。"

白天海停了停又说："我知道你们一定是查到了我十公斤硝铵炸药的事儿。这事儿铁板钉钉，根本没跑。咋也是十年的刑，就破罐子破摔了。没想到你们对我真不错，既不打也不骂，有时候还给水喝。今天，我也不隐瞒啥了。齐队长，钱哥，实际上我卖的不是硝铵炸药！"

白天海停了一下："我卖得是TNT！"

老齐和钱元亮都很惊讶，互相看了一眼。

老齐问："炸药都卖给谁了？说清楚。"

"所有炸药都只卖给了一个人，那个人叫猫头。"

"猫头真名叫啥？哪里人？"

"我也不认识，是我表哥仲子介绍他来买的。给的价钱挺高，我正好有批私货，就卖了。"

"你表哥仲子大名叫啥？多大年纪？"

"他大名叫廖仲，三十七岁。"

"在哪工作？怎么能找到他？"

"他是机械厂的工人，住在机械厂第三宿舍七号楼，就是小河街那一带。"

老齐和钱元亮立刻开车去找廖仲。

在车上，老齐说："十公斤TNT，够把咱公安局的大楼炸塌两次了。"

钱元亮说："比'4·17'爆炸抢劫银行案的威力大多了。"

"这些炸药被个人购买，只能有两个用途。一个是私开小矿炸山，但罗城附近没有这样的自然条件；另一个就是报复伤人，我看第二个可能性比较大。"

"这些炸药不炸是不炸，一炸就是个大案。"

"用不用组织一下人？就咱两个怕弄不住他吧？"

"据白天海交待，廖仲社会关系虽然比较广，但没有前科，有一儿一女两个孩子,家庭也比较和睦,这样的人还是能配合咱公安工作的。"

到了机械厂车间,两个人先找到领导说明情况,车间副主任带他们找到廖仲。廖仲正在操作机器。听到有人喊他,廖仲停了机器。车间副主任走过来:"廖仲,有人找你。"

廖仲问:"谁找我?"

车间副主任说:"你去了就知道了。"

廖仲走过去,走了二三十米,迎面碰上老齐和钱元亮。

车间副主任介绍说:"他就是廖仲,这两位是公安局的同志,找你了解个情况。"

老齐说:"廖仲,我们有事儿要问你,你要如实回答。"

廖仲说:"我知道你们要问啥事儿,就是那炸药的事儿。"

老齐问:"炸药卖给谁了?"

"猫头,他有合法手续,我才介绍的。"

"你咋知道他有合法手续?"

"我看过的,要不然我也不敢给他介绍,我这个人一向还是奉公守法的。"

"廖仲,鉴于这个案情比较重大,需要你跟我们到局里把情况详细说明一下。"

廖仲没有说话,但表情显然不情愿。

老齐说:"如果你说的话都是真话,请你相信我们绝不会冤枉一个好人,你不要有啥顾虑。"

廖仲显然知道这一去就很难再回来了:"那我得跟家里人说一声,安排一下。"

老齐说:"不用,你们车间主任也在,他会负责通知你的家人。"

廖仲心情郁闷地点了点头:"那我去换件衣服,行吧。"

老齐想了想说:"可以,我们和你一起去。"

到了公安局预审室,廖仲被戴上了手铐。

老齐问廖仲:"猫头是谁?大名叫啥?"

"他是我的一个麻友,我只知道他外号叫猫头。不过,我看他的那个手续上有个名字，叫蒋云松。"

"他是干啥的？"

"据说在晋北开了个煤矿，咱和他也不熟悉，没有往深里问。"

"你看你，一个陌生人，你就敢给他牵线买炸药？"

"咱也是个热心人嘛，以后遇到这种事儿可不敢了。"

钱元亮问："猫头是哪儿的人？现在住在哪里？"

廖仲说："听他说他是山西晋北人，不过我听口音就像本地的。我问过他，他说老家是山西的，在罗城待了十几年了，口音也变了。住哪里，我不知道。"

"还有谁认识他？"

"你们可以去二毛的麻将馆找他，猫头有一阵子经常去那里打麻将。肯定有人认识他。"

老齐、钱元亮、马顾宇开车来到麻将馆外，三个人下车。老齐看了看门头："就是这里。"

三个人走进麻将馆，店主二毛迎上来："几位面生得很，是第一次来吧？是不是开一桌？"

老齐掏出证件："我们是市局的，来向你了解个情况。"

二毛说："我们这里可没有赌博啊，我挺注意这个，不让他们带大钱。"

"没说你赌博，向你打听个人。"

"噢，来，来。咱里边说。"

一行人走到里边一个套间。

二毛又是让座，又是递烟。

老齐说："谢谢，不抽。我问你，有一个叫猫头的，是不是常来你这里？"

二毛想了想："噢，有这么一个人。曾经有两个月经常来我这里。不过，上个月开始，就再没见他人。"

"他大名叫啥？在哪里住？"

"大名叫啥咱不知道，反正都叫他猫头。有个人叫刘刚，他和猫头处得不错，知道他在哪儿住。"

"刘刚在哪儿?"

"现在就在二楼打牌呢,我给你叫去。"

"走,一块儿去。"

几个人走出去。

老齐等人从套间出来,上楼梯,来到二层。二毛领着他们来到一个房间,二毛敲门,然后进去,过了一会儿,领出一个人。

二毛说:"他就是刘刚。"

老齐问刘刚:"你认识猫头?"

刘刚说:"认识,猫头和我在一家工厂打过工,我们是工友。"

"猫头叫啥名字?"

"蒋云松。不过,我看这名字是假的。"

"你咋知道是假的?"

"有一次我们聊天,他说他祖上在清朝当过什么大官,还是个二品,叫王啥来着。我就问了句,你姓蒋,你祖宗咋姓王。他愣了一会儿,又说他是跟他妈的姓,我一听他就是胡说了。"

"他是哪儿的人?现在在哪儿住?"

"一听口音他就是本地人。在哪儿住……我去过他那里一次。门牌号记不住了,但我能找得到。"

"那麻烦你给领路找一下这个人,好吧?"

"哎,我这手气正顺得很呢。"

马顾宇说:"咋,你们玩麻将还带钱呢?"

刘刚说:"玩得小,五毛钱一锅。这不算赌博吧?"

马顾宇说:"玩得小也是赌。"

老齐对马顾宇说:"我们不是来抓赌的。"

老齐又对刘刚说:"五毛钱也是违法的。打牌可以,以后不能再带彩头了。"

刘刚说:"好,好。"

老齐说:"刘刚,现在我们请你帮个忙,找一下这个猫头的家,请你配合一下。"

刘刚这下老实了:"行。"

老齐对钱元亮："你多叫几个人来，再叫两个防爆专家。这家伙危险得很。"

钱元亮说："明白。"

几辆警车停在一个小巷，穿着便衣的重案大队警察们纷纷下车。

老齐下车招呼众人："来，来，来。你们过来，咱开个临场会。"

大家聚过来。

老齐说："据刘刚说，猫头在三层，视野比较好。咱这么多人一去，容易暴露。我，钱元亮两个人先和刘刚进去。马顾宇你们几个在后头待命。其他人隐蔽。我们把猫头骗下来，趁他不注意把他摁倒。记住一定要把他的手控制住。我们不了解猫头这个人，要防着他在身上绑炸药。"

大家都纷纷答应。

老齐布置完任务后，命令出发。

刘刚带着五名刑警来到院前。

刘刚指着院门："就在这个院。"

两名警察守住院门，老齐、刘刚、钱元亮和另外三名警察走进院子。

六个人进院上楼，其中三个人躲在墙后。老齐和钱元亮随刘刚上楼。

刘刚边走边说："就在三层，顶头那一家。"

老齐说："一会儿你叫门，就说找他打牌，三缺一，千万别说我们是公安。"

刘刚说："我明白。"

三个人来到三层，走到顶头那一家。

刘刚敲门喊猫头，没有人应声。

老齐透过玻璃看了看屋里："屋里没有人。"

钱元亮也看："没有人。"

老齐说："把门弄开。"

钱元亮狠狠地踹了几下门，把门踹开。

两个人冲进去。

老齐看了看："看样子好久没有人住了。"

钱元亮问："咋办？"

老齐说:"叫技术科的人来,把屋子里的指纹、脚印、毛发什么的都给取一下。"

二十分钟后,技术人员赶到,立刻开始检查房间。一些人在台灯、把手、灯开关等易留指纹处扫取指纹。赵亚辉在用镊子提取毛发。白娟用一个大号手电筒照着找寻脚印。

老齐等人则是向房东了解情况。

房东说:"他一个多月没来了,房租还有两个月才到期,我也就没管这事儿。"

老齐问:"你知道他叫啥吗?具体情况你给我们讲一下。"

房东说:"他叫蒋云松。"

马顾宇问:"是真名吗?"

房东说:"我见过他身份证,应当是真的。"

老齐又问:"个子多高,长啥样?"

"个子不高,一米七还不到。圆脸,年纪不大,不爱笑。"

"平时和啥人接触?"

"他接触的人很少,就是有几个牌友。"

"还有啥情况?"

"别的情况咱不了解,他给钱,咱收钱,其他心咱也不操。"

回到市局鉴定室,白娟带人立刻分析资料,白娟在分析脚印,赵亚辉对比指纹。

过了一会儿,赵亚辉告诉白娟自己发现的情况,赵亚辉指着电脑说:"咱们在猫头的屋子里共提取到七个人的指纹,其中一个人的指纹共有九枚,是数量最多的指纹。经比对后发现,该指纹与重案通缉犯苟明的指纹重合。"

白娟说:"你把苟明的资料发到我的电脑上。"

赵亚辉答应着发资料。发完资料后,白娟介绍她这边的情况:"现场只有一个人的脚印比较新,虽然该脚印是留在水泥地上的。但仍可判断出该人的身高、年龄和走路习惯,所有特征都与苟明吻合。还有,通过毛发鉴定出的血型是A型,苟明的血型也是A型。"

赵亚辉问:"那基本可以确定猫头就是苟明了吧?"

白娟说:"百分之百可以确定。"

随后召开的公安局会议室案情分析会上,白娟和赵亚辉把这个情况进行了汇报。接着是放幻灯片,向刑警们介绍苟明的情况。

窗帘拉着,在放着幻灯片,苟明的照片被清晰地打在银幕上。

老齐说:"这就是苟明。"

幻灯片转换,每隔五秒钟换一张照片,都是苟明的照片。

老齐继续说:"苟明,今年三十五岁。原来是罗城农机公司职工,据说与他的上级领导长期不和,三年前被解聘。解聘后,家庭一直不和睦,到去年与妻子离婚。苟明认为妻子和他离婚是岳父母挑唆的,在去年四月的时候,拿炸药把岳父母家给炸了。他的岳父母被炸成重伤,小舅子当场被炸死。后来,岳父抢救无效死亡。苟明这个人,对炸药装置非常熟悉精通。上一次他作案使用的爆炸装置是摇控的,非常稳定,基本不会受一般的电磁波干扰,这需要有较高的技术。"

柯处说:"这种爆炸装置与'4·17'银行爆炸抢劫案有相同之处。"

老齐说:"对。"

大刘说:"不过我们对这个人调查过多次,没有发现苟明会用枪、会开车,而抢劫银行的三个人都开了枪。"

孟津说:"打枪和开车都不是什么高难技术,都可以学。直接参与抢劫的两个人的体征与苟明明显对不上号,而且两个人的枪法非常精准,这样好的枪法苟明还达不到。如果苟明参与了抢劫,他可能是开车的那个人。"

柯处说:"现在当务之急是把苟明弄回来。他手上还有十公斤的TNT炸药,这是一个重大的隐患。这些炸药一响,那就是一起甚至多起特大爆炸案,一定要尽快把苟明抓捕归案。"

程华说:"苟明这个人比较恋家,他还是个孝子,对父母很孝顺,他还有两个孩子也在父母家。我想他这次回罗城,一定回过家。他的家人也一定知道苟明的下落。"

柯处说:"行,先从他家里找线索。"

大刘说:"苟明潜逃在外一年多,他这次回来,我估计他是要继续实施报复。我建议对苟明平时的几个仇人,还有他的前妻重点保护一下。"

柯处说:"岳局长,你看怎么办?"

岳局长说:"大刘的建议很好,你们立刻拟一个名单,把重点防范对象列出来,派民警进行保护。"

柯处说:"程华、孟津以前接触过这个案子,你们来搞这个。"

程华和孟津答应。

岳局长说:"会后要立即采取措施:市局、各分局和派出所取消任何休假,全城重点路段设卡;所有民警全部深入街区和单位,与街道办事处、单位保卫部门配合,进行严密排查,全力以赴做好防范工作。小吴,你马上下通知。"

小吴答应。

从当天开始,全市各派出所开会、下达文件、分配任务。民警们在居委会的配合下进行排查;主要街道上,巡警设卡,拦停车辆,民警上前检查;各厂矿商店等企业单位的保卫科也被发动起来,在本单位进行摸排。

二十五岁的李大朋骑自行车下班,正碰上钱元亮和派出所的便装民警来他们区调查情况。

民警介绍说:"老庞家就在这里,公司的副总经理,以前和苟明最不对劲儿。"

钱元亮说:"上去看看。"

李大朋知道这几天警察查得紧,但这些和他没什么关系,他就是个小老百姓而已。他骑着车子超过二人,把自行车停到楼下,锁好,拎着刚买的菜上楼。

李大朋哼着歌上楼,上到自家三层,看到家对门庞厂长门口有一个精美的礼品盒,他想了想,悄悄过去拿起盒子,然后走到自家门口开门。

过了一会儿,钱元亮和民警上来。

李大朋继续开门,他把保险门打开,接着打开木门。

钱元亮拿眼睛一直瞟李大朋手中的东西,他觉得不对劲儿。

李大朋就要进屋，钱元亮扒住保险门："这东西是不是你的？"

李大朋说："是我的，咋啦？"

钱元亮说："你骑自行车从我身边过去，一直到你进楼道，我可是看着呢。你手里头根本就没这个东西。你是不是从对面庞厂长家门口拿的？"

李大朋一愣紧接着反应过来："莫名其妙，你一直盯着我看干吗？你是干啥的？管得倒宽。"

钱元亮掏出警官证："我是市局七处刑警，你老实讲，东西是不是你的？"

李大朋并不虚："是。刑警就咋啦，杀人放火的大案子不管，你就会管我们这些小老百姓。"

钱元亮好笑："大案子不管？好，你等下。"

钱元亮对民警说："你通知一下咱的防爆专家，多叫人过来。"

民警答应着，一边下楼，一边使用对讲机："指挥中心，指挥中心，我是1785，我是1785。"

指挥中心："听到请讲。"

钱元亮继续问李大朋："你叫啥名字？"

"李大朋。"

"李大朋，现在请你跟我下趟楼，我们检查一下东西，里边如果没有违禁物品，东西还让你拿回家，好不好？"

"违禁品？不可能吧？"

李大朋的妻子抱着几个月大的孩子来到门口："咋啦？外面是谁？"

钱元亮问："你是他什么人？"

李大朋妻子说："我是他老婆。"

"我们怀疑你丈夫手里的这件东西里有违禁物品，请他下楼接受一下检查。"

李大朋妻子说："我们可从不干违法的事儿，我丈夫不可能的。"

钱元亮："还是下去说，好吧，咱到楼下说话。"

李大朋软了："警察同志，其实这东西不是我的。是我在庞厂长门口捡的，你也说了，我从你身边过去，一直到楼道，手里就没拿这个东西嘛。里面有没有什么违禁品，我确实不知道。"

钱元亮接过李大朋手中的东西："还是请你跟我下一趟楼。放心，我不带你去局里，而且我可以给你作证，证明你是清白的。"

李大朋说："那行。那我就跟你下去。"

李大朋妻子担心地问："警察同志，我家大朋不会有事儿吧？"

钱元亮说："没事儿，没事儿。"

两个人下楼。钱元亮和李大朋走到楼道口，刚走出去，只见好几辆警车停着，警灯直闪，武警、警察一大堆，把楼围得死死的。两名身穿防爆服的警察过来，小心地从钱元亮手中接过东西。

李大朋吓得要命："这是出啥事儿了，这么大动静？"

防爆警察把东西放进防爆桶内，放到专用车上，然后上车。

武警带着警犬迅速上楼寻找是否还有其他爆炸物。

老齐过来看看李大朋："这就是那个捡到东西的小伙子？"

钱元亮说："对，就是他。"

老齐说："你小子要钱不要命？外面的东西你也敢随便捡回家？"

李大朋说："我错了，我错了，这东西绝对不是我的。这位警官可以给我作证。"

老齐说："我们相信你是捡的。除了你，没有人会把炸弹往家搬。你说说你刚才捡炸弹的情况吧。"

李大朋顿时晕倒。

钱元亮和老齐急忙扶住他。

钱元亮说："刚才还好好的。"

老齐："没事儿，是吓的。"

钱元亮问："要不要送医院？"

老齐说："送啥医院了，弄点凉水就行。"

当地派出所的片警和鹏飞、程华到苟明的前妻家去调查。苟明前妻家是一个农村的小院，几个人坐在院里的小板凳上。

苟明前妻哭得稀里哗啦："我爸和我弟死在他的手里头，我妈左腿到现在还不能动，再好不了就得截肢。他现在又要杀我，真是比狼还狠啊。"

程华说："现在你的情况也很危险，村子里地形又比较复杂。苟明要是在村子里放炸弹，很不好防范，我看你最好还是避一避。"

"我家那口子在南方打工，这家里家外的走不开人啊。还有麦子也都熟了，我得留下来收麦。再不收就都熟透了，麦子一落地损失就大了。"

程华说："收麦更危险。苟明这个人你也知道，他对炸弹熟悉得很，而且为了报仇根本不管其他人的生死。万一他在麦地放了炸弹，不仅伤的是你一个，帮你收麦的人也都有危险。我看你还是听我们的，避一避吧。"

孟津说："大姐，一共四亩麦子，四千多块钱，麦子晚收几天也就损失几百块钱，不值当为了这些钱搭上一条命。"

苟明前妻问："那你们啥时候能把苟明抓住？"

程华说："我们正在全力追查他，只要他在罗城，一定跑不了。"

大刘、跃武、孟津，还有一个派出所的民警去苟明家家访。苟明家所在的巷子，弯弯曲曲的小巷，到处是破破烂烂的平房。

孟津说："这地方条件可不好啊，又乱又脏。"

民警说："这里穷人比较多，苟明父母是外来户，苟明也没分下房子，在这儿住了几十年了。"

大刘问："治安情况咋样？"

民警说："糟糕得很。一天到晚的打架斗殴、小偷小摸。晚上十点以后，街上都没行人。咱派出所压力比较大，为这还申请成立了一个联防队，不过好在没出啥大案子。走这边，前头再拐个弯就到了。"

大刘说："这几天的摸排情况怎么样？"

民警说："没有人见过苟明。唉，现在的人，都怕惹事儿。像苟明这样的愣头青更怕沾惹上，见过了也不敢说。他家里人更是啥也不说。"

大刘说："还是得多做工作，功夫咱得下到。"

民警说："是的。"

一行人走到苟明家。

里面有狗叫。

鹏飞说："还有狗了？"

民警说："没事儿，狗拴住了。"

民警敲门，里面有个老太太喊："门没锁，进吧。"

民警推开门，大家走进去。

一个六十岁左右的老婆婆在院里喂鸡。

苟明母亲认识派出所的警察，她板起脸："咋又来了？不是说过不知道吗？他没回来过。"

民警说："大娘，这是市局七处的同志，想找你了解些情况。"

苟明母亲说："我啥情况也不知道。"

孟津说："我们还没问了，你咋说不知道？"

苟明的父亲出来，他的态度还好："公安局的同志又来了呀。我们真的是不知道，这娃把人家给炸了以后，再也没回来过。"

大刘说："我知道苟明是个孝顺孩子，他排行最小，又是唯一的男孩，你们也最亲这个儿子。不过，咱也不能做违反法律的事儿。苟明要是来过，你们不说，那就是包庇罪。"

这当口鹏飞和孟津已经走开，在院里到处查看寻找。

苟明的母亲说："咱不识字，也不懂法律，你们要想抓就把我们抓去吧。我和苟明他爹为小红他家人偿命，这行了吧。"

苟明的父亲说："他真的没回来过，真的没有。"

这时跃武走进屋。

见到这个情景，苟明的母亲生气了，一边冲过去一边喊："你进屋干啥？谁让你进屋了？"

鹏飞拦住苟明的母亲："我们在执行公务，麻烦你配合一下。"

苟明的母亲扭着身子还要进屋阻挡："把搜查证拿出来！有搜查证我就让你们进屋，把搜查证拿出来！"

鹏飞挡着她不让她进。苟明的母亲见进不了屋，返身走向狗："你们不出来，我就放狗了。"

大刘厉声说："你放狗就是袭警，你不要把事情闹大了！"

苟明的父亲急忙拦住老婆。

孟津出来向大刘使了个眼色。

大刘对民警和鹏飞："我们走。"

一行人向院外走。

苟明的父亲还在后头追着说："你们慢走啊。苟明他真的没回来。"

大刘等人答应着走出苟明家院子。走到苟明家院外，大刘问："孟津，找到线索了？"

孟津说："咱到前头说。"

几个人走了一段路，离苟明家远了，孟津才说："苟明肯定回来过。我看到他给他父母买的吃的，还有水果，还有给他儿子买的文具。"

大刘说："这只能证明他回来过，还是找不到苟明。"

跃武说："要不咱守吧，到苟明的邻居家借个房子。死守。"

大刘说："咱这一折腾，苟明肯定不敢回来了，守肯定是不行。时间上也来不及。"

孟津笑了："我话还没说完呢。我找到苟明买东西的超市小票。"

孟津拿出一张小票。

大刘接过看了看："圆圆超市。没听说过这超市的名字，你们听说过没有？"

大家传着看了看，都说没有。

孟津说："到工商局查一下就知道了。"

大刘说："日期是半个月前的，恐怕他已经换了住的地方了。先查下试试吧。"

几个人走着路，远处一个大锅炉房，一些小孩、妇女在捡煤渣。

民警指着远处一个八九岁的孩子说："那个穿蓝衣服的是苟明的儿子，要不要问问？"

大刘对民警说："小吴，你穿着警服，怕他有那个防范心理，你先回避一下，好不好？"

小吴说："行，我就在那边等你们。"

大刘问："他儿子叫个啥？"

"苟晖。左边一个'日'字，右边一个'军'字。"

"有没有小名？"

"有，叫小灰。灰是灰尘的灰。"

"行，你等我们一下。"

小吴答应着走到另一边。

大刘和两个人悄悄商量了一下。孟津和跃武点头，三个人开始掏钱。

大刘把钱收起："一共七百六十块。再掏二百四十块。"

孟津说："就这么多了。没有了。"

跃武也说："我也没有了，就剩下七八块的零钱了。"

大刘说："就这样吧。"

三个人走过去。

大刘喊："小灰，小灰。"

苟晖正把没烧透的煤渣往一个篮子里捡，听到有人喊他，回头看。苟晖的脸上黑一道，白一道。

大刘指着他："对，就是叫你了。"

苟晖拿着篮子从煤渣堆上往下走。

大刘怕他摔着："慢点儿，小心。"

苟晖走下来。有几个孩子也好奇地跟下来看。

大刘蹲下来对他说："小灰，我们是你爸爸苟明的朋友。是这么回事儿，我们欠着你爸一些钱，今天找到你家，是想把钱还上。你知道你爸在哪儿吗？"

苟晖说："不知道。"

大刘说："那这样吧，我们把钱还给你，你给打个收条就行。"

苟晖没有说话。

大刘拿出那七百六十块钱交给苟晖："你给咱打个收条，会写收条吧？"

一个孩子说："他会写，他是班长。"

另一个孩子说："他还是三好学生呢。"

大刘笑着说："还是三好学生，真是个好孩子。"

跃武掏出纸和笔："来，咱找个地方。"

跃武找了个平整的地方："在这儿给叔叔写个收条。"

苟晖蹲下，端端正正地写收条。

孟津趁机搭话："苟晖，你爸在电话上都和我们说了，前两个礼拜他回家给你爷爷奶奶买了不少好东西，还给你买了个新文具盒。是不是？"

苟晖点头说："对。"

孟津又问："你爸光给你买东西了，没带你去玩呀？"

苟晖说："他带我玩了！昨天我姑把我接到长阳街找我爸了。我爸带我玩了一天。晚上我爸还带着我洗了个澡。"

大刘问："晚上你住在你爸那儿了?"

苟晖说："没有,我姑接我回来的。"

"你姑在哪儿接的?"

"就是在长阳街的南街口。"

"你几姑接的你?"

苟晖很聪明,他觉察出不对,看了看他们说:"我不想说了。"

苟晖把条子给他们:"这是收条。"

跃武还想问:"到底是哪个姑接的你?"

苟晖反问:"你们是不是警察?"

大刘急忙说:"不是,不是。你看我们像警察吗?"

苟晖大声说:"像!"

三人互相看看,无语。

大刘叫上民警小吴一起上了车,回派出所。

车内,孟津问:"苟明有三个姐姐,到底是哪个和苟明有联系?"

民警小吴说:"那还用说,肯定是他的大姐。"

大刘问:"为啥这样说?"

小吴说:"苟明的大姐比他大整十岁,最亲他这个弟弟。平时苟明的两个孩子,也是他大姐操心最多。苟明的女儿现在就在他大姐家住着呢。"

大刘说:"那咱别回去了,直接找他大姐。"

开车的跃武道:"行。小吴,你知道咋走不?"

小吴说:"那咱方向走反了,掉个头。"

跃武掉了个头,开向苟明大姐家。

苟明大姐家虽然也是平房院落,但比苟明家整齐干净多了。

四个人走进院子。

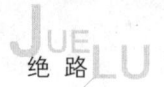

苟明的大姐苟春从屋里走出来:"你们找谁?"

大刘问:"你是苟春?"

"对,你是谁?"

大刘出示证件:"我们是公安局七处的,找你来了解个事情。"

"你是问我弟弟的事儿吧,我不知道,我好久没见他了。"

"你胡说。昨天你去哪了?"

苟春不说话。

孟津说:"不说话就带到局里说。苟春,我们已经对你的情况掌握得清清楚楚,你弟弟是够敲头的罪,你也要跟他一起上法场?"

大刘说:"苟春,我不瞒你说。这次苟明回来,又是来行凶报复人的。我们已经了解到,他购买了十公斤TNT炸药。这么多炸药,要死多少人你知道吗?你今天包庇他,明天、后天,就会有更多的人被炸死。那些人只不过和你弟弟有点小摩擦、小矛盾,他们个人,甚至全家,就要无辜被害,你忍心吗?你也有家人,你也有孩子,咱将心比心。"

苟春停了好一会儿,低声说:"他在长阳街万字巷一百三十二号大院,九楼九号。不过,他昨天说他要搬家,不知道搬了没有。"

大刘问:"他准备搬到哪里?"

苟春说:"这我不知道。"

情况非常紧急,苟明随时都可能搬走,再找他就难了。

大刘立刻通知局里,调集专案组刑警和一批武警赶往长阳街万字巷一百三十二号大院。半个小时之后,所有警察和武警布置完毕。七八名侦查员站在楼道,后边是武警。大刘冲上去一个大脚把门踹开。侦查员一下子冲进去。

这是一个一室一厅的房子。

侦查员们分头进屋、厨房、厕所搜索。

大刘看了看连铺盖卷都拿走的光板床:"人已经走了,我们晚来一步。"

孟津说:"这苟明太狡猾了。"

大刘的对讲机传来老齐的呼叫:"我是08,我是08。发现目标,发现目标。"

大刘拿起对讲机:"请报告方位,请报告方位。"

老齐的声音:"长阳街朝阳大厦门前,我已经报告03,并派人跟踪。"

柯处长的声音:"我是03,我是03。"

老齐的声音:"03请讲。"

老齐带侦查员在长阳街布控搜索,没想到运气好,一名侦查员发现苟明在长阳街朝阳大厦内。这里人流密集。

柯处用步话机命令老齐:"这里人员密集,不要轻易行动,分头布点跟踪,不要让他发现。注意不要跟丢。"

老齐回答:"已经布点,已经布点。"

苟明走到某个柜台转弯,身后跟踪的侦查员不再跟踪,另一个侦查员跟上。

苟明从商场出来,走上长阳街。这是一条步行街,高楼大厦,人来人往。

苟明在街上行走。

侦查员跟踪着他。

苟明拐进一条小巷,小巷人也很多,没办法采取行动。

另一名侦查员跟上他。

苟明再拐,再进一条巷子,这条巷子两边都是自己盖的高高低低的小三层、小四层。

第三名侦查员钱元亮跟上他。

苟明进入一个小院。

钱元亮没有进去。过了一会儿,一辆面包车停到院门口。

八个侦查员下来,老齐、跃武、建国、马顾宇,还有两名侦查员,两个特警支队排爆大队的。

钱元亮说:"就在这个院子。"

老齐观察了一下:"这里都是居民自己盖的房子,房子和房子挨得很紧,从房顶上可以跑出很远。咱先把房顶守住。"

老齐对鹏飞说:"马顾宇,还有你,从左边这个院子上房。"

鹏飞和一个便衣跑开。

老齐对跃武说:"跃武,建国,你们到后边守住。"

跃武和建国绕到后边。

又一辆车开来,又是八个人跳下车。大刘、孟津、鹏飞、程华,还有四个人。

大刘问:"老齐,怎么样?人认准了没有?"

"苟明,就是他。"

"这种楼复杂得很,咱不能硬冲。苟明狗急跳墙,拉响炸药就不好办了。"

"那这样吧,我和鹏飞,还有小蔡,我们三个穿得都不讲究,你看,像个民工一样。我们三个先进去,装成要租房子,先把情况观察一下。然后你们再进。"

"那行。"

"走。"

三个人推门进院。一个四十多岁的中年妇女出来问:"你们找谁?"

老齐说:"我们是在朝阳大厦给人家搞外墙装修的,想租个房子。"

中年妇女说:"呀,房子刚都租完咧。"

老齐一边观察一边说:"麻烦你给帮个忙,已经问了好几家,都没房子。"

中年妇女问:"你们是长租还是短租?"

"长租。"

"三楼有一个,再住五天就搬走了,你们要是能等,就上去看看房。"

"好。"

老齐等人随着中年妇女上楼。

老齐一边走一边问:"最近房子不好租啊。"

中年妇女回答:"对,最近租房子的人挺多。"

"最后一间空房是什么时候租出去的?"

"昨天,一个男的租的。"

"在哪儿?"

"也在三层,右数第二间。"

几个人上了楼，老齐路过三层右手第二间苟明的房间，专门注意了一下。

中年妇女指着一间房："就这间，那人还没回来。你们隔着玻璃看看吧。"

老齐三个人看了看。

老齐问："你们厕所在哪儿，我上个厕所。"

中年妇女说："每层楼梯的拐角都有，男左女右啊。"

老齐答应一声下来。

老齐走出院子。大刘迎上去："情况咋样？"

老齐说："一共是四层，苟明在三层右手第二间。现在正是上班时间，周围没什么人。走廊挺宽，咱的人能施展得开。"

"那好。"

"大家记住，进去先摁手，别让他引了炸药。我和大刘在先，孟津和鹏飞跟后边，再往后是钱元亮、小蔡。记住没有？"

大家严肃地点头，他们都知道这个次序的意义，谁是第一组，谁牺牲的危险性就越大。

老齐轻轻地说一声："进。"

人们立刻一起冲进院子。

苟明出来上厕所，他是到三层和四层的拐角那个厕所，所以是上楼梯。

鹏飞和小蔡眼睁睁地看着苟明出来，不敢轻易出手。

小蔡问："咋办？上不上？"

鹏飞说："万一弄不住，炸响了，事情就大了，再等等。"

房东问："你那个朋友上厕所咋还不回来？"

鹏飞把房东叫到一边，悄悄说明情况。房东吓得脸都白了。

这时老齐、大刘带人上来了。

鹏飞一指四层，低声说："他在厕所。"

老齐说："快上。"

一伙人一起冲向厕所，苟明正提着裤子一边系裤带一边往外走，突然看到一群人冲向他，知道不好，赶紧往四层跑。

孟津体力好，跑到最前头。

苟明跑上四层，迅速从一个出口爬到房顶。

孟津刚冲出去，大叫一声又掉下来，跟着他掉下来的还有一个砖头。

孟津头上一个大血口子。

一个侦查员把孟津扶到一边为他止血。

老齐和大刘迅速冲上楼顶。

在楼顶，苟明掀开衣服，露出炸药："不许追，都回去，不然我就拉弦了，大家一块儿完蛋！"

侦查员们止步。

老齐说："苟明，你想想这样死有没有意义。"

马顾宇、跃武、建国从苟明后边悄悄过来。

苟明说："我死得有没有意义关你们什么事儿，我的事情不用你们管！"

大刘说："我们可以不管你，但我们不能让你危害社会。"

苟明说："我没有危害社会，我杀的都是对不起我的人。"

大刘说："就算你前妻对不起你，你的岳父岳母对不起你，你的小舅子对你一直不错，你为啥把他也炸死？"

苟明有些犹豫，想了一下："我是没办法，他正好在屋。"

就在苟明犹豫的瞬间，跃武和建国一下子摁住苟明的手，马顾宇把他扑倒。

侦查员们一拥而上。

老齐大喊："把手摁好，手摁好。"

大刘说："扎个背铐。"

苟明被制伏。

排爆大队的两个人上去拆线。

老齐提醒："小心啊。"

两个人拿出工具，小心拆线。

苟明气喘吁吁地看着。

炸药被拆除，装起。

大刘说："再搜一搜，看还有啥机关。"

两个人搜了苟明全身说："没有了。"

排爆员甲拎着手里的炸药包走过来:"这个东西装了两公斤的药,要炸响了,这整幢楼都要变成平地。"

大刘一头的汗:"现在没危险了吧?"

排爆员甲:"放心吧刘队,雷管已经分离了,雷管在老于手里拿着呢,你就是用火点它,也炸不了。"

抓住苟明后,专案组立刻开会。

局会议室里,老齐说:"我们在庞厂长的门口,查出一公斤的TNT;在苟明的身上,搜出两公斤的TNT;在苟明的住处,又找出三公斤的TNT。一共是六公斤。但苟明从白天海那里买了十公斤的TNT,还有四公斤下落不明。这四公斤,很可能已经制成爆炸装置。必须尽快找到。"

柯处:"同志们,这件事情一定要争分夺秒,今天查不到,说不定明天就炸了;明天查不到,说不定后天就炸了。虽然我们抓住了苟明,但炸药一响,我们这些天的努力就全都白费了。我知道同志们都很辛苦,加班加点,吃饭没点,睡觉不够,但既然辛苦了这么多天,就一定要拿出一个像样的战果来。如果让炸药响在咱们前头,让第二个恶性爆炸事件在罗城出现,我们就愧对人民对我们的希望,愧对上级对我们的信任,更对不起我们身上'刑警'两个字所担负的责任!"

大刘:"现在我们除了继续排查、寻找炸弹之外,重点的重点,就是预审苟明,从他身上打开缺口,只要苟明吐了口,一切问题都会迎刃而解。但苟明知道自己躲不过一死,他是抱着必死的决心来到罗城的,为的就是最后做几起爆炸案,完成他所谓复仇的计划。所以审讯工作难度会很大,大家一方面要有心理准备,一方面也要动动脑筋,尽快把他拿下!"

老齐:"一会儿我点名抽调比较有预审经验的几个人组成专案预审组。进入预审组的同志,要放下手中的一切,专攻苟明。我已经向岳局长,还有柯处立下了军令状。如果让炸药先响了,伤了人,甚至死了人,我,还有预审组的全体成员,主动请求处分,把警衔自降一级。如果谁不愿意参加专案预审组,可以会后跟我讲,我绝不勉强。"

四

雨下得很大，像倒水似的。丁三大哥的房子又漏了。他在屋顶上修房子，嫂子在下面递东西，儿子帮忙。

丁三的大哥在房上说："好，修好了。"

侄子小刚也高兴地喊："妈，修好啦。"

嫂子说："你们先别下来，我先进屋看看啊。"

嫂子走进屋。丁三穿着雨衣来到大哥家，推门进来。大嫂从屋里出来："不漏了，下来吧。小心点啊，小刚抓稳梯子。"

小刚从梯子上下来，然后大哥往下走。

丁三喊屋顶上的大哥："大哥，这是修房呢？"

小刚喊他二叔。

大哥说："三子来了。去年修好就再没漏，我想今年应该没事儿了吧，可这才刚过春天，又不行了。"

大哥下房，丁三上去帮着搬梯子。

大嫂说："放墙角就行了，赶紧进屋。"

进了屋，几个人脱雨衣，嫂子把雨衣收起："水已经打好了，先洗一下。"

丁三说："嫂子，我没事儿。"

大哥洗脸。

小刚也在旁边洗脸。

大哥一边洗一边问："三子，下这么大的雨，你来有什么事儿？"

丁三说："没啥事儿，上次不是借了你五千块钱嘛，我还钱来了。"

大哥说："急啥，我又不急着用钱。你做生意，周转也要用钱呢。"

嫂子不高兴了："刚子他爸，上次进货你不是还说钱不凑手吗？"

大哥不耐烦地说："你赶紧做饭，补了半天房子，饭还没吃呢。"

刚子洗完脸也说："妈，我早就饿了。"

嫂子没好气地对刚子说:"屋里有饼干,饿了先吃饼干。"

"大哥,嫂子,你们别为我操心了,我现在生意做得不错,不缺钱。"丁三掏出一叠子钱,"这是五万元,你拿着。"

嫂子吃了一惊。

大哥说:"三子,还五千就行了,咋还拿出五万?是和你嫂子斗气了还是咋了,她说话就是这心直口快,刀子嘴豆腐心。"

丁三把钱塞到大哥手里:"都是一家人,我犯不着斗气。哥,我这些年进局子、蹲班房,照顾爸妈少,都是你和姐在操心。我刚做生意的时候起步困难,又是你帮了我一把。还有这老房子,是咱从小就一直住的老房子,新盖的房子你让给爸妈住了。就凭这些,别说是五万,就是十万、二十万,那也是我该出的,也是你该拿的。"

嫂子连声说:"你大哥这些年是不容易。"

大哥说:"那这钱也太多了。"

丁三说:"一点儿也不多,大哥你要是不收下,就是不把我当亲弟弟。"

大哥想了想:"行,钱我收着。你生意上要用钱,还从我这里拿。"

丁三高兴了:"咱兄弟两个好久没喝酒了吧,今天喝上两杯。"

嫂子更是高兴:"你们进去坐,别站着说话,我去弄菜。"

丁三父母的院子,有人凶狠地敲门。

丁母打着伞出来问:"谁呀?"

来人不说话,还是敲门。

丁母把门打开,见一个浑身湿透身材壮实的男子,那人问:"丁三是不是住这里?"

丁母说:"我儿子他早就搬走了,你是谁啊?"

"我是他外地的朋友,来看看他。麻烦你告我一下他的住址。"

"这我们不知道,他从来不跟我们说。你快进来吧,看雨淋的。"

"不了,大娘,咋能找到他?"

丁母想了想:"他有个手机号,你进来打电话吧。换个衣服,喝口水,就这么淋着可要淋出病来。"

"谢谢啊。"

男子走进去。

在丁三大哥家，嫂子特意做了一桌酒菜，四人围坐。

丁三给大哥倒上酒，又给自己倒上。

"我先敬大哥一杯。"丁三一饮而尽。

大哥说："三子从小就心劲高，不服输，可惜没用到正道上。那会儿就是爱打架，整个屯北没有不怕他的。"

丁三说："咱爸妈是老实人，总受人欺负，干了几十年，房子还是这老房子，工资也没涨上去。安排你进厂当个工人，还得到处求人送礼。要不是我在屯北有点儿名气，还不叫人家骑到头上？爸妈现在住的房子，还是我拎着砖头找厂长闹，才给批下来的。"

大哥说："可爸妈也没少为你担惊受怕，妈最担心的就是你。不过现在，总算是上了正道，做了大生意，有出息了。"

大嫂说："我早就说过，三子这人是干大事儿的。"

小刚说："妈，我咋听你说，二叔干不成啥事儿，就会打架，还让我别学二叔。"

大嫂非常生气，大声呵斥小刚："我啥时候说了？我啥时候说了？"

小刚吓得不敢吭气。

丁三说："嫂子说得一点都没错，我以前是爱打架，名气混出来了，啥也没弄下，还白耽误了几年青春。现在我想明白了，只有弄到钱才是真理。"

丁三的手机响了。

丁三看了看号："是妈的。"

丁三接起来："喂。"

电话那面传来一个男子的声音："我是六子。"

丁三脸色一变："好，你不要说了。我明白，我现在立刻过去。"

丁三起身："哥，嫂子，有个朋友找我，找到咱妈家去了。我现在去接他。"

嫂子热情地说："还没吃饭呢，才喝了一口酒就走呀。"

丁三大哥："就是，吃了饭再走嘛。"

丁三穿雨衣："和生意有关，我得赶紧去。"

嫂子说："那可别耽误了生意。"

丁三大哥说："外面黑，拿个手电筒。"

小刚已经提前跑过去，把手电筒拿过来："二叔，给你。"

丁三接过手电筒打个招呼，走出去。

丁三的大哥和嫂子送到门口。

丁三回父母家把魏六子接到家里，王强打开门，见丁三带着一个人进来，那人满脸的凶气，不由看了他一眼。

丁三说："介绍一下，他就是魏六子。这是我刚才跟你说的王强。"

王强说："来里边坐。"

两个人在门厅脱下雨衣，换下鞋。

王强接过雨衣，放到卫生间。

丁三和魏六子坐到客厅沙发上。

王强从卫生间出来，对魏六子说："早就听三哥说过你，在屯北也是响当当的人物。"

魏六子说："啥人物，以前光知道打打杀杀，还是三哥一句话点醒了我。"

"三哥说啥？"王强掏出烟给两个人递烟，"来，抽烟。"

三个人把烟点上。

魏六子说："三哥说，杀来杀去最后还不是一场空，除了落下一身伤，啥也落不下，不如干点儿大事业。"

王强说："唉，我年轻的时候也是喜欢打架斗狠，十九岁就被关进去，一出来三十多了，连老婆孩子都养不活。要早遇到三哥就好了。"

丁三说："现在也不晚。我也是这些年慢慢悟出来的，以前栽过不少跟头。"

王强说："六子，我听三哥说，你一个人把事儿全扛下来了，是条汉子。你这次是翻墙（黑话，越狱）出来的吧？"

丁三说："魏六子，刚才接你的时候没机会细问，你把翻墙的事儿给讲一下。"

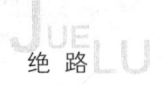

魏六子说："我本来以为这条命就交待进去了，谁知道老天爷帮忙，看守所那阵子正好翻盖新房，监房紧张，就把犯人们重新分号。我隔壁新分到一起的犯人为争'头板'（黑话，老大）打起来了，我听声音打得还挺凶。结果引来不少武警，有个武警是刚来的，可能当时正在干木工活，拎着个钢锯从我门前跑过来，把钢锯撂地下就进了隔壁监房。我让屋里的二和帮我把钢锯勾回来，拆下锯条藏到地砖缝里，用土盖好，脚踩实，又把钢锯扔出去。"

王强说："二和胆子也够大。"

魏六子说："他？他胆大个狗屁，他是害怕我。我虽然戴着重铐，号子里的人没有人敢不听我的。武警进来搜的时候，我看他小腿一直在抖。软蛋！后来，我和他商量越狱的时候，他吓得脸都白了。我跟他说，他要是不答应或者说出去，我就杀掉他，还要叫外面的兄弟杀他全家。号子里的杨东看见了也想干，我就把他也带上。他们两个帮我把镣铐锯开，然后用布条缠住，外人看不出来。这事儿只能在晚上干，整整锯了两个晚上。然后我们把床单撕开，浸上水，扭住铁窗上的铁条，把铁条扭弯，爬出去。外面正修房子，乱七八糟的，我们没费什么事儿就翻墙出去了。"

外边突然警笛在响，似乎多辆警车开过。

魏六子停下，三个人一齐仔细听。

警笛响了好一阵子。

王强担心地问："这是咋了？"

魏六子笑了："雷子在抓人了。"

丁三说："估计罗城有人做下大案子了，说不定又要全城大清查。"

王强问："那咱没事儿吧？"

丁三说："慌啥？跟咱没关系。"

丁三对魏六子说："完了让杨志峰给你弄个假身份证。不过，六子，你就是罗城人，通缉令上肯定也会有你的照片，真的查起来不容易过关。明天我想办法，给你找个隐蔽的住处。"

魏六子笑着说："三哥，你放心，一点儿事儿也没有。我们从看守所里跑出来以后，连夜向北。杨东说北边是沙漠，沙漠边上有个村庄，在那边弄点儿吃的和水，换身衣服，穿过沙漠就离边境不远了，人也就安全了。其实，人越多的地方才越安全，我没跟他们走，我们向北走了一段就分手了。我一个人走的时候碰到一个走夜路的人。我逼他和我换了衣服，然后用石头砸死他，又找了点棉花秆，把他给烧了。后来我来到石河子住了几天，那几天到处都在传说，看守所有三个犯人跑了，其中两个犯人砸死了一个死刑犯。我一直等到风声息了，我才坐火车回来。一路上我看报，看电视，只看到杨东和二和的通缉令，没提到我。我就知道，他们一定把我弄死的那个人当成我了。"

王强说："六子，你也不简单了，把雷子都给瞒过了。"

魏六子说："三哥，咱在罗城搞几个大的，让罗城的雷子也好好跑跑腿。"

丁三说："骄兵必败！六子，你可不要太得意，咱做事情是为了钱，不是为了跟雷子呕气。其实你比我聪明，但不够沉稳，做大事一定要稳得住。"

五

这天夜里，郭方、程华、鹏飞在讨论案情。

老齐走进来。

程华问："老齐，怎么样？交待了多少情况？"

老齐说："费了好大劲儿！苟明只承认他给他前妻地里埋了一颗踏发式炸弹。再没说其他。但我估计，他一定有别的案子。四公斤TNT可不是个小数目，他要炸他前妻根本就用不了这么多的炸药。他一定还在别的地方放了炸弹。"

郭方说："这案子可是大了。"

孟津头上扎着绷带走进来："好大的雨。"

大刘说："不是让你回家休息吗？咋跑来了？"

孟津说："在家也得想案子，不如来这儿看看心里更踏实。还有，明天我妈就从亲戚家回来了，看我这样子，还不把我给唠叨死。"

程华笑了:"原来你这是避难来了。"

鹏飞说:"今天一大队的人全到齐了啊!苟明真是好大的面子。"

老齐带人审完,接着是大刘带跃武和建国审讯苟明。

在预审室,大刘对苟明拍了桌子:"苟明!你要耍无赖,想死撑,是不是?你心里想的啥,我都知道!"

苟明说:"我想的啥你知道?那你说说。是争取政府宽大处理?还是为自己留一条后路?别跟我来这套!我知道自己犯的啥罪,终归逃不过一死。"

大刘说:"苟明!你想死,自有法律惩处你,但你没有权利剥夺别人的生命!你抗拒审讯,拒不交待,你就是想拖延时间,为你埋下的炸弹起爆争取时间。"

苟明不语。

朱建国从桌子底下拿出来那个已经拆爆的礼盒:"苟明,这个东西你认识吧,你想想它怎么会落到我们手里。现在你还认为我们警察是吓唬你?是哄骗你?"

苟明一惊,思想迅速活动了一下,但他想了想还是决定不说:"你们要是能把所有炸弹都找到,我就心服口服。"

跃武说:"我们找不到炸弹,可以找到人嘛!你要炸的人,数来数去不就是那几个吗?我跟你说,我们已经对所有重点人群进行了保护。你送给庞厂长的那件礼物,我们是咋找到的?你的前妻我们也找过了。我告诉你,你的阴谋根本就不可能得逞!但是,在炸弹响之前的交待和炸响之后的承认,性质完全不一样。我们把政策法律都给你讲得清清楚楚,我希望你能认清形势,争取一个从宽的路子!你要是像这样顽抗下去,对你以后没有任何好处。你好好考虑。"

苟明似乎松动了,他说:"我想喝点水。"

大刘说:"行。"

跃武起身,倒了一杯水,递给苟明:"给,喝了水好好交待。"

苟明慢慢地喝了几口水,说:"我愿意交待。"

大刘等三人都不约而同地放松下来。

苟明却又说:"但政府要答应我一个条件。"

大刘问："你说是什么条件？"

"我要你们能答应保我一命。"

"如果你积极配合，我们可以把你的审讯情况交给检察院和法院，酌情考虑。"

"你的回答我不满意。我希望得到你们的书面保证。"

"对你的公诉是检察院，对你罪行的认定是法院，我们公安机关没有这个权力。"

"那就叫检察院和法院的人来。"

跃武对苟明这种无赖实在是无法忍受："苟明，你以为你是在集贸市场谈价买菜呀。我叫价十块，你还价三元。这是在公安局！如果你继续保持这种态度，你根本就不可能有减轻罪行的机会！"

苟明说："不管咋地，说一千，道一万，如果你们不能保证不判我死刑，我就不交待。"

天已经蒙蒙亮了，清洁工出来扫雨水。

大刘、跃武、建国疲倦地回来。

郭方和鹏飞还睡在办公室的沙发上。

鹏飞听到动静醒来，问："咋样？"

跃武说："简直坏透了，茅房里的石头，又臭又硬。"

大刘说："这样不行，得想个办法。"

建国说："老齐都没有办法。"

大刘说："老齐也不是万能的。他有办法，咱也得想办法；他没办法，咱更得想办法。"

郭方也醒来："轮到我的班了吧？"

程华和孟津走进来。

程华说："大刘，钱元亮晕倒了，柯处说让孟津顶上，你看呢？"

大刘说："孟津头上有伤，换个人吧。"

孟津说："刘哥，咋说我也是你的嫡系部队，这立功的机会，你可不能让给外人啊。"

大刘说："你能撑得住？苟明可是块难啃的骨头。"

孟津说:"刘哥你放心吧,他就是块铁,是块钢,我也得让他化出水来。"

大刘说:"行,你去吧。"

上午,苟明前妻的麦地里,一头散养的牛在路上悠闲地漫步,牛在啃食一家人的庄稼时,被这家人扔土块赶走。这头牛不慌不忙地又向前走,走进了苟明前妻的麦田里。过了一会儿,一声巨响,牛倒在麦田中。

苟明的前妻正收拾院子。一个邻居隔着矮墙喊她:"三妮子,快去你家麦地看看吧,出事儿了。"

"咋了?"

"你家的麦地响了个炸弹,把翠嫂家的一头牛给炸死了。"

苟明的前妻扔下手中的活跑出去。

麦地里,一群人围着牛看热闹,牛主人是一个中年妇女,坐在地上哭。

苟明前妻从人群后边挤进来,看到这个情况,后怕地捂住胸口。

公安局会议室里,岳局长亲自主持案情分析会。

老齐说:"派去勘查现场的同志已经传回来数据,爆炸当量相当于五百克的TNT。以此为半径,我们进行了严密搜索,但还没有发现其他炸药。"

岳局长说:"时间不等人呀,到现在还有三点五公斤的TNT炸药没有查到下落。这些炸药肯定已经被苟明制成各种炸弹,安放在社会中。现在已经响了一颗,万幸的是没有伤到人,但是,还有第二颗、第三颗、第四颗……一个一个地响起来,那时候就不会有这么幸运了。对苟明的预审工作一定要加强再加强,我知道你们已经付出了很大的努力,但是,我在这里还是要说:你们做得还很不够!苟明不吐口,你们的工作就没有完成,更大的案子就有可能发生。我已经给市委和省厅立下军令状,力争快破案,确保不发案,举全局之力,务必一周内拿下此案。柯宁、老齐、大刘,我给你们的时间也是七天,到了第八天,如果还拿不下这个案子,我和你们一起辞职!让二大队、三大队上,让市委和省厅再派其他人上!"

柯处长说:"我代表刑警支队重案大队表个态。我知道同志们都很辛苦，加班加点，吃饭没点，睡觉不够。但是，既然辛苦了这么多天，就一定要拿出一个像样的战果来。如果让炸药响在咱们前头，让'4·17'银行爆炸案之后的第二个恶性爆炸事件在罗城出现。我们愧对人民对我们的希望，愧对上级对我们的信任，更对不起我们身上'刑警'两个字所担负的责任！苟明的下一颗炸弹，绝不能响！如果再响，就是我们重案大队的无能，就是我们一大队的耻辱！"

岳局长和柯处长一个坐在办公桌前，一个坐在沙发上，在等着前方的消息。

岳局长看看天色，又看看表："晚上八点了，又一天过去了。"

柯处说："到现在还没有消息。"

岳局长说："我叫小王打两份饭，咱不去食堂了。"

柯处说："我一点儿胃口都没有。"

"饭还是要吃的，有好的身体才能更好地战斗。"

大刘突然推门进来："岳局长、柯处，苟明吐口了。"

岳局长激动地站起来："都交待了没有？"

大刘说："都交待了，一共还有三个爆炸点，一个藏匿炸药的地方，数字刚好能对上。你看咱现在是不是马上派人去清查排爆？"

岳局长说："马上行动。"

小王拿着两个饭盒走进来："局长、柯处，饭打回来了。"

岳局长说："饭不吃了，等同志们回来，我请客。"

柯处笑着说："好嘛，局长掏腰包了。"

一个大杂院里，大探照灯照得这里亮如白昼。一名身穿防爆服的警察从煤堆里起出炸弹，小心放到防爆桶中。远远地站着围观群众，警察在维持秩序。

有警察用喇叭提醒："我们在处理危险物品，请不要靠近。我们在处理危险物品，请不要靠近。"

一个车间内。因为是晚上，没有工人，车间显得特别空旷。警察们走到一个配电室前。有两名排爆员进入配电室。过了一会儿，从配电室中取出炸弹。

一处楼房的房顶，灯光下，排爆员在楼顶现场排爆，把雷管和炸药拆开。排爆员对远处的人打个 OK 的手势。

农村一个废弃的房子，警车停在房子远处，几名警察打着强光手电走进屋。强光手电把屋子照得通亮，警察在一堆杂物中找到剩余的炸药。

第二天，市局会议室，柯处召集全体专案组警员开会。
柯处说："这一仗打得非常漂亮！除了一起爆炸案造成一头耕牛损失外，其余五枚炸弹全部排除在萌芽当中，制止了多起重大爆炸案。同时，收缴雷管十七枚，爆炸装置三个，尚未制成爆炸物的 TNT 炸药四公斤，保证了人民群众生命财产的安全。局里已经通过厅里向公安部报请集体嘉奖，同时，对在预审工作中做出突出贡献的孟津、郭方、马顾宇，报请个人记功。他们三个人来了没有？"
郭方、马顾宇分别喊到。
大刘说："孟津头部有伤，我让他回家休养去了。"
柯处说："你们两个，大刘你来通知孟津，你们三个人把预审经验写一下，队长要组织大家学习。"
"好。"
柯处说："下面我再宣布一个好消息。白娟，你来说吧。"
白娟说："咱们的高才生赵亚辉曾经提出对弹壳坡膛膛线进行对比，以此来确定'4·17'爆炸抢劫银行案与'12·1'杀狗案所使用的六四枪支是否为同一枪支。我们按这个方法进行了对比，发现两案弹壳的坡膛膛线非常一致。经过多位专家和技术部门的确认，这种方法准确率非常高。因此，我们可以肯定：'4·17'爆炸抢劫银行案用使用六四枪的罪犯，与'12·1'杀狗案中的罪犯是同一个人。因此，'4·17'爆炸抢劫银行案、'12·1'杀狗案、曲庆安文物被劫案可以并为一案。"
柯处说："这一段时间，老彭带着二中队在文物市场重点查访具有案犯特征的人员，也是非常辛苦。功夫不负有心人，我们最终了解到一个叫作李成和的退伍军人，经常到文物市场销赃。老彭，你给讲一下。"

老彭说："经过对这个人的跟踪调查我们发现，此人的身高、体态、年龄、体重，甚至血型都与我们掌握的罪犯特征相同。但李成和比较谨慎，他销赃只有一个固定对象，是一个叫二东的文物商人，但这个商人在曲庆安文物被劫案发案的第三天就和老婆一起失踪了，目前无法查到下落。"

老齐说："如果李成和是真名，而且是罗城市的常住人口，查起来就非常容易了。"

老彭说："因为上次全市常住人口大清查的时候，局里已经布置各单位按罪犯特征和职业背景进行了排查，没有发现与前案有关的人，所以，这些天我们正在对全市流动人口和暂住人口进行查访，到目前还没有任何线索。"

大刘说："我建议重新对常住人口进行排查。"

老彭问："这个有必要吗？"

大刘说："我认为很有必要，三案重新并案，又增加了新的线索和特征，甚至名字咱也掌握了。咱这次查找，无论是效率还是准确率都会大大提高，而且根据三案中咱了解的情况综合分析，罪犯是常住人口的可能性很大。"

老齐说："大刘，罪犯也可能是长期居住在罗城的外地人口，同时没有办理暂住证。"

大刘说："所以对流动人口和常住人口的排查都不能放松。我们这次掌握的罪犯信息相当全面，只要罪犯在罗城，我们一定能把他找出来。"

柯处说："我看可以。案子查到这里，我认为已经有了重大的突破，罪犯的影像已经渐渐清晰。这个李成和是三案中的唯一线索，也是重要线索，只要找到李成和，就一定能撕开一个大口子，取得实质性的进展。现在，我安排一下行动。"

开完会，柯宁在食堂吃了饭，进了办公室想睡一会儿，孟津母亲推门进来。

柯处长认得孟津母亲:"哎呀,嫂子来啦,快坐,快坐。"

柯处长招呼孟津母亲坐下:"老孟身体怎么样,好长时间没见了。"

孟津母亲说:"老孟身体健康着呢,不过小孟倒是出了事儿。"

"呵呵,你是说孟津受伤的事儿吧。我们在医院好好地检查了一遍,嫂子你放心,只是外伤,不会有任何的后遗症。"

"现在这个案子挨了一砖头没事儿,下次来个案子再挨上一刀,咋办?你敢保证也没事儿?"

柯处长给孟津母亲倒了一杯水:"嫂子,老孟也是老公安了,你们风里雨里过了这么几十年,你也知道,干刑警是有一定的危险性,但是,我们也在不断地加强对每位刑警的保护。你放心,你把儿子交给我们,我们一定会尽力保证他的安全。其实对于每一个刑警,我们都会爱护和保护。"

"柯处,自从我家孟津干上这个刑警,上下班没点,经常加班就不说了。连个对象都找不到,现在又被人家给打伤了,我这个当妈的怎么能不心疼?柯处,看在老孟干了一辈子刑警的情分上,你能不能给孟津调个地方,不要让他当刑警了。"

"调动不是我说了算的,这要说明理由,要岳局长批示,但更重要的,要孟津本人同意才行。"

"你的意思是,只要孟津同意,就能调动?"

"孟津在一大队是骨干,现在进步越来越快,大有前途。现在把他调走,是一大队的损失,是我们刑警的损失,所以孟津的调动,还要经过局里面的综合考虑。但是,不管局里是什么决定,必须经过孟津本人同意。所以,我希望嫂子你还是先征求一下孟津的意见,孟津如果不同意,我们局里面当然要尊重他的意见。"

"他同意,你们局里边赶紧研究吧。"

"这需要他来亲自和我们说,还要打个请调报告,最起码程序是要走的。"

这时有人在门口敲门。

柯处长喊:"进来。"

孟津和父亲老孟推门走进来。

老孟拉住孟津母亲:"你跟我回去,这是干啥了,丢人!"

孟津母亲甩开老孟："我丢啥人了，你干了一辈子刑警，我跟你受了半辈子的罪，你还要让儿子也跟你一样啊。"

柯处长说："正好孟津也来了，孟津，你表个态。如果你想调工作，我可以把情况跟局里反映一下。"

孟津说："柯处，我愿意当刑警。"

孟津母亲说："你要不同意调工作，就别认我这个妈！"

孟津说："妈，柯处长，我小的时候，和很多男孩一样，羡慕警察。那时候我们是喜欢警察那一身象征威严的警服，感觉穿上警服，帅气，威风，有面子。可是，我却很少见爸爸穿警服，偶尔爸爸从学校接我，都穿的是便衣，闹得小伙伴们都说我骗他们，说我爸爸不是警察。我记得小时候我问过爸爸，问他到底是不是警察，为什么不穿警服。爸爸说，当刑警，穿警服的机会最少；但当刑警，却最能体现警察的价值。老百姓一提警察，就是除暴安良，就是保一方平安。没有刑警，社会秩序就得不到保障，人民安全就得不到维护。刑警虽然很少穿警服，但刑警却是社会最离不开的一个职业，是理应受到尊重的一个职业。我一开始听不懂，但后来我看到，很多人找到家里来感谢父亲，甚至有的人给父亲下跪感谢；我看到报纸和电视登出我爸抓住罪犯的消息，看到那些杀人犯、抢劫犯被我爸爸一个个地亲手送到监狱。我明白了爸爸说的这句话的含义。现在，我不但当了刑警，而且是重案大队的刑警，这是我的光荣。在一大队，我感觉我每一天都过得很有意义，很有价值。我愿意一辈子干刑警，就像我爸爸一样，带着一身的战功，没有遗憾地离开岗位。"

"儿子，不是妈不理解刑警。我做了几十年的警嫂，咋能不理解。我记得你五岁的时候，你爸爸被人家用刀子捅了，医院里昏迷了十几天。那时候我感觉到天都快塌了。那段日子真不知道是怎么熬过去的。昨天一见你头上缠着纱布，我这心里难受得就像针扎一样。"孟津母亲抹眼泪。

老孟说："年轻人受点伤怕啥，战争时期就不当兵了？多点磨炼只有好处没有坏处。不过，儿子，保护自己也是刑警必修的一门学问。该牺牲的时候，要敢上；但无谓的牺牲，不可取。"

孟津点头。

第六章

丁三干掉了李成和

  由于李成和不守规矩,丁三非常担心总有一天会因为李成和而暴露自己。而侦查员两次侦查都与李成和擦肩而过,这更让丁三对李成和动了杀机。但是,丁三忌惮特种兵出身的李成和一身的好功夫,一直不敢下手。这时他出生入死的死党六子越狱回到罗城……

一

丁三把杨志峰叫到家，告诉他，六子回来了。

杨志峰一惊："六子翻墙了？"

丁三点点头。

杨志峰问："那六子呢？"

王强说："三哥给他找了个安全的地方，雷子查不到。"

丁三给杨志峰一张照片："你给六子办个证。咱下一个生意，六子也算一个。"

杨志峰说："恐怕现在公安正在通缉他，他进来是不是……"

丁三说："你放心，六子在新疆跑的时候弄死一个人，换了衣服后给烧了。我估摸雷子还以为是六子，通缉令上没有他。"

王强说："我看这六子，脑袋灵光得很，还够义气，也是个干大事儿的人。三哥说带上他，我看一点儿问题都没有。"

丁三说："志峰，成和那边，车卖了没有？"

杨志峰犹豫了一下："还没消息。"

丁三说："志峰，你是好兄弟，咱们一起干事情，要有事可不许瞒着我。"

杨志峰想了想："成和拿到钱了，卖了四十多万，他说赵天顺的那笔款子还没分，他这几天钱不凑手，先拿着用几天。"

丁三说："他拿这么多钱要干啥用？"

杨志峰说："他包了一个女人，不是小姐，听说是大学生，还买了一辆丰田。"

王强说："这小子又弄这些烂事情，非他妈的出事儿不可。"

丁三说："你让他后天晚上来找我。"

杨志峰说："啥事儿？"

丁三说："我看上个珠宝行，找他商量一下。你就不要来了，抢珠宝

行这事儿,你干不了。"

杨志峰说:"三哥,我记得你说过打打杀杀的干不长久,咋又要动枪?"

丁三说:"干完这一票,咱们就离开罗城。罗城地方太小,干什么都施展不开。以后咱去郑州、武汉、上海、深圳,那时候做生意就不用枪了,咱成立个组织,弄个经济实体,拉拢一批社会闲人,什么黑道白道红道都通吃。"

杨志峰说:"这不太容易吧?"

王强也不想走:"就是,咱初到一个地方,人生地不熟的,不容易。"

丁三说:"这事儿当然要从长计议,急不得。但只要手里有钱,没有打不通的关系,没有交不上的朋友。如果有人敬酒不吃吃罚酒,敢拦咱的财路,咱该打枪还是要打枪。"

李成和正在家与一个女孩亲热,女孩推开他:"你上次答应给我买的衣服买了没有?"

李成和说:"今天晚上,我和你逛街的时候买,咋样?"

"都跟你说了三天了。"

"急啥,商店就是你的衣柜,啥时候穿啥时候取。"

"你就嘴上会说。"

"不就是两千多块钱嘛,你哥给你花钱啥时候心疼过?"

"那倒是。一会儿咱就出去买嘛。"

"咱办完事儿再去,你哥想你这么多天了,你不想我?"

这时有人敲门。

李成和走到客厅开门。

李成和见是杨志峰,没让他进门:"胖子,有啥事儿明天说,今天我忙得很。"

杨志峰说:"三哥找你有事儿。"

李成和:"那进来吧。"

两个人进来,在客厅坐下。

李成和问:"啥事儿?"

杨志峰问:"你屋里有人吗?"

李成和明白可能有事儿，把女孩所在的房间门关住，拉着杨志峰到另一个房间，关好门。

　　李成和问："三哥找我有啥事儿？"

　　杨志峰说："三哥说又有生意要做，找你今天晚上去商量。"

　　"三哥着啥急呀，前两次的钱还没花完呢，间隔时间这么短，频率这么高，把雷子惹急了，咱在罗城可就混不下去了。"

　　"三哥说了，咱这是罗城最后一单生意，做完了咱要去大城市发展。"

　　"大城市？那好啊，罗城就是太小，耍钱，吸粉，干啥都不方便。对了，三哥问起车钱的事儿，你就说车还没卖了啊。"

　　"三哥已经知道了。"

　　李成和紧张起来："三哥说啥了？"

　　"啥也没说。"

　　"啥也没说？这可不太对劲儿呀。"

　　"我也觉得不太对劲儿，但就是不知道哪里有问题。还有件事儿，六子回来了。"

　　"魏六子？"

　　"对。"

　　"魏六子向来看不起我，以前跟三哥的时候，只要做事情，向来是有他无我，有我无他。这回有了六子，三哥还叫我去，是啥意思？"

　　杨志峰不由脱口而出："不会是魏六子撺掇着三哥要弄你吧？"

　　李成和倒吸了一口凉气："我说咋感觉心里突突的，现在明白了。三哥有了魏六子，我就没用了，要把我给灭了。"

　　"六子这人心是挺黑的，要说他和三哥都是屯北的大哥，整个罗城都是数一数二的人物，那时候什么李根勤、左天明啥的，也就配给他们两个人提提鞋。因为六子心太黑，在道上弄死两条人命，三哥帮他找人摆平，花了一大笔钱，欠了一屁股债，才把六子保住。后来在屯北没办法混，跑路去了外地，李根勤、左天明这帮货色才能在罗城混起来。"

　　"这事儿我知道。当年我也跟着三哥干事情，要不是六子这么一弄，咱现在在罗城也风光了。"

　　"要不，你赶紧滑点（黑话，逃跑）吧。咱两个相处这么多年，我不

能看着你死。"

李成和拍拍杨志峰："胖子,我能交上你这个朋友,值!不过,这事儿不能就这样完了。我跟他上次做银行的生意,说得好听,说给五十万,其实只给了三十万,另二十万说是做什么狗屁活动基金,我还了债就没剩多少了。这次生意,到现在钱还没分。我不能便宜了他,我得找他去。"

杨志峰急忙制止："你不要命了?三哥身边已经有个王强,又有了魏六子,都猛得很。人家晚上就等着弄你了,你现在去,不是给人家送上门了?"

李成和咬着牙。

杨志峰走后,李成和有些心不在焉,勉强把事儿做完,他看着女孩在梳妆台前化妆,躺在床上盖着被子想事情。

李成和对女孩："小霞,把烟给我。"

小霞把烟和打火机扔给李成和。

李成和点着一支烟,一边抽一边想心事儿。

小霞说:"你还不起床?一会儿可要上街了。"

"我不去了,晚上有事儿。"

"你又闪我?"

李成和揪过来衣服,掏出钱包,点了三千块钱:"不是我闪你,真的有事儿。这是三千块钱,喜欢买啥就买点啥,下次我陪你好好玩。"

小霞走过来,接过钱数了数,脸露欣喜:"算你还有良心,那我先走了,有事儿呼我。"

李成和点点头:"把门关好。"

小霞走出卧室,接着传来客厅外关保险门的声音。

李成和起身穿衣,然后从床下拿出枪,一颗一颗地上子弹。

丁三的家里,丁三、魏六子和王强在商量除掉李成和的事儿。

丁三看看表:"李成和该来了,准备一下。"

王强掏出枪,拉枪栓。

丁三说:"一会儿我和他说话,你从后边照脑袋打。"

王强说:"咱开枪怕不怕邻居听见?不如我拿个斧子把那货劈了多

简单。"

丁三说："李成和虽然头脑简单，身手可比你我强得多。把咱两个绑一块儿也不是他的个。"

王强说："三哥，你太瞧得起他了吧。"

丁三说："我跟你说，在战略上要藐视敌人，在战术上要重视敌人。李成和不是一般人，我到现在也没见过一个身手比他还好的人。可惜，他不能为我所用，迟早要把雷子招来。我只能忍痛割爱了。"

这时候有人敲门。

丁三说："你去开门。按计划来。"

王强去开门，李成和见是王强，问："三哥在不？"

王强说："在，正等你呢。"

李成和关上门，对王强说："走，里面说话。"

王强刚一转身，李成和一下子扭住王强，王强块大身子壮，反应也灵活，但打斗了两下，还是被李成和控制住，李成和从王强身上掏出一把枪。

李成和道："你兜里装枪是啥意思？"

丁三立刻走出来，见李成和把王强摔倒在地，李成和踩着王强的胸，右手拿着王强的七七式。

李成和问丁三："三哥，我有啥对不住你的地方，你要弄我？"

丁三平静地说："成和，我没有弄你，你想多了。"

李成和说："那王强带枪干啥，子弹都上膛了，保险都打开了，还带的消声器。你啥时候买的消声器，我咋不知道？"

"你听我说，你先把王强放了再说。"

"放王强可以，你把钱都拿出来。"

"啥钱？"

"上次抢银行的钱，你的，我的，王强的，全拿出来。还有赵天顺那一票，我知道现金都在你保险柜里了。你都拿出来。"

"好，你等下。"

丁三刚要走。

李成和喊住他："慢着！"

李成和把王强揪起来,用手枪顶住王强的头,对丁三:"我知道你点子多,我和你一起进去,省得你再耍滑。你要敢玩阴的,我开枪打爆王强的脑袋。"

丁三说:"行,你跟着我也行。"

三个人走进卧室。

丁三一边走一边说:"我现在就拿钥匙,你等着。"

三个人刚进去,魏六子端着八一杠从卫生间走出来。

丁三打开保险柜,满满一柜子钱,李成和眼都红了。

丁三说:"给你三百万,行不行?"

李成和:"少废话,全拿出来。"

丁三慢慢地拿。

客厅那边魏六子轻轻地探头看。

丁三是背对着魏六子,但李成和军事素质比较强,侧身站着,余光能看到窗和门,他感觉到门口不对劲儿。

李成和厉声喝道:"魏六子,你给我出来。"

王强趁李成和说话一反手想夺枪,被李成和打倒。

魏六子一探头想冲进来,被李成和一枪打回去,因为带着消声器,枪声很闷。

李成和与丁三有一段距离,这也是李成和防着丁三趁势扑过来,但他没想到的是,丁三突然掏枪,一枪命中李成和的背部。因为是微声手枪,枪声并不大。

李成和一下子扑倒,但就在扑倒的瞬间还是回头给了丁三一枪,但这一枪没有响。

魏六子趁势进来,补射了李成和一枪,枪声同样很闷。

王强摁住李成和,魏六子踹了李成和一脚:"已经死了。"

丁三坐起来,坐在地上,喘气。

王强问:"咋给我的枪里只有一发子弹?"

丁三说:"我算着李成和一定会夺枪。如果不放子弹,他会感觉出来,所以我只放了一颗。如果他不夺枪,你就用这颗子弹要他的命,他要夺枪,那他就只能打一枪。幸好他只能打一枪,要是还能再打一枪,我这条命就没有了。这货枪法准得很。"

王强佩服地点点头。

魏六子问:"把这货咋办?"

丁三说:"一会儿装到袋子里,弄到西山埋了。"

王强问:"刚才响了三枪,没事儿吧?"

丁三说:"带着消声器呢,怕啥。现在的人,都怕事儿,没人管。"

魏六子和丁三往李成和尸体的伤口上绑上早就准备好的卫生巾,然后把尸体用一个大塑料袋装起,再装进蛇皮袋子。

王强负责清洗地板。

丁三处理完尸体后小心地检查地板和墙上是否留有血迹。

魏六子处理弹痕。把家里处理完以后,丁三拎着两把铁锹和一个镐头先走下来,过了一会儿魏六子和王强抬着一个大蛇皮袋下来。三个人把尸体弄上李成和的车,把车开往西山。

王强开着车笑:"李成和做梦也不会想到,三哥还能掏出一把枪。估计他死的时候还糊涂着呢。"

丁三说:"上次我让你去云南买军火的时候,你还一直坚持说你一个人不方便,要叫上李成和。要是叫上他,今天这事儿就不好办了。李成和一定滑点了,肯定不敢来。"

魏六子兴奋地说:"三哥那军火我看了,三把九五,一把八一,两把七七,一把六四,二十枚手雷,都是硬货,有了这些东西,咱还怕雷子干啥?"

市局一组办公室,程华、跃武、鹏飞、朱建国的桌子上都摆着一堆堆的户籍资料,都在紧张地查找。程华用红笔在一份资料上划了一下,然后拿着这份资料走进大刘的办公室。

大刘也在一堆资料中查东西。

程华把资料递给大刘："大刘,你看这个。"

大刘接过来看了看："这个人咱们不是查过了吗?"

程华说："对,上次咱们调查的情况是,这个李成和没有作案时间,而且开着公司,经济上还比较富余,所以排除了。但是,这次重新对比,除了名字和嫌疑人不一样,其他身高、体态、年龄方面都能对得上。我建议查一下这个人的血型,有条件的话,可以做一个DNA检测。只要DNA对得上,这个人就确定是罪犯!"

大刘说："好。你和朱建国,还有跃武做这个事情。马上就去办。"

程华、跃武、朱建国赶往李成和家,希望能得到李成和的DNA样本。

三个人从电梯走出,来到李成和家门前。

程华敲门,但没有人应声。

跃武把耳朵贴上去听了听："好像没有人。"

程华安排："跃武,你留下监视。一会儿,再让大刘把鹏飞派过来和你一起守。建国,咱们去问一问物业。"

在物业管理办公室,物管人员说："这个人呀,好几天不在家了。不过这个人不简单,虽然年纪不大,有钱得很。"

程华问："你咋知道他很有钱?"

"一天到晚地带女孩来,给人家女孩买的都是高档服装、名牌包,开着个好车。因为修暖气我进过一回他家,家里装修得真阔气。"

"他还开着车?是什么车?什么颜色?"

"是个丰田车,银白色的。"

"车号你记得吗?"

"车号不知道,咱记人家车号干啥了,是吧。"

朱建国问："他带的女孩你认识不?"

物管说："不认识。李成和经常换女人,而且女孩也不在他这里住。"

朱建国又问："有没有其他人经常找他?"

物管说："他住这里好多年了,经常找他的人有一个,挺胖的,姓杨。"

程华问："是不是叫杨志峰?"

物管说："好像是这个名字。"

250

杨志峰的洗车行这几天买卖好，好几辆车等着洗，杨志峰亲自上手和几个伙计在洗车。

一辆车停下。

程华、朱建国下车，走到杨志峰面前。

杨志峰问："师傅，要洗车？"

程华掏出警官证："我们是市公安局七处重案大队的，有事儿要向你了解一下。"

杨志峰呆住了，一句话也没说，愣怔在那里。

程华问："你咋了？"

杨志峰才反应过来："啊，你们说啥？"

朱建国说："我们有事儿要向你了解一下。"

"好，好。抽烟，抽烟。对了，你不是程警官吗，上次还找过我一次吗。"杨志峰手足无措地掏烟递给程华和朱建国。

二人拒绝杨志峰的烟。

程华说："李成和这个人，你认识不认识？"

杨志峰终于镇定了一点儿："他呀，和我开过一阵子公司，公司本来还不错，后来让李根勤骗了一大笔货款，公司就塌了，上次和你也说过。"

程华问："公司是什么时候倒闭的？"

杨志峰说："今年四月份。其实呀，也没倒闭，也没破产清算，就是把门关了。每年的费用我还交着呢。来，进去说话。"

三个人一起往洗车行内走。

程华边走边问："近一段时间你见过他没有？"

"见过，前几天我还去过他家呢。"

"为什么事儿？"

"公司都塌锅了能有啥事儿，就是胡侃瞎说呗。"

几个人走进车行，来到一个办公室。

在办公室，杨志峰招呼众人坐下。

朱建国问："你们公司倒闭了，后来公司想重开张也没开成，怎么李成和还会有那么多的钱？还买车，还包女人。"

杨志峰说:"这我可不知道,公司倒闭以后,我们联系得就少了。不过,这个人路子挺野。对了,李成和咋了?犯了啥事儿?"

"没啥。如果有李成和的消息,请你马上给我们打电话。"

"李成和是不是失踪了?"

朱建国反问:"你咋知道他失踪了?"

杨志峰说:"你们不是在找他吗?公安局七处都找不到的人,那还不是失踪了?"

朱建国笑了:"你这个人还挺聪明的。"

杨志峰也笑:"做生意时间长了,感觉比一般人强点儿。"

朱建国说:"不该问的就不要问,如果有消息请你立刻通知我们,配合我们的工作。"

杨志峰答应着:"一定,一定。"

在李成和家的楼下,跃武站在一个不引人注目的地方监视着。

一辆面包车停下,鹏飞走下来。

鹏飞走到跃武身边问:"有情况没有。"

"没有。我看这阵势,咱得盯到明天。"

"大刘早想到了,所以让我开了个大面包。晚上轮流值班吧。"

"这么热的天,大面包上没空调。"

"有车就不错了,晚上还好。白天车里根本就不能待。"

公安局七处重案一组办公室,大刘和程华商量案情。

大刘说:"李成和的所有社会关系都要查。"

程华说:"李成和这个人吃喝嫖赌抽无所不沾,社会关系十分复杂,查起来难度相当大。"

"社会关系越复杂,越说明这个人有问题。岳局长和柯处都说过,李成和这个人是三案中的关键人物。这么重要的任务交给咱们一组,是对咱们组的信任。"

"我知道,我的意思是加派几个人手。这么大的工作量就我、鹏飞、跃武和朱建国四个人,效率不高。你看能不能跟老齐说一下,向他那边借几个人过来？"

"向老齐要人恐怕难，他那边人手也很紧缺。孟津明天就归队了，我也参加进来，咱们加班加点地干，只能这样了。"

"彭队不是也一直在外围参与咱们这个案子吗？你看他能不能帮忙？"

"十天前在西山发现一辆被烧毁的丰田车，经过技术手段判断，是人为纵火。老彭正在查这个案子，不知道今天有没有结果。我问他一下。"

大刘拿起电话，这时白娟走进来。

大刘说："白娟，你稍等一下，我给老彭打个电话。"

白娟说："我就是为老彭正在办的那个案子来的。"

大刘把电话放下问白娟："为老彭的案子来找我？这车和李成和的案子是不是有联系！"

白娟说："对。西山焚车案中，我提取了后备箱没有被烧掉的血痕，基本可以确定是受害人血迹。经过DNA比对，该受害人与三案中的犯罪嫌疑人是同一个人。"

大刘又惊又喜："尸体找到没有？还有没有其他证件等能证明受害人身份的东西？这个受害人和咱们要查的李成和是不是同一个人？"

程华说："据李成和所在的建文小区物管介绍，李成和就有一辆丰田车，颜色为银白色。"

白娟说："经过我们对现场汽车表面提取物的分析，这辆丰田车就是银白色的。"

大刘激动地站起来："对上了，全对上了。立刻开搜查令，搜查李成和的家！"

一行人赶到李成和家，两名专业警察撬李成和的门。大刘、程华、跃武、鹏飞，建国在旁边等着。白娟等法医也等在一边。还有一些警察。

门被撬开，大刘等人首先持枪冲进去。在经过搜查确定没有危险后，跃武出来叫其他人进去。大刘、程华、跃武、鹏飞、建国，还有其他警察对屋子进行仔细的搜查。

在李成和常住的卧室，建国看到梳妆台上有很多化妆品，他对程华说："看来有女人长期在这里住。"

在李成和的书房,大刘和一个警察在检查。大刘说:"东西摆放很整齐,不像是被害现场。"

厨房,赵亚辉用一个小刷子搜集指纹。

卫生间,白娟用镊子收集起毛发。

鹏飞和跃武在李成和的另一间卧室搜查,他敲了敲墙,听到空音。

鹏飞对跃武说:"这墙是空的。"

跃武也敲了敲,确定是空的,他说:"我去找把斧子。"

建国在搜索床下。

建国从床下爬出来,手里拿着一个盒子。

建国打开盒子:"是子弹!"

程华也赶过去看。

跃武拎着斧子走入。

跃武:"鹏飞,你让一下。"

鹏飞让开。

跃武举斧朝假墙上劈了几斧把假墙劈开。

跃武推开墙走进去。

跃武的声音:"这里有好多字画。"

鹏飞也急忙冲进去。

曲庆安文物案就这样告破了。

市局会议室立刻召开案情分析会。

柯处长说:"西山焚车案为我们提供了重要线索,根据这一线索,我们随后做了大量工作,最终确定:'12·1'杀狗案、曲庆安文物被劫案都是李成和所为,'4·17'爆炸抢劫银行案李成和是主犯之一。但是接下来的侦查工作困难还是很大。大刘,你说说情况。"

大刘说:"虽然李成和的尸体没有找到,但可以基本确定李成和已经死亡。李成和在第一现场被杀后,被罪犯转移到第二现场处理了尸体,然后在第三现场焚车。这样一来,我们以前所预想的,抓住李成和,通过预审从李成和处打开缺口的可能性已经没有了。现在只能从李成和被杀这一案来进行追查。但是,焚车现场遭到严重破坏,我们采取的各种技术手段都没有办法找到第二现场。如果找不到第二现场，第一现场的寻找更是无从谈起。从西山焚车案这一线索进行追查，困难很大。"

老彭说："像李成和这样一个人，军事素质极强，武功高超，枪法好，而且经常枪不离身，杀死他的人，绝对不是普通的罪犯。这个罪犯智商高，作案计划周密，反侦查意识和能力都极强。我认为此人是惯犯，很可能留有案底。我建议对罗城留有暴力犯罪案底的人员进行一次大清查。"

老齐说："我同意老彭的意见。同时，我还是建议对李成和的社会关系进行多次筛查。与李成和共同作案的另外两个人一定在李成和的社会交往中留有痕迹，比如传呼、电话、公共场合的交往等，如果能找到这个痕迹，案情就会有重大进展。"

柯处说："大刘组已经在做这个工作了。"

大刘说："柯处，工作量比较大，我请求加派人手。"

柯处说："老彭，你这个组也参加。"

老彭答应："好。"

柯处说："案底清查这方面，老齐你来做吧。我提醒大家，这种排查工作非常繁杂，很容易有疏漏，所以工作一定要做到位，一定要做细。哪怕漏过一个可疑之处，我们的排查工作很可能就白做了。"

众人点头。

丁三的家里，魏六子问丁三："三哥，我都来了快一个月了，点子也踩了好几回了，咋还不行动？"

丁三说："急啥了，先歇几天，我和王强观察一下，制订个周密的计划。每战都应力求有准备，才能打胜仗。"

王强笑了："三哥尽拽文。"

丁三一皱眉："我说的是正事儿。"

王强也严肃起来。

丁三说："咱以前做事儿，就是计划得不周密。咱干这一行是拿命来下注，只能赢，不能输。"

有人敲门。

丁三说："肯定是杨志峰。"

王强去开门。

过了一会儿，杨志峰走进来："三哥，雷子找过我。"

丁三站起来，拉着杨志峰来到另一个房间。

丁三关上门对杨志峰："是不是为了李成和的事儿？"

"就是。"

"雷子问的啥，你咋回答的？"

"就问李成和公司倒闭了，哪来的那么多的钱，我说不知道。对了，还说李成和失踪了，市局七处现在到处在找他。其他没啥了。"

"最近一段时间不要来找我了，恐怕雷子会盯上你。"

"我好久没见李成和了，他会不会滑点了？"

"滑点？他没有。李成和那天晚上找过我了。"

杨志峰脸色大变："他找过你了？"

"他还带了一把枪。可惜他太愚蠢，自己带的枪不用，把王强的枪夺过去，想威胁我。"

丁三没有把话说完，坐下点了一根烟。

杨志峰："后来呢？"

丁三："后来我们把他弄死了，尸体和车也处理了。"

杨志峰不由心中一阵难受。

丁三："杨志峰，我知道你和李成和相处多年，关系好得很。但你不该把魏六子的事儿告诉他，我还专门叮嘱过你，你为什么不听话？"

丁三说最后一句话的时候是恶狠狠的。

杨志峰预感到自己的命也不保，一下子跪到丁三面前："三哥，三哥，我错了，我错了。我也是不小心说出口的，我不是故意的，我绝对不是故意的。"

丁三站着没有动："李成和的身手你也知道。要不是我准备充分，我、王强、魏六子三个人绑一块也不是他的对手，都要死在他的枪口下。你说你犯了多大的错。"

杨志峰涕泪交加："三哥，后来我知道漏嘴了，我想挽回，我说自己是瞎猜的，可李成和不信，我不是故意的。你要咋罚我都行，求求你不要杀我呀。"

"看你那熊样。要是进了局子，我看不用雷子动手，一诈你就啥都说了。"丁三说完要走出去，走到门口，已经打开门了，杨志峰以为丁三要叫人杀他，抱住丁三的腿："三哥，看在我跟你这么多年的情分上，你就饶了我吧。"

王强和魏六子走来。

丁三对二人："你们说该咋办？"

"这货跟李成和是一路货色，弄死算了。"魏六子掏出枪。

王强拦住他："胖子这人我看还行，做事儿挺小心，弄个什么假证也挺在行。三哥你说咋办吧。"

丁三对杨志峰说："志峰，按说你做的这件事情，弄死你也不冤。"

杨志峰哀求地看着丁三："三哥。"

丁三说："不过，你跟我好多年了，对我还算忠心，又有人给你求情，这次就算了。"

杨志峰说："谢谢三哥，谢谢王强。"

魏六子说："胖子，你我认识也好多年了。不是我不讲情义，你跟李成和那个王八蛋混这么多年干啥？他是个啥东西？当年还想弄死我。这种人你靠得越近，死得越快。"

杨志峰连连点头："六哥说得对。"

丁三说："六子，算了，自家兄弟。志峰，这事只能有这一次，再不能有下一次了。"

杨志峰急忙保证："再不会有下次了。"

重案一组办公室，孟津等人正在查资料。

柯处长走到门口叫孟津："孟津，你到我办公室来一下。"

孟津随柯处长走在走廊，他问："柯处，有什么事儿？"

柯处长脸色严肃："你去办公室就知道了。"

孟津有些不好的预感。

两个人来到办公室前，柯处开门走入。

办公室内已经有五个人。岳局长，两个穿检察院制服的，两个便衣。

孟津进门之后，立刻明白是怎么回事儿，脸色一变。

柯处长说："孟津，这是检察院的两位同志，这两位是市纪检委的。"

孟津点点头。

岳局长说："孟津，这几位同志是来了解一下情况，你在苟明案中与郭方、马顾宇是否存在刑讯逼供的事实。希望你能如实回答，不要隐瞒问题。"

检察院工作人员说："孟津，有人举报，你与郭方、马顾宇在审讯过程中，使用了刑讯手段进行逼供，是否有此事实？"

孟津低下头说："有。"

检察院工作人员拿出一张传唤证："请你在这上面签个字，跟我们走一趟。"

孟津拿起笔，想了一会儿，才在传唤证上签下名字。

检察院的同志对岳局长和柯处长说："感谢你们的配合，我们带人走了啊。"

岳局长、柯处和检察院的人打了招呼，检察院的人要带着孟津离开。

柯处叫住众人："请等一下。"

人们站住。

柯处来到孟津面前："孟津，你不要有思想压力。如果你做错了事儿，只有敢于承认，今后才能更好地改正。你要配合调查，说清事实，我们刑警支队等着你，重案大队等着你。"

孟津点点头，然后跟着检察院的人离开。

关于刑讯逼供的事儿，岳局长非常重视，三天后，他专门召集全体刑警开了一个会。

岳局长在会上说："我一再强调，刑讯逼供要不得。绝大部分冤假错案都是刑讯逼供的结果。有句古语说得好：'棰楚之下何求不得？'酷刑一上,就是让他说煤是白的,太阳从西边升起,他也会承认。这样的办案结果有什么质量?靠这种方式来办案的预审刑警又何谈水平?"

老齐插话:"岳局长,我想说两句。"

岳局长让老齐说。

"我说的是一家之言,可能不恰当。各位可以当场批评指正。"老齐喝了一口水,"通过刑讯来取得口供定罪,我认为是一种十分愚蠢的做法。在这种情况之下,让一个人承认他有罪是非常容易的。刑讯逼供对案件的定性不但起不到任何作用,反而使案件的真实性大打折扣。如果通过刑讯逼供来给一个人定罪,那就用不着我们刑警来辛苦破案了,用不着我们来寻找线索和证据了。只要随便在大街上抓一个人,打得他认了罪就行了。国家还掏钱养我们这些刑警做什么?不如养几个打手更实用!"

岳局长连连点头。

"但是,孟津、郭方、马顾宇的情况我认为性质不同。他们并不是让苟明认罪,并不是让苟明承认自己的罪行。他们的目的是让苟明尽快说出犯罪线索,尽快了解炸弹安放地点,为社会排除隐患,保证群众的生命财产安全。事实也是如此,如果没有孟津等三人迅速取得的预审结果,其中有两枚炸弹就会炸响,罗城将发生第二起重大刑事爆炸案,会有人受伤,会有人死亡,就会有老百姓指着我们刑警的后脊梁骂我们无能。"老齐说得脸都红了。

岳局长不同意老齐的说法:"老齐,你太偏激了。只要是刑讯,都不可以使用。刑讯之下出假案呀。"

老齐说:"岳局长,如果我们通过刑讯,取得了假的认罪口供,就会造成冤假错案,就会丧失我们公检法的公信力,使群众对我们的办案能力产生怀疑,使法律的严肃性受到玷污。正像我刚才说的,打人谁不会,靠打人来破案,我们刑警就不是刑警了,而是打手;但是,我们通过刑讯手段只是为了尽快取得线索,那么,即使是取得假的线索,大不了让我们干警多辛苦几天,让我们的案子多费一些周折,并不会产生社会危害性嘛。我干预审二十多年了,我敢拍着胸脯说,从我手中送到法院的罪犯,没有一个不对我心服口服的,因为我从来没有用刑讯的手段来让他们认罪。我拿出来的都是铁铮铮的事实。但是,我也承认,我不怕检察院或纪委的人来调查我，我也动过手。那是为了让逃脱的罪犯尽快归案，让威胁到人民群众安全的隐患尽快排除。我问心无愧！"

大刘说："我发表一下我的意见吧。"

岳局长说："好，大刘谈谈。"

大刘说："老齐是咱的老预审了，省里有名的预审专家。可能二三十年前，在我们办案经费不足、办案条件极差、科技水平较差的时候，老齐的这种办案方式是最有效率的方式。但是，时代在发展，最先进的科学技术不是掌握在犯罪分子手中，而是掌握在我们手中；而且犯罪分子只是一个人、几个人，最多几百人，而我们是全国一盘棋，随时可以调动成千上万的干警力量。只要我们功夫下到，就能找到线索。"

老齐还想说，柯处打断他："老齐，你这个思想危险得很。据我们了解，这次刑讯苟明是郭方和马顾宇提出来的，孟津一开始表示反对，后来在二人的劝说下同意，他们两个可是你带出来的兵。老齐，你有意见可以保留，咱们会下谈。但在今后的预审工作中，我决不能允许任何形式的刑讯情况。无论是口供定罪，还是寻找线索，都不许采用刑讯逼供的方式。一旦发现，无论后果如何，都将严肃处理。"

柯处从包里拿出一个文件："今天上午刚从检察院得到的消息，孟津、郭方、马顾宇在六月二十三日对苟明的审讯中，发现苟明对挠痒特别敏感，所以在预审工作无法取得进展的时候，对苟明实施了挠脚心、触碰胳肢窝等类似的刑讯方式，迫使苟明交待。虽然审讯方式违规，但情节轻微，也没有对苟明造成人身伤害。通过该手段所取得的线索证据后来证明也是真实的。至于苟明所说的罚站、殴打等其他刑讯情节经调查并不存在，苟明后来也交待三人没有对他进行其他的人身伤害。因此，三人的行为不符合涉嫌刑讯逼供罪的立案条件，情节非常轻微。目前，三个人已经回到局里，我们局里的处罚是：郭方和马顾宇停职一个月，分别记过一次；孟津停职两周，警告一次。"

四

卡拉 OK 厅内的一个包厢,老闯和三个兄弟坐在一边,对面坐着两个男的。

老闯对其中一个男子大骂:"你他妈的谁的人都敢上?"

那男子哀求着:"我确实不知道。"

"不知道就完咧?你说咋办?"

男子试探着问:"要不赔钱?"

"行,你拿八千块钱来。"

"八千?太多了吧。"

"嫌多你玩人家的女人?这八千不全是给我要的,明白吧。"

另一个男子:"这里没我事儿,我走了啊。"

他站起来想走。

老闯的手下一脚把他踹回沙发:"闯哥还没说话呢,你就敢走?"

老闯扭头对这个男子:"你等下去给这货拿钱。"

老闯对第一个男子:"你把卡给他,让他给你取钱,拿来八千块,你就走。"

卡拉 OK 厅外边,一个四十岁左右的中年人揽着一个女孩和三四个朋友走出来。

中年人和其他人打招呼分手,然后和女孩亲热地走到一辆车前,中年人开门让女孩先上车,自己绕到另一边坐进车中。

车门被拉开,三个年轻人把中年人拽出来。

中年人喊:"你们干啥?"

膀子上纹着一条龙的年轻人说:"韦少朋,你欠程大头的三万块钱啥时候还?"

韦少朋说:"我这几天手头紧,缓几天还钱。"

一个矮个子年轻人训他:"你手头紧?你开着这么好的车,每天逛卡厅、找女人,你手头还紧?"

车上的那个女孩吓得逃出去。

两个年轻人架着韦少朋往卡拉OK厅里走。

另一个年轻人把车钥匙拔了,关上车门。

韦少朋挣扎着:"我真的没钱。"

年轻人呵斥他:"少废话!""去见我们大哥。""不许喊!"

卡拉OK厅内,老闯和那个男子把价钱谈到了六千块。

老闯说:"行,六千块钱,你写个欠条。明天我找你要钱。"

老闯的手下递上去笔和纸。男子写字条。

这时卡拉OK厅的门打开,三个年轻人把韦少朋推进来。

文身年轻人说:"闯哥,人给你带来了。"

老闯看了看韦少朋,问他:"你欠程大头的钱也有一年了,为啥不还?"

韦少朋说:"不是我不还,我做生意赔塌了,实在是没钱。"

老闯说:"你胡说啥了,我们跟了你不止一天了。"

老闯又看看对面那男子:"写完没有?"

"写完了,写完了。你看看。"男子把欠条给老闯。

老闯说:"摁个手印。"

男子问:"咋摁?"

老闯掏出一把刀子,男子吓了一跳,往后一仰:"别,别,别。我最怕见血。"

老闯给自己指头上划了一下,夺过来男子的手,让男子的手指沾着自己的血在欠条上摁了手印。

老闯问男子:"我够意思吧。"

男子连连说:"够意思。"

老闯把欠条收起:"滚吧,明天准备好钱。"

两男子离开。

老闯回身走过去,问自己的人:"车钥匙拿上没有?"

一个手下把韦少朋的车钥匙交给老闯。

262

老闯对韦少朋:"我也不跟你废话,给你五天时间,拿五万来取车。"

韦少朋不满地说:"我才借了三万,你要我还五万!我借的又不是高利贷。"

老闯说:"到我这里就是高利贷。谁让你赖账不还?开着二十多万的车,你还说你生意赔了。"

门开了,七八名便衣走进来,老彭为首。

老彭对老闯说:"闯亮,你干啥了?"

老闯也认得老彭,他笑着说:"啥也没干,我们在卡厅玩呢。"

老彭指着韦少朋:"他是谁,他不是你的人吧?"

老闯说:"朋友,一起玩的。"

老彭说:"玩了?都带回去,都走。"

韦少朋说:"我不是他们一伙的。"

老彭说:"我知道,你也去。"

预审室里,老彭带着人审问闯亮。

老彭说:"闯亮,你再好好想想,你还有什么事儿没有说清楚?"

闯亮说:"彭叔,我那些事儿你们都掌握得清清楚楚,我真的全交待完了,再没啥了。"

"闯亮,我们盯你不是一天两天了。让你讲是给你机会,你不要大路不走走小路,把自己给毁了。"

"我就是带着几个兄弟替人要账、放水(放高利贷),偶尔敲诈勒索一下,赚点辛苦费,别的真没有了。我要是胡说你毙了我算了。"

"要不要我再给你点一下?"

"那,彭叔,你就给点一下吧。我要是知道,我肯定说。"

"我问你,你们带枪是咋回事儿?"

"噢,是说那枪的事儿啊。在道上混,尤其是我们靠打打杀杀挣饭吃的,没几把枪耍不开。我就弄了两支猎枪,还有几支自制火枪,都给了弟兄了,我自己有一把带膛线的自制手枪。就这,不过我可没用枪伤过人。"

"伤没伤过人,我们会调查清楚,你想蒙混过关是不可能的。"

"真的没伤过人,真的。我手下人伤没伤过人我不知道,反正我是没伤过人。"

"你有没有制式枪?"

"那玩意儿难弄得很,而且容易惹事儿,我没有。"

"没有?你再想想。"

"我又不抢银行,不武装贩毒,我要那东西干啥呀。"

"你身边的人,比如你的兄弟、你的朋友,有没有人拿过制式枪支?"

老闯想了想:"这一段时间,有个叫向东的,带着一帮人在罗城乱窜,到处砸场子,谁的地盘他都敢去。他手底下可能有四五个人,每个人手里都有枪,八一杠、微冲,听说有一回砸场子还扔过一个手雷,猛得很。道上的人都怕他。"

"你是听说的,还是亲眼见过?"

"这伙人专门黑吃黑,道上人都知道。我还跟他们打过一次照面,有一回我帮人讨债……"

闯亮说起前一段的一件事情。当时老闯在一个僻静的公路收黑钱,老闯带人开着一辆面包车,对方开辆小轿车。老闯带着四个人从面包车中走出。小轿车旁边早就等着两个人。一个中年人,一个年轻人。

老闯走到那人面前:"钱带来了没有?"

中年人说:"带来了。"中年人示意年轻人。年轻人从随身的包里拿出一包报纸包的钱,递过去:"闯哥,这是八万,你点一点。"

"不用点了,谅你们也不敢少给。"老闯让手下人收起,把欠条交回给中年人。

中年人说:"还是点一下吧,要是短上一张两张的,我们也说不清,是吧。"

"算了,我赶时间。你我做生意从来都讲诚信。要是短钱,短多少回头我让你补多少,绝不会诈你。"老闯带人回到面包车上,开着面包车离去。

中年人和年轻人看着面包车开远,两个人刚上车,这时又有一辆车飞速从他们身边开过去。这辆车超过面包车,把面包车别到路边。

老闯等人打开车门,骂骂咧咧地走下来。

老闯领着人，有两个人手里拎着火枪和猎枪，一伙人向小车走去。

老闯骂骂咧咧地："你咋开车呢？找死呀？"

老闯是想诈对方几个钱，但车门开了。三个人站出来，两个人蒙面，一个是光头，光头脖子上挎着八一杠，另两个人拿着微冲，枪口对着他们。

老闯等人想撤退。

为首的光头朝天开了一梭子。

老闯的人吓得都停下脚步。

光头厉声喝道："我是向东，把钱留下再走。哪个敢跑，别怪枪子不长眼睛。"

老闯知道对方是硬茬子，他知道好汉不吃眼前亏的道理："向东，这钱不是我的钱，我也是替人收账，你不要让我太为难好不好。这样吧，我给你留一万，改天我再请你吃饭，你看怎么样？"

"废话少说。把钱全留下，人走。"

"你也太欺负人了吧，道上可没这规矩。"

"我数三下。要么留钱，要么留命。"

老闯等人还是舍不得。

光头开始数数："一，二。"

三个人把枪平举。

老闯命令手下："把钱给他们。"

老闯的手下掏出钱放到地上。

光头让老闯把钱拿过来。

老闯把钱递过去，光头的手下把钱接过，打开包看了看。

光头点头："走。"

三个人上车，很快消失在夜色中。

老闯对着已经消失的车发狠："王八蛋！向东，老子跟你没完！"

闯亮把事情交待完，老彭问："你能确定他拿的就是八一杠？"

老闯说："我喜欢玩枪，虽然手里没有八一杠，但是也玩过这种枪。当时我离他很近，看得清清楚楚，就是八一杠。"

"后来呢？"

"后来我打听过向东,想多找几个弟兄把钱弄回来。但向东手里有硬货,又敢打枪,还听说他给一个赌场扔过手雷,不过没炸死人。我知道这种人我们惹不起,就再没找他。"

"怎么才能找到他?"

"我也不知道,这家伙鬼得很。在罗城闹了好几个月,都没有人知道他的落脚处。不过,他从来都是晚上活动,专门黑吃黑。"

这是一起典型的黑吃黑的案子。柯处、大刘、老齐、老彭及其他刑警开了个会。

柯处说:"这个线索很重要,据闯亮交待,向东团伙有一支八一杠,而'4·17'爆炸抢劫银行案中,也有一支八一杠。"

大刘说:"但是两者的作案对象明显不同。'4·17'爆炸抢劫银行案针对的是国家金融机构的巨款,而向东团伙却只是黑吃黑。"

老齐说:"向东团伙在罗城市活动四个多月,做下不少于二十起的案子,这么高的频率,他们根本没有精力去策划这起银行抢劫案。"

柯处说:"我看还是先把这伙人弄住再说。不管咋样,这伙人拥有大量枪支,还有手雷,非常危险。"

老彭:"但这伙人与当地社会闲散人员接触很少,昼伏夜出,作案后迅速逃离隐蔽,单纯依靠排查,估计效果不明显。"

程华说:"我有个建议。虽然向东团伙与罗城闲人接触较少,但他们其中有一个自称是向东的人每次做案都不蒙面。很多人都见过他们的样子,我们可以通过模拟画像来确定罪犯相貌,然后再进行排查。这样把握就大多了。"

柯处说:"好,模拟画像的任务就得看赵亚辉的本事了。"

赵亚辉说:"我保证完成任务。"

赵亚辉、程华、跃武来到某歌厅调查,他们询问两个领班相关情况。

男领班说:"大概四五个人。有的人在暗处,看不清楚。最前面那个人是光头,拿着一支自动步枪,自称叫向东。"

赵亚辉问:"眼睛什么样?"

男领班说:"小眼睛,单眼皮。"

女领班说:"其实他眼睛也不小,但是个三角眼。"

赵亚辉在画像。

一个台球厅也被自称向东的人带着人和枪抢过。台球厅老板向赵亚辉描述这个人:"有个人,有一米八。虽然蒙着头,但样子凶得很,眼睛红红的。还有一个光头,没有蒙面,好像是个头儿。"

在看守所,一组也找到一个见过向东的毒贩。毒贩说:"抢了我三万多块钱,毒品没动。"

大刘问他:"他长啥样?"

毒贩说:"全蒙着面了,只有一个光头没有蒙面,是个三角眼。"

赵亚辉迅速记下特征。

经过大量调查,赵亚辉画出了向东的模拟画像。局里要求,刑警们每次打黑的时候,都要带上这张画像,让人辨认。

晚上,一个地下赌场热闹红火。赌场不大,开着几个赌桌,墙边还有一排老虎机。不少人在玩。便衣警察、警察、武警突然冲进来。人们纷纷逃跑,但门口已经被封住,警察厉声喝斥着让人们蹲下。大多数人都蹲下,少数人还想夺路逃跑,被放倒戴上手铐。

便衣们拿着光头的画像给赌场的人一一辨认:"见过这个人没有?""你看看这张画像,认识他吗?"

赌客们纷纷摇头。

不过,赌场看场子的指着画像说认识:"就是这个人,上个月带着三四个人拿着枪把我们这里给端了。"

建国问:"在别的地方见过这个人没有?"

看场子的:"没有,没见过。就见过一次。"

早晨,柯处要求所有刑警到会。

八点整的时候,柯处已经坐在会议室,其他刑警陆陆续续到会。

老彭打着哈欠走进来:"又是一晚上没睡,鹏飞,给找根烟抽。"

鹏飞说:"夜里都把烟抽光了,大家都忍着了。跃武出去买烟了。"

大刘把一瓶咖啡递给老彭:"试试这个,挺管用。"

老彭说:"胃有毛病,不能喝这东西。"

柯处说:"今天下午到明天上午,大家分三批轮休,恢复一下,别把身体整垮了。"

老彭说:"那个向东找不到,我睡也睡不稳。"

大家说着话,刑警们都已经到齐。

柯处说:"人到齐了吧,各组看看谁还没到?"

老彭、大刘、老齐都看了看自己的人,然后说到了。

柯处说:"到了就开始吧。大刘你先讲讲这几天排查的情况。"

大刘说:"这个自称叫向东的人,除了在案发现场出现过以外,在其他任何场合都没有出现过,根本就找不到任何线索。"

老彭说:"向东每次作案都要以真面目示人,目的只有一个,打出自己在道上的名头,增加威慑力,使人们不敢反抗。但这也决定了他一定被道上的人所熟悉,成为道上追杀的对象。因此,他深居简出是正常的。他很可能在罗城没有任何社会关系。"

程华说:"这样的话,摸排不可能会有效果。"

朱建国说:"目前我们掌握的唯一线索就是向东的模拟画像,怎么才能把这个利用起来?"

老齐说:"我认为可以发协查通报。把这个向东的模拟画像通过新闻媒体、街头张贴等方式,让所有群众都知道,争取群众的配合,最大限度地搜集线索。"

鹏飞说:"把声势搞得这么大,万一案子不能尽快侦破,是不是会对我们的工作有负面影响?"

底下一下子人声轰轰,很多刑警交头接耳,纷纷发出同样的疑问。"现在工作不好干了。""万一案子挂起来,咱们脸往哪儿搁?""肯定会有人说难听话。""不要让人家看了笑话。"

柯处说:"大家安静一下,安静。搞侦破仅仅靠公安机关的专门工作是远远不够的,必须充分相信群众、依靠群众、宣传群众、组织群众、指导群众，充分调动广大人民群众的积极性，把群众工作和我们的工作结合起来，才能尽快破案。不要怕丢面子，瞻前顾后。群众发动得越充分，我们获得的侦查线索或者诉讼证据就会越丰富，侦查效益也就越大，才能及时获得案情线索，找到正确的破案途径。记得八年前我在利高县当中队长，侦破一个特大杀人抢劫案，由于案情复杂，破案时间很长。许多群众从一开始对我们充满希望，到后来对我们失望。甚至有个别人当着我的面讲：'公安局是饭桶。'我听到这些话心里非常难受。但仅仅难受有什么用，关键还是要千方百计把案子破了！如果破不了案子，就算把案子捂住不让群众知道，那也是掩耳盗铃、自欺欺人。"

大家很快行动起来。居委会的工作人员，把一张张协查通报贴满大街小巷。报纸、收音机、电视里到处都在通缉向东这样一个人。

某居民家里，一对年轻夫妇在看电视，女子是个大肚子孕妇。

电视上一段新闻过后，新闻主持人播报协查通报："观众朋友，下面播出市公安局协查通报。从一九九九年二月到六月，罗城接连发生多起针对娱乐场所的持枪抢劫案，作案人为四到五名。经调查其中一名犯罪嫌疑人体貌特征如下：

向东的模拟画像，同时画外音："犯罪嫌疑人甲：自称向东，年龄二十五岁左右，圆脸，光头，体态中等偏胖，身高一米七左右，操本地口音，作案时上身着深色西服，下身着深色西裤，打浅色领带，该犯为持枪抢劫嫌疑人。请各单位和群众在日常工作和生活中注意发现嫌疑人，对提供重要线索直接破案的，将奖励人民币五千元。联系人……"

电视被男子关掉，女子问："咋关了？"

"睡觉。"

"这才几点，就睡了？"

男子站起来："累了，瞌睡了。洗洗睡吧。"

"要睡你睡，我还要看电视剧呢，最后两集了。"

男子没说话，走开。男子认识这个向东，但向东是他的恩人。

某单位办公室，一中年妇女拿着报纸走入："韩主任，报纸来了。"

办公室韩主任在看资料,他抬头说:"嗯。谢谢。"

中年妇女问:"你家儿子晚上还参加培训班?"

"明年就高考了,得抓紧呀。"

"这两个月咱罗城有一伙人拿着枪抢劫,专门黑吃黑。你可得让孩子小心点。"

"这可不知道。报上登了?"

中年妇女抽出一张报纸,指着向东的照片:"这不,就是这个。"

韩主任戴上老花镜,仔细看了看:"这人咋这么面熟呢?"

孟津来到大刘的办公室报道:"刘队,我给咱重案大队丢脸了。"

大刘从抽屉里拿出一份材料:"岳局长组织的学习已经编成材料了,我让人给你留了一份。你好好看看。"

孟津接过。

大刘说:"好好学学预审,以后办案子少动歪脑筋,多想好办法。不过,千万不要有压力,再办案子畏手畏脚的,那不是咱一组的作风。听到没有?"

孟津说:"好,我知道。"

这时,程华把韩主任带进来:"请进。"

程华:"大刘,这位是电机公司办公室的韩主任,他说他认识那个叫向东的人。"

大刘:"噢,请坐。孟津,你去工作吧,好好干。"

孟津答应一声出去。

程华介绍:"这是我们的重案大队副大队长,重案一组组长刘明宇。"

韩主任说:"刘大队,你好。"

大刘与韩主任握手。

大刘说:"来坐这里。"

程华给倒了一杯水,放在韩主任面前。

大刘不抽烟,他让程华去问鹏飞要盒烟。

韩主任说:"不用,不用。我不抽烟。"

大刘说:"韩主任,你说说具体情况。"

270

程华坐在一边拿起本子记。

韩主任说:"这个人长得像我一个战友的儿子。我这个战友姓顾,和我是一个团的,我在三连当指导员,他是二连的连长。我们两个人的老家离得近,我是罗城,他是古市,也就离着三四十公里。我们也能说得来,所以处得特别好,转业以后也经常联系。他有个独生儿子,名字我记不住了,只知道小名叫肉头。小时候长得肉乎乎的挺可爱,可是越大越皮,成天跟社会上的闲人混在一块儿,经常不着家。老顾每次跟我提起他儿子都要掉一次泪。"

"这个肉头现在干啥?"

"不知道,成天连家也不回。就是他爸估计也找不到他。反正也不能干啥好事儿,在古市就因为打架、小偷小摸被派出所拘留过好几次。"

"你确定肉头和模拟画像上的人长得一样?"

"一样样的。也不知道你们公安是咋画的,真像啊。"

"你能不能把老顾的联系方式、具体家庭地址给写一下?"

"好。"

按照韩主任写下的地址,大刘带人赶往古市。

路上,大刘说:"老彭住院了,胃出血。"

程华说:"老彭就是胃不好,吃饭没规律,而且暴饮暴食,还抽烟。"

孟津说:"这次得让柯处强迫他好好休息一下。"

大刘说:"老彭说,至少得把向东团伙持枪抢劫案破了才能请假。昨天在医院还说这话,说住两天就出来。岳局长亲自下的命令,必须休息。"

程华说:"胃出血说是小病,不注意就会变严重。"

孟津说:"如果肉头真是罪犯之一,破案速度就快了。老彭住院也住得安心。"

大刘说:"咱去了先了解下情况。"

三个人来到老顾家,老顾并不忌讳说自己的儿子,还把相册拿出来让三位刑警看。

孟津翻看着肉头的照片。

老顾说:"这娃去年刚劳教回来,问我要了两千块钱说是做生意,后来就没咋回来。"

大刘问:"那他回来过没有?"

老顾说:"回来过两次。一次是中秋节,还有一次是过年。都是在家只待一天,第二天就走了。我也不知道他做啥。我问他,他只说做生意,别的啥也不说。"

"他做的什么生意?在哪儿做生意?"

"不知道。他的事儿从来不跟我们说。一问起来就瞪眼睛、摔东西,我们也不敢问。"

"他平时都跟哪些朋友来往?"

"都是些狐朋狗友,不过肉头这一阵子和古市这些人也没什么来往。"

"你咋知道?"

"他出来以后,总有他以前的旧友来我家找他,都说好久没见他了。我估计他不在本地,可能是去了外地了。"

"你给咱想想,咋样才能找到他?"

老顾问:"肉头他到底出啥事儿了?"

"我们就是找他了解个情况,具体细节不方便跟你讲,你理解一下啊。"

"你们就是把他抓进去,我也没啥意见。我们老两口实在是管不了他,替我们管好了,我们感谢你们。"

程华说:"你再好好想想,他最可能去哪里?"

"这谁能知道?他从来就不把我这个家当成个家。"老顾想了想,"对了,有个人可能知道。"

程华问:"谁?干啥的?"

"他姓孔,叫孔春雷,外号火车,他和肉头小学、中学都是同班同学。肉头从小到大交往的这些人里边,只有这一个人是个正经人。火车性格比较蔫,小时候总被人欺负,肉头帮他打架,后来就没人敢欺负火车了。火车经常从家里偷些好吃的给肉头,两个人处得和亲兄弟一样。可是,这两个人走的路一点儿也不一样。火车的父母后来调动工作到罗城,火车也跟着去了那里,现在在那边一个厂子里当工人,人很本分,上次他来家的时候,还说单位给他分了房子。"

大刘问:"上次?上次是什么时候?"

老顾说:"两个礼拜前。"

大刘问:"他找你有啥事儿?"

"也没啥事儿,这个娃经常来我家看看我们老两口,帮忙买个粮什么的,比我亲生儿子还要看得勤。肉头不在家这几个月,每个月他都来一次,有一次还给我们捎来两万块钱,说是肉头让捎来的。"

程华问:"火车具体是在哪个厂子?"

老顾说:"罗城向阳设备机械有限公司。"

孟津问:"顾师傅,孔春雷的照片能不能给我们两张?"

老顾说:"你们拿吧。"

在罗城向阳设备机械有限公司保卫处,保卫处处长一个劲儿地夸火车:"孔春雷这个娃在厂里表现不错,肯吃苦,技术好,就是不爱说话,内向得很。来,坐,坐。"

保卫处处长给倒水。几个人道谢。

大刘问:"他在社会上有什么朋友?"

保卫处处长说:"他朋友少,不过咱也不是很了解他,他来了厂子里就是干活,话很少,闷得很。"

程华说:"他最近有什么反常现象?"

保卫处处长想了想:"反常现象……有个事儿挺怪。咱厂子效益也不错,就集资给职工盖了一批楼房,孔春雷是厂里连续两年的先进,也分了一套。但是孔春雷父亲是肾衰竭,家庭负担很重,他老婆没工作,经济情况不太好。这套房子虽然比市场价低得多,他也买不起,就想卖房号。厂里不同意,为这还找过厂领导几回。后来,突然人家就有钱了,把房款都付清了。听说还把他爸送到北京去换肾。厂里的人都猜他是不是中了彩票,但孔春雷不好说话,也就没人问过他。"

孟津问:"他社会上的朋友有没有一个外号叫肉头的,大名顾凯兵?"

"没听说。"

程华问:"他平时有啥爱好?"

"他是个闷人,啥爱好也没有。噢,他喜欢晨跑,跑步挺快,在厂运动会是百米赛跑第一名。"

这时，火车推门进来："处长，你找我？"

保卫处处长说："孔春雷，公安局的同志找你了解点情况。"

大刘站起来："你是孔春雷？"

火车愣了一下，转身就跑。

"站住！"大刘追了出去。

孟津也追出去。

火车飞快地跑过保卫处外的楼道，跑出办公楼向厂房跑去。

大刘和孟津在后边追，但明显越落越远。

火车跑进厂房，穿过厂房跑出去。

大刘和孟津追进厂房，但眼见孔春雷从厂房另一个口跑出去。

大刘站住，气喘吁吁。

孟津追上来站到大刘身边。

大刘喘着气说："这家伙跑得比兔子还快。"

孟津说："人家是厂运动会百米赛跑第一名。"

"厂运动会？我看他能参加亚运会！"

孟津问："下一步咱咋办？"

"找他老婆。"

三个人直奔孔春雷家，找到了他的老婆。但三个人说了半天，孔春雷的老婆低着头，就是不说话。

大刘最后说："工作给你做了这么多，道理给你讲了这么多，你是啥想法？"

孔春雷的老婆还是不说话。

程华说："我们找孔春雷，是向他了解肉头的情况。他一味地躲避根本不能解决问题。今天我们找不到他，明天找，明天找不到后天找，一定要把他找到。你说他能躲到什么时候？工作不要了？老婆不要了？你肚子里的孩子，他不管了？"

孔春雷的老婆终于开口了："你们找他只是谈一谈吧？"

大刘说:"如果他没有参与犯罪,要跟我们讲清楚。讲清楚了,就没事儿了。同时,还需要他积极配合我们公安部门查找肉头的下落。"

孔春雷的老婆抬起头:"我家春雷肯定没有犯罪!我知道他,他不是那种人。"

孟津说:"那就把他叫回来,他越躲问题越大。如果不及时把他找回来,让他和肉头接触上,造成更严重的事件,那就不是我们找他谈话的问题了。下次见面就是看守所了。"

孔春雷的老婆说:"行,我叫他回来。"

孔春雷一个人走在街上,心事重重,他不知道自己要去哪里,当然他也不会丢掉自己那份很好的工作,但他现在真的不想回去。他的 BP 机响了,孔春雷看了看号码,是家里的电话,想了想,找了个电话亭,插上卡,打回去。

孔春雷家里,电话在响。

孔春雷的老婆紧张地看着电话。

大刘说:"接电话,语气要正常。"

孔春雷的老婆点点头,接起电话:"春雷,你在哪儿?"

孔春雷在那头问:"咋了?有啥事儿?"

"都几点了你还不回家?"

"我有点儿事儿,今天晚上不回了。"

孔春雷老婆犹豫了一下,然后说:"我,我肚子疼得厉害。"

"咋回事儿?还没到日子呢。"

"不知道,你快回来吧,我疼得难受。"

孔春雷在电话里没说话。

孔春雷老婆又说:"我疼得走不动了,你快回来送我到医院。"

孔春雷担心怀孕的老婆,终于决定回家看看:"好,你等下。"

孔春雷放下电话,拦了一辆出租车,坐上。

大刘等人在孔春雷家里等着。四十多分钟后,外边传来上楼的声音。大刘和孟津立刻走到门后。接着是有人拿钥匙开门的声音,孔春雷走进门。大刘和孟津一下子把孔春雷摁住。孔春雷拼命挣扎。大刘喝止他："别动！"

孔春雷喊："你们凭啥抓人，我没犯法。我没犯法！"

孟津说："你犯了包庇罪，你还说你没犯法？"

孔春雷还在喊："我谁也没包庇。"

两个人把孔春雷控制住。

大刘说："拘传证已经给你开了，去公安局好好谈。"

把孔春雷带到局里审讯室，大刘和程华立刻开始审问。

大刘对孔春雷说："本来要在厂子里和你谈，你不好好谈，非要来这里谈，你说你是何苦呢？"

孔春雷说："我啥都不知道。"

"你啥都不知道？我看你啥都知道。你要是不知情，你为啥要跑？跑得比兔子还快！"

孔春雷不说话。

"咋不说了？你不是说你没有罪吗？肉头是什么人，你和他扯上关系，你还敢说你啥问题都没有？"

"我没抢劫。"

大刘说："你要想和肉头撇清关系，就要配合我们。"

程华问："肉头你认识不认识？"

"不认识。"

"顾凯兵认识不认识？"

"不认识。"

程华："你在哪儿上的学？"

"古市。"

"你上小学和中学的时候，顾凯兵一直和你是同班同学，你为啥不敢说认识他？你心中没有鬼，你为什么撒谎？"

孔春雷又不说话了。

审完孔春雷，大刘走进重案一组的大办公室，柯处长已经在等着了。

柯处问："大刘，审得咋样？"

大刘苦笑着说："这个人小时候叫老鸢，长大了叫老闷，话少得很，问十句他答不了一句。不好审！"

"得想个办法，一定要让他张口。"

"柯处，你看让孟津上预审行不行？怕不怕？"

"有你盯着，怕啥？我只是担心孟津放不开。"

"我看孟津态度挺积极的，这次让他预审也是对他的一次考验和锻炼。我还是建议让他上。"

"行，我同意。"

大刘去把孟津叫出来。

孟津跟着大刘来到楼梯口。

大刘说："柯处长和我刚才商量了一下，孔春雷由你来主审。"

孟津有些惊讶："我？我恐怕不行吧。不要又犯错误。"

大刘说："柯处倒不担心你再犯错误，他担心你放不开手脚，看来让柯处说对了。孟津我跟你说，今天你要是放不开，以后的预审你还会放不开，今后的预审工作都没办法搞。错误犯了咱能改，能吸取教训。但不能让过去的错误绑住手脚。以前你预审方面搞得挺好的，我们都对你有信心，你对自己也应当有信心。这次就看你的了。"

孟津说："刘哥你放心，我一定完成任务。"

又是一个晚上，公安大楼仍然有很多窗子亮着灯。很多刑警仍在加班。在预审室，孟津和大刘在审问孔春雷。

孟津一字一顿地说："孔春雷，我知道你心里想啥。顾凯兵对你有恩，上学的时候他罩着你，让你不受欺负；现在，你买房的钱是顾凯兵掏的，你爸上北京换肾的钱，还是顾凯兵掏的。你要是出卖了他，你良心上过不去，对不对？"

这话说到孔春雷的心坎里了，他点了点头。

孟津倒了一杯水，递给孔春雷，孔春雷接到手中。

孟津说："你心甘情愿替他做大牢，你认为这是报恩。对不对？"

孔春雷又点头。

"但是你想过没有，你坐了牢，我们就不抓他了？不可能。抓他是早晚的事儿。你不说，我们晚抓；你说了，我们早抓。早抓到他，他少干两

件坏事儿,还有重新做人的机会;晚抓到他,闹出人命来,那是要挨枪子的。你是想让他重新做人呢,还是想让他挨枪子?"

"其实他这个人挺不错的,讲义气,豪爽,对人热情,就是交错了朋友。我保证他从来没有杀过人,我希望你们能给他一个机会,放他一马。"

"就算我们给他机会,但他会不会罢手不干?他既然还跟那一帮狐朋狗友在一起,他一定还要作案。你叫我们怎么给他机会?要给他机会,就得让他主动投案自首,让他主动交待他和同伙的罪行,争取政府的宽大,接受政府的改造。你说对不对?"

孔春雷心思有所活动。

大刘趁热打铁:"我看肉头不像首犯。虽然他自称'向东',抛头露面,但据我们侦查,首犯另有其人,隐藏得很深,肉头是被人当枪使了。现在罗城道上的人都恨'向东'这个人,都把肉头当成了'向东',想要他的命。就算是我们不动他,他就能安全?多行不义必自毙,古人说这话不是没有道理的。"

孔春雷说:"我可以讲,但我有个要求。"

大刘看孟津。

孟津会意:"你说,我们能做到的尽量去做。"

孔春雷说:"我想单独见见肉头,让他自首。你们不能跟踪。"

孟津这次又看大刘。

大刘说:"我不能同意。"

"为啥?"

"首先我们要保证你的安全,虽然你和肉头是十多年的好朋友,但他处于这种情况之下,我们不敢确定他会不会伤害你。第二,如果他知道我们在找他,他逃跑了怎么办?"

"我一定能说服他。"

"这样吧。你把他引到我们能控制的范围内,我向你保证:我们会一直等到他同意自首再出现,给他一次机会。这可是看在你的面子上给他的机会。"

孔春雷很感激:"那我谢谢你们了。"

"不过,我提醒你,你一定要注意安全。像他这种人,大多都是杀人不眨眼的魔鬼，一旦发现你背叛了他，什么事情都会发生，很有可能会对你不利。你要记住这一点，发现情况不对，立刻向我们发信号，千万不能为了朋友义气而犹豫。不然的话，我们没办法向你的家人交代。你要想想你还在北京的父亲，想想还没有出生的孩子。"

孔春雷点头。

柯处长听说孟津攻下了孔春雷，非常高兴："好，孟津干得不错。上次给他报功没有报成，这次破了案，我亲自再给他报功。"

大刘说："孔春雷说，肉头三天后的下午三点，将在云方宾馆三层三〇七室和他见面。"

"人员要安排好，计划要周密，只要肉头出现，就一定不能让他跑掉。"

"好。"

"还有，同时要保证孔春雷的安全。"

"你放心，我们都有安排。"

五

上午八点钟，云方宾馆外，一辆面包车停下，大刘、孟津、鹏飞、跃武、建国、程华下车，走进宾馆。

过了一会儿，又一辆面包车停下，老齐、钱元亮、郭方、马顾宇，还有两个便衣下车，走进宾馆。

宾馆内，老齐带着人来到三层，看好房号，敲开房门。

鹏飞把门打开，老齐的人走进去。

房间内，大刘说："来，来，都坐过来，坐不下坐床上。"

众人围上来，大刘铺开一张图："这是宾馆的平面图，我们所在的这层除了电梯外，还有两个出口。这两个出口都要守人。如果肉头带人来的话，也不能让他跑掉。"

老齐说："窗下也要守人，防止肉头跳窗逃跑。"

大刘说:"这三个地方交给特警队。跃武、建国和我负责第一批往里冲,第二批是老齐、钱元亮。我们都在这个房间。"

老齐说:"孟津、鹏飞在三〇七房间的对面。行动开始后,你们负责与楼下保持联络,同时监视控制其他情况。程华和其他同志在楼下负责外围。"

大刘说:"我们已经在三〇七房间安了窃听器,为的是保证孔春雷的安全。这次行动,既不能伤了孔春雷,也不能让肉头有自残、自杀的机会。这一次关系到特大持枪抢劫团伙的顺利破获,一定要干得漂亮。"

郭方说:"我和马顾宇是提前归队,能不能给我们个机会?"

老齐说:"你们还是负责外围,外围工作也很重要。如果肉头在进宾馆之前发现情况要离开,那个时候,就全要靠你们了。"

郭方和马顾宇点头。

大概两个小时后,云方宾馆外,一辆出租车停下,肉头下车。

肉头观察了一下周围,然后走进去。

远处,有一辆桑塔纳。车内郭方和一名便衣坐在车内。

鹏飞拿起步话机:"019注意,019注意,目标出现,正朝3号方位行进。"

步话机大刘的声音:"019收到。各部门准备行动。"

车外,有一个面馆。

马顾宇从面馆走出,掏枪拉起枪栓。

一个报摊旁,程华放下报纸,接近宾馆,同时也掏出枪。

宾馆内,肉头顺着楼梯走到三层,找到三〇七,敲门。孔春雷打开门。肉头进去。

肉头一进房间就问孔春雷:"你爸咋样?"

孔春雷说:"正等肾源,有了肾源还得配型,事情麻烦得很。"

肉头掏出两包钱给孔春雷:"小包是一万,你交给我爸,还是那句话,我做生意赚的;大包是五万,你拿到北京,你爸这时候最需要钱。"

孔春雷没有接钱:"肉头,我问你,你咋弄下这么多的钱?"

肉头把钱往床上一扔:"我是干啥的你又不是不知道。钱这个东西,在谁手里不是花？你管它咋来的。"

"肉头，你总干这买卖，啥时候是个头呀。我劝你还是停手吧，不要最后把自己栽进去。"

"停手？你说得容易。就算我想停，我那帮兄弟也不会让停的。干了这一行，那就是老人说的：上贼船容易下贼船难。我已经想过了，三五年之后，我要是还没有事儿，想个办法把他们甩了，自己去南方做个小生意。"

"你还想再干三五年？"孔春雷激动地说，"再不收手，别说三五年，三五个月你都撑不下去。"

"想那么多干啥？"

"肉头，你去自首吧。"

"你啥意思？"

"你的画像都上了报纸、电视了，事情闹大了你知道不？"

肉头想了想："你放心，雷子没那么大的本事。逼急了，兄弟们手里还有枪，都是硬货。"

"你不要命了？"

肉头笑了："要命还会干这一行？你甭说了，把钱收好，我走了。"

宾馆隔壁，肉头和孔春雷的对话都被大刘他们听得一清二楚，当肉头说"我走了"三个字的时候，大刘对着对讲机："目标准备出洞，各组开始行动。"

对讲机："025明白，026明白。"

大刘说一声快，带着跃武、建国迅速出门。

老齐、钱元亮从另一房间出来。

孟津、鹏飞从对面房间出来。

大刘、跃武、建国守在门前。

老齐、钱元亮跟在后边。

孟津、鹏飞迅速向电梯靠近。

宾馆三〇七房内，孔春雷知道，肉头这一出门，他让肉头自首的想法就会落空，肉头一定会被摁倒逮捕。他决心做最后一次努力："肉头！"

肉头正准备开门,他停下,回头:"咋?还有事儿?"

孔春雷过去一把揪住肉头:"你不自首,我就不让你走。"

肉头想把孔春雷推开:"你犯啥病了?"

但孔春雷揪得死死的,肉头又不忍下死手,一时难以摆脱,两个人撕打起来。

肉头想推开孔春雷:"你放开,你不放开我真动手了啊。"

孔春雷喊:"你不能走,你跟我自首。"

房间外,大刘等人听到屋内叫喊撕打的声音。

大刘一脚踹开门,人们纷纷冲了进去。

这时候,肉头刚给了孔春雷一个肘子,孔春雷被放翻在地。肉头正要走,大刘等人冲进来。肉头立刻掏枪,就在枪已经掏出来的时候,大刘和跃武把他两只手臂控制住,将他扑倒在地毯上。朱建国掏出手铐给肉头戴上铐子。肉头终于明白是怎么回事儿。老齐、钱元亮也冲进来,在四处搜查。

大刘三个人摁着肉头:"别动!"

孔春雷呆呆站在一旁。

经过一番搜索,除了两包钱和一把枪,没发现什么东西。

大刘说:"带走。"

肉头挣扎着回头:"火车,我不怪你。"

孔春雷无语。

肉头被带出去。

老齐用对讲机:"各小组注意,行动结束,现在收队。"

肉头被带回局里后,立刻审讯。大刘、程华和孟津都参与审讯。

肉头戴铐子坐在对面。

大刘对肉头说:"我们知道你不是首犯,你是被人当枪使。他们把你推到最前面,就是为了丢卒保帅。你现在还为他们,他们想过你没有?"

程华说:"老实交待才能有出路。第一你不是首犯,第二你是第一个落网的,你立功的机会还很多。如果你有重大立功表现,政府一定会对你宽大处理。"

肉头说:"我们喝过血酒、盟过誓的,我不能出卖他们。"

孟津说:"我跟你说,肉头。你们搞的什么歃血盟誓,什么义气云天,都是骗人的。你以为你们在一起是替天行道?是杀富济贫?你们能凑在一起为什么?还不是为了钱?为了满足你们对金钱的欲望?"

大刘说:"你还相信你们搞的这一套?你既然说到你要讲义气,我告诉你,中华民族的道德规范是七个字:忠孝仁义礼智信。义字才排到第四位,前三位是忠、孝、仁。你想想,你'忠'在哪里?'孝'在哪里?'仁'又在哪里?你以为你给父母捎点钱就是尽孝?我们去古市见过你的父亲,他为了你的事儿,愁得睡不好觉、吃不下饭。你母亲患了肺气肿,喘气都困难,三天两头地住院。你看过她一次没有?你给的那些钱,他们都不敢动一分钱,就怕你被抓住后退不回赃款,被判重刑。你可以不说,你可以在监狱里住一辈子,但我告诉你,那些和你喝过血酒的所谓兄弟没有人会想到你,没人会为你吃不下饭、睡不着觉。真正牵挂你,为你伤心的,还是你的父母。"

肉头沉默了一会儿:"你讲的道理我都懂。可是,我犯的是死罪,我手头上有命案。我要是讲了,你们能给我宽大不?我还能活不?"

大刘说:"那要看你的罪有多大?"

肉头说:"罗城有人要黑我,叫我发现了,开枪打死一个人。"

孟津说:"那人叫啥名字?"

肉头说:"我不知道,外号圈子。给左天明护场子的队长。"

大刘和孟津、程华交流了一下。

大刘说:"肉头,你说的那个人没有死。"

肉头不相信:"没有死?你们不是诈我吧?"

孟津说:"他大名叫吴有贵,三十七岁。五月二十七日因枪伤住院抢救,我们已经调查过他,但他什么也不说。如果你不相信,我们可以带你去医院认人。"

肉头说:"我相信,我相信。我想喝点水,行不?"

孟津给肉头倒了一杯水。

肉头喝了几口又犹豫:"我们干了几十票买卖,开过枪,也打死过人,不过除了圈子,我可再没开枪打死人啊。一共弄了几百万,这么大的罪，你们真能保证我不死？"

大刘说："你不要跟我讲条件，讲来讲去只能对你自己不利！法律、政策、道理我们都已经跟你讲过许多遍了。你是第一个落网的，立功的机会还有很多，只要你坦白交待，配合我们把这起重大武装抢劫案破获，你就是立了大功。只要你在案子中没有动手杀人，不是首犯，不是主谋，可以不判死刑。你要认清形势，争取主动，抓紧时间。"

肉头又喝了几口水："好，我交待。向东不是我，真正的向东叫白明辉。五年前用'向东'这个名字在罗城干过黑吃黑，后来被人追杀，离开罗城去了我们古市。去年我劳教回来，通过道上的朋友介绍认识了他。那时候他已经组织起一批人，也弄了不少军火，说是要杀回罗城。我和他长得有点像，所以每次就由我打着'向东'的名字抢劫。白明辉说，要把'向东'这个名字打响，人见人怕，听到都要发抖。"

向东的别墅被秘密包围了，预定的时间一到，"哐"的一声响，警察们破门而入，有穿制服的特警，有便衣，也有武警。

进来的警察迅速分工，朝各个房间冲去。

房间一：大刘带几名警察冲入，没有看到人，开始搜衣柜、床下。

房间二：孟津和程华还有几名武警进入，没有人，也开始搜房间。

楼上，房间三：老齐进入，没有人，但有一个保险柜。

老齐说："找人把保险柜弄开。"

其他人冲向卫生间、厨房、阳台，但都没有人。

别墅外，大批武警包围了这里。

远处高楼顶上，人影绰绰，那是狙击手。

向东的别墅内，保险柜终于被打开，满满一柜子的手雷、微冲。

一层大厅，警察从各房间拿出的枪放在地毯上，七八把自动枪放在地毯上。

大刘走出来，老齐从楼上下来。

老齐对大刘说："人都跑了。"

大刘说："大部分现金都被转移了，但还有二十多万没来得及拿走，看来走的时间不长。"

老齐对着对讲机："03，03，我是08。"

对讲机柯处的声音："我是03，08请讲。"

老齐说："嫌犯已经逃跑，时间大概不超过两个小时，请采取措施。"

柯处的声音："03明白，你们的人现在马上撤离，参与全城搜捕。"

罗城最大的珠宝店，丁三和王强在逛店踩点。两个人在金店一边走一边观察。然后走出金店。金店外，王强问："三哥，你说能不能干？"

丁三说："能行。咱回去画个地形图，研究一下。"

这时有两辆警车鸣笛开过。

王强笑了："雷子又忙了。"

丁三说："越忙越好，忙就顾不上管这边的事儿了。"

城内各个卡点开始拦车检查，有些试图闯关的车，都被扣住。

在一个长途客车站，两名警察和两名联防队员上车。

警察说："请乘客们把身份证出示一下。"

人们纷纷掏身份证。

警察开始检查，门口有一个人掏出身份证。

警察仔细核对了一下："请你跟我们走一趟。"

该人知道跑不了了，他没有说话，跟着警察下车。

某个旅店，大批警察、协警、联防纷纷敲门查房，有些房门打开，人们出来说话，接受询问。但有一个门一直敲无人应声。警察让服务员开门，服务员开门，警察进去。灯开着，房子非常凌乱，窗户开着。有警察进卫生间，有警察查看衣柜，有警察从开着的窗户向下看。从窗户向下看的警察看到了逃跑的人，他大喊："抓住他，别让他跑了！"

外边，一个年轻人顺着排水管爬下，距地面还有一层楼高的时候跳下来。

早有埋伏好的警察冲上去，把他制伏。

一处自建楼，楼层有高有低，走廊在外边。地形很复杂。十几名警察和武警冲入院子，一些人在楼下，还有几个人上楼。他们来到一间房外，很快把保险门破拆，闯入。几名警察进入房间后又出来。一名警察喊："人跑了。"

楼下有人喊："在房顶上！"

几名警察纷纷爬房。房顶上的人朝追击他的警察开枪。

冲在最前面的警察中枪倒下，肩膀上流血。

有两个人急忙扶住他，替他包扎。

楼下和楼上的警察纷纷开枪。

房顶上那人栽下来。

岳局长的办公室里，岳局长和柯处长等在办公室。

柯处长看看表："又是一晚上过去了，已经早晨六点了。"

岳局长说："全城行动已经进行了五天了，如果再没有结果，只能暂停行动。从大兵团作战重新回到摸排侦查的战术中来。"

柯处长说："再等等吧，这几天好消息还是比较多的。"

电话响了，柯处接起电话。听了一会儿，柯处放下电话。

柯处对岳局长说："除首犯白明辉以外，所有嫌犯都已抓获。白明辉肯定还隐藏在我市，岳局长，你看是不是改变一下战术了？"

岳局长说："好，从今天开始摸排。但各部门仍然不能放松，治安保卫和巡逻工作还要进行，各分局和派出所的休假继续取消，所有民警继续深入街区和单位进行排查，绝不能让白明辉离开罗城。"

白娟的辞职申请批下来了，柯处长说："要是没啥意见，你签个字，就开始办手续吧。"

白娟愣了一下，没有接。

柯处问："怎么？还有啥想法，你说。"

白娟说："柯处长，说实话，罗城这几年来治安情况搞得很好，案子一直不多，法医工作也搞得不温不火。我认为自己这身本事没啥用武之地。本来还想去公安厅，几次机会都没有把握住，才想到出国深造。"

"这是我们的问题，像你这样的人才，我们一直没有予以关心和重视，没有加以培养。从去年底到现在，罗城一下子出了这么多的案子，我们才对法医这方面重视起来，也确实在法医方面得到了很大的帮助，我们才真正地理解到你的心情和想法。所以，我们这次不仅同意你的辞职报告，同时还要为这几年来对法医工作支持的不到位，向你表示道歉。"

白娟眼圈有点红了："柯处，这一段时间我好好地想过了，我对咱们这个团队还是有感情的，我现在心里很矛盾。"

"来，坐。有啥想法，尽管说。组织上能解决的，尽量给你解决；能帮助的，一定想办法帮助。"

"能不能等银行爆炸抢劫案破获后我再走？"

"会不会耽误你出国？"

"也就耽误一年，我还有机会。但这个大案一旦耽误了，我这辈子再没有机会参与了。"

"行，我们现在也很需要你这样的人才，同意你留下来。"

JUE LU

第七章

李成和手上的枪茧

重案一组找到了被丁三利用的石顺德,由于丁三作案十分严密,石顺德对丁三等人的真实情况一无所知,但他提到其中一个人右手有明显的枪茧,与自己当过特种兵的弟弟一样。这个枪茧让侦查员锁定了李成和,继而找到了杨志峰……

一

城东分局刑警大队办公室接到一个报案。小贾把报案材料递给冯队长:"河北省赞皇市打来两个电话报案,一个是沙雨娴女士,报案称她的丈夫赵天顺在一个多月前来罗城谈生意,至今未归;还有一个是沙市的飞明建筑公司,说他们的董事长赵天顺带着助手汪正于六月四日来罗城接货,货款分两笔打出后,赵天顺和汪正就再没有了音信。到现在已经二十多天。我们请赞皇市公安局到赵天顺助手汪正的家中询问,结果证实汪正确实也失踪了。因为汪正事先和家属说过要出差很多天,所以其家属并没有报案。"

冯队长说:"最好让他们能来这里一趟,讲一下详细情况。"

"赞皇公安局已经着手调查,大概过几天家属就过来。"

"咱这边也不能等。赵天顺是和哪个公司联系生意,从什么地方取货,账款打到什么地方,这三个方面要调查清楚。这事儿就交给你来办吧。"

"我这就去。"

在重案一组的办公室,冯队长在说赵天顺案的调查情况:"我们已经查过了,赵天顺联系的那个公司叫天信建材有限公司,赵天顺出事不久后就关门了。公司的营业执照、税务登记证等证件全部是伪造的。公司主要负责人的身份也全部是假的。我们还找到几名以前在天信建材公司工作过的职员,他们也提供不出有价值的情况。天信建材公司的卜建德等四名主要负责人与外界打交道很小心,没有透露出任何有关他们真实身份的信息。"

孟津说:"看来赵天顺失踪案是一个早有预谋的诈骗案。"

大刘说:"不仅仅是诈骗案,我认为赵天顺和他的助手汪正已经被害。"

小贾说:"我们对赵天顺在罗城的行踪进行了详细调查,但情况很不好,没有找到任何线索。"

大刘说:"既然赵天顺打款用的是转账支票,账户信息上应当留有痕

迹吧？"

冯队说："账户也查过了。卜建德用的是另一个公司的账号。这个公司的法人代表、董事长叫石顺德。他的仓库和卜建德的仓库紧邻，两个人由此认识。石顺德爱占小便宜，他用过卜建德的仓库短期存货，而这批货则被卜建德用来进行诈骗。后来卜建德又用小恩小惠骗取石顺德借用公司账户用来转账和提现。前后两笔一共两百八十七万的货款都是石顺德亲自交给卜建德的。所以，在钱款流程上，留下的都是石顺德公司的痕迹，连银行的监控录像上留下的都是石顺德公司财务人员的影像。"

大刘问："石顺德这个人现在在哪里？"

冯队说："刚刚取保候审。"

石顺德的办公室，石顺德正和一个人谈生意："我这个价格已经很公道了，你可以去打听打听，这样的质量你能从别的公司拿到这个价格吗？"

男子说："石老板，不是你的价格公道，而是你的货别的地方没有。要真有的话，绝对比你的价格低，你这叫奇货可居。"

石顺德说："别管啥居，我不能让价了，你能接受就拿货，接受不了没得谈。"

大刘、冯队、程华推门进来。

冯队对石顺德说："石顺德，这是市局七处的同志，来找你了解一下情况。"

石顺德见是警察来了，赶紧对男子说："我有事儿，你先走吧。"

男子见生意要做不成，只好让步："这个价钱我拿了。"

石顺德赶他走："咱下回再谈，下回再谈。"

男子问："你不做生意了？"

"我这事儿比较重要，明天你来。"石顺德连推带送地把男子送出去，他关上门回来。

石顺德忙来忙去地拿烟、拿果盘、拿水："坐，坐，抽烟，喝水，吃水果。"

几个人都拒绝了石顺德的客套，坐到沙发上。

石顺德抱屈："警官同志呀，我可是冤死了，跳到黄河也洗不清。"

冯队说:"冤不冤不是你说了算,要看事实。你只有把情况说清楚,帮助我们查清事实,追查案犯,才能洗清你的嫌疑。"

石顺德说:"我和他们真的没啥。我就是替他们提了两次现金,还借用了他们一次仓库,我真不知道他们是杀人犯。"

大刘说:"你知道不知道你做的这些事情的严重性?如果没有你的积极参与,他们怎么能提到现金?他们提不到现金,就不可能作案。还有,你借他们的仓库存放货物,他们利用你的货物给对方客户看货,使诈骗行为顺利得到实施。你还说你冤,我看你一点儿也不冤。"

石顺德说:"我根本就不知道他们搞的什么名堂。那个卜总说他们公司有官司,所以借我的账户转点儿账,我也没多想,谁知道惹下这么大的麻烦。"

大刘说:"你讲讲他们四个人的情况,尽量讲得详细一些。"

石顺德问:"咋个详细法?"

大刘说:"你先说说他们的身高、口音、体型、面貌特征这些外在的东西。"

石顺德说:"卜总一米七五七六的样子,大眼睛,中等身材,说话很沉稳,本地口音。那个主管财务的副总叫沐新,是个胖子,看样子挺实在,说话慢腾腾的,个子一米七左右。保卫处处长叫潘胜利,大概一米七五,有点驼背。业务经理叫王刚,是个高个子,我看有一米八差不多,方脸。"

大刘说:"你把他们的详细面貌讲一下,特别是重要的特征。"

石顺德说:"我一共和他们也没见过几面,说不清楚。"

大刘说:"那其他呢?职业经历,家庭情况,平时和什么人交往,有什么爱好?"

"不知道,都不知道。他们口风紧得很,啥都不说。不过,"石顺德想起一件事,"那个潘胜利当过兵,要不就是经常打枪靶。"

大刘问:"你凭啥说他当过兵?"

石顺德说:"我第一次和那个保卫处处长潘胜利见面握手时,摸到他手上有枪茧。我弟弟当过特种兵,手上就有这种茧,所以知道。我当时问他是不是刚从部队复员回来,潘胜利说没有,我也没有再问。不过我看他腰板直、坐姿正,一定是当过兵的。"

大刘重复着这个信息:"有枪茧,当过兵。"

石顺德说:"对。"

大刘对程华说:"你带着李成和的照片没有?"

程华说:"正好带着呢。"

程华从包中取出照片,递给石顺德。

大刘问:"你看,是不是这个人?"

石顺德激动地指着照片大喊:"是他,就是他!"

大刘说:"你看准了,再仔细看看。"

石顺德说:"没有问题,就是他。"

大刘对程华说:"你把赵亚辉叫来,咱把另外三个人的模拟画像赶紧弄出来。"

晚上,赵亚辉一走进重案一组办公室,大刘、孟津、程华、鹏飞、跃武、建国就都围上来。

大刘问:"怎么样?"

赵亚辉说:"经过石顺德,还有卜建德的几个员工的描述,其他三人的画像已经出来了,你们看看。"

赵亚辉把画像递给大家传看。

大刘等人传看。

由于时间太久,石顺德记忆不太清晰,画像和真人还是有一定的出入的。

但杨志峰的画像引起程华的注意。

程华说:"李成和有个合伙人也是个胖子,和这个人有点像。"

大刘看了看这张画像:"对,咱们曾经调查过他,他开着一家洗车行。"

程华说:"但不是很像。"

大刘说:"不管咋说,明天咱们先拉上石顺德去认人。如果是他,咱当场就把他抓起来;如果不是,排除了,咱再找其他线索。"

众人点头。

二

同在这一天夜里,丁三家中,丁三铺开一张图。

丁三指着图:"从打响第一枪开始,到开始撤退,时间是两分钟。"

王强问:"两分钟?够不够时间拿货?"

丁三说:"我算过了,所有的东西都能拿到。"

魏六子说:"怕啥,雷子来了用枪扫,照样能冲出去。"

丁三说:"雷子要来可不是一个两个,一来一大堆,围住了就很难跑掉。咱们的目的是拿货,不是打枪。两分钟之内必须开始撤退,三分钟之内离开现场。但时间的确很紧,需要三个人来做。外边还需要一个人接应和望风,咱还得把杨志峰叫上。"

魏六子说:"杨志峰这货够不够胆?别到时候熊了。"

王强说:"我看他还行。"

丁三说:"杨志峰能行,我明天找他商量。"

魏六子说:"这个金店地处闹市区,平时人很多,会不会堵车?"

丁三说:"金店往南有一条很宽的巷子,车到那里转弯,开过去过了江海路对面又是一条巷子,继续往巷子里开。"

丁三把另一张市区地图拿出来,上面用红线标着逃跑路线:"我们要走十七公里。"

魏六子说:"这路走得曲曲折折的,多走好多冤枉路呢。"

丁三笑了:"看起来好像是多走了路,但这些路行人稀少十分畅通,能避开下班高峰时车流拥堵的路段,且这个时候警车可能会被堵在路上,而且,我们能绕开所有装有电子监控设备的十字路口。"

第二天,一辆小车停在杨志峰的洗车行前。有伙计过来招呼洗车。大刘、程华和冯队下来。大刘问:"你们老板在不在?"

伙计说:"在里面。"

大刘说:"我们是市公安局七处的,找他了解下情况,麻烦你叫一下。"

杨志峰在车行里喊:"干啥的?"

伙计回头说:"公安局的,要找你。"

杨志峰走出来:"啥事儿?"

大刘站在车旁说:"你过来。"

杨志峰走过来:"你们找过我好几回了,我都说清楚了,还有啥事儿?"

"还是李成和的事儿,来,咱到这边谈。"大刘把杨志峰往小车边上引。

车内,孟津让石顺德仔细辨认杨志峰。石顺德向外张望,仔细看杨志峰。就在车窗外,大刘和杨志峰在说话,离石顺德很近。但他看了一会儿,还是不敢肯定:"有个七八分像。"

孟津说:"看准了,别忙着下结论。"

石顺德说:"衣服换了,发型也变了,不好认。"

车外杨志峰并不知情,还在说:"我跟李成和后来联系很少,他做的那些事儿我根本就不知道。"

大刘拖住他:"你再好好想想,还有啥情况?"

车内石顺德摇摇头:"有个七八分像,不能说一定是他,我不敢胡说。"

孟津想了想:"石顺德,咱这么办。"

孟津把嘴凑到石顺德耳边。

车外,程华对杨志峰说:"你不说清,我们还得来找你。"

杨志峰不耐烦了:"你叫我说啥?我该说的都说了。"

孟津和石顺德走来。

孟津指着石顺德:"杨志峰,你认得他是谁吗?"

杨志峰看到石顺德吓得浑身一抖:"我,我,我,我不认得。"

石顺德故意诈他:"你咋不认得我呢,你不是天信建材有限公司副总沐新吗?"

孟津对杨志峰厉声说:"杨志峰,我们已经查清楚了,你还有李成和等四人把赵天顺杀死,诈骗和抢劫现金两百八十七万,你还敢说你不认得?"

杨志峰拔腿就跑,没跑几步就被大刘和孟津摁住。

杨志峰拼命挣扎:"来人啊,救我啊。"

伙计们纷纷跑来,要把杨志峰救出去。

程华把警官证亮出来:"我们是公安局的,在抓嫌疑犯,你们不要犯法啊。"

伙计们没敢上前。一些过路人停下来看热闹。丁三也在路人当中。丁三看着杨志峰就在不远处被押上车。小车开走,丁三镇静地走到马路对面打了一辆车。

丁三回到自己所住的那座旧楼,他一进楼道,跑着步飞快地上楼。丁三打开门,把门关上,走入。

魏六子迎上来:"三哥,胖子没来?"

丁三说:"胖子叫雷子给拾了。"

王强走出来:"啥?胖子叫拾了?三哥,咱咋办?"

丁三说:"胖子顶多能撑三天,咱们明天中午之前,一定要离开罗城。"

王强说:"三哥,你不是说胖子不会出卖咱吗?应该没事儿吧?"

丁三说:"不怕一万,就怕万一。雷子也不是吃干饭的。咱赶紧做准备吧。"

魏六子说:"我早就说这货靠不住。"

王强说:"可惜了,本来还想再做一单大生意。"

魏六子胆子大:"没啥可怕的。咱把家一搬,罗城这么大,雷子上哪儿找咱。这笔生意黄不了。"

丁三说:"小心行得万年船。我劝你们还是赶紧离开罗城,胖子知道得太多了。"

魏六子说:"要走你们走,我不走。"

丁三没理他,走进卧室。

王强和魏六子跟进去。

丁三打开保险柜,保险柜里是满满的钱:"咱把钱一分,分头走。魏六子,你要想留下我不拦着你,但你要记住,千万不能出头。这些钱已经够你花好几年的了,没必要再冒险。你是我的好兄弟,我不希望你出事儿。"

魏六子点头。

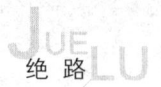

在局里,杨志峰满头大汗。程华递给他一张纸巾,杨志峰道了谢,擦汗。

大刘问他:"李成和是谁杀死的?"

杨志峰说:"我想喝点水。"

孟津倒了一杯水给杨志峰。

杨志峰慢慢地喝。

三个人等着他。

杨志峰喝完,又问:"我还想来喝一杯,可以吗?"

孟津又倒了一杯:"边喝水边想,喝完好好交待问题,争取从宽。"

杨志峰又慢慢喝水。

三个人继续等。

杨志峰喝完水。

大刘说:"杨志峰,我们既然抓你来,肯定是掌握了一定的证据,不然我们不会随便把你抓来的。你也知道,我们以前找过你好几回了,为什么到现在才把你抓来?你想一想!你要是还想抵赖不说,顽抗到底,只能是对你自己不利。"

杨志峰说:"我明白,我明白。"

"明白就好,那你就讲……"

"我还有件事儿想麻烦你们。"

"你说。"

"我想上个厕所。"

孟津说:"懒驴上磨屎尿多,大的小的?"

杨志峰说:"大的小的都有,主要是大的。"

大刘对孟津:"你去叫上鹏飞,押他去厕所。"

孟津走出去,叫上鹏飞把杨志峰押到厕所。

杨志峰一进去就放了十几个臭屁,孟津和鹏飞实在是受不了,只好轮着看守杨志峰,一个在外边透气,一个在里边憋气。

杨志峰蹲了半天,孟津和鹏飞换了好几轮,杨志峰也没有出来。

鹏飞捂着鼻子问:"你咋还没完?"

杨志峰说:"吃坏肚子了,对不起啊。"

鹏飞喊:"孟津,孟津。"

孟津走进来:"完了?"

鹏飞说:"完啥了完,还蹲着呢,你来换换班,我出去透口气,快憋死了。"

孟津:"好,我看着。"

鹏飞出去。

孟津对杨志峰说:"你是屙金子了,还是屙宝石了,这都蹲了多长时间了?"

"对不住,对不住。"杨志峰说着又放了一个屁。

过了一会儿,屁又散过来,孟津捂住鼻子:"真够味啊。"

杨志峰一个劲儿地说:"吃坏肚子了,吃坏肚子了。"

大刘等了半天不见三个人回来,他来到厕所,看见鹏飞站在外边,大刘问:"出啥事儿了?"

鹏飞说:"啥事儿也没有,杨志峰还蹲着呢。"

大刘问:"这货搞啥鬼?"

鹏飞说:"可能真是吃坏肚子了,放的屁真叫臭,熏得我够呛。"

里面传来冲水的声音。

鹏飞:"可算是出来了。"

鹏飞走进去。

过了一会儿,鹏飞和孟津搀着杨志峰出来。杨志峰都走不动路了。

大刘问:"你这是搞啥了?"

杨志峰有气无力地:"刘队,我蹲的时间太长了,腿麻得没知觉,走不动路了。"

大刘真是又好气又好笑:"我审了这么多年犯人,还没见过你这样的。我真长见识了。"

鹏飞说:"我也长见识了。"

大刘说:"扶他回审讯室走一走,走一走就好了。"

杨志峰起码在审讯室里转了五百个圈。

大刘看了看表:"你转好了没有?"

杨志峰一边转圈一边说:"就快好了。"

大刘说:"我给你数着呢,你都转了五百多圈了。你给我坐下!"

杨志峰走到铁凳(四角固定在地上不能移动的凳子)跟前坐下。

大刘说:"杨志峰,李成和身上背着两起枪案,他还参与了'4·17'银行爆炸抢劫案,他都是一个死人了,你咋还要包庇他?你图的什么?你难道要把他的罪行往自己身上揽?"

杨志峰说:"他的案子,我确实不知道。我要是知道我就交待了。你不是说了嘛,他一个死人,我包庇他也没啥意思。"

大刘说:"那我问你,李成和是怎么死的?赵天顺和汪正的尸体在哪里?"

杨志峰:"报告,我还有个请求。"

"你说。"

杨志峰说:"我饿得厉害,一天都没吃饭了,能不能让我吃点饭?"

孟津狠狠拍桌子站起来:"杨志峰,你认清楚这是什么地方!你跑到这里来耍赖皮了!你想耍,我们可以陪你。但你想想你自己的出路,'4·17'银行爆炸抢劫案,'6·7'诈骗杀人案,李成和被杀案,还有李成和的两起枪案,这么多的大案命案你都敢隐瞒,敢包庇,就凭你,你能背得动?"

杨志峰嘟囔着:"我确实是饿了。"

大刘说:"刚拉了又要吃,你的花花肠子不少啊。行,吃饭可以,但杨志峰我警告你,吃完饭不许再耍花招,老老实实交待问题。这是公安局七处,不是疗养院。我们现在对你客气,并不代表我们没有措施对付你这样的,办法多得很。你要再跟我们弄这些乱七八糟的东西,有你好看的,没你的好果子吃。"

杨志峰说:"我知道,我知道。"

大刘对程华:"程华,你去给他买份饭。"

杨志峰说:"我吃米饭,不吃面;还有,戴手铐用筷子不方便,请你给拿个勺子。"

程华说:"吃个饭,事儿还挺多的。"

杨志峰说:"麻烦了,麻烦了。吃完饭我一定老实交待。"

程华走出去。

过了一会儿，程华买回来一份炒米饭。杨志峰戴着手铐在吃炒米饭。大刘、孟津、程华三个人盯着他。

杨志峰抬头看了看三个人："米有点儿干，能不能喝点水？"

孟津用纸杯给他倒了一杯水，递给他："毛病多得很。"

孟津递完水，往回走。

杨志峰喝了几口水，像是在思考什么问题，他突然把勺子塞到嘴里吞下。

大刘一下子跳起来，冲过去拽住杨志峰，掰他的嘴。

孟津还没转身，听到声音也扑向杨志峰，他以为杨志峰要跑，死死摁住杨志峰。

大刘提醒他："他把勺子吞了，要自残。"

孟津这才配合大刘去掰杨志峰的嘴。

大刘说："不行了，已经吞下去了。"

"我去叫救护车。"程华跑出去打电话。

杨志峰在惨叫。

大刘和孟津摁住他："控制住他，不要让他乱动。"

程华跑出来，正巧鹏飞刚从办公室走出来。

程华远远地喊："快打电话叫救护车，案犯把勺子给吞了。"

鹏飞转身跑回办公室打电话。

有几个刑警听到程华喊跑出来，一齐跑向审讯室。审讯室里，孟津和大刘几乎摁不住杨志峰。跃武、朱建国、郭方、钱元亮冲进来，把杨志峰死死摁住。

大刘命令："来，来，把这货抬下楼，用警车送到医院。等救护车来不及了。"

大家一起抬起杨志峰。

杨志峰被强制做了手术。大刘带着人一直守在手术室外，做完手术，杨志峰被推出来。大刘问医生："情况怎么样？"

"刚做了开腹手术，情况稳定。但勺子比较大，食道严重损伤，恢复期需要鼻饲进食。"

"恢复期需要多长时间？"

"最快也要半个月。"

孟津问："大夫，咱这事情比较紧急，能不能早一点儿出院？"

医生说："身体恢复是一个客观规律，这不是咱主观能改变的。"

大刘说："哦，好。谢谢啊。"

医生走开。

大刘对孟津说："看来只能在医院突审了。"

孟津有些发愁："这货滑得很，审讯室他都不老实交待，尽玩花活事儿。在医院他要是不说咱也拿他没办法。"

大刘说："办法都是人想出来的。你现在就向重案一组全体人员传达一下：大家开动脑筋，集思广益，争取在医院让他吐口。"

丁三拎着东西走进父母住的院子，他刚进院子，丁母就走出来："三子，我一听脚步声就是你的声音。"

丁三说："妈，你身体还好吧。我爸身子还好吧。"

"我们都好。就是你有半个多月没来了，我们想得慌。"

"我最近生意忙。"

丁三进家，把手里的东西放下。丁母拿出水果要给丁三洗。丁三说："妈，别忙了，我就是来看看你和爸。"

"那也得吃点东西。"

"那我来吧。"丁三接过母亲拿出的苹果和梨出门。母亲跟在丁三后边也出来了。

在院子里，丁三接了点水，洗水果。母亲搬了个凳子坐在丁三不远处，慈爱地看着儿子："生意忙也不要太累，身体最要紧。"

"对。您也不要太累，有钱不要舍不得花，该买啥就买点啥。"

"家里啥也不缺。"

丁三洗完水果，进厨房找了个盘子和刀子出来。

把盘子放在母亲面前，拿起一个水果削皮。

丁母问："上次你大姐给你介绍的对象，你为啥不愿意？"

"不是我不愿意，是人家看不上咱。"

"你胡说。你要愿意你就请人家吃一碗刀削面？"

丁三把削好的苹果递给母亲："她要愿意，就是不吃刀削面也愿意。她还不是看上我开公司、挣大钱。我说公司效益不好，请她吃路边摊，她就不愿意了。这样的女人，我也不想要。"

丁母不高兴地说："头一回见面，人家问问你的条件也正常嘛。"

大哥走进院子："哎？三子来了。"

丁三打招呼："大哥，今天怎么过来了？"

"我隔个两三天就回来看爸妈一回，你回来时间少，妈老提你呢。"

"家里全靠大哥和大姐照顾爸妈了。"

"看你说的，那也是我爸我妈呀。"大哥说着进屋，一会儿又出来："爸不在呀？"

丁母说："出去钓鱼了。"

大哥说："那好，晚上喝鱼汤。三子晚上不走了吧。"

丁三说："我留下来陪爸妈睡一晚上。"

大哥说："咱哥俩整点酒喝。"

丁三说："我刚买了一瓶茅台。"

大哥："喝，发财了。"

丁母说："那得多少钱啊，啥酒不能喝，买那么贵的。"

"爸和哥不是都好喝两口嘛，不糟践。"丁三起身，"哥，咱到屋里说两句话。"

大哥和丁三进屋。

进了屋，丁三把门关上，对大哥说："大哥，我这两天遇到个投资

商，说给我个项目，但我得去东北。这一走，少说也得两三年。"

大哥问："咋走那么长时间？你这才回家不到半年。你咋跟妈说？妈肯定不同意。"

"我也不想走。不过，男人嘛，事业为重。"丁三拿出一个纸包，"这是八十万。"

大哥惊讶地啊了一声。

丁三说："大姐五万，本来想多给她，怕她多心不敢花，所以先给她五万。你拿二十五万，以后看着给姐点儿，剩下五十万是给咱爸妈的。爸妈都舍不得花钱，就是把钱给到他们手里，也是往银行里存，所以我把钱先放到你这里，你看着给爸妈花。"

大哥问："你做啥生意，咋来这么多钱？"

丁三说："正经生意，你别怕。嫂子不是想开个店吗，她跟你这么多年也不容易，一年买不上一身好衣裳。你想办法给她开个店。小刚学习不错，是个大学生的料，好好培养。爸爱钓鱼，叫他别去那荒郊野外的，不安全。花几个钱到正经鱼塘钓。妈不爱出门，有时间陪爸妈出去玩一玩。大姐家境不好，你周济着点，那五十万可以用一些。还有姐夫……"

大哥说："快别说这些了，像交代后事一样。你不是就走两三年嘛，一眨眼就过去了，能抽空回来看看，就回来看看。其实呀，妈最亲你。"

丁三拍拍大哥的肩膀："也是，两三年一眨眼就过去了。其实人一辈子也就是一眨眼的功夫，没啥盼头。"

"我看你今天不对劲儿。"

"没事儿，你别管我了。我去买点菜。"

大哥笑了："你买菜?! 你会挑菜吗？"

"超市不是有那包好的净菜嘛，方便得很。"丁三说完走出去。

丁三买了不少好菜，不过没告诉母亲是超市买的净菜。

丁三帮厨，丁三的母亲和丁三的大嫂做主厨，做了一大桌子酒菜。

丁三给父亲和母亲夹菜："来，尝尝这个，从饭店买的现成的鲍鱼。多吃点。"

母亲说："又买这么贵的菜，这得花多少钱呀。"

丁父说："三子，你虽然生意做得不错，但日子还得小心过。"

丁三说："没花多少钱，饭店老板我认识。"

小刚说："我也想吃。"

大嫂说："你咋不懂事儿，和奶奶爷爷争啥？"

丁母夹了一个鲍鱼给小刚："来，你也吃。"

丁三说："刚才我给大姐打电话，让她和姐夫孩子一块儿来吃饭。大姐说忙生意，问她也不说是啥生意。大哥你知道不知道是咋回事儿？"

大嫂说："她那叫啥生意？能和你比？她是搞传销，拉人头，弄提成。我和你大哥劝过她好几回了就是不听。外头欠着债，家也不管，孩子的学习落下好多，家也不像个家了。"

大哥说："前一阵子还拉我入伙，让我一顿好说，后来生气了，再也没来电话。"

丁母说："做生意是好事儿，但咱得规规矩矩的。"

丁三说："就是，大哥你还得劝劝大姐。"

丁母说："我和你爸都是七十往上的人了，还能活几年，凑合着再活个七八年，也是高寿了，你们的日子还长着了。"

丁三说："妈，爸，你们养我这么大，我却没在身边尽几天孝，尽给你们惹事儿，还要你们为我操心。小时候打架，每次都是你到派出所把我接出来；长大了我在云南坐牢，你每隔几个月都要坐几天几夜的火车去看我。家里有事儿，我啥也帮不上忙。前年爸爸摔跤住院，差一点就没命，我也没能到床前侍候一天。"

"三子，我们当爸妈的没让你走好路……"丁母叹了口气，有些伤心。

大哥劝她："妈，你别总说这话了。"

丁母对丁三说："只要你以后能过好，我们就放心了。"

丁三站起来："爸，妈，我要去东北两三年。"

丁母说："你又要走啊。"

丁父说："好男儿志在四方，我们不拦你。不过，一个人在外头别和人家呕气打架，你呀这辈子就吃亏吃在这地方了。"

丁三说："妈，爸。你们放心，过几年儿子回来，就再也不走了，陪你们一辈子。"

丁三站起来："以后逢年过节，儿子就不能给你们拜年过寿了。今天我提前给你们磕头了。"

丁三起身跪在父母面前，恭恭敬敬地给父亲和母亲磕了三个响头，那头碰在地上，砰砰地响。

丁三家，王强和魏六子把钱包好。

魏六子不甘心，他对王强说："再干一票咱再走，你看怎么样？"

王强说："还是听三哥的，咱不能再干了。我分了一百二十万！也不少了，放我们小镇上，够一辈子用了。"

"王强，你还真想在你那小镇里待一辈子？你就不想到大城市过生活？在你那小地方过一辈子有啥意思？和你蹲大牢有啥区别？等你搬到上海、北京住，你就知道啥才是真正地过生活。"

"去上海还不容易，几百块钱买张火车票就过去了。"

"你那一百二十万，在上海买房买车，送孩子上贵族学校，剩下的那点钱也就只够两三年的饭钱。王强，我认识一个叫白明辉的，我俩是发小，一块打架长大的。后来我跟了三哥，他一个人单练，因为黑吃黑被人赶出罗城。不过他人猛得很，枪法准，身手利落，比李成和一点儿也不差。后来他手底下聚了几个兄弟，硬货也弄了不少，又杀回罗城，五年前开始用'向东'这个名字在道上混，干了不少好买卖。前几天失风翻了船，兄弟们都让雷子拾了，只有他还在外面。现在单漂着，手里还有几把好枪。三哥不肯干，我把他叫过来，这个金店货挺足，没有一千万也有七八百万，这一票干完，咱就收手，以后做正经生意，再不干这一行了。"

"要不等三哥回来再商量一下？"

"三哥肯定不同意，咱干咱的活，他走他的路。你要是不愿意，我也不勉强。不过，这个金店咱可琢磨了一个月了，你也知道防范措施不严密，路线也通，容易下手，过了这个村，就没这个店了。"

王强点着一根烟，抽了几口："我好好想想，明天给你个回话，行不？"

魏六子说："行，明天上午九点钟你到我住的地方找我。今天晚上我去联系向东。"

第二天，魏六子和向东在魏六子的藏身点等王强。

向东说："时间太紧。"

魏六子问他："向东，你估摸还得准备几天？"

向东说："最少要准备三天。"

王强敲门，魏六子开门。王强走进来说："你这地方真难找，曲里拐弯的。"

魏六子说："这才安全嘛。"

两个人往里走。

魏六子问："你咋这会儿才来，不是让你九点钟过来吗？"

王强说："我刚才把钱汇回老家了。"

两个人进里屋。

魏六子介绍："这就是我昨天说的那个铁哥儿们向东。这是三哥的好兄弟王强。"

王强说："东哥，听六子说，你身手好，枪法也准。"

向东说："身手好、枪法准顶啥用，还不是叫雷子把兄弟们都给一锅端了。现在东躲西藏，狼狈得很。我猜一定是肉头点的炮，我找个机会非弄了这货不行。"

魏六子说："肉头早晚要收拾，干完这一票咱先走，避避风头。"

王强问："咱啥时候干？"

向东说："我刚才看了三哥的计划和路线图，无论是计划还是图都非常完美，如果按三哥的计划来干，我看不会出啥差错。不过，咱还得好好准备一下，三天后下午五点钟行动，怎么样？"

王强和魏六子都说好。

向东说："还有一条。万一有人翻船被雷子拾了，自己的事情自己兜，不许乱咬兄弟。要是和肉头一样点炮抬人，杀他全家！"

魏六子说："东哥，你放心，咱哥几个都是手上沾过人命的，进去就是一死，有事儿就全揽自己身上，到刑场上也多打不了一枪。"

在火车站台上送丁三走的时候，王强把这件事情告诉了丁三。

"你一定还要干这一单买卖，我也不拦你。"丁三掏出一个纸条递给王

强,"这是我的新手机号,你要是出了事儿,就给我打电话。不过,你要记住两点:第一,一定要用公话给我打,绝不能在家或者用手机打;第二,这个电话是我专门给你留的,你只能打一次,接完你的电话,这个号我永远不会再用,咱们也永远不会再有联系了。"

王强有些伤感:"三哥,你带我走吧。你要是答应带我走,我现在就跟你离开罗城。"

丁三说:"人越多目标越大,而且拾住一个连出一串串,互不联系最安全。行,我走了。"

王强:"三哥,保重。"

丁三拍拍王强,转身上车。

王强注视着丁三上车,心里一下子空落落的,好像失去了依靠。

第八章

罗城金店的激烈枪战

狡猾的丁三嗅出了不安全的气息，脱身逃跑。但刚越狱一单生意都没有做的六子很不甘心，他留在了罗城，拿着丁三已经准备好的似乎完美无缺的抢劫金店的计划找到了暴力犯罪团伙头目向东，同时力劝丁三的得力帮手王强留下，三个人决定干完这一单再走，同时也选择了一条不归的绝路……

一

　　在某一个家属院的院里停放着不少的车辆。黑影中闪出王强，他走到一辆小车旁，看了看周围没什么动静，走到驾驶室门旁，开始撬门。远处一棵树旁，向东站在树下望风。王强很快打开门进去，过了一会儿，王强把车发动。王强把车开出来，接上向东，向黑暗处开去。

　　王强开着偷来的车疾驰在大街上。坐在副座的向东对王强很是欣赏："王强，没想到你还有这本事啊。我本来还想弄个出租车司机，现在省得我再沾一条人命了。"

　　王强说："我从小就喜欢弄电器、机动车啥的。将来有钱了，开个连锁修理店。"

　　向东问："你确定车主三天之内不会发现？"

　　"你看车上这灰，都是积灰，看来好久都没开过了。我估计一个礼拜也发现不了。"

　　"回去好好睡一觉，明天下午提前一个小时到位。"

　　第二天，三人开车来到金店外，车停在金店门前。

　　向东一边观察外边的情况，一边看表，还有两分钟的时候，向东命令："还有两分钟，开始准备。"

　　向东、王强、魏六子套上面罩，戴上手套，每人在腰上缠上一个袋子。一人拿一把自动步枪。王强和魏六子拿的是九五，向东拿的是八一杠。

　　这时，金店内人来人往，有小夫妻挑首饰的，有全家人来选货的，售货员在细心介绍，对即将到来的危险全然不觉。金店外也是人流熙攘。向东在车内说："准备。"三个人打开枪支的保险。

　　向东喊："开始。"

　　三个人打开车门冲了出去，冲进金店，以至于街上的人几乎没有什么反应，不明白发生了什么事儿。三个人冲进金店后，王强和魏六子朝天开枪。大喊："都趴下，都趴下！不想死的都趴下！"

机灵的人赶紧趴下,还有一些想弄明白是怎么回事的人仍然站着。王强和魏六子朝还没有趴下的人胡乱开枪。一名售货员被打中,一头栽在地下。一颗子弹把一个老头儿的帽子打飞,老头儿当场吓得瘫倒在地。还有几个人受伤。人们纷纷趴下。向东掏出铁锤,左手持枪,右手持锤一个接一个地把柜台敲碎。王强和魏六子跟在后边,魏六子取出一盘盘的珠宝,王强拿着袋子敞着口装。一个趴在地上的保安的步话机响。向东停下手中的锤子,举枪稍微瞄准了一下,保安一个跟头倒地。向东继续砸柜台。有几个保安跑到门口想拉卷闸门把出口封死,向东掏枪连连射击,有两名保安倒下,其他保安纷纷躲避。

向东催促着:"快,快!"

王强和魏六子加快速度收罗黄金首饰。向东警惕地看着四周。王强和魏六子把向东已经砸完的柜台中的珠宝收拾完。魏六子还想多拿,捡起向东的锤子又连连敲破几个柜台。王强一个人拿珠宝,速度显然慢了许多。魏六子跑回去和王强继续配合拿珠宝。

金店外已经围了不少人。一辆面包车鸣着喇叭冲向人行道,人们纷纷避闪。面包车停在金店门前,然后一个保安从面包车上跳下来。几声枪响,这名保安受伤跌倒。

金店内,向东朝魏六子大喊:"够了,快撤!"

魏六子还想拿:"等下,还有五六个柜台。"

向东骂他:"时间到了,他妈的你不要命了。"

魏六子正准备去砸下一批柜台,向东向那些柜台开枪,打出一溜整齐画一的枪眼。魏六子只好收手,对王强说:"走!"

两个人一人拿一个袋子向外冲。金店大门已经被面包车堵住。魏六子喊:"换个门走。"

向东说:"这里最近。"他打开面包车门,从这边进去,那边出来。

魏六子把袋子先递过去,然后钻车。有几个年轻男子站起来,想过来追。王强开枪,但他是向天开的:"趴下,趴下。"

那几个年轻男子又纷纷趴下。王强也钻过去。

王强刚钻过面包车,对面响起枪声。

向东说:"我们被围住了。"

这时候金店外的人已经纷纷散开，留出开阔地，能看到有几个警察在对面射击。向东躲在一个街头小卖部后边，用准确的连发压制住对方火力。有一个警察受伤倒下。王强和魏六子跑向自己的小车。魏六子和王强要钻进车，向东急忙喊："六子，不要进去。"

但魏六子已经先钻进去。小车是一个很好的目标，警察火力一齐集中射向小车。魏六子在车内被打中两枪。魏六子忍着痛，伸出枪来朝外扫射。向东趁势又是两个点射，两名警察倒下。剩下一名警察不敢再开枪。王强急忙把车发动，向东飞快地一边开枪一边上车。汽车飞速驶去，拐进一个巷子，不见了踪影。

警察用步话机呼叫："江海金店被抢劫，对方三人，持自动步枪，请求增援。"

小巷中，王强按着喇叭向前冲，有司机想抢道，向东伸出枪去朝车顶放枪，司机吓得刹车。王强的车飞速开过。王强的车穿过一条大街，进入另一条小巷。魏六子已经浑身是血，向东收枪给魏六子包扎。向东朝王强喊："你他妈的开快点儿！"

王强说："这地方叉口太多，再快就撞车了。"

魏六子呻吟着："我，我快不行了。"

向东鼓励他："六子，六子，你再坚持一下。你没有被打中要害，别怕，你没事儿。"

金店外，一辆辆的警车赶到，还有汽车运来的武警。武警纷纷跳下车，列队。他们接受命令，封锁现场，疏散群众。警察们进入现场。柯处、大刘、老齐、老彭、孟津、程华等人都在。有人已经开始把伤者抬出现场。一名法医检查一名警察的尸体，确认死亡。法医对抢救人员说："已经死亡。"抢救人员向另一处跑去。

一辆警车鸣着警笛停下。岳局长从车上下来。柯处长上来汇报情况："岳局，一共是三名罪犯，都持有自动武器。开一辆黑色捷达车逃走，有一名罪犯被击伤。我方有四名同志参与枪战，其中一名同志牺牲，两名同志受伤。"

分局毕局长也跑过来："罪犯是从金店东边的小巷穿江海路一路向南

逃跑，我们正在调查追踪罪犯的逃跑路线。"

岳局长命令："柯处，现在的第一要务就是派人继续检查有没有伤员，发现伤员立即抢救治疗；同时组织警力勘查现场，寻找目击者。毕局长，你多派车辆，沿路追踪，尽可能地掌握罪犯的逃跑踪迹。"

罗城市公安局会议室内弥漫着紧张的气氛。重案大队的侦查员，相关分局的侦查员，技术科的人员，还有记录员都到齐了。

岳局长发言："仅仅过了三个月，罗城市发生第二起恶性案件。虽然我们已经做了提前预防，有四名警察及时赶到。但事实证明，我们做得还远远不够。'7·22'案件造成三人死亡，五人重伤，价值八百多万元的金饰钻品和珠宝被抢劫一空。案件性质之恶劣程度比'4·17'银行爆炸抢劫案有过之而无不及。在这里，我并不想批评任何人，因为你们在今年上半年突然频发的恶性案件中付出了自己的努力，摸排了数万名嫌疑人，调查了近千条线索，破获了多起恶性案件，制止、预防了一些重大案件的发生，打掉了多个犯罪团伙和个人，抓捕了一大批罪犯，取得了优秀的战果。但是，这一个重大恶性案件，就足以抵消我们所取得的战果，我们所付出的努力。这个责任，主要在我。因为我布署不严密，计划不完善，才使罪犯新的犯罪活动得逞。作为公安局局长，我向你们表示道歉。"

岳局长站起，深深地鞠了一躬。

大家哗地都站起来。

大刘说："岳局长，我请求把'7·22'案件交给我们组，我们一定在最短的时间内拿下。"

老齐说："我们组愿意配合大刘，争取在一个月内破案。"

老彭说："我们组也请求参加。"

岳局长对下一步工作进行了安排，然后由柯处主持案情分析会。

白娟首先发言："根据现场提取的脚印以及目击者反映的情况，'7·22'案件与'4·17'案件犯罪嫌疑人的特征有明显不同，其从身高、体态、行走习惯等方面来看，都有明显的差异。其中两人为中等个，另一个人较矮。三人体格都比较健壮。我们已经从现场遗留的脚印中分析出三个人比较准确的身高、体重、大致年龄等数据,这是报告。"

白娟把报告传给大家看。

大刘继续说:"这伙罪犯在面对紧急情况时,也明显不如'4·17'案件中的案犯老练,作案手法有明显区别。首先,'4·17'案件中有人在外围望风,汽车隐藏在小巷中,并有人在车中接应,随时准备开车。但'7·22'案件中,所有案犯都进入金店,汽车上没有人接应,外围没有人望风。导致金店门口被保安用车堵住,并在出门时遭到早已埋伏好的我方人员拦截。遗憾的是,对方有一名案犯枪法精准,且具有相当高的军事素质,将我方火力压制,并造成我方一名同志牺牲,两名同志重伤。如果不是这个人高质量的军事化的掩护和突围,我们一定能够将所有罪犯抓获。"

老齐说:"而且据目击者讲,在作案过程中,案犯之间还发生了矛盾,其中一名望风的案犯向另一名矮个案犯身旁开枪警告。可见这并不是一个严密的组织,一定是临时拼凑起来的团伙。"

老彭说:"我认为'7·22'案件与'4·17'案件还是有相似之处的,首先,蒙面方式是一样的,而以我们以前的经验,不同的团伙,蒙面方式各有不同;另外,我们已经发现丢弃的汽车,通过沿路查访,我们发现罪犯设计的逃跑路线十分精巧!沿途十七公里,绕开了罗城所有装有电子监控设备的十字路口,虽然曲曲折折,却行人稀少十分畅通,避开了下班高峰时车流拥挤的路段。可以说,这条逃跑路线和'4·17'案件的逃跑路线一样,都十分完美。罪犯作案分工明确,在现场和车内都没有留下指纹,车内基本没有什么痕迹,只有丢弃的两件血衣,但这两件衣服是名牌产品,销量很大,线索价值不大。综上所述,这伙罪犯的反侦查能力还是很强的。所以,我想有没有这样一种可能,就是说'4·17'案件的罪犯与'7·22'案件的罪犯虽然是不同的犯罪团伙。但是两团伙一定有联系。"

大刘点头:"有这个可能。"

"这些线索只是为排查划定了一个比较粗的范围,有没有直接线索?"柯处问。

大刘说:"孟津,你把下午发现的新情况说一下。"

孟津说:"我们在现场发现罪犯遗留的铁锤。这把锤子加工水平较高,锤柄经过机器打磨,显然是市场上购买的大厂的产品。我们下午派人调查了一下这种锤子,很快了解到这个锤子的品牌是大燕牌,全市有七个销售点销售这种产品,其中有两个地方的销量较大。我们明天将继续追查,希望通过查找购买铁锤的人,来获得三人更多的线索特征。"

柯处说:"这个线索很重要,明天你们加紧办。"

程华说:"我和老彭一组对罪犯逃跑路线进行了追踪。一般情况下,他们的藏身处应当离弃车处较远,这样才能保证他们不受到排查的威胁,当然,我们也不能放弃对弃车周围住户的排查。但最有可能的逃跑方式是有车接应他们,或者打车离开。所以,我建议对全市的出租车进行一次调查。可能会发现极有价值的线索。"

岳局长说:"现在就赶紧安排和运营公司取得联系。程华,你赶紧办。"
程华答应一声走出会议室。

孟津说:"据当时参加枪战的同事钱警官说,矮个子案犯往车里钻的时候,有一名案犯曾大喊'六子'提醒他不要进车。'六子'这个人,很可能是案犯的名字或外号。"

柯处命令:"明天开始户籍清查,寻找名字中叫六子的这个人;同时把线人都联系上,在社会上寻找,凡是外号叫'六子'的人,都要过一遍。"

晚上,在魏六子的藏身点,王强和向东架着魏六子进屋。王强回身把门关上。向东把魏六子衣服扒开。魏六子轻轻地叫了一声:"我好疼。"

王强问:"这里有没有白粉?"

向东说:"没有白粉,有白药,你去写字台抽屉里拿,再拿几卷纱布。"
王强去拿东西。

向东给魏六子检查伤口:"两枪都是六四弹,贯穿伤,六子,你没事儿。"

魏六子问:"我真的没事儿?东哥你别骗我啊。我要是真不行,你就补我一枪,六子我不怪你。"

向东说:"咱们东西都到手了,你还想死,你傻呀。这是贯穿伤,没伤内脏，止住血就没事儿了，死不了，你小子真够走运的。"

魏六子笑了一下："走个屁运，走运咋身上挨了两枪，你也给我走一个看看。"

向东说："叫你别往车里钻，你不听。那不明着叫人家当靶子打吗？"

王强把白药拿来，向东给魏六子上药。

魏六子疼得直叫。

王强说："六子，坚持住。"

向东问王强："你能不能弄点人血白蛋白？"

王强不明白："啥蛋白？"

向东明白王强不懂这些，只好自己来："我出去找医生，你给六子多喝点淡盐水。"

王强说："你找医生？你不怕把雷子招来？"

魏六子说："东哥，你别去，现在各医院肯定都插着眼线，你一去非出事儿不可。"

向东说："那咋办？"

王强说："我给三哥打个电话。"

魏六子这时也非常迷信丁三："对，问问三哥怎么办？"

向东问："丁三现在在哪儿？"

王强说："我不知道，他给了我一个新号，他说我要遇到麻烦，就给他打电话。"

魏六子催促："王强，赶紧打，赶紧打。"

王强拿出手机，又找出纸条，拨号。

火车上，丁三的手机响，他看了看号，没有接，把手机放回兜里，望着窗外的夜景。手机在兜里一直响着。

王强放下手机："三哥不接电话。"

魏六子着急了："再打。"

王强突然想起来："三哥说不让我用手机，不让我在家打，让我用公话。"

向东点点头:"丁三说得对,用手机会暴露。王强,你赶紧去打电话。"

王强答应一声,从抽屉里找出电话卡然后出去。王强来到街上的公话亭,拿起话筒插卡拨号。电话通了,王强叫了一声三哥。

丁三的声音传来:"事儿做了?"

王强说:"做了,做得不利落,六子挂了彩。"

火车上,丁三边走边打电话:"情况怎么样?"

王强说:"死不了,不过得养几个月。"

丁三命令:"你们赶紧分头走。"

王强问:"六子咋办?"

丁三走进厕所,关好门:"给他一把手枪,让他自己解决,然后把尸体连夜烧掉。"

王强吃惊地说:"三哥,六子的伤没大事儿,能养好。"

丁三说:"雷子就要找上门了,你们明天早晨就得走。晚走一天就得进局子。进去也是死,不如自己先做个了断。"

丁三挂断电话,取出手机卡,扔到厕所里,用水冲走。然后换上另一个卡,从厕所走出。这时车厢已经关灯了。丁三找到自己的卧铺,躺下,但是他睡不着。他知道,跟了他多少年,甚至为他顶罪而判过死刑的魏六子这一次肯定逃不脱一死。丁三从床上又坐起来,来到走廊坐下,看着窗外的灯光,长长地叹息了一声:"六子。"

王强推门走进来,回身把门锁住,走进里屋。魏六子已经睡了。向东低声问王强:"怎么样?"

王强把向东叫到一边,和他咬了咬耳朵,说了丁三的意思。

向东一下子揪住王强的脖领:"你要敢动他,我他妈就先弄死你。"

王强说:"这是三哥的意思,我也想带六子走,可六子现在这样子根本就走不了。咱晚上把东西分了,明天我走人。希望你们没事儿。"

向东松开手。

王强问:"咋说?"

向东:"分吧。我要和六子在一起。你要走,我也不拦你。"

王强把东西全部拿出来,金灿灿的黄金饰品,银亮的白金,还有钻石、各种玉器。

王强找了三个袋子，把自己那份往一个袋子里装。

向东看王强装东西："我有个伙计，叫明子，他可以收这些货，给的价钱还可以。"

王强问："东哥，你估计一共能换多少钱？"

"能打个六折多，二百万差不多吧。"

"明子能有那么多的现金？"

"你放心，他就是干这一行的。"

"我走之后，你们要多保重。"

"我总觉得今天这生意有漏洞。"

"咱可是全按着三哥的计划来的，应当没啥问题吧？"

"后来打车和计划不一样。"

"你怕司机认出咱们，带雷子来找咱？咱中间可是换了三回车。"

"换三回车也有可能被跟上。我真后悔没把最后那个司机弄死。"

"东哥，你说咋办？"

"这里已经不安全了，明天我再找个地方。"

丁三大哥家的院子里，大哥坐在院子小石桌旁喝着茶。

收音机传来主持人念协查通报的声音："嫌疑人为三名男子，均身穿深色夹克。嫌疑人甲二十八岁左右，为中等个，体型中等，身高一米七二左右，体重七十二公斤；嫌疑人乙三十五岁左右，中等个，体形健壮，身高一米七二左右，体重七十八公斤；嫌疑人丙三十三岁左右，个子较矮，一米六八左右，体重七十公斤。矮个罪犯身上有枪伤。嫌疑人作案后，于十七时零五分至十七时二十分乘坐一辆黑色捷达车，从江海金店东侧白龙巷经江海路向南逃窜。车体左侧有多处明显弹痕。望广大市民踊跃提供线索，一旦发现上述嫌疑人立即报告。凡提供重要线索破获案件的，将给予三万元奖励。直接抓获嫌犯的，将给予八万元到二十五万元的奖励。"

大哥关掉了收音机。

大嫂推门走出来："这都几点了，你咋还不睡？"

大哥说:"你睡吧,莫管我。明天不出摊了。"

大嫂坐到大哥身旁:"想啥了?"

"没想啥,天太热,睡不着。"

"我知道你想啥。"

"你知道啥了,你知道。"

"三子一下子拿出八十万块钱,你害怕了,是不是?"

"他说他开公司,可从来也不和咱们提他公司的事儿。再说,这钱来得也太快了吧,还不到半年的功夫……我担心三子没走正道。"

"咱也没偷也没抢,担心啥?我跟你说,这些钱你可不能光存着不动啊,开店的事儿你别给我弄黄了。"

"我说三子呢,没和你说钱。"

大哥站起来走开。

大嫂冲着大哥放大声音说:"怕啥?三子能有啥事儿?有事儿早让警察抓起来了。"

大哥冲回来,压着声音训斥老婆:"你小声点儿,这夜深人静的,不怕别人听到?"

二

罗城市运管办的办公室内。办公室主任告诉程华:"我一接到电话就赶到单位,立刻安排值班人员联系司机。凡是在昨天下午五点到八点当班的司机,我们全部联系到了。"

程华说:"你们辛苦了。"

办公室主任说:"应当的,为了抓住罪犯嘛。你们比我们更辛苦啊。"

大刘问:"结果咋样?"

办公室主任说:"我把你们提供的罪犯特征让司机辨认,有三个司机说搭载过这样三个人。三个人的最后落脚点是城北郊的程家村。"

大刘说:"主任,你能不能把三名司机请过来,咱具体落实一下。"

"他们已经在路上了,一会儿就能过来。"

在岳局长的办公室,岳局长在指挥破案,时钟指向凌晨四点,柯处长和大刘走进来。

柯处长说:"岳局,已经确定了。三名嫌疑人在城北郊的程家村,但具体位置不详。"

大刘说:"这个村地形复杂得很,外来人员多,治安管理差,登记不全,查起来很困难。"

岳局长命令:"都到这个时候了,不能再按部就班了,立即调集能动用的所有警力,把村子围起来,挨家挨户地清查。"

在武警部队营地,武警枪械室,武警进入,依次快速取枪,然后在大院列队集合,喊队声此起彼伏。

在公安市局,骑着摩托车的巡警,一辆辆的警车已经整装待发。岳局长一声命令:"出发!"警车一辆接一辆地开出。

大街上,警车一辆接一辆驶过。武警的兵车也一辆一辆驶过。

天已经蒙蒙亮,王强背着一个大包在村中走,隐隐传来狗叫声。

王强走到村边,拦了一辆车,和司机讲了讲价钱,上车离开。

汽车远去,消失在凌晨的雾色中。

过了一会儿,一辆辆的警车开到,警车并没有鸣警笛,停在了程家村外。

武警们下车列队。

警车上下来不少便衣。

岳局长和武警支队长一齐下车,几名武警警官上前请示:"报告,整队完毕,请求指示。"

支队长:"一大队、二大队、三大队迅速封锁路口。其他人员跟随刑警搜查。"

武警军官接受命令后,迅速散开,封锁路口。

魏六子的藏身之处,向东睡着睡着突然醒来,坐起。

魏六子问:"咋,睡不着?"

"我总感觉不对劲儿。"

"要不你先走，我没事儿。"

"六子，你说的是啥话？我能撇下你一个人滑点让你等死？我已经想好了，现在咱们就走，弄个车先到古市，找个小诊所，清一下创口，输点血。等你恢复过来，咱一起去南方。"

向东拉着灯，下床。两个人收拾东西，把抢来的东西装到一个大旅行包内，其他东西放在小包里。向东背着一个大旅行包，胸前也挂一个包，准备出发。魏六子因为受伤，什么东西也没带，但穿了一件长衣，以掩盖伤口。

两个人走了出去。向东搀着魏六子向村外走。

向东警惕地问："咋村子里的狗叫得这么凶？"

魏六子也有些纳闷："是不是雷子来了？"

向东安慰自己："不会这么快吧？"

魏六子说："也是，这才过了一个晚上，雷子哪有这本事。"

两个人继续走。

这时，程家村已经被包围，村巷，警察挨家挨户地敲门。有几家人打开门。警察亮证件，说明情况，进去搜查。鹏飞负责的一队从东边开始搜，在搜到第六家的时候遇到了一点儿小麻烦。

一个年轻人打开门。鹏飞对他说："我们是市公安局的，正在搜查抢劫杀人犯，请配合一下。"

"哪有杀人犯？我刚下夜班，还要睡觉了。"年轻人要关门。

鹏飞把门推住："按照《公安机关办理刑事案件程序规定》第二百零七条规定，我们有权进行搜查。你这是妨碍公务，懂不懂？"

程华说："杀人犯持枪躲藏在程家村，很危险，你不让搜，他也不让搜，我们的工作就没办法进行，你们的生命财产安全怎么保证？"

年轻人想了想把他们让进来。

孟津、跃武和两个警察从南边开始搜。但其中一家人，任凭他们敲门叫门，就是不开，也没有人答应，只有门内的狗在叫。

跃武说："敲了半天门了，是不是没有人？"

孟津说："每家都要搜到，我进去看看。"

跃武说："你小心点儿。"

孟津找了个地方，爬墙上去。

孟津跳下墙。

刚跳下去一会儿，突然听到孟津喊："跑啥了？站住！"

孟津打开院门，其他人冲进来，大家已经掏枪在手。

跃武问："人在哪儿？"

孟津说："上房了。在那儿，在那儿。"

跃武朝天开枪："别跑，再跑开枪了。"

房上那人听见枪响，吓坏了："别开枪，我下来，我下来。"

向东和魏六子也听到村子里有枪声响。向东和魏六子紧张起来。魏六子说："雷子真来了。"

向东和魏六子赶紧把自动步枪拿出来。向东说："村子肯定被围了。"

魏六子说："东哥，你赶紧走，说不定还走得脱。"

向东想了想，拍了拍魏六子："你等下。"

向东来到一家门前，拍门。

门内有人问："谁啊？"

向东说："公安局的。"

在跃武那边，一个年轻男子被跃武和孟津摁倒在地。几名警察从屋子里出来。"屋里没有其他人。""也没搜出枪。"

跃武问年轻男子："快说，其他人在哪儿？"

年轻男子纳闷："啥其他人？就我一个。"

跃武说："你还不老实，我们既然能找到你，就掌握你们的情况。"

年轻男子还是不明白："我啥情况，不就偷了几辆摩托车嘛。咋闹下这么大动静，还开枪啥的。"

跃武感觉到抓错了："你叫啥名字？哪儿的人？干啥的？"

年轻男子说："我叫程建德，就是程村人。没啥干的，瞎混。"

孟津说："跃武，你这一枪开得太早了。"

大刘走了进来，很严厉地问："谁开的枪？"

跃武说："是我。我还以为是……"

大刘走过去，厉声批评："你还以为？！你做事儿用不用脑子？你这一枪就是为犯罪分子报信，增加搜捕的难度，增加了我们流血牺牲的危险！"

跃武不敢说话。

远处突然传来一声枪响，接着又是一个连发。

人们都朝枪响处望去。

孟津说："不像是我们的枪声。"

大刘等人冲了出去。

向东和魏六子已经冲进院中，劫持了人质。他手持自动步枪驱赶着这家老老少少几个人进一间屋。人们惊叫着进屋。魏六子坐在门前端枪守着门口。向东把身上的包往地上一扔，对魏六子喊："六子，你过来守住。"

身带枪伤的魏六子迟缓地走到屋里，站在门口："都蹲下，低下头，敢不老实，要你们的命。"

向东出来把院门闩住，又在其他各屋搜了一次，没有发现人，又回到正屋。里屋，向东拎了一桶水进屋，他把水放下，把窗帘拉住，把灯拉灭。向东对魏六子说："进屋，把门锁好，千万不能在门后和窗后露头。听到没有。"

魏六子点头。

枪声同时也暴露了向东和魏六子的位置。大批的武警和警察赶到此处，很快把院子前前后后围住。有一些武警开始上房，寻找有利射击位置。大刘、跃武、鹏飞、建国已经来到现场，在小声商量。接着柯处、老齐、郭方、钱元亮、马顾宇、老彭也来到了。

大刘报告："柯处，已经确定，案犯就在这个院子。"

柯处命令："马上疏散周围居民，再找几个邻居过来，问问里面有没有其他人，是什么布局构造。"

程华带着一个老人和一个中年人过来。

程华说："柯处，这位老伯和这家熟。"

柯处问老人："老伯，这家有人在不?"

老人说："老焦家都是老实巴交的人呀，可不是坏人。"

柯处问："罪犯是咋进去的?"

老人说："我刚才听到有人敲门，说是公安局的。过了一会儿，就听到枪响。我大着胆子让我儿子爬墙悄悄一看，只见两个人拿着枪把老焦一家子往正屋赶。"

柯处问："你哪个儿子?"

中年人说："是我。"

柯处问："他们几个人?"

"两个，都拿着枪，能打连发。"

"看清楚了，是两个人？再没有别的生人?"

"院子里就两个，屋子里有没有没看见。"

"两个人长啥样?"

"呀，咱紧张得很，啥样子没看清。一高一矮，那个矮个子好像是有病，走路很慢。"

"老焦家里有几个人?"

"老焦家老两口子，大儿子一家四口，还有三小子，一个女儿。要在就是这么多，不知道今天是不是都在。"

"谢谢啊。"

"不客气。"

柯处命令大刘："你详细问一下院内情况。"

大刘答应。

岳局长也赶到了。

柯处向岳局长汇报情况："岳局长，罪犯大概是两到三人，持有自动步枪，火力比较猛。其中有一个矮个子可能有枪伤。他们挟持有人质，初步调查人质是八个人。除了两个年轻人以外，其他都是老弱妇孺。"

岳局说："要保证人质安全，必要时可以击毙。"

院中正屋内，向东悄声说："他们来啦。"

魏六子稍有些紧张："给我根烟抽。"

向东说："我不抽烟。"

向东问人质："你们谁有烟？掏出来。"

人质里没有人说话。

向东走过去把枪口对准一个年轻人。一名妇女惊叫起来。年轻人赶紧把口袋里的烟掏出来。向东说："还有火。"

年轻人掏出火来。向东接过退回，给魏六子一支，替他点上。

外面传来喊话声："你们已经被包围了，马上放下枪支，交出人质，可以争取宽大。"

向东笑了："他们知道咱手里有人票，这就好办了。雷子不敢进来。"

院外，喊话的警察放下喇叭。

老齐对柯处说："喊话没什么反应。案犯紧闭门窗，拉着窗帘，狙击手找不到机会。"

大刘说："刚才我们观察了一下，只有正屋有人，大概是两个人。要不咱突进去几个人怎么样？地形我已经看好了，有地方隐蔽。"

柯处说："硬冲怕伤害到人质，咱再想想办法。"

里面向东在喊："你们听着，我手里有八个人，你们不要进来，敢进来一个人，我就把所有人质都打死。反正抢金店的时候已经打死过人了，再打死几个也没啥。"

大刘问："柯处，你看咋办？这么多的人质，时间长了恐怕会出危险。"

柯处说："咱首先要搞清楚屋中有几个人。告诉各方位的狙击手，如果要击毙，必须将所有罪犯同时击毙，一旦有罪犯未击毙，很可能会报复杀害人质。"

老齐答应一声走开。

柯处对大刘说："你问对方需要什么条件？咱看情况再考虑下一步的计划。"

大刘："好。"

屋内，正屋的门打开着，向东躲在墙后。

警察继续喊："我们已经掌握你们的情况。你们想逃是逃不出去的，我劝你们放下武器，释放人质，接受审判。这样还能见到你们的亲人，还能争取政府宽大。不然的话，只有死路一条。"

向东喊："你咋唬啥了？我们手上有八个人质，要死大家一块儿死。"

向东从水桶中舀了一大瓢水，咕咚咚喝下去。

向东对人质："你们谁会开车？"

没有人说话。

魏六子对着天花板开了一枪："不会开车，全杀！"

人们吓得惊叫起来，有一个五六岁的孩子大哭。

老头说："我家穷得叮当响，哪有钱学开车了。我求求你们高抬贵手，饶了我这几个孩子，我们老两口愿意跟你们走。"

外面警察喊："如果你们射杀人质，我们将采取强制措施，你们考虑清楚！"

向东靠着墙喊："别慌，刚才走火了，没伤人。"

大刘喊："六子，我是市局七处重案大队副大队长刘明宇，你们有什么要求？可以提出来，我们尽量满足，不要冲动！"

魏六子笑着对向东说："要求？雷子尽骗人。咱要让他们全撤走，他们肯定不干。"

向东对外边喊："我知道你们安排了射手，只要我们一露头就会开枪往死里打。你们把射手都撤了，再给我们备一辆越野车，配一名女司机，开到门口。我要是出门看到有狙击手，立刻开枪杀人质。"

魏六子小声说："东哥，雷子的话不可信。咱干脆把人票全杀了，咱们冲出去硬干一下，死也死得轰轰烈烈。"

向东说："他们也没挡咱的财路，算了吧。一家老小的，全灭了门有啥意思，咱还不是活不成？"

院外，岳局长命令："都答应他们。"

老齐建议："岳局长，我建议保留部分狙击手，伪装隐蔽埋伏，当案

犯上车时，可以将他们一举全部击毙。"

岳局长说："这样做很冒险。我们已经知道对方有一个人军事素质相当高，如果他先出来进行侦察，发现我们仍保留有狙击手怎么办？对方是一伙杀人不眨眼的魔鬼，什么事情都可能做出来，这个险不能冒，要另想一个稳妥的办法。"

柯处说："岳局长，咱们对案犯情况了解得非常少，而且案犯的想法也只有一个，就是逃离出咱们的包围。无论是谈判，还是短兵相接，成功的可能性都非常小。只有狙击是最好的办法，也是目前唯一管用的办法。我的建议是把狙击手布置在村内案犯的逃跑路线上，村里的这一段路，非常狭窄，弯路很多，车速很难提起来，这样咱的狙击手在运动中将案犯一举击毙是很有可能的。"

岳局长说："对正在行驶的车辆进行狙击，有没有误伤人质的可能？老齐，你把马队长请过来一下。"

老齐答应一声，走到正在指挥武警的支队长马队长身边，说了几句话。

大刘把程华拉到一边商量着什么。

马队和老齐走到岳局长面前。

马队对岳局长说："岳局长，这个没有问题。只要让狙击手了解案犯的具体位置，可以做到百发百中。"

岳局长不同意："这个不太容易，案犯上车后如果与人质更换位置，咱们掌握不了。"

程华说："局长，我来做司机，可以打暗号帮助狙击手确定案犯位置。"

岳局长不太相信程华："你做司机？"

大刘说："对方不是要一个女司机吗？我刚才和程华商量了一下。程华在特警队训练过，由她来当司机最合适。"

岳局长还是不同意："我还是建议由女子特警来担任这个任务，你毕竟三十多了，对方比你年轻，体格也非常强壮。"

程华说："咱们的主要任务不是配合狙击手吗？这方面还是我最合适。"

大刘也说："岳局长，我看程华是最合适的人选。"

岳局长想了一会儿，然后说："好。程华，你要答应我，一定要小心行事，注意安全，一定不要出事儿，不然我没法向队里，向你的家人们交代。"

程华点了点头。

屋内，魏六子说："东哥，我难受得很，可能又流血了。"

向东说："现在没时间换药，咱去了古城就找医生。"

魏六子又叫了一声东哥，向东答应一声。

魏六子说："其实你真不值，你本来一个人就能走脱，这下咱两个一块儿完蛋。我都是死过一回的人了。"

向东说："咱兄弟别说这话。要走一块儿走，要死一块儿死。你他妈的当年甩了我跟了丁三，我还以为咱两个这辈子再不会在一起干事儿了。没想到最后一件事儿咱还能在一起。"

院外，一辆小车停在院门口。

老齐说："岳局长，所有狙击手已经全部安排好位置，在汽车行进过程中，一有机会，立刻开枪击毙罪犯。"

岳局长命令："喊话，告诉他们车准备好了，狙击手也全部撤出。让他们释放部分人质。"

警察拿起喇叭："我们已经给你准备好汽车，所有狙击手都已经撤出。你们可以安全离开，请你们释放人质。"

屋内，向东拿着枪指着一个小伙子和一个女孩："你两个，跟我们走，其余的人留到屋里。"

小伙子和女孩站起来。

老人一下子也站起来："你带我走吧，让他们留下。"

老太太也在下面哭："放了我孩子吧，我们跟你走。"

向东拿枪指住老人："蹲下！听到没有，蹲下，不然我就开枪了。"

小伙子对父亲说："爸，我不会有事儿。你不要傻！"

老人慢慢蹲下，老泪纵横。

向东押着两个人来到门前，对魏六子说："你看住她，听到我打一个连发，你就带这女的出去。"

魏六子点头。

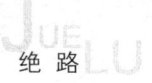

向东把旅行包背上,把装有子弹的包挂在脖子上,用枪顶着小伙子出门。

向东仔仔细细地观察了每一个可能向他发出子弹的角落,确定没有人,然后押着小伙子走到院外。

院外已经站满了武警、便衣,但都没有明着亮出枪来。

程华坐在驾驶位置。

向东押着小伙子坐到后边,把枪伸出去,对着天打了一个连发。

人们都一惊,纷纷后退。

柯处长告诉大家别慌。

屋内,魏六子听到信号,押着女孩往出走。女孩最后回头,看了看自己的亲人,然后出去。魏六子枪伤发作,他忍着剧痛,带着女孩走出院子。魏六子把女孩往后排一推,他坐到前排用枪指住程华:"开车。"程华把车发动,挂挡起步,汽车徐徐开出。程华的同事们紧张又担心地看着她。程华用眼光和他们交流。车子开走。

车子开得并不快,在程家村的巷子里拐来拐去。向东向后看,武警和警察已经看不见了。车子开过几个巷子。程华突然伸手,做了一个不引人注目,但又很大的动作,似乎是抓痒。但手指头打出了个三字。这代表罪犯坐在中间。程华这个动作做了有四五秒钟,时间比较长。

向东有点怀疑用枪点了点程华的头:"你做什么?"

程华:"头有点痒。"

向东半信半疑地收回枪。

突然,几乎是同时响起两声枪响。前排的魏六子和后排的向东都头部中弹倒下,但就在向东倒下的时候,他手中的枪下意识地朝程华开了一枪。

旁边的女孩哭叫起来,小伙子兴奋又激动地安慰她。

程华迅速停车转身,确定二人死亡。

很快汽车被武警围住。

程华下车:"两名罪犯全部被击毙,人质没有伤亡。"

一名武警突然喊道:"你受伤了!"

程华这才发现自己后腰部在流血,她慢慢地倒下。

医院的手术室外,做完手术的程华被推出来。七处的战友急忙过来。

大刘问:"大夫,程华伤势怎么样?有生命危险吗?"

大夫说:"脾脏破裂,肠道受损,子弹留在体内。不过,幸好有座位和防弹衣挡了一下,子弹造成的其他伤害并不大。摘除脾脏,缝合小肠后,静养恢复就可以。"

大刘道了谢,医生走开。

过了一会儿,程华丈夫尤明凯赶来。

尤明凯着急地问大刘:"刘队,我老婆怎么样?没有事儿吧?"

大刘说:"刚做完手术,医生说没有危险,只是把脾摘除了。"

尤明凯问:"她在哪个病房?"

"四〇七室,我带你去。"

大刘和尤明凯走到病房。

病房前已经站了很多人,柯处,孟津,跃武,鹏飞,建国,老齐,老彭,郭方,钱元亮,马顾宇。

护士出来问:"你们谁是家属?"

尤明凯上前:"我是程华的丈夫。"

"病人正在监护,需要全程陪护,你们现在不用来这么多人,最好轮开班,不然熬不住。"

"护士,我老婆的伤是不是很严重?"

"就看术后恢复情况了。如果能尽快醒来,应当问题不大。"

尤明凯走进病房。

大刘对柯处说:"柯处,你们回去休息吧。孟津留下就行。"

大家都说要留下,大刘看柯处,向柯处求援。

柯处对大家说:"案子还没有完,接下来还有同样艰苦的侦查工作,我想程华也不希望因为她而耽误破案工作吧;另外,你们几个大老爷儿们也很不方便,我回去后会请示岳局长再派几个女警来照顾程华,大家回去吧。明天放半天假,好好睡一觉,下午开始预审工作。"

大家这才和大刘、孟津打招呼后离开。

柯处对二人说:"大刘,孟津,明天上午会有人来接你们的班。下午

你们还得继续工作,辛苦你们了。"

大刘说:"放心吧柯处,这点儿困难我们能克服。"

柯处点点头离开。

晚上,程华的病房里换了一名女警察在看护程华。

尤明凯在妻子输液的胳膊下放上一个暖水袋,然后小心地用毛巾替妻子擦去汗。

尤明凯坐到妻子身边,轻轻地说:"老婆,你赶紧醒来吧。回家我就给你做你最爱吃的沙窝鱼头。我向你保证,我再也不在你身边叨叨了。你需要加班你就加班,不用向我请示汇报;你想当刑警,你就继续当,我不会找你们领导给你调工作了;孩子可以再晚几年要,爸妈的身体都好着呢,都能活一百岁。你不是总爱跟我讲你破案子的事儿吗?你不是总嫌我不耐烦吗?只要你醒来,你还能跟我说话,我保证连听你三天三夜都不眨眼睛,你讲的每一个字我都用笔记本记下来。老婆,你还记得咱搞对象的时候,你说过的话吗?你说你可能会受伤,你说你可能会牺牲。我说只要我活着,不许你牺牲。我哪里有这本事。可只要你能醒来,就算你一辈子躺在床上,我也愿意陪你一辈子,照顾你一辈子。"

尤明凯在流泪。

女警察也在擦眼泪。

丁三大哥家的院子。大刘和一个派出所的民警进来。

民警问:"丁海在不在家?"

丁三大哥在屋内答应:"在,等一会儿啊。"

丁三大哥举着油腻腻的手出来:"啥事儿?"

大刘说:"我们是市公安局七处的,找你了解一下丁三的事儿。"

丁三大哥有些紧张:"三子出事儿了?"

大刘警惕地追问："你知道他有啥事儿？"

丁三大哥脑子一转，把话转回来："他不是去东北做生意去了吗？他是不是在东北出事儿了？"

大刘问："他去东北了？去东北啥地方了？啥时候走的？"

"七月二十号上午走的。没说去啥地方。"

"没说去啥地方？你是他大哥，你们处得关系最好，他去哪儿能不告诉你？"

"三子真没和我说啥，他都没让我去送他。不过，我见他买的火车票了，是去北京的票。我估计是在北京倒车，再去东北。"

"平时他做啥生意？"

"三子咋了？你们七处我知道，是弄大案要案的。"

"没啥，就是了解个情况，丁三可能知道。你把丁三的情况详细讲一下，行不行？"

"好，好，那我洗下手啊。刚才穿羊肉串弄得这满手。"

"好，你去。"

派出所的民警对大刘说："丁海羊肉串烤得不错，好手艺。"

丁三大哥说："有空去我那儿吃羊肉串啊。"

市局会议室在开案情分析会。

大刘说："经过对死者身份的确认，矮个子案犯就是从新疆越狱的魏六子。由于那边看守所出现差错，误将一名被焚毁的尸体当作魏六子，所以才没有把魏六子挂上全国通缉名单。"

白娟说："被害人的身高体形与魏六子差不多，血型相同，又穿着囚服，被焚尸后很难进行确认。如果能在全国建立一个罪犯 DNA 信息库，我们可以少走很多弯路，缩短大部分案子的侦破时间。可惜，我去年就提出这个想法，一直得不到重视。"

柯处说："我支持你这个技术课题，你回去抽时间写一个报告，附上详细的材料。我替你去报项目，找大学合作。"

白娟说："那太好了。"

大刘说："我继续说这个魏六子。魏六子在罗城联系最紧密的一个人是丁三。丁三和魏六子原来在罗城道上算是数得上的人物，因为坐牢时间太长，几进几出，一直就没有自己的地盘，但罗城几乎所有的大混混都买他们的账，只要他们出来都会主动孝敬财物。前几年咱罗城连续进行治安整顿和严打活动，基本清理干净了罗城的黑势力性质的团伙和一大批惯犯，罗城的治安情况明显好转，连续五年未发生重大刑事案件。虽然从去年开始，李根勤、左天明、老闯这些后来的又有黑势力抬头的趋势，也被咱们及时打掉，所以，丁三这次出狱没有和罗城道上的人有任何的联系。从表面上看很老实，几次排查也没有看出他有什么问题。但我认为，既然魏六子回到罗城，他们很可能会有新的行动。这次江海金店被劫案，丁三有参与的可能。"

柯处问："丁三现在人呢？监视起来没有？"

大刘说："他已经在江海金店被抢劫的前两天乘火车离开。我们接触了一下他的几个亲属，都不知道他的具体去向，只说是去了东北。"

鹏飞说："这样说来，从时间上来看，他和'7·22'江海金店抢劫案应当没什么关系。"

大刘说："丁三和魏六子这两个人在咱们七处是挂了号的人物。他们向来是'焦不离孟，孟不离焦'，既然魏六子参与了'7·22'江海金店特大抢劫案，丁三最起码是这一犯罪行动的知情人，甚至可能是策划人。虽然从时间上来看，丁三与'7·22'江海金店特大抢劫案对不上，但不能放松对他的追查。我认为还是要找到丁三的下落，对他详细审一下。"

老齐说："第二个人的身份也确定了。他就是我们一直在追查的罗城武装抢劫犯罪团伙的首犯向东，真名白明辉。我们对白明辉社会关系进行了调查，没有发现和'7·22'有关的线索。"

孟津说："我们对罪犯在现场遗留的大燕牌铁锤进行了调查。全市七个销售点近一个月卖出这种铁锤四十二把，有三十三把已经找到购买者，经调查这三十三人的铁锤都在。另外九人暂时无法找到，这九个人中，有三个老板印象比较深，我们已经把这三个人画了模拟画像。"

柯处问："杨志峰那边怎么样？"

大刘说："杨志峰这个人确实是个'人才'，赖皮中的'人才'。考虑到用常规审讯的办法他不可能老实交待，我们没有直接在医院审他，晾了他几天，一方面把杨志峰的家属也安排过来照顾他，另一方面安排人给他上政治课、法律课。慢慢炖他。我看这几天准备得差不多了，明天上午突击审一下。"

医院走廊，大刘和孟津走在走廊中。两人走到杨志峰的病房前，一个警察在门口坐着。

大刘问："人咋样？"

警察说："恢复得不错，能吃能说能动。"

大刘和孟津走进病房。杨志峰的妻子和女儿都在。一个警察坐在一边的床上监视。两个人见了大刘和程华打招呼。杨志峰的妻子和女儿刚帮杨志峰灌上鼻饲营养液。女儿小雯帮杨志峰试体温。妻子拿个暖壶准备打水。

大刘笑着说："你们一家子都在啊。"

杨妻打呼呼："刘队长来了。"

小雯也转过身。

杨妻感激地说："多亏你们公安抢救，我家这口子才捡了一条命。"

大刘说："这是我们应当做的，今后可不敢让他再干这傻事儿了。"

"就是，我们这几天都在说他了。"

"我们有点儿事儿要和杨志峰聊聊，请你们两个回避一下好不好？"

杨妻说："好，小雯，来。"两个人拿着暖壶走出去。

大刘问杨志峰："老杨，感觉怎么样？"

杨志峰说："就那样。"

大刘说："你看你这一家多让人羡慕，女儿漂亮孝顺，老婆通情达理，你咋就想不开要寻死了？"

"反正我也活不成了，实话跟你说，我手上也有人命了。"

"杀人偿命你还懂，你当初杀人的时候咋不好好想想。"

"那都是……那都是他们逼的，我不动手，他们就要杀我。"

"如果你说的是真的，你是被暴力胁迫杀人，你这种情况属于较轻的罪行，我保证你不会被判死刑。"

"你不要骗我。"

"你要是不相信,我可以把相关的法律条文拿给你看,我也可以把我们的领导请来,当着他的面再说一遍这句话。"

杨志峰沉思。

孟津接着说:"杨志峰,你好好想一想。我们七处对你怎么样?你在审讯过程中,不断地要吃要喝,我们都尽量满足你;你一上厕所就是一个多小时,我们陪着你;你吞勺自残,我们立刻抢救你。我们对你这么好,你在审讯过程中自杀,让我们背处分,你也太不够意思了吧。"

杨志峰说:"我保证,以后再不会自残了。"

大刘说:"光保证不自杀自残还不够,你要老老实实交待问题。你的妻子,你的女儿,都盼着你好好改造,早日回家,你……"

杨志峰有些不信:"我这罪还能回家?"

大刘说:"咱国家的政策法律你还没有来得及学习。我告诉你,公检法司的政策法律都有规定,只要犯罪分子认罪态度好,有重大立功表现的,该杀头的可以不杀,该重判的可以轻判。只要你积极配合我们的工作,争取主动,帮助我们破获重大案件,抓获其他犯罪分子,我们完全可以给你算作立功,争取轻判。"

孟津说:"杨志峰,你向前一步,坦白交待,事情都好解决;向后一步,顽固到底,只有死路一条。你要想清楚。"

杨志峰问:"你们要问哪个案子?"

大刘说:"你一个一个地说,从头说。"

杨志峰说:"你说的那个鹏鲲小区杀狗案是李成和一个人作的案,李根勤欠了我们公司五十万不还,公司被迫倒闭,李成和去他家是想盗窃报复,没想到院里突然有了两个大狼狗,他被狗咬后开枪打死狼狗逃跑。"

大刘说:"继续讲。"

杨志峰:"曲庆安文物被劫案,我真的不知道,李成和从来没和我说过。银行爆炸抢劫案是李成和、丁三和王强干的,我没参与,后来他们没跟我详细讲,我知道的也不多。"

大刘问:"王强是谁?"

"丁三的狱友。"

"王强现在在哪儿？"

"他和丁三住在一起。他跟丁三形影不离，找到丁三就找到王强了。"

"丁三跑到哪儿去了？"

"丁三滑点了，你们抓我的前两天，我还见过他一次。"

孟津问："你估计丁三能去哪儿？"

杨志峰想了一会儿："他大概去了南方的哪个大城市。"

孟津说："具体点儿，哪个城市？"

杨志峰说："我也不知道。他说罗城地方太小，干啥都施展不开。在罗城干完最后一票，就去郑州、武汉、上海、深圳，在那些地方成立个组织，弄个经济实体，再不做舞刀弄枪的事儿了。"

大刘问："干完最后一票？丁三还策划了个啥案子？"

杨志峰说："他准备抢劫罗城最大的金店，江海金店！"

大刘和孟津都非常兴奋，互相看了一眼。

大刘掏出三张模拟画像给杨志峰："你看看这三个人你见过没有？"

杨志峰拿着三张画像仔细地看了很久，指着其中一张画像："这个人有点儿像王强。"

大刘和孟津立刻赶回局里向柯处汇报："对杨志峰的审讯取得重大突破，杨志峰一口气交待了四个案子。除了我们已经侦破的鹏鲲小区杀狗案和曲庆安文物被劫案确定是李成和单独作案外，'4·17'银行爆炸案、'6·13'赵天顺诈骗杀人案，'7·22'江海金店特大抢劫案都有很大的进展。其中，'4·17'银行爆炸案为丁三、王强与李成和三人作案；'6·13'赵天顺诈骗杀人案，为丁三、王强、李成和、杨志峰四人作案；'7·22'江海金店特大抢劫案的主谋是丁三，但丁三没有参与作案，现场作案的三个人中，已经逃走的那个人很可能就是王强。"

这时白娟走进来："柯处，报告出来了。"

柯处说："你把内容讲一下。"

白娟说："通过'7·22'江海金店抢劫案现场找到的弹壳，我们确定案犯一共使用了三支自动步枪，其中两支为九五式，一支为八一杠。经过对比鉴定，这支枪就是'4·17'银行爆炸案中使用的八一杠。另外，我们从程家村魏六子的出租屋中提取到一些比较新鲜的指纹，其中一个人的指纹与王强的指纹吻合。报告完毕。"

柯处激动地说："好！那么，到现在'7·22'江海金店特大抢劫案的主要案犯也已经确定。下一步，我们的任务是：尽快把丁三，王强抓捕归案。"

大刘和孟津直飞云南昆明，然后倒火车到西双版纳，再坐汽车到达云南边镜小镇，和那里的派出所联系上。常所长早就等着他们来了，他介绍情况说："接到省厅转过来的协捕通知以后，我们立刻组织人对王强进行了抓捕，但王强已经在五天前全家搬走。"

大刘很失望："逃掉了？"

常所长说："一家三口都走掉了。我们走访调查了王强和他妻子的亲戚朋友、社会关系，还有邻居，都不知道他们去了哪里。只说是王强在北方做生意发了大财，带着老婆孩子去大城市了。具体是哪个大城市，王强没有告诉过任何人。"

孟津问："搜查过王强的家没有？"

常所长说："已经搜查过了，没有留下有价值的线索。"

大刘说："你能不能领我们再看一遍？"

常所长说："好。咱现在就走吧。"

常所长开着一辆破旧的偏斗摩托车带着大刘、孟津停到王强所住的院子前。常所长指着贴着封条的院门："就是这儿。"

三个人下车。常所长打开门，一行人走入。院里，所有的门都贴上了封条。常所长问："咱先从哪儿开始？"

大刘问："正屋在哪儿？"

常所长指着正屋说："在这边。"他走到正屋，撕开封条，打开门。

大刘和孟津跟着常所长进屋，这是一个里外屋的套间。

大刘搜里屋，孟津搜外屋。大刘在里屋细细搜查每一个角落。孟津在外屋一点儿一点儿地翻拣着。

大刘拿起一个笔记本，笔记本里掉下一张票据，是飞机票。大刘拿起飞机票细细地看。

常所长走过来:"有什么线索?"

大刘把飞机票递过去:"你看,这是今年七月二十六日从上海飞往昆明的机票。王强是从上海回来的。"

常所长看看飞机票:"这能说明什么问题?"

大刘说:"罗城没有飞机场,从罗城也没有直达上海的火车。而且从罗城到上海再回昆明,是绕了一个大圈子。王强为什么要不嫌麻烦倒车去上海,再从上海坐飞机回云南呢?他绕这一大圈既费时又危险,这样做一定有原因。"

常所长说:"听你这么一说,是挺奇怪的。"

大刘说:"王强很可能去了上海。"

大刘和孟津马不停蹄地赶往上海。上海市刑侦处处长事先已经得到通知,大刘和孟津来到上海的时候,上海警方已经查到了王强的下落。

大刘赞叹说:"上海方面的效率很高呀。"

处长说:"王强这个人挺张扬的。一来上海就买房、买车,经常会朋友,下高级饭馆,听说还要开公司。我们在清查外来人口的时候了解到这个情况,就把他确定为重点人员,进行了详细调查。虽然他办事用的都是他老婆的身份证,但咱已经把他老婆的情况也掌握了,所以先确定了他老婆的身份,再确定他的身份,就是王强。很快派人对他们夫妻两个采取了监控措施。"

"那咱啥时候行动?"

"你们放心,人跑不了。现在都快中午两点了,你们还没吃饭吧,咱先吃了饭再行动,饭已经给你们安排好了。"

大刘说:"先把人抓到手我们才放心。午饭我们已经吃了,买了两个面包在车上吃的。处长,如果可以的话,咱现在就出发好不好?""好,我安排一下。"

在上海某饭店包间,王强和几个男男女女的朋友在吃饭,妻子抱着一岁多的儿子坐在身边。

一个朋友说:"强哥,我们都知道,嫂子这几年跟着你吃了不少苦,过得真不易。不过,到今天总算是熬出头了。来,大家敬嫂子一杯。"

众人纷纷举杯。

一名服务员走来，对王强："先生您好，有人找您。"

王强问："找我？谁找我？"

"他说他是你上海的朋友。"

"他咋不过来？"

"不知道，他在另一个包间，请您过去说话。"

王强对朋友们说："我出去一下啊。你们先吃着。有个朋友找。"

王强和服务员走到外边。有两名上海公安局的侦查员已经不经意地慢慢走到他们身边。

服务员说："就在里边。"

王强推门进去。王强刚一进去，包间已经埋伏好的人立刻把王强摁住。

一名刑警用戴着手套的手捂住王强的嘴："不许喊。"

王强拼命挣扎着，把饭桌碰得移动了一下，上面有杯子滚落摔在地上。

另一名刑警抓住王强的头向上抬。旁边有人说话："认一下，认一下。""是不是他。"

孟津拿出照片仔细对比了一下："对，是他。"

刑警松开王强的嘴："不许喊啊，再喊把你嘴再堵上！"

大刘问："你叫啥名字？"

王强说："我知道你们是罗城的警察，我是王强。"

大刘对手下警察："把他带走。"

王强说："等一下，我求你们一件事。"

"你有啥事儿？"

"今天我给我老婆过生日。她跟了我这么多年，我是第一次给她过生日，以后也再没有机会了，能不能让我吃完这顿饭再走？"

大家都看大刘。

大刘想了想："可以。但我们的人也必须跟着你。"

大刘让刑警打开王强手上的手铐。

大刘对王强说："不要想逃跑，我们已经跟踪了你很多天，现在把整个饭店都包围了。"

王强说："我一定不跑。我王强说话向来算数。"

大刘和孟津一左一右夹着王强出去。

王强推门进来，身后跟着大刘和孟津。

王强说："来，我给大家介绍一下，这是我在罗城认识的朋友。"

大家和大刘、孟津打招呼。

王强对服务员说："服务员，麻烦你加两把椅子，加到我旁边。"

服务员答应着走出去。

王强走到妻子身边，倒了一杯酒："芬儿，我能娶到你这样一个贤惠能干的老婆，真是三生有幸啊。"

王强说完，把酒一饮而尽。

王强妻子说："你别这么说，你对我也很好。"

王强又倒一杯酒："我不在这几个月里，家里家外全是你操持，儿子全靠你抚养，爸妈都是你照顾的。我没有给这个家帮上一点儿忙。我当初娶你的时候和你说过，要让你过上好日子，要让你过得比别人都幸福。可是现在，我这一辈子太失败了。"

王强妻子说："王强，我理解，你出门做生意，也是为咱这个家。"

众人纷纷说："强哥你现在不错了。""强哥，以后有的是好日子过。""失败啥，我们看你挺成功的。"

王强又喝了一杯，再倒一杯酒。

王强说："芬儿，你跟我的时候你说啥你还记得吗？你说你不嫌我穷，愿意跟我过一辈子，只要平平安安的，没灾没祸的，只要我再不打架，好好过生活。我现在真想过这日子啊，能和你白头到老，侍候老人，一起看着儿子长大，一起盼着见到孙子，一起在咱小镇的街上散步。这日子真好，可我，再也回不去了。"

王强哭起来，又喝一杯。

大刘提醒王强："少喝点酒，王强。"

王强妻子说："你是不是喝多了。你不想待在上海，咱还回云南去，你走哪儿我跟哪儿。"

王强看看妻子怀中的儿子："儿子，儿子！你长大是啥样子呢？你会娶个啥媳妇呢？你可要好好孝顺你妈呀。"

服务员拿进来椅子，摆上。

王强说："把椅子摆到我座位旁边。这两个是我的好兄弟。"

王强坐到中间,一左一右坐着大刘和孟津。

店包间外走廊,上海刑侦处的处长走过来,他严厉地批评刑警:"你们怎么能让他们进去?出了事儿怎么办?"

便衣刑警说:"处长,他们一定要去,我们也没有办法。服务员是咱们的人,只要有情况,我们会迅速反应,全力保证他们两人的安全。"

处长问:"进去多长时间了?"

便衣刑警:"四十多分钟。"

这时,饭店外,一辆辆的警车停在饭店外,警察、特警、便衣、武警重重包围着饭店。

包间内,王强对众人说:"我和这两个朋友有生意要谈,我们先走。"

一个朋友也站起来:"我们也该走啦。"

其他朋友纷纷起身:"一块儿走吧。"

大刘有些紧张。

王强制止朋友:"都坐下,都坐下。再陪我老婆坐一坐。兄弟我拜托你们了啊。"

王强妻子说:"人家都有事情了,陪我干啥,我也走吧。"

王强说:"你坐下。今天说好了,都不许走,一会儿我还回来。请大家到香樟花园喝咖啡。"

王强说完,和大刘、孟津走出包间。侦查员们立刻围上来。

大刘只说了一个字:"走。"

一行人一直向外走,一直走到大堂。大刘让王强站住,给王强戴上手铐,然后继续向外走。

大刘、孟津一行人押着王强走出饭店。

王强看到严阵以待的大批警察,他愣了一会儿,低下了头。

大刘和孟津把王强押上车。

警车开动,警笛响了起来。

很快,警车都开走了,警察都撤光了。

饭店门前又恢复了平静。

把王强带到罗城市后，大刘立刻组织对王强的审讯，希望尽快查出丁三的下落。但王强并不知道丁三的去处。

王强说："我真的不知道丁哥去了哪里？他说是去东北了，但具体啥地方没说。"

大刘问："王强，这几天你的认罪态度还是很好的，能够主动交待犯罪事实，详细说清自己和他人的问题。为什么一到丁三这里你就打马虎眼了？你这样做的后果你想过没有？你要继续这样，你以前的努力都算白费，你要想清楚。"

王强说："刘队，后果我很清楚。一个银行抢劫案，一个金店抢劫案，还有开公司弄死三个人那件事，随便一个案子我都逃不过一死。丁哥的事，我知道就跟你们说知道，不知道就跟你们说不知道。我没有必要隐瞒。"

孟津说："你再好好想一想，丁三可能去什么地方？"

王强说："丁哥和我们说过，互相之间的事情知道得越少越好，知道得越多，死得越快，抓一个牵出一串串。所以，他的事情很少跟我们说。"

四

大刘和孟津决定再去丁海那里调查一次。

在去丁海家的路上，孟津还是有点儿担心："丁三身上带有大量的现金，在外地不需要熟人帮助就能生存，这个人又非常的谨慎，投亲靠友的可能性很小。咱从丁三亲属这方面调查，我担心收获不大。"

大刘说："只要有万分之一的希望，咱也要争取。丁三的大哥丁海和他关系非常密切，是这次调查的重点。"

汽车停到丁海家院前，大刘和孟津下车，走到门前。

孟津敲门，没有人应声。

孟津透过门缝向里看。

孟津一边看一边说："院里好像没人。"

大刘说:"按咱们调查的情况,他应该没有搬家。"

孟津继续敲。

对面邻居出来问:"你们找谁?"

大刘说:"请问丁海去哪里了?"

"他家刚开了个饭店,现在在饭店了。人家不烤羊肉串了。"

"我们找他有点儿事儿,他的饭店在哪儿?"

"不远,在英雄街上,叫小英烤肉店,你一打听都知道。"

"好,谢谢啊。"

大刘和孟津上车,赶往小英烤肉店。

大刘和孟津进入烤肉店。见店面不小,装潢得也很好。

孟津说:"开这个店要花不少钱了。"

大刘点头:"是,挺高档。"

服务员迎上来:"请问你们几位?"

大刘说:"噢,我们找丁海。"

"找我们老板啊,在后面的办公室。"

"好。"

大刘和孟津走到店后,来到办公室。

办公室的门开着,丁海在算账。

大刘和孟津进去。

大刘打招呼:"你好,丁海。"

丁海抬头见是刑警队的,急忙站起来:"是刘队啊,来,坐坐。"

大刘说:"我们还是来找你了解一下丁三的情况。"

丁海说:"三子去东北了,其他情况我能说的都跟你们说了。"

孟津问:"还有啥没说的没有?丁海,这个事儿很重要,你必须配合咱政府,要是有隐瞒,可是犯错误的事儿。"

丁海说:"没啥了,我一点儿都没隐瞒。"

大刘说:"你再好好想想,咋能找到丁三。丁三的事儿你也知道,全国通缉令都上去了。我们答应过你,不找你的父母,我们说到做到。但你也答应过我们,有情况如实汇报,你也要说话算数,是不是?"

"刘队,我确实不知道。"

"丁海，我问你，你开店的钱是咋来的？就凭你每天串羊肉串，你能串出这么大个店面？让你讲是给你个机会，你提供的情况，将来都是对你从宽处理的条件。丁三已经犯了重罪，你再进去，你想想你的父母怎么办？你自己衡量一下。"

"让我好好想一下。"

"行，给你时间想。"

大概过了半个小时，丁海终于说起丁三："三子这个人很聪明，也很小心。他的事儿从来不跟我们说，有时候我们问起，他都把话叉开。虽然是亲兄弟，其实我对他了解得很少。这次他离开罗城，就只说去东北做生意，要两三年以后才回来。再多的话他也不说，我也问不出来。不过，再过两个月是我爸的生日，我想按丁三的习惯，一定会打个电话回来问候。再多的情况，我这里实在没有了。"

大刘说："丁海，你这几天再好好考虑考虑，如果有新情况，要及时向政府检举揭发。"

"好。"

"今天就这样吧。"大刘说着和孟津起身。

丁海说："这大中午的，吃了饭再走吧。"

大刘说："不吃，不吃。我们回去吃食堂。"

大刘和孟津赶到公安局食堂，鹏飞和跃武正在食堂吃饭。

大刘和孟津端着饭过来，坐到他们对面。

大刘看了看他们的菜："你们的菜不错啊，还有红烧排骨，我们打菜的时候怎么没看到？"

鹏飞说："你们来晚了，早就卖光了。"

孟津上去夺菜盆："见面分一半啊，你们的排骨交出来。"

"别抢，我们打了两份，给你们留了一份。"跃武把另一个菜盆推过去。

大刘和孟津坐下。

大刘向他们问起程华："你们两个今天上午去医院了吧？程华恢复得怎么样？"

鹏飞说："恢复得不错，医生说下个星期就能出院，程华一直喊着要回队里呢。柯处长给她下了死命令，必须在家休养三个月。程华着急得还和柯处吵架呢，说三个月以后，丁三肯定落网了，她最后一班车也赶不上。"

孟津说："丁三这货狡猾得很，三个月未必能抓住他。"

大刘说："目前我们唯一主动掌握的线索只有一个，就是两个月后丁三会给家中打电话，给父亲拜寿。"

鹏飞说："可以通过技术手段锁定他的位置。"

大刘说："同城锁定很容易。但如果丁三在外地打电话，就需要异地公安部门配合。现在的问题是，咱们不知道他会在哪个城市打电话，没有办法通知当地公安部门提前做准备。"

跃武说："这是个问题啊。"

鹏飞说："能提前确定他在哪个城市就好了，哪怕是知道他在哪个省份，困难也会小很多。"

大刘说："嗯，现在咱们的主要任务就是确定丁三藏身的大致位置，至少要知道他在哪个省，时间限定为四十天。如果不能在丁三父亲过生日前确定丁三的大概位置，这条唯一的线索也将失去价值。"

几名侦查员点头。

大刘说："下午两点半钟，咱们开个短会再商量一下。"

这天晚上是大刘值班，半夜的时候，办公室的电话突然响起。灯被拉亮，正在值班的大刘从床上起来，拿起电话。大刘问："你好，哪位？"

打电话来的人问："你这里是罗城市公安局刑侦处吗？"

"对。你是哪里啊？"

"我在美国。我想我可能知道丁三的下落。"

"丁三在美国？"

"不是，不是，不要误会。我是一个美籍华人，一直做东南亚和大陆南方的生意，在大陆有亲戚，也经常回大陆探亲住一段时间。前一个月我在广东看到过通缉令，当时就很注意这个人。正巧十多天前我在河内谈生意，宾馆对面房间这个人比较面熟，后来想起来很像通缉令上那个丁三。"

"除了长得像,这个人和丁三还有其他相似的特征没有?"

"一开始我也没注意,后来吃早餐的时候,和他攀谈起来,虽然他说的是普通话,但口音还带着一点儿山西晋南音。我这个人对口音还是比较敏感的,当时想到丁三也是晋南的罗城人,就对他注意上了。我发现他的身高、体形、走路方式都像通缉令上的丁三。当时还是怕认错人,又是在国外,又在忙生意,就没有报警。但回来以后,越想这个人越像丁三。我虽然人在美国,但对祖国还是比较关心的。我想这个人做下这么多的大案子,杀了这么多人,我有义务帮助祖国警方抓住罪犯,就给你们打了电话。"

"谢谢你提供线索,你能不能留下姓名和联系方式,方便我们以后向你了解情况。"

"这个就不用了,如果有新的线索,我会给你们打电话的。"

"那你把我的联系方式记一下,好不好?"

"好,你说。"

"我姓刘,叫刘明宇,家里的电话是……"

第二天开会的时候,大刘反映了这个情况。

孟津说:"虽然已经确定电话确实是从美国打来的,但对方身份没有核实,如果是个恶作剧,我们的成本会很大。"

大刘说:"我看不像。而且这个线索是我们现在唯一的线索,眼看离丁三父亲的生日越来越近了,我们的时间不多了,不能轻易放过任何一个可能的机会。"

柯处说:"大刘说得对,我们搞侦破工作,不能怕麻烦,不能怕走冤枉路。现在的情况比较紧急,如果放弃这一线索,今后可能再不会有这样的机会了。我把这事跟岳局长汇报一下,通过省厅、公安部和越南方面取得联系,请越南警方协助查找丁三的具体下落。"

越南河内市某条小街上的一个酒店。丁三就在这个酒店内的一个房间里。他倒了一杯茶,坐在椅子上喝。丁三看了看表,拿出手机开始拨号。

电话通了,丁三对着电话说:"喂。""我是三子。""妈,你还好

吧，爸还好吧。"

丁三的父母家，丁三一家人都在，都围在电话旁。母亲拿着电话："三子，你在哪儿呀？快半年了你怎么一个电话都没打过呀，我和你爸都想你，你啥时候回来？"

丁三的声音传过来："妈，我一切都好。你放心，我很快就能回来，你们要保重身体啊。我给爸爸拜个寿，让爸爸接下电话。"

丁三母亲把电话递给丁父："儿子，要跟你说话。"

丁父拿过电话："三子，我和你妈身体都好，不要挂念。你好好干，千万不能再做违法的事儿呀。"

市公安局岳局长的办公室，岳局长和柯处长坐在办公桌前紧张地等待着。岳局长的电话响。岳局长接起电话："已经定位了？太好了。感谢啊感谢，好，好，我等消息。"

柯处长问："怎么样？"

岳局长说："已经通过手机定位确定丁三的位置，现在寻找丁三的精确位置。"

丁三父母家，丁三大哥丁海对父母说："爸，妈，你们先坐下吃吧，我和三子说两句话。"

母亲说："啥话呀，不能让妈听啊。"

丁海的妻子和丁三的大姐丁兰心照不宣，一齐劝母亲。

丁兰说："妈，人家哥俩说两句悄悄话，您就别听了。"

丁海的妻子说："就是。有些话人家当着你们不好说。"

丁兰丈夫说："妈，爸，一会儿让三子再和你们说话，咱先坐回去。不急，以后让三子常往回打电话，有的是说话机会。"

丁父说："行，海子，你先和三子说会儿话。"

"这孩子，有啥话不能让妈听。"丁母叨叨着和丁父坐回座位。

丁海拿起电话对丁三说："三子，妈和爸我会好好照顾他们。你走错了路，爸、妈、大哥其实都有责任。但是，你这条路毕竟是你自己选的，你做错的事儿，你自己要担起来，我希望你能回来。"

在酒店房间里的丁三有些惊讶："大哥，你知道了？"

丁海说："除了爸和妈，我们都知道了。你走以后，我用你的钱开了个烧烤店，不过前几天我把老房子卖了，又借了一些钱，加上家里的存款，把你的八十万全部补齐，都交给了公安。我知道这样仍然不能让法律宽容你，但我希望至少能赎清你一点儿罪孽，为那些无辜死去的人表示自己的歉意。三子，你回来吧，至少你还能再看爸妈一眼，还能再看看你的儿子。难道你要一辈子飘在外面，一辈子东躲西藏，过着见不着天日的生活吗？"

"哥，这个社会本来就是强者为王的社会，如果必须有人去死我才能成功，那些人就应当死，这绝不是什么罪孽，这就是社会规律、自然法则。我这辈子从来没认过输，每次的失败我都认为是暂时的。现在我离开罗城，我同样不认为我失败了。我现在过得很好，我有钱，有朋友，我根本就不需要东躲西藏。而且，总有一天我会换个身份，甚至换个面貌，再回到罗城。警察让你劝我自首，那是他们无能，那是他们的失败。如果罗城那些警察真的能凭本事抓到我，我佩服，我认输！对不起了，大哥，我不能回去！"

丁三放下电话，久久无语。

酒店的门突然打开，大批越南警察冲了进来，没有等丁三反应过来，已经把丁三控制起来。

丁三的头被人拉起，一名警官拿着照片对比了一下用越南语说："就是他，丁三！"

半个月后，罗城某看守所牢房。丁三身戴重镣，坐在牢房内。牢门被打开，传来狱警严厉的声音："丁三！提审！"

丁三慢慢站起来，手提铁镣走出牢房。丁三跟着两名看守，迈着沉重的脚步穿过长长的走廊。他一边走，一边回忆着自己这次所经历的短暂的自由。

丁三想到把他送出来的云南某监狱管教干部老罗。老罗的那句话，突然又重新想起："从今天开始，你就是社会上的人了。要好好做人，不能做违法的事。"但是，他很快到云南边境去搞枪，干净利落地干倒四个带枪的枪贩子，然后把向导击毙。

丁三想到自己刚回来的时候，母亲对他说："三子，你回来了，就踏踏实实过日子，别再和那些旧朋友们联系了。"父亲对他说："是呀，日子过得清苦点儿不怕。一家人团团圆圆的，比啥都强。何况，咱现在比过去过得也好了。"但是，他依旧策划了武装抢劫银行的大案，随着"轰——！"一声巨响，两名保安和一名押运员倒在血泊中，跟在后边的押运员在地上艰难地爬，一边爬一边喊救命。接着是司机倒下，保安倒下，无辜的路人倒下。

丁三想到自己给前妻钱的时候，前妻和他的那段对话。

"我跟了你七年了，我曾经也相信过你，我现在已经清醒了。丁三，可你还要等多少年，你才能清醒过来？"

"你根本就不懂我。这世上他妈的就没女人能懂我。总有一天，我会让你们知道，我是对的，你们都错了。"

"看着你现在过得不错，我很高兴，但我明白对现在的生活你还不满足，你一心就想着要出人头地。"

"出人头地有错吗？你说，有什么错？"

"我只是劝你不要走得太急，再栽跟头。我对你，太了解了。"

"还是让我们看事实吧，事实胜于雄辩。"

丁三来到看守所审讯室，他戴着重镣坐在椅子上，对面是大刘、孟津、老齐。

大刘的语气很平静："丁三，到今天你和我们一大队的较量就快要结束了，如果你还想把这场战斗继续下去，我们奉陪。但我告诉你，你的抵抗没有任何意义，你所犯下的任何一个罪行，都够枪毙你好几回。我奉劝你能老老实实讲清楚你的罪行，最起码对你的家人，对你自己，都是一个很好的交代。"

丁三的语气也很平和，已经失去了往日的杀气："我的人生走到这里，也就该结束了。我这一生归根结底是失败的一生。从交友来讲，跟我处得越近的朋友，最后的下场越不好；从家庭来讲，老婆其实是爱我的，却不得不选择与我离婚。儿子非常懂事儿，我却从没有尽过父亲的责任；

从事业上讲，我现在一无所有，一分钱都没有给父母、没有给妻子儿女留下；从孝敬上来讲，我不但不能给二老养老送终，反而让他们更伤心。你们能从越南把我抓捕回来，我心服口服，我愿意交待。"

丁三交待了一切，提供炸药的老憨很快被捕。长期收购李成和赃物的二东也在半年后被捕。丁三的大哥丁海因认罪态度好，积极退赃，有重大立功表现，被免予刑事处罚，当庭释放。

罗城，恢复了往日的平静。